瀬戸内寂聴

寂聴 源氏物語

講談社

寂聴　源氏物語

寂聴　源氏物語　目次

本書は瀬戸内寂聴訳
『源氏物語』巻一～巻十（講談社文庫）を底本とし、
各巻より抜粋して再編集したものです。

構成・監修　高木和子
装画　大竹寛子
ブックデザイン　鈴木成一デザイン室

桐《きり》壺《つぼ》

桐壺の更衣《こうい》はそれほど身分が高くないにもかかわらず、桐壺帝から格別に寵愛され、類い稀な美貌と才能に恵まれた皇子《みこ》を生んだのち病死する。遺された皇子は臣下に下されて「光る君」と呼ばれ、藤壺《ふじつぼ》の宮に母の面影を求める。

いつの御代《みよ》のことでしたか、女御《にょうご》や更衣《こうい》が賑々《にぎにぎ》しくお仕えしておりました帝《みかど》の後宮《こうきゅう》に、それほど高貴な家柄の御出身ではないのに、帝に誰よりも愛されて、はなばなしく優遇されていらっしゃる更衣がありました。

はじめから、自分こそは君寵《くんちょう》第一にとうぬぼれておられた女御たちは心外で腹立たしく、この更衣をたいそう軽蔑したり嫉妬《しっと》したりしています。まして更衣と同じほどの身分か、それより低い地位の更衣たちは、気持のおさまりようがありません。

更衣は宮仕《みやづか》えの明け暮れにも、そうした妃《きさき》たちの心を掻《か》き乱し、烈《はげ》しい嫉妬の恨みを受けることが積もり積もったせいなのか、次第に病《やまい》がちになり衰弱してゆくばかりで、何とはなく心細そうに、お里に下がって暮す日が多くなってきました。

帝はそんな更衣をいよいよいじらしく思われ、いとしさは一途につのるばかりで、人々のそしりなど一切お心にもかけられません。

全く、世間に困った例として語り伝えられそうな、目を見張るばかりのお扱いをなさいます。

上達部《かんだちめ》や殿上人《てんじようびと》もあまりのことに見かねて目をそむけるという様子で、それはもう目もまばゆいばかりの御鍾愛《ごしようあい》ぶりなのです。

「唐土《もろこし》でも、こういう後宮のことから天下が乱れ、禍々《まがまが》しい事件が起こったものだ」

などと、しだいに世間でも取り沙汰をはじめ、玄宗《げんそう》皇帝に寵愛されすぎたため、安禄山《あんろくざん》の大乱を引きおこした唐の楊貴妃《ようきひ》の例なども、引き合いに出すありさまなので、更衣は、居たたまれないほど辛いことが多くなってゆくのでした。ただ帝のもったいない愛情がこの上もなく深いことをひたすら頼みにして、宮仕えをつづけています。

更衣の父の大納言はすでに亡くなっていて、母の北の方は、古い由緒ある家柄の生れの上、教養も具《そな》わった人でしただけに、両親《ふたおや》も揃い、今、世間の名声もはなばなしいお妃たちに、娘の更衣が何かとひけをとらないようにと気を張り、宮中の儀式の折にも、更衣はもとよりお供の女房たちの衣裳まですべて立派に調え、その他のこともそつなく処理して、ことのほか気を配っておりました。とはいっても、これというしっかりした後見人がないため、何か改まった行事のある時には、やはり頼りないのか、心細そうに見えました。

それにしても、よほど前世からのおふたりの御縁《ごえん》が深かったのでしょうか、やがて、世にもないほど美しい玉のような男の御子《みこ》さえお生れになったのです。

帝は早くこの若宮にお会いになりたく、待ち切れなくて急いで宮中に呼びよせてご覧になると、それはもう、たぐいまれな美しく可愛らしいお顔の若宮なのでした。すでにいらっしゃる一《いち》の宮《みや》は権勢高い右大臣の娘の弘徽殿《こきでん》の女御がお生みになったので、立派な外戚《がいせき》の後見《うしろみ》がしっかりして、先々まちがいなく東宮《とうぐう》に立たれるお方と、世間の人々も重く見て大切にお扱いしていました。けれどもこの新しい若宮の、光り輝くばかりのお美しさには比べようもありません。

帝は表向き一の宮を一応大切になさるだけで、この若宮のほうを御自分の秘蔵《ひぞう》っ子《こ》として、限りなくお可愛がりになるのでした。

母君の更衣も、もともと普通の女官として、お仕えするような軽い御身分ではなかったのでした。れっきとした御身分の方として世間からも大切に尊敬され、高貴の方らしい風格もそなえていらっしゃったのです。ところが、帝が御寵愛のあまりに、寸時もお側から離されないばかりか、面白い音楽のお遊びの時や、何によらず風流な催し事がある時などには、誰よりもまず先に更衣をお呼び寄せになります。

時にはおふたりで朝おそくまで共寝のままおすごしになり、その日もひきつづきお側にとどめておかれるということもあります。そんなふうに、夜も昼も目に余るほどお側に引きつけて離そうとなさらないので、かえって、更衣らしくもないと自然軽々しく見られる嫌いもあったのでした。

さすがに、若宮がお生れになってからは、帝も更衣のお扱いをすっかり重々しくお改めになりました。それで、もしかすると、この若宮が東宮に立たれるのではないかと、一の宮の母女御は疑いはじめました。この弘徽殿の女御はどの妃よりも先に入内《じゅだい》されて、帝はとりわけ大切にされ、御子たちもたくさんいらっしゃるので、このお方の御意見だけは無視なさることができません。常に煙たくわずらわしくお思いになっていらっしゃいました。

帝の、身に余る御寵愛だけを頼りにおすがりしている更衣は、何かにつけ、さげすみ、あら探しをする人々の多い中では心細くてなりません。もともと腺病質で弱々しく、いつまで生きられることやらと不安なのでした。帝のあまりにも深すぎる御寵愛がかえって仇《あだ》になり、さまざまな気苦労の絶える間もないのでした。

更衣のお部屋は桐壺《きりつぼ》です。桐壺は帝のいつもおいでになる清涼殿《せいりょうでん》から一番遠い位置にありました。帝が桐壺へお通いになる時には、多くの妃たちのお部屋の前を、素通りなさらなければなりません。それもひっきりなしにお通いになられるので、それを見て無視された妃たちが嫉《ねた》ましく恨みに思うのも当然なことでした。

また、更衣が召されて清涼殿へ上がる時も、あまりそれが度重なる折々には、打橋《うちはし》や渡り廊下の通り道のあちこちに、汚いものなどを撒《ま》き散らし怪《け》しからぬしかけをして、送り迎えのお供の女房たちの衣裳の裾が我慢できないほど汚され、予想も出来ないような、あくどい妨害をしかけたりします。

また時には、どうしてもそこを通らなければならない廊下の戸を、あちら側とこちら側でしめし合わせて閉ざし、外から錠をさして、中に更衣やお供の女房たちを閉じ籠めて恥をかかし、途方にくれさせるようなこともよくありました。

こうして、何かにつけて、数えきれないほどの苦労が増すばかりなので、更衣はそれを苦に病んで悩みつづけ、すっかりふさぎこんでしまいました。それを御覧になるので、帝はますます不憫《ふびん》さといとしさがつのられるのでした。そこで、それまで後涼殿《こうりょうでん》にお部屋をいただいて住んでいた、ひとりの更衣を外《ほか》に移すようにお命じになり、そのあとを愛する更衣が清涼殿に召された時に使うようにしておしまいになりました。追われた更衣の身になれば、どんなにか口惜しく、その恨みは晴らしようもなかったことでしょう。

この若宮が三つになられた年、御袴着《おんはかまぎ》の式がありました。先に行われた一の宮の式に劣らないよう、内蔵寮《くらづかさ》や納殿《おさめどの》のすばらしい品々を、帝は惜しみなくお使いになり、それは立派になさいました。

それにつけても世間では、とかくの非難ばかりが多いのに、若宮が成長なさるにつれ、お顔やお姿、御性質などが、この上なくすぐれていらっしゃるので、さすがのお妃たちも、この若宮を憎みきることができません。

ましてものの情理をわきまえた人々は、これほど世にもまれなすぐれたお方さえこの世に現れることもあるのかと、茫然《ぼうぜん》として目を見張っています。

その年の夏、更衣ははっきりしない気鬱《きうつ》の病気になり、お里へ下がって養生なさりたいと願いましたが、帝は全くお暇を下さいません。ここ何年か、更衣はとかく病気がちでしたので、帝はそれに馴れきっておしまいになり、

「もうしばらく、このままで様子を見よう」

とおっしゃるばかりでした。

そのうち病状は日ましに重くなってゆき、ほんの数日の間に、めっきり衰弱なさり重態になりました。更衣の母君は泣く泣く帝にお願いして、ようやくお里へ下がるお許しをいただきました。

こういう場合にも、もしも退出の行列に何かひどい仕打ちをしかけられ、恥をかかされるようなことがあってはと取り越し苦労をして、若宮は宮中に残されたまま、更衣だけがひそかに退出なさいます。

引き留めたくても宮中の作法によって限度があります。帝もこれ以上はどうにも止めようがなく、帝というお立場から、見送りさえ思うにまかせない心もとなさを、言いようもなく辛くお感じになるのでした。

もともと更衣は、たいそうつやつやかで美しく、可憐なお方だったのに、今はすっかり面《おも》やつれなさっています。心には帝とのお別れをたまらなく悲しみながら、それを言葉に出すこともできず、今にも消え入りそうになっています。それを御覧になると、帝は過去も未来も一切お考えになれず、ただもう、あれこれと泣く泣くお約束なさるのですが、更衣はもうお返事さえ

出来ません。眼つきなどもすっかり弱々しく、いかにもはかなそうで、意識があるとも見えません。いつもよりいっそうなよなよと横たわっていらっしゃるばかりでした。帝は御心痛のあまり気もそぞろで、なすすべもなく茫然としていらっしゃいます。

更衣のために、特別に輦車《てぐるま》をお許しになる宣旨《せんじ》をお出しになられてからも、また更衣のお部屋に引きかえされて、やはりどうしても更衣を手放すことがおできになりません。

「死出の旅路にも、必ずふたりで一緒にと、あれほど固い約束をしたのに、まさかわたしひとりをうち捨てては、去って行かれないでしょう」

と、泣きすがり仰せになる帝のお心が、更衣もこの上なくおいたわしく切なくて、

限りとて別るる道の悲しきに
　いかまほしきは命なりけり

今はもうこの世の限り
あなたと別れひとり往く
死出の旅路の淋しさに
もっと永らえ命の限り
生きていたいと思うのに

「こうなることと、前々からわかっておりましたなら」

息も絶え絶えにやっとそう口にした後、まだ何か言いたそうな様子でしたが、あまりの苦しさに力も萎《な》え果てたと見え言葉がつづきません。

帝は分別も失われ、いっそこのままここに引き留め、後はどうなろうと、最後までしっかり

見とどけてやりたいとお思いになるのでした。ところが傍から、
「実は今日から始めることになっていた御祈禱《ごきとう》の支度を整えまして、効験《こうけん》あらたかな僧たちが、もうすでに里のほうで待っております。御祈禱は今夜からでして」
と、申し上げ、しきりにせかせますので、帝はたまらないお気持のまま、今はどうしようもなく退出をお許しになりました。

帝はその夜は淋しさと不安でお心がふさがり、まんじりともなさらず、夜を明かしかねていらっしゃいました。お里へお見舞いにやられたお使いが、まだ帰ってくる時刻でもないのに、気がかりでたまらないと、しきりに話していらっしゃいました。

更衣のお里では、
「夜なかすぎに、とうとうお亡くなりになりました」
と、人々が泣き騒いでいるのを聞き、勅使《ちよくし》もがっかり気落ちして、宮中へもどってまいりました。

それをお聞きになった帝は、御悲嘆のあまり茫然自失なさり、お部屋に引き籠《こも》っておしまいになります。

こうした中でも、若宮をそのままお側に引きとめて、お顔を御覧になっていたいとお思いになりますけれど、母の喪中に若宮が宮中にいらっしゃるのは、前例のないことなので、仕方なく若宮も里方へ御退出になります。

若宮はまだ頑是《がんぜ》なくて、何がおこったのかお分りにならず、女房たちが泣きまどい、帝までしきりに涙を流されるのを、不思議そうに眺めていらっしゃいます。普通のありふれた親子の別れでさえ悲しいものなのに、まして母君との死別さえわきまえない若宮の哀れさはひとしおで、ことばもありません。

いくら名残《なごり》を惜しんでも、こうした時の掟《おきて》には限りがありますので、更衣の亡骸《なきがら》はやがて作法通りに火葬にされることになりました。

母君は、娘と同じ煙になって、空へ上りかき消えてしまいたいと泣きこがれ、野辺《のべ》送りの女房の車に追いすがるようにして乗りこみました。愛宕《おたぎ》の火葬場で、実におごそかに葬儀をとり行っている最中にやっとたどり着かれたそのお心のうちは、一体どんなだったことでしょう。

「むなしい亡骸を目の前にしながら、やはりまだ生きていられるようにしか思えないのが、いかにも辛いので、いっそ灰になられるのをこの目でたしかめて、今こそほんとうに亡くなったのだと、ひたすら思いましょう」

と、賢《さか》しそうに言われたのに、途中、車からも転び落ちそうなほど、泣いて身を揉《も》まれるので、たぶんこんなことと思ったと、女房たちも介抱しかねて困りはてました。

宮中から勅使が見えました。亡き更衣に三位《みつ》の位《くらい》を贈られるとの宣命《せんみよう》を読みあげるのが、いっそう悲しみを誘うのでした。生前、女御《にようご》とも呼ばせずに終ったのを、帝はいかにも残念で口惜しくお思いになり、せめてもう一段上の位だけでもと贈られたのでした。このことで、また更衣を憎むお妃たちが多いのでした。

そんな中にも、さすがにものの情理をわきまえた人々は、亡き人の顔だちや姿のやさしく美しかったこと、心ばえがおだやかで角がなく、憎めなかったことなどを、今更のように思い出します。

帝の見苦しいまでの度をこした更衣への御寵愛のせいで、いじめたり、嫉んだりしたものの、更衣の人柄のしみじみ情愛深かったのを、帝のおそば付きの女房たちも、恋しく思い出してはなつかしんでいます。〈亡くてぞ人は恋しかりける〉という古歌は、こうした折にこそふさわしいように思われます。

悲しみのうちにいつとなく日々は過ぎてゆき、七日ごとの法要にも、帝はお心をこめて更衣のお里へ弔問の勅使を送られます。

そうした時が過ぎてゆくにつれ、帝はいっそう耐えがたいほどやるせなく悲しく、お妃たちを夜の御寝所《ごしんじょ》にもふっつりとお召しにならず、ただもう涙に溺《おぼ》れて明かし暮していらっしゃいます。そのお悲しみの御様子を拝する人々までが、涙に袖もしめりがちなうちに、いつの間にか露もしめっぽい秋になりました。

「亡くなった後まで、人の心を掻き乱すあの女の憎らしいこと、それに相も変わらぬ帝の何というご未練」

と、弘徽殿の女御は、今でも相変わらず、手きびしく悪口を言われます。

帝は一の宮を御覧になるにつけても、更衣の若宮が無性に恋しくなられて、気心の知れた女房や御乳母《おんめのと》などを、更衣のお里に遣《つか》わされて、若宮の御様子をお尋ねになります。

野分《のわき》めいた荒々しい風が吹きすぎた後、急に肌寒くなった黄昏《たそがれ》時に、帝は常にもまして亡き更衣や若宮を思い出されることが多いので、靫負《ゆげい》の命婦《みようぶ》という女房を更衣のお里にお遣わしになられました。

夕月の美しく冴えかえる時刻に、命婦をお使いに出されて、帝はそのままもの思いにふけっていらっしゃるのでした。

「こんな美しい月夜には、よく管絃の合奏などして楽しんだものだが、そういう折には、あの人はとりわけ美しく琴の音をかき鳴らし、さりげなく口にする歌のことばも、他の人とはどこかちがっていて心にしみたものだ」

そんな折々の更衣の表情やしぐさなどが、ありし日のままに思い出されて、今もそのまま、幻になってひたとおん身に寄り添っているかのように思われます。それでも、やはりその幻は、闇《やみ》の中での逢瀬《おうせ》は、はっきり見た夢のそれより劣っていたという古歌とは反対に、闇の中でこの手に触れたあの生きていた人にはとうてい及ばなかったのでした。

命婦は更衣のお里に着き、車を門に引き入れると、そこにはもう、いいようもないもの淋しく悲しい気配が、あたりじゅうに漂い満ちているように感じられます。

母君は、夫に先だたれた心細い暮しの中にも気を張り、更衣一人を大切に守り、人に引けをとらせぬよう、邸の内外も何かとよく手入れして、体裁よく暮してこられました。ところが更衣に先だたれてからは、悲しみのあまり、泣き沈んで庭の手入れも怠り、雑草も茂るにまかせ高くのび放題です。野分にそれが吹き倒され、見るも無残に荒れはてた感じになっています。月の光ばかりは、生《お》い茂った雑草にもさえぎられず、あたり一面にこうこうとさしいっています。

命婦を南面《みなみおもて》の間《ま》に招じ入れたものの、母君は涙にむせび、すぐには口もきけません。

「今まで生き永らえているのさえ、つくづく辛うございますのに、畏《おそ》れ多い勅使としてあなたが草深い荒れ庭の蓬《よもぎ》の露を踏み分けて、こうしてお訪ねくださるにつけても、いっそうお恥ずかしく身の置き所もございません」

と言いながら、耐え切れないようによよと泣くのでした。

「こちらにお伺いいたしますと、それはもうおいたわしくて、魂も消え入るようでしたと、せんだって典侍《ないしのすけ》が帝に奏上《そうじよう》なさっておられましたが、たしかにわたしのように物の情趣《じようしゆ》もわきまえない者にも、ほんにおいたわしくて、耐えきれない気持がいたします」

と言い、しばらく心を静めてから、帝のお言葉をお伝えいたしました。

「『あれからしばらくは、更衣の死が夢かとばかり思われて、ただ夢の中をさ迷っているような茫然とした心地であったが、ようよう心が静まるにつれ、かえって覚める筈《はず》もない現実であったと思い知るにつけても、耐えがたい悲しみが一体どうしたら慰められるのだろうと語り合う相手さえない。せめてあなたと話したいので、何とか内密に宮中へ来て下さらぬだろうか。若宮が気がかりで、とかく涙がちなところに頼りなく暮しているのも、どんな様子かと心配で可哀そうでならない。何はともあれ、早く、来て下さい』

などと、帝はお終《しま》いまではきはきと仰せになれず、涙にむせ返られながら、それでも人に、あまりにお気が弱いと思われはしないかと、人目を憚《はばか》られておいでのようにも拝されるのです。あまりにおいたわしくて、よくは承ることも出来ないまま、退出して参ったのでございます」

と言って、命婦は帝のお手紙をさし上げます。

「涙で目も見えぬ有り様ですが、帝の畏れ多いお言葉を光にして拝見させていただきます」

と言って、母君はお読みになりました。

「時がたてば、少しは悲しみもまぎれるようになるだろうかと、その日の来るのを待ちながら暮しているのに、月日がたつほど、いっそう悲しさは忍びがたくなるばかりなのは、どうにも術《すべ》のない事です。幼い人がどうしているかと思いやりながら、あなたと一緒に育てられないのが心配でならないのです。今となってはやはり、このわたしを亡き人の形見と思って、宮中に来て下さい」

などと、こまやかに書いておありになるのでした。終りに、

宮城野《みやぎの》の露吹きむすぶ風の音《おと》に
　小萩《こはぎ》がもとを思ひこそやれ

わたしに涙を催させ
今日も吹きむせぶ風の声よ
その風の悲しい泣き声に
いじらしいお前がしのばれる
宮城野の小萩のようなお前が

とお歌が添えられていましたが、悲しみのあまりしまいまでは読み通すことが出来ません。

「わが身の寿命の尽きないことが、つくづく辛いものだと思い知らされますにつけ、高砂《たかさご》の千《せん》古《こ》の老松《おいまつ》までにまだ生き永らえているのかと、思われそうなのが恥ずかしゅうございますから、今さら貴い宮中へお出入りいたしますことは、晴れがましくて、何かと憚りも多いことでございましょう。帝からの畏れ多いお言葉をたびたび承りながら、わたし自身は参内《さんだい》する決心がとてもつかないのでございます。

若宮は、どれほどお分りになっていらっしゃるのか、ただ早く宮中へ帰りたがってお急ぎの御様子ですから、それもごもっともと思いながらも、若宮にお別れするのが悲しく拝見しております。そんなわたしの心の内の思いをどうか奏上して下さいまし。わたしは夫にも娘にも死別した不吉な身の上でございますから、こういうわたしのもとに若宮がいらっしゃることは、縁起が悪く畏れ多いことに思われまして」

と、おっしゃるのです。若宮はもうお寝《やす》みになっていらっしゃいます。

「若宮のお顔を拝ませていただいて、御様子なども奏上したいのですが、帝もお待ちかねでいらっしゃいましょうし、夜も更けてしまわないうちに、おいとまさせていただきます」

と、帰りをいそぎます。

「亡き子のために思い迷《まど》い、どうしてよいか分らぬ親心の闇に、耐えがたく辛い思いの片端だけでもお聞きいただき、胸も晴れるまでお話ししたいと存じますので、公の御使《みつかい》としてではなく内々にごゆっくりお越し下さい。

この数年来は、嬉しく晴れがましい折においで下さいましたのに、こういう悲しいお言伝《ことづて》の使者としてあなたさまにお目にかかろうとは、かえすがえすも恨めしい、わたしの命の長さでございます。

亡くなりました人は、生れた時から、わたしどもが望みをかけていた娘でございました。亡夫の大納言は、いまわの際まで、

『この人の宮仕えの本意を必ず遂げさせてあげるように。わたしが死んでも、情けなく志を挫《くじ》けさせてはならぬ』

と、くれぐれもさとされ遺言としましたので、これという立派な後見も持たないのに宮仕えするのは、かえってしないほうがましだと承知しながら、ただ亡夫の遺言にそむかぬようにと思って、宮仕えにさし出しました。

ところが、帝から身にあまるまでの御寵愛をいただき、何かにつけ、もったいないほどの深いお志をお見せ下さいます有り難さを頼りにして、ほかの妃たちからは、人とも思われぬような情けない扱いをされる恥を耐え忍びながら、何とか宮仕えをつづけていました。そのうち、他の方々の嫉妬がだんだん深く積もり、苦労が次第に多くなってゆき、あげくの果ては横死《おうし》同然に、とうとう亡くなってしまいました。

今ではかえって忝《かたじけな》い筈の帝の御寵愛の深さを逆にお恨み申しているような有り様でございます。これも、悲しみに理性を失くした愚かな親の愚痴でございましょうか」

と、言いも終らず、泣きむせかえるうちに、夜もすっかり更けてしまいました。

「帝もそのように仰せでいらっしゃいます。

『わが心ながらも、あれほど一途に、人目を見張らせ驚かすほど、あの人を思い詰め愛したというのも、所詮は長くつれそえない短い縁であったからなのだろう。今ではかえって辛い契りだったと切ない。これまで自分は少しでも人々の気持を傷つけたような覚えはないと思うのだけれど、ただこの人ひとりのために、思わぬ多くの人々から、受けずともよい恨みを負うたあげくの果てに、こんなふうに、一人後にうち捨てられて、悲しみを静めるすべさえなく、いよいよ前にもましてみっともない愚か者になってしまった。いったい前世ではあの人と、どういう縁を結んでいたのか知りたいものだ』

と、繰り返されて、お涙がちでいらっしゃいます」

と、命婦が帝の御様子を話されるにつけても、お話は尽きないのでした。やがて命婦は泣く泣く、

「夜もたいそう更けてしまいましたので、夜の明けぬうちに戻って、御返事を奏上いたしましょう」

と、急いで立ち帰ろうとします。

月は西の山の端《は》に入りかけて、空は清らかに澄み渡り、風がすっかり涼しくなり、草むらの虫の声々も涙を誘うようにもの悲しく、なかなか立ち去りがたい庭の風情でした。

鈴虫の声のかぎりをつくしても
　ながき夜あかずふる涙かな

声を限りに鳴き尽くす
いじらしい鈴虫のように
長い秋の夜を泣き通す
そのわたしの涙は飽きもせず
いつまでもふりそそぐ

そういって命婦は、車にも乗りかねています。

いとどしく虫の音《ね》しげき浅茅生《あさぢふ》に
　露おきそふる雲の上人《うへびと》

浅茅が宿の草の中
虫の音しげく人も泣く
雲の上人訪《おとな》えば
やさしい言葉の数々に
涙はさらにいや増して

「つい、こんな愚痴まで申し上げたくなりまして」

と、女房から伝えさせました。

風情のある贈り物などはする場合でもないので、ただ亡き更衣の形見にと、こういう時に役立つかと残しておいた衣裳の一揃いに、御髪《みぐし》上げの櫛《くし》や笄《こうがい》、釵《かんざし》などを取り揃えてさし上げました。

若い女房たちは、更衣の死を悲しむことはいうまでもないとして、これまでは、宮中での暮しに朝夕馴れていましたので、淋しくてたまりません。

帝の御様子などを思い出すにつけても、若宮と早く参内《さんだい》なさるよう、母君におすすめするのでしたが、

「わたしのような縁起の悪い年寄りがお供してゆくのは、さぞかし世間の聞こえもよくないでしょう。また、そうかといって、若宮にほんのしばらくでもお目にかかれないと、それこそ心配なことでしょうし」

など思い迷って、母君はきっぱりと若宮を宮中におつれすることも出来ないのでした。

宮中に帰った命婦は帝がまだお寝みになっていらっしゃらなかったのを、おいたわしく思うのでした。

中庭の秋草の花が今を盛りと色美しく咲き匂っているのを、御覧になるふうをして、気配りのきくやさしい女房四、五人だけをおそばにお呼びになり、しんみりとお話などしていらっしゃるのでした。

この頃は、宇多《うだ》上皇がお書かせになった長恨歌《ちょうごんか》の絵を、明け暮れ御覧になっていらっしゃいます。長恨歌は玄宗皇帝と楊貴妃の悲恋を題材にした詩で、その絵に添えてある伊勢《いせ》や紀貫之《きのつらゆき》の和歌だとか漢詩などでも、恋人との死別の悲しみを歌ったものだけを口ずさまれ、そういうお話ばかりを常に話題にしていらっしゃいます。

帝は命婦にたいそうこまやかに、更衣のお里の御様子をお尋ねになります。命婦はすべてが

哀れのかぎりであったことを、しみじみお伝え申し上げます。母君からのお返事を御覧になると、

「勿体《もったい》ないお手紙は畏れ多くて置く場所もございません。このような有り難い仰せごとにつけても、亡き人が生きていればと、心も真っ暗になり、思い乱れるばかりでして」

荒き風ふせぎしかげの枯れしより
　小萩がうへぞ静心《しづこころ》なき

荒々しい風からいつも
小萩を守っていたあの木
あの木が枯れた日から
小萩はどうだろうと
案じられてならない

などというように、帝を無視したように、取り乱しているのですが、それも、悲しみのあまり心が転倒している時だから無理もないと、帝はお見逃し下さるのでしょう。

帝御自身も、

「こんなふうに取り乱したさまは、人には見せたくない」

と、お心を静められるのですが、とても辛抱がお出来になりません。初めて更衣にお逢いになった頃の思い出までかき集め、あれこれと限りなく懐古なさりつづけて、生前は、束の間も会わずにいられなかったのに、よくぞまあ、こうして死別した月日を過せたものだと、呆れはててしまいになるのでした。

「故大納言の遺言にそむかず、宮仕えの本意を立て通してくれた礼としては、いつかは更衣を女御や中宮にして報いてやりたいと思いつづけてきたのに、それも今は甲斐《かい》ないことになってしまった」

と、帝は仰せになり、母君の身をいっそう哀れに思いやられます。

「しかしまあ、そのうち若宮が成長した暁には、当然、若宮の身にも、それ相応の喜びごとがおこるだろう。せいぜい長生きするよう心がけることだ」

などともおっしゃいます。

命婦が、母君からの贈り物をお目にかけました。

帝は、これが亡き楊貴妃のあの世の棲家《すみか》を探しあてた幻術士《げんじゆつし》に、楊貴妃が託して玄宗皇帝に贈った形見の釵であったならば、などとお思いになるのも詮《せん》ないことでした。

尋ねゆく幻もがなつてにても
　　魂《たま》のありかをそこと知るべく

あの世まで楊貴妃を
探し求めたかの幻術士よ
わたしの前にもあらわれてほしい
あの人の魂魄《こんぱく》の行方を探し
その在処《ありか》を知らせてほしい

絵に描いた楊貴妃の容姿は、いくら腕のすぐれた絵師といっても、筆の力には限りがありますから、何としても生身の色香は写しきれません。

太液《たいえき》の池の芙蓉《はちす》や未央宮《びおうきゆう》の柳に、ほんとうによく似ていたと、長恨歌に歌われた楊貴妃の容姿は、唐風の装いを凝らして、さぞ端麗だったでしょうけれども、更衣のやさしく、可憐だった生前の面影を思い出されますと、それは花の色にも鳥の声にも、たとえようもないのでした。

朝夕のおふたりの愛の誓いには、

「天にあっては比翼《ひよく》の鳥、地にあっては連理《れんり》の枝《えだ》となろう」

と、長恨歌の詩句を固くお約束なさったものなのに、それも果たせなかったはかない更衣の薄命さこそ、限りなく恨めしく思われてなりません。

風の声、虫の音《ね》につけても、帝にはこの世のすべてがもの悲しく思われますのに、弘徽殿の女御は、帝のお召しのないまま、久しく清涼殿の御局《みつぼね》にもお上がりにならず、その夜の月の美しさを観賞なさって、夜おそくまで管絃のお遊びに興じていらっしゃいます。

帝は、伝わってくるその賑やかな楽の音をお耳にされ、

「何という気性の烈しい人だろう、不愉快な」

と苦々しくお思いになります。

この頃の帝の御様子を拝察している殿上人や女房たちも、はらはらして聞いていました。もともとこの女御は、ひどく我の強い、とげとげしい御気性なので、帝の御傷心など無視しきってそんな振舞いをなさるのでしょう。

やがて月も隠れてしまいました。

雲のうへも涙にくるる秋の月
　いかですむらむ浅茅生《あさぢふ》の宿

雲の上と呼ばれる
この宮中でさえ
わたしの涙でかき暗《く》れている月よ
ましてあの草深い宿では
どうして澄むことがあろう

と、母君の家を思いやりながら、長恨歌の玄宗皇帝が〈秋の燈《ともしび》挑《かか》げ尽くして未《いま》だ眠ること能《あた》はず〉と歌われているように、燈心《とうしん》をすっかりかき上げてしまって燃え尽きる夜更けまで、起きておいでになります。右近衛府《うこんえふ》の士官が宿直《とのい》の名乗りをする声が聞こえてくるのは、もう真夜中の一時頃になったのでしょう。

人目をはばかられて、御寝所にお入りになっても、うとうとすることもお出来になりません。

朝お目ざめになりましても、更衣の御生前は、おふたりで夜の明けたのも知らず共寝して、朝政《あさまつりごと》を怠っていたことを恋しくお思い出しになられます。それにつけても、更衣と愛しあった昔の日々がなつかしくてならず、やはり今もついつい朝政は怠りがちになられるようでした。

お食事も召し上がらず、略式の朝食に、ほんの形ばかり箸《はし》をおつけになるだけで、清涼殿で召し上がる正式のお膳部《ぜんぶ》などは、まったく見向きもなさらず手もお触れにならない御様子なので、陪膳《はいぜん》に伺候《しこう》するすべての者たちは、帝の深い御傷心の有り様をおいたわしいと嘆《なげ》きあうのでした。帝のお側近くお仕えする人々はみな、男も女も、

「ほんとうに困ったことですね」

と、言いあっては嘆いています。

「こうなる前世の約束がきっとおありだったのでしょうね。帝は、更衣のことで、多くの人々から恨まれたり、そしられたりなさっても一向にお気にかけず、このことに関してだけはものの道理も失われ、更衣の亡くなられた今はまたこんなふうに、世の中のことを何もかも思い捨てられたようになっていかれるのは、まったく困ったことです」

などと、よその国の朝廷の例まで引き合いに出して、ひそひそと嘆きあうのでした。

月日は過ぎてゆき、ようやく若宮が宮中へお上がりになりました。いよいよこの世の人とも思えないほど、前よりいっそう美しく御成長なさっていられますので、あまりの美しさに、もしや早死にでもなさるのではないかと、帝はかえって不安にさえお感じになります。

あくる年の春、東宮をお決めになる時にも、帝は何とかして若宮に一の宮を越えさせ、東宮に立たせたいと、心ひそかにお思いになりましたけれど、若宮には御後見《おんうしろみ》をする人もなく、またそのような順序を乱すことは、世間が納得しそうもないことなので、かえって若宮のためにはよくないだろうと御思案なさいまして、御本心は顔色にもお出しにならなかったのです。

「あれほど可愛がっていらっしゃったが、ものには限界があって、そこまではお出来にならなかったのだろう」

と、世間の人々も噂しあい、弘徽殿の女御もこれではじめて御安心なさいました。

若宮の祖母君にすれば、それにもすっかり気落ちなさり、慰めようもないほど愁《うれ》いに沈みこみ、

「今はもう一日も早く、亡き人のおられる所を、探し求めてそこへ行ってしまいたい」

とばかり祈りつづけていらっしゃいました。その験《しるし》があったのでしょうか、とうとうお亡くなりになりました。

帝はまた、これを悲しまれることは限りもないほどでした。

若宮も六つになられた年のことでしたので、今度は祖母君の死をよくお分りになり、恋い慕ってお泣きになります。祖母君も、これまで長い年月身近にお育てし、馴れ親しんでこられただけに、後にお残ししてこの世を去る悲しさを、かえすがえすお話ししてお亡くなりになったのでした。

若宮は、それからはずっと宮中にばかりいらっしゃいます。七つになられたので、読《ふ》書始《みはじめ》の式をなさいましたが、たぐいなく御聡明なので、帝は空恐ろしいようにさえ御覧になられるのでした。

「今となっては誰も、この子を憎むことはできないでしょう。母の亡くなったということに免じて、可愛がってやって下さい」

とおっしゃって、弘徽殿などへお越しになる時も一緒にお連れになり、そのまま御簾《みす》の内へまでお入れになります。たとえ荒々しい武士や仇敵《あだがたき》でも、この若宮を見れば、思わずほほ笑まずにはいられないほど可愛らしいので、さすがの弘徽殿の女御も、冷淡につき放すことはおできにならないのでした。この女御のお生みになった女御子《おんなみこ》がお二人いらっしゃいますが、とても若宮には比べることもできません。

ほかの女御や更衣の方々も、この若宮はまだお小さいので気を許して、お顔を隠したりはなさいません。ところが若宮は、お小さくても今からもうしっとりとつややかで、こちらが気の引けるような気品をたたえていらっしゃるので、ちょっと気の置ける面白い遊び相手として、誰も誰も好意を持っていらっしゃいます。

正規の学問としての漢学はもとより、琴や笛のお稽古でも、若宮は大空まで響くような絶妙の音色を出されて、宮中の人々を驚かせます。

こうして若宮のことをお話ししつづけますと、あまり仰山すぎて、話すのがいやになってしまいそうな御様子のお方なのでした。

その頃、高麗人《こまびと》が来朝しましたが、その中に、よく当たるすぐれた観相家《かんそうか》がいることを、帝がお聞きこみになりました。宮中に観相人を召されることは、宇多《うだ》の帝《みかど》の御遺誡《ごゆいかい》に禁じられていますので、ごく内密にして、若宮を彼らの宿舎の鴻臚館《こうろかん》へお遣わしになりました。御後見役《おんうしろみやく》としてお仕えしている右大弁《うだいべん》の子息のように若宮を仕立ててお連れしたのです。

観相家は、若宮を観るなり驚愕《きようがく》して、しきりに首を傾《かたむ》け不思議がっています。

「このお子は、将来、国の親となり、帝王の最高の位にのぼるべき人相をそなえていらっしゃいます。ところが、帝王となるお方として占いますと、国が乱れ、民の憂いとなることが起こりましょう。それなら国家の柱石《ちゆうせき》となって、天下の政治を補佐するお方として観立てますと、その相ともまた、違うようでございます」

と、言います。右大弁も、かなり学才のすぐれた博士なので、二人で話し合った内容は、たいそう興味深いものでした。漢詩などお互いに作り合ったりして、観相家は、

「今日明日にも帰国しようという時になって、このような稀有《けう》な相をそなえたお方にお会い出来た喜びは、かえってお別れの悲しさを思い知らされることとなりましょう」

と、別離の心境を興趣深く詩に詠みました。若宮もそれに対して情趣の深い漢詩をお作りになり、すぐお応《こた》えになったのを、観相家は言葉を極めて賞讃した上、数々の見事な贈り物などを献上いたしました。

朝廷からも、観相家においただしい品々を賜《たまわ》りました。自然にこの話が世間に伝わり広がって、帝からはいっさいお洩《も》らしにならないのに、東宮の祖父君の右大臣などは、

「いったいどういうおつもりで観相などおさせになったのだろうか」

と、気をまわして疑っておられます。

帝は深い尊い御思慮から、すでに若宮をわが国の観相家にも占わせていらっしゃって、内々お考えになっていたことなので、これまで若宮を親王にもなさらなかったのです。それにして

もあの高麗の観相家は、実にすぐれていたと、お考え合わされるのでした。

帝は若宮を無位《むい》の親王で、外戚《がいせき》の後《うし》ろ楯《だて》もない心細い立場のまま、惨めに過させるようなことはなさりたくない。ご自身の御代さえいつまで続くやらはかり難いことなのだから、いっそ若宮を臣下《しんか》に下《お》ろして、朝廷の補佐役に任じたほうが、将来もかえって安心出来るだろうと御判断なさって、若宮にはいよいよ、それぞれ道々の学問を習わせていらっしゃいます。

何につけても、際立って御聡明で、臣下にするのはまことに惜しいけれども、親王になられたら、即位のことなどでまた疑いをかけられるに相違ないとお考えになり、宿曜道《すくようどう》の達人にも判断をおさせになりましたが、やはり同じようにお答えしますので、臣籍《しんせき》にして源氏の姓をお与えになることに、御決心なさったのでした。


歳月が過ぎてゆくにつれ、帝はかえって、桐壺の更衣のことをお忘れになる時もありません。少しは淋しさを紛らすことができるかと、これと思われる新しい方々をお召しになってみても、

「亡き人に比べられそうな人さえ、この世にはいないのか」

と、帝はつくづく御気分が沈んでおしまいになるのでした。

そんな折に、亡き先帝の女四《おんなし》の宮《みや》で、すばらしい御器量だと評判の高いお方がいらっしゃいました。母后《ははきさき》がまたとなく大切にお守りしていらっしゃるということでした。

帝にお仕えしている典侍《ないしのすけ》は、先帝の時にも御奉公していまして、母后のお邸にも親しく参

り馴れていましたので、女四の宮も、まだ御幼少の頃からお見かけしておりました。今でも、何かのついでに仄《ほの》かにお顔をお見受けすることがあります。

「お亡くなりになられたお方の御容姿によく似たお方を、わたしは三代の宮仕えをしていながら、これまでお見つけすることが出来ませんでした。ところが后《きさい》の宮《みや》の姫宮こそは、それはよく似ていらっしゃって、まるで生きうつしのように御成人あそばしていらっしゃいます。世にもまれな美しいお方でいらっしゃいます」

と奏上しましたので、帝はほんとうだろうかとお心をひかれて、母后に、礼を尽くして姫宮の入内を御《ご》所望《しよもう》になりました。母后は、

「まあ、恐ろしい、弘徽殿の女御がひどく意地悪で、桐壺の更衣がおおっぴらにないがしろにされて苛《いじ》められ、あんなむごい最期《さいご》を遂げられたという、縁起でもない前例があるというのに」

とおじけづかれて、きっぱりと御決心もつきかねているうちに御病気になり、やがてお亡くなりになりました。

今では残された姫宮が、一人心細そうに暮していられるところへ、

「入内なさったら、わたしの女御子たちと同列に扱って、わたしが親代わりにお世話してあげましょう」

と、帝からはふたたび入内のことを、やさしく丁重におすすめになりました。お仕えする女房たちや、御後見《おんうしろみ》の方々、兄君の兵部卿《ひようぶきよう》の宮《みや》なども、

「こうして心細く淋しく暮していらっしゃるよりは、いっそ入内なさったほうが、お気持も晴れることだろう」

などと、お考えになり、四の姫宮を宮中へお上げになりました。

このお方を藤壺《ふじつぼ》の宮と申し上げます。ほんとうにお顔だち、お姿、何から何まで怪しいまでに亡き桐壺の更衣に生き写しでいらっしゃるのでした。こちらは御身分も一段と高いだけに、そう思うせいか、いっそう申し分なく結構で、他の妃たちも貶《おとし》めるようなことは出来ません。藤壺の宮は何事も存分に振舞われて、不都合なことはいっさいありませんでした。

亡き更衣の場合は、他の妃たちが誰も認めようとせず憎んだのに、あいにくと帝の御寵愛の度が深すぎたのでした。帝は亡き人のことをお忘れになったわけではありませんが、いつとはなしに、お心が藤壺の宮へと移ってゆき、この上もなくお心が慰まれるようなのも、これが人の心の常なのでしょうか。

源氏の君は、帝のお側を離れたことがありませんので、時々通うお方もそうですが、まして誰よりもしげしげと帝がいらっしゃる藤壺では、宮もそうそう恥ずかしがって、源氏の君からかくれてばかりいるわけにもまいりません。

どの妃たちも、御自分が一番美しいと思っていらっしゃることでしょう。たしかにそれぞれに、とてもお綺麗にはちがいありませんが、何しろ御年配の方々が多い中で、藤壺の宮お一人だけは、とりわけお若く可愛らしくていらっしゃいます。恥ずかしがられて源氏の君に見られまいと、つとめてかくれようとなさるのですが、何かの拍子に、ちらりと自然に、垣間《かいま》見えてしまうことがあるのです。

母君の面影は全く覚えていないところへ、

「藤壺の宮さまは、亡き母君さまとほんとにそっくりでいらっしゃいますよ」

と、典侍が話すものですから、子供心にもこの藤壺の宮を、

「ほんとうになつかしいお方だ」

と思い込み、

「いつもあのお方の側へ行っていたい。もっと馴れ馴れしく親しくさせていただきたい」

と、憧れていらっしゃるのでした。

帝も、お二人とも限りなくいとしくお思いになっていらっしゃるので、藤壺の宮に、

「どうかこの子に冷たくなさらないで下さい。どういうわけか不思議に、あなたがこの子の亡くなった母のような気がします。無躾《ぶしつけ》な者だと思わないで可愛がってやって下さい。この子の母は顔つきや目許などは、とてもこの子によく似ていました。だからあなたとこの子が、母子のように見えても不自然ではないのでしょう」

などと頼むようにおっしゃいますので、それを聞いている源氏の君は幼心《おさなごころ》にも、さりげない春の花や秋の紅葉をお贈りしては、親愛の気持をお見せになり、お慕いしていらっしゃいます。

それを見ると、弘徽殿の女御は、また藤壺の宮ともおん仲がよくないのに加えて、桐壺の更

衣に対する旧《ふる》い憎悪も再燃してきて、源氏の君にまでも、新たな憎しみが湧いてくるようでした。

帝が世にまたとない美貌と御覧になり、世間にも評判の高い藤壺の宮の御器量に比べても、源氏の君の艶《つや》やかなお美しさは、尚一層たち優《まさ》って、たとえようもなく愛らしいので、世の人々は誰いうとなく「光る君」とお呼び申し上げています。藤壺の宮もまた源氏の君とともに、それぞれに帝のご寵愛が格別なので、こちらは「輝く日の宮」と申し上げるのでした。

源氏の君の可愛らしい童形《どうぎょう》のお姿を、成人の髪型に変えてしまうのは残念だと、帝は惜しがられましたけれど、十二歳で御元服《ごげんぷく》なさいました。

帝が御自身で何くれとなくお世話をおやきになり、決まった儀式のしきたりの上に、更に重々しい儀式をさまざまお加えになるのでした。先年、東宮の御元服が紫宸殿《ししいでん》で行われましたが、その時の盛大だった華やかな御評判に、万事ひけをとらないように御立派になさいました。式の後であちらこちらでなさる御饗宴《ごきょうえん》なども、

「内蔵寮《くらづかさ》や穀倉院《こくそういん》などが普通の公式行事の規定通りに取り扱うと、とかく疎略になりがちだから、特別に配慮するように」

と、わざわざ御注意なさり、すべてに善美を尽くし最良に調えられます。

清涼殿の東の廂《ひさし》の間《ま》に、東向きに玉座《ぎょくざ》の御椅子《ごいす》を立てて、元服する源氏の君と、加冠《かかん》役の左大臣のお席をその前に設けます。儀式の始まる午後三時に、源氏の君がお席につかれます。

髪を童形の角髪《みずら》に結っていらっしゃる可愛らしいお顔つきや清らかな頰の色艶など、元服して成人の姿にお変えになるのが、ほんとうに惜しいようでした。

大蔵卿《おおくらきよう》が御髪《みぐし》上げの役をお務めいたします。言いようもなく美しい黒髪の端をお削《そ》ぎする時、いかにもいたいたしそうに削ぎかねているのを御覧になり、帝は、桐壺の更衣がもし生きていられてこれを御覧になったならと、お思い出しになるにつけてもたまらなく、涙がこみあげてくるのを心強くも気を取り直し、耐えつづけていらっしゃいます。

源氏の君は加冠の儀式が無事に終り、御休み所に退出されて、それまでの赤い袍《ほう》のご装束を成人の黄の袍にお召替えになり、階《きざはし》を降りて東庭で拝舞《はいぶ》をなさいます。その言いようもなく凜々《りり》しいお姿に、参列の人々は、思わずみな感涙にむせんでしまいました。

まして帝は、誰よりも深い感慨に耐えかねたようにお見受けされます。つい思いまぎれる折もあった昔の、亡き更衣の思い出のさまざまが、一挙にお心に立ち返ってきてお悲しみを切なく誘うのでした。

「こんなに幼い年頃で元服すると、器量が見劣りするのではないか」

と、ひそかに案じていらっしゃいましたのに、光る君の元服されたお姿は、ただもうすばらしくて、驚くばかりの愛らしさが、いっそう輝き増されているのでした。

加冠役の左大臣の北の方は、帝の妹宮で、御夫妻の間には姫君が、ただお一方お生れになっています。その姫君を大切に守り育てていらして、以前に東宮からそれとなく御所望があった折にも、当惑なさって思案していらっしゃったのは、実は、とうにこの源氏の君にさし上げたいおつもりがあったからなのでした。

帝にも、かねてこのことで、御内意をおうかがい申しあげましたところ、

「それでは、この元服後の後見役もいないようだから、いっそ元服の夜、その姫君に添《そ》い臥《ぶ》しさせて妻にしては」

と、おすすめになられましたので、左大臣はそのつもりでおります。

源氏の君が控えの間に退出されて、参列者の間では御酒宴が始まりました。源氏の君は、臣籍に下りましたので、親王たちの末席に着座なさいます。その隣には左大臣がひかえていて、それとなく今夜の姫君との婚礼のことを匂わせて、耳うちされましたが、まだ何につけきまりの悪いお年頃なので、お返事のしようもなく当惑していらっしゃいます。

帝のおん前から内侍《ないし》が左大臣の席に来て、

「帝がお召しでいらっしゃいます」

と伝えました。

左大臣が帝のおん前に進みますと、この日のねぎらいの御下賜品は、帝付の命婦《みようぶ》が取り次いで賜りました。白い大袿《おおうちき》に御衣裳一揃いは、こういう時の慣例《しきたり》のとおりでした。

帝からお盃を賜るついでに、

いときなき初元結《はつもとゆひ》に長き世を
契る心は結びこめつや

いとけなくいとしい者の
元服の初元結を
結ぶその時若いふたりの
夫婦《めおと》の契り長かれと
結びこめただろうか

と、帝は例の添い臥しのお心づもりをこめて、念をおされました。

結びつる心も深き元結に
濃きむらさきの色しあせずは

心こめ結びこめた元結に
色鮮やかな濃紫
殿御の心も濃紫
とことわに色あせぬよう
夫婦の契りもこめて添う

と、左大臣はお答え申し上げ、長橋《ながはし》から庭上に降りて拝舞されました。ここで、左馬寮《さまりよう》のお馬と、蔵人所《くろうどどころ》の鷹を鷹槊《たかほこ》に止まらせたものを拝領いたしました。御階《みはし》の下には、親王《みこ》たちや上達部《かんだちめ》が居並び、それぞれの位に応じた禄《ろく》を賜ります。

その日の帝の御前に供された折櫃物《おりびつもの》や、籠物《こもの》の料理などは、右大弁《うだいべん》が、帝の仰せを承って調進したものでした。屯食《とんじき》や禄の入った唐櫃《からびつ》など、置ききれぬほどあふれ、東宮の御元服の時よりもおびただしく、かえって今日のほうがすべてにつけ、この上なく盛大になりました。

その夜、左大臣のお邸に源氏の君は退出なさいました。婚礼の作法は世に例もないほど立派に整えて、左大臣は婿君をおもてなし申し上げます。婿君がまだ子供子供していらっしゃるのを、左大臣は、非常に可愛らしいとお思いになります。

女君は、源氏の君より少し年嵩《としかさ》でいらっしゃるのに、婿君があまりに若々しいのが、御自分と不似合いで恥ずかしく、気が引けるようにお感じになります。

この左大臣は帝の御信任がたいそう厚い上に、北の方と帝は、同じ后腹《きさいばら》の御兄妹ですから、どちらから見ても、まことに申し分のない華々しい御立場の上に、今また源氏の君までこうして婿君として迎えられましたので、東宮の御祖父として御即位の暁には、天下の政《まつりごと》を執《と》り行われるはずの右大臣のこれまでの御威勢は、ものの数でもなく気圧《けお》されてしまわれました。

左大臣はたくさんの男のお子たちを夫人たちの腹々に生ませていらっしゃいます。姫君と同じ宮腹《みやばら》のお子の蔵人《くろうど》の少将《しょうしょう》は、まだ若々しく御器量もすぐれているので、日頃仲の悪い右大臣もそれを見過すことは出来ず、可愛がっておられる四の姫君にめあわされました。左大臣に負けず、この少将を大切になさる力の入れようは、ほんとうに望ましい理想的な婿舅《むこしゅうと》の御関係でした。

源氏の君は、帝が始終お側にお召し寄せになりお離しにならないので、ゆっくり里住まいで

くつろぐこともおできになりません。心の中では藤壺の宮だけを、この世でただ一人のすばらしいお方として恋い慕われていて、

「もし妻にするなら、あのようなお方とこそ結婚したい。あのお方に似ている女など、この世にはとてもいそうにない。左大臣家の姫君は、器量も申し分ないし、大切に育てられたいかにも上品な深窓《しんそう》の人だけれど、どこか性《しょう》が合わないような気がする」

と、ひそかにお思いになって、幼心の一筋に、藤壺の宮のことばかりを思いつづけて、苦しいほどに恋い悩んでいらっしゃるのでした。

元服をされてから後は、帝もこれまでのようには、源氏の君を御簾の中へ入れてくださいません。管絃の御遊びの折々、藤壺の宮の御琴に合わせて、源氏の君が笛を吹く時などに、ひそかに心を通わせ、かすかに漏れ聞こえてくる藤壺の宮のほのかな声音《こわね》に、わずかに心を慰めていらっしゃるのでした。それだけでも、源氏の君にとっては宮中のお暮しが魅力なのです。五、六日も宮中で過され、左大臣家には二、三日というふうに、とぎれがちにしかお泊まりになりません。それも左大臣は、何しろまだ幼いお年頃だからと、何事にもとがめだてもせず、ただひたすら大切にもてなしていらっしゃるのでした。

婿君のほうにも姫君のほうにも、選りすぐった器量や才芸の並々でない女房ばかりを集めて仕えさせていらっしゃいます。源氏の君のお心を惹くような面白い遊びの催しごとをしたりして、せいぜい御機嫌をとり結ぶことに心を砕いていらっしゃるのでした。

源氏の君は宮中では、もとの桐壺の更衣のお部屋をそのままいただいて、更衣にお仕えして

いた女房たちを、今も散り散りにならぬよう、引きつづいてお仕えさせています。

昔の更衣の二条の里邸は、修理職《すりしき》や内匠寮《たくみづかさ》に帝からの宣旨《せんじ》が下って、またとないくらい立派に改修の工事が進んでいます。もともと庭の植え込みや、築山《つきやま》の配置などは結構な風情のある所でしたが、さらに池を広く造り直したり、邸を立派に造築したりして工事が賑々しいことです。

源氏の君はその二条のお邸をご覧になるにつけても、

「こんな所へ、理想通りの心に適《かな》うお方をお迎えして、ご一緒に住めたらどんなに幸せだろう」

とばかり、切なく思いつづけられるのでした。

「光る君」という名は、あの高麗《こま》の観相家が、この君をほめたたえてお付けしたのだと、言い伝えられていますとか。

夕《ゆう》顔《がお》より

美しい青年に成長した光源氏は、高貴な女性のもとに通いながら中流の女性たちと恋を重ねる。夕顔巻では五条に住む乳母の家の隣家に咲く花と、そこに住む女に関心を抱く。名乗り合わぬまま、二人は逢瀬を重ねるが……。

源氏の君が六条のあたりに住む恋人のところに、ひそかにお通いになられている頃のことでした。

その日も、宮中から御退出になり、六条へいらっしゃる途中のお休み処として、大弐《だいに》の乳母《めのと》が重い病気にかかり、尼になっているのを見舞ってやろうと思いつかれて、五条にある乳母の家を尋ねていらっしゃいました。

お車を入れる門は、錠を下ろし閉ざされていましたので、中にいる乳母の子の惟光《これみつ》をお供の者に呼び出しにやられました。

惟光をお待ちになっていらっしゃる間の所在なさに、車の中からみすぼらしいそのあたりの大路《おおじ》の様子を眺めていらっしゃいますと、乳母の家の傍に、檜垣《ひがき》という垣根のま新しいのを、結《ゆ》いめぐらせた家があるのが目につきました。家の上の方は半蔀《はじとみ》を四、五間ほどすっかり上げて、簾《すだれ》などもいかにも白く涼しそうに下げられています。その向こうに美しい額の女の影が、ちらちらいくつも透いて見え、女たちもどうやらこちらを覗《のぞ》いているようです。

立ったまま動きまわっているらしい女たちの、見えない下半身を想像しますと、むやみに背丈が高そうに感じられます。

いったいどういう女が集まっているのだろうと、源氏の君は好奇心をかきたてられるのでした。お車も出来るだけ目立たなく略式にしていらっしゃるし、先払いの声も止められているので、自分を誰だかわかりはしないだろうと気をお許しになって、少し車からお顔を出して覗かれますと、門は蔀戸《しとみど》のようなのを押し上げてあり、中も手狭で、見るからに粗末な小さい住居《すまい》なのです。しみじみそれを御覧になるにつけても、どうせこの世はどこに住んでも仮の宿りにすぎないのだと、よくお考えになってみれば、金殿玉楼《きんでんぎょくろう》もこのささやかな家も、所詮は同じことだとお思いになります。

切懸《きりかけ》のような粗末な板塀に、鮮やかな青々とした蔓草《つるくさ》が気持よさそうにまつわり延びていて、白い花が自分だけさも楽しそうに、笑みこぼれて咲いています。

「そちらのお方にちょっとお尋ねします。そこに咲いているのは何の花」

と、源氏の君がひとりごとのようにつぶやかれますと、護衛の随身《ずいじん》が、お前にひざまずいて、

「あの白く咲いている花は、夕顔と申します。花の名は一応人並みのようですが、こういうささやかであわれな家の垣根に咲くものでございます」

と申し上げました。いかにも小さい家ばかりがほそぼそと建てこんだみすぼらしいこのあたりのあちらこちらに頼りなさそうに傾いた粗末な家々の軒端などに、夕顔の蔓がからみつき延びているのを御覧になって、

「みじめな花の宿命だね、一房折って来なさい」

とおっしゃいますので、随身は、あの戸を棹《さお》で押しあげた門の内に入り、白い花の蔓を折りました。

ささやかな家ながらもどことなく風情のある引き戸口に、黄色の生絹《すずし》の単《ひとえ》袴《ばかま》を裾長にはいた、可愛らしい女童《めのわらわ》が出て来て、手招きします。

随身が近よりますと、色が変わるほど深く香をたきしめ、いい匂いのただよう白い扇をさし出して、

「この上に花をのせてさし上げて下さい。蔓も頼りない花ですから」

と言って、扇を渡しました。ちょうどそのとき、惟光が門を開けて出て来ましたので、随身は扇の花を惟光に渡し、惟光の手から源氏の君にさし上げました。

「門の鍵を、どこに置いたか見つからず、お待たせして、失礼いたしました。この辺りには、源氏の君とお見分けするような気のきいた者も居りませんが、汚らしい路ばたに、お車を立ち往生させてしまいまして」

と、惟光はしきりにおわび申し上げます。

ようやく車を門内に引き入れて、源氏の君はお降りになりました。

惟光の兄の阿闍梨《あじやり》や、娘婿の三河の守《みかわのかみ》、それに娘などが、老母の重態のため集まってきていたところへ、源氏の君が、こうしてたまたま見舞いにお越し下さったことを、この上もなく有り難いことと思い、恐縮しきってお礼を申し上げます。尼君も起き上がって、

「もう今更、何の惜しくもないこの身でございますのに、これまでこの世を捨てられなかったのは、出家すれば君のお前に出てこのようにお目通りがかなわなくなるのではないかと、それだけが残念でためらっていたのでございました。受戒の御利益《ごりやく》で、命をよみがえらせていただきまして、このようにお見舞い下さいましたお姿を拝見出来ましたので、今はもう、あの世へお連れ下さる阿弥陀様《あみださま》の御来迎《ごらいごう》も、心すがすがしくお待ちすることができそうでございます」

などと申し上げて、弱々しく泣くのでした。源氏の君は、

「この頃、病気がはかばかしくないと聞いていたので、いつもずっと心配していたのですよ。こんなふうに世を捨てて尼姿になられたのを見ると、ほんとうに悲しくて残念でたまらない。どうか長生きして、もっとわたしが高位高官に上る姿を見届けておくれ。その後で、九品浄土《くぼんじょうど》の最高の世界にも、何の障りもなく生れ変わられるのがいいでしょう。この世に少しでも恨みが残るのは、往生によくないことだと聞いています」

などと、涙ぐみながらおっしゃいます。

乳母などというものは、自分が養育したからには、少々出来のよくない子でさえおかしいぐらい申し分のない子のように思いこむのが常ですのに、ましてや尼君は、源氏の君のようなすばらしいお方を朝夕親しくお育て申した自分までが、大切に、有り難く思われますので、晴れ

がましくて、ただもうむやみに涙にくれています。子供たちは、老母の泣くのを見苦しく思って、

「まるで捨てたこの世にまだ未練がありそうに、自分から泣き顔をさらしてみっともない」

と、互いに肩や肘《ひじ》をつつきあって、目くばせしあっています。

源氏の君は、尼君の泣くのをしみじみあわれに思われて、

「わたしは幼かった頃、可愛がってくれるはずの人たちが、次々にわたしを捨てて亡くなってしまわれたので、それから後はいろいろな人に育ててもらったようだけれど、心から親身に思って馴れ慕ったのは、あなたよりほかにはなかったのですよ。大人になってからは、面倒な浮き世のきまりなどもあって、朝夕、逢うわけにもいかなくなり、思うように訪ねることも出来なかった。それでも長く逢わないでいると、心細く淋しくてたまらなかった。ほんとうに子が親を慕うように思っているので、〈世の中にさらぬ別れのなくもがな〉と歌われているのと同じ気持で、さけられない死別など決してあってほしくないとつくづく思っています」

などと、細やかにお話しになられて、涙を押し拭《ぬぐ》われるお袖にたきしめた香の匂いが、部屋いっぱいにあふれるばかりに満ちわたります。たしかに考えてみれば、この尼君は、まれに見る幸運な身の上だったのだと、それまで尼君の様子を見苦しいと思っていた子供たちも、みな涙にしおれてしまいました。

尼君の病気平癒《へいゆ》の加持《かじ》祈禱《きとう》などを、ほかにもまた始めるようになどお命じになられてから、源氏の君はこの家をお出になろうとして、惟光に紙燭《あかり》を用意させたついでに、さっきの扇を御

覧になりました。この扇を使い馴らした人の移り香が、たいそう深くしみついていて、心惹かれます。扇には風流な筆跡で歌が書き流してありました。

心あてにそれかとぞ見る白露の
　ひかりそへたる夕顔の花

あるいはあのお方
源氏の君ではないかしら
白露に濡れ濡れて
ひとしお美しく光をました
夕顔の花のようなお顔は

それとなくほのかに変えてある筆跡も、上品らしくわけありそうに見えます。源氏の君は思いのほかにお気持をそそられ、

「この西隣の家には誰が住んでいるのか、聞いたことはないか」

と惟光におっしゃいますので、また例の厄介なお癖が、とは思うけれども、惟光はそうとはいわず、

「この五、六日、この家にはおりますが、病人のことが心配で看護にかまけきっていまして、隣のことなど聞く暇もありません」

と、ぞんざいな口調で申し上げます。

「こんなことを訊くのを憎らしいと思っているのだね。しかし、この扇は調べてみなければならないわけがありそうに思われるから、やはりこのあたりの様子のわかった者を呼んで調べて

おくれ」

とおっしゃるので、惟光は奥に入り、この家の管理人を呼んで尋ねました。

男は、

「隣は揚名《ようめい》の介《すけ》をしている者の家でございました。主人は田舎へ出かけていて、その妻というのが年も若く風流好みの女で、その姉妹とかが宮仕えをしていて、よくこちらに出入りしていると、隣の下男が申します。くわしいことは、下男などにはよくわからないようでございます」

と申し上げます。

なるほど、それではあの歌は、宮仕えの女のしわざであろう。得意そうにさも馴れ馴れしく詠んだものだ、どうせ興ざめな身分の低い者だろう、とはお思いになるものの、それでも源氏と目ざして、歌を詠みかけてきた心意気が、どうも捨て難くて、憎からずお思いになりますのも、例の、女にかけてはほんとうに軽々しいお心のせいなのでしょう。

懐紙《かいし》に、つとめて御自分の字ではないように、筆跡を変えてお書きになられて、

寄りてこそそれかとも見めたそかれに
　ほのぼの見つる花の夕顔

近づいてたしかに
見さだめてはいかが
たそがれの薄明かりに
ほのかに見た夕顔の
花の正体をわたしを

という歌を、さっきの随身に持たせておやりになりました。

女たちはまだこれまで拝したこともない源氏の君のお姿でしたけれど、たしかにあのお方にまちがいないと、御推量した君の横顔を見逃すことができずに、いきなり、歌をさし上げたりしたものの、源氏の君からは、何のお答えもないまま時が過ぎていったので、何だか体裁が悪く、気恥ずかしい思いをしていたところでした。そこへ、こうしてわざわざお返事がありましたので、いい気になって、

「さあ、どうお返事したものかしら」

などと、相談しあっている様子でしたが、随身は興ざめな女どもだと癪《しゃく》に障り、さっさと帰ってきてしまいました。

先払いの者のともす松明《たいまつ》の光もほのかに、源氏の君は、乳母の家を忍びやかに御退出なさいました。西隣の家の半蔀はもうすっかり下ろされています。半蔀の隙間から漏れてくる灯が、蛍よりもなおもほのかに見えるのが、しみじみとした気持をそそるのでした。

お通いどころの六条のお邸では、庭の木立や植え込みなどの風情が、ありふれたところとは全くちがっていて、いかにも閑静に、優雅にお住まいでいらっしゃいます。

女君の高貴すぎるほど端正な御容姿などは、比べようもないほど、お美しいので、さきほどの夕顔の垣根の女のことなど、思い出されるはずもありません。

明くる朝は少しおふたりで寝過されて、朝日がさし昇るころ、源氏の君は六条のお邸をお出

ましになります。黎明《れいめい》の中に拝する源氏の君の朝帰りのお姿は、たしかに人々がこぞってほめそやすのは、無理もないほどの御立派さなのでした。

今日もあの夕顔の蔀戸《しとみど》の前をお通りになられました。これまでにも度々通りすぎていらっしゃったあたりなのですけれど、ただ、歌をとりかわしたというささいなことが、お心にとまってからは、いったいどんな人が住んでいるのだろうと、つい往《い》き来《き》にお目がとまるようになりました。

八月十五日の中秋の満月の夜のことでした。冴えかえり影もない月光が、すき間の多い板葺《いたぶき》のあばら家には、残りなく洩れて来て、源氏の君は、見なれないそんな女の住まいを、物珍しく感じていらっしゃる間に、いつのまにか暁方近くなっていたのでしょう。

隣近所の家々の人が目を覚まし、しがない男たちの声が、

「おお、寒ぶ、寒ぶ、何とまあ寒いことだわい」

「今年はさっぱり商売が上がったりで、田舎のほうの行商も、ろくなことはあるまいと思うと、ほんとうに心細くてならないねえ。おいおい、北のお隣さんや、聞いてるかい」

など言いかわすのが聞こえてきます。たいそう細々としたそれぞれの暮しのために、朝早く起き出して、ざわざわと立ち騒いでいるのが、間近く聞こえてくるのを、女はとても恥ずかし

く思っています。体裁ぶった気取り屋の女なら、恥ずかしさのあまり消えも入りたいような住まいのみじめなありさまでしょう。ところが、この女は、おっとりしていて、辛いことも厭《いや》なことも、恥ずかしいことも、あまり気にするようでもなく、そのしぐさや姿はたいそう上品で可憐らしくて、この上なく猥雑《わいざつ》で騒々しい隣近所のはしたなさが、どういう話をしているともわかっていない様子なのです。なまじ恥ずかしがって顔を赭《あか》らめたりするより、かえって罪がないように源氏の君には思われるのでした。

ごろごろと鳴る雷よりもおどろおどろしい音を立てて、踏みとどろかしている碓《からうす》で米をつく響きも、すぐ枕上に聞こえます。ああ、うるさい音だと、これには閉口なさいました。これが何の響きともおわかりにならず、何だか奇妙な気持の悪い音だとばかりお聞きになります。その他にも何かといろいろわずらわしいことが多いようでした。

白い布を打つ砧《きぬた》の音も、かすかにあちこちから聞こえて、空を飛ぶ雁の声も加わります。そうした秋の風情を伝える音や声が一つになって源氏の君にはたまらなくあわれなお気持がそそられるのでした。

縁近いところにお寝《やす》みでしたから、引き戸をあけられて、女とふたりで外を眺めていらっしゃいます。狭い庭に、しゃれた呉竹《くれたけ》が植えられていて、庭先の草花においた朝露は、こんな賤《いや》しい家でも、立派なお邸の庭と同じようにきらきらきらめいています。

壁の中で鳴くこおろぎの声さえ、広大なお邸ではまれにしかお聞きにならない源氏の君には、さまざまな虫の声々が入りみだれて、すぐ耳もとにうるさく聞こえるのも、かえって趣が変わり、おもしろいとお感じになられます。それもこの女へのひたむきな愛情の深さから、どんな欠点も気になさらないからでございましょう。

女は白い袷《あわせ》の上に、薄紫の着慣れた柔らかな表着《うわぎ》を重ねていて、あまり目立たないその姿が、たいそう可愛らしくきゃしゃな感じです。どこと取り立ててすぐれたところもないのですが、身体《からだ》つきがほっそりとしてたおやかに、何か言う表情など、とてもいじらしくて、ただひたすら可愛らしく感じられます。もう少し心の表情を見せたなら、いっそうよくなるだろうとお思いになりながら、やはりもっと身も心もとけあわせて女と逢いたいとお思いになるのでした。

「さあ、ここからすぐ近くの邸に行って、くつろいでゆっくり夜を明かそう。こんな所でばかり逢っていたのでは、たまったものではないよ」

と源氏の君がおっしゃいますと、女は、

「そんなことは、とても。だってあんまり急なことですもの」

と、おっとりと言いながら坐っています。源氏の君が、ふたりの仲はこの世ばかりでなく、来世までもつづけようとお誓いになりますと、女は疑いもせず身も心も任せきってくる心情など、不思議なほどほかの女たちとはちがって初々しく、とても恋に馴れた女とも思われません。源氏の君はそんな女がいっそういとしくなり、周りの思惑などどうでもよくなられます。右近という女房をお召しになって、随身にお命じになり、お車を縁側まで引き入れさせました。

この家の女房たちも、女君への源氏の君のご愛情が、おろそかでないのを、日頃からよく知っておりますので、何となく不安な気持を抱きながらも、御信頼しているのでした。

明け方も近くなりました。鶏の声などは聞こえないで、あれは金峯山《きんぷせん》に参籠に行く御嶽精進《みたけそうじ》の行者《ぎょうじゃ》たちでしょうか、ひどく年寄りくさい声で祈りながら、地に額をこすりつけ礼拝するのが聞こえてきます。五体投地礼《ごたいとうちれい》の立ったり坐ったりの動作も苦しそうに、勤行《ごんぎょう》をしているのでした。可哀そうに、朝の露と同じようなはかないこの世で、余命いくばくもない老人が、いったい何を貪《むさぼ》り求めようとして祈っているのかと、源氏の君はその声をあわれにお聞きになるのでした。

「南無当来導師《なもとうらいどうし》」

と拝んでいるようです。

「あれをお聞きなさい。あの老人も来世を信じて、この世だけの命とは思っていないのでしょうよ」

と、哀れにお思いになって、

優婆塞《うばそく》が行ふ道をしるべにて
　来《こ》む世《よ》も深き契りたがふな

あの行者たちの勤行を
仏の道への案内として
来世までもあなたよ
深いふたりの愛の契りを
たがえないでほしい

玄宗皇帝《げんそうこうてい》と楊貴妃《ようきひ》が長生殿《ちようせいでん》で愛を誓い合った昔の例は、死別になって不吉なので、比翼《ひよく》の鳥になってふたりで生れ変わろうという約束とは引きかえに、弥勒菩薩《みろくぼさつ》の出現遊ばすという五十六億七千万年の、今からはるかな遠い未来までもの、お約束をなさいます。それはあまりに大《おお》袈裟《げさ》なお話でございます。

前《さき》の世の契り知らるる身の憂さに
　行く末かねて頼みがたさよ

わたしの前世のつたなさも
思いやられる身の不運
どれほどあなたを愛しても
行く末かけての契りなど
今から頼みにできようか

こうした返歌はしましたものの、歌を詠むような嗜《たしな》みなど、この女には果たしてどれほどあることやら、頼りない感じがします。

沈むのをためらっている月に誘われたように、ふいにどこへとも行方も知らずさまよい出かけていくのに、女は気が進まず迷っています。源氏の君がいろいろなだめてお誘いになるうちに、ふいに月が雲に隠れて、明けて行く空の景色がたいそう美しく見えます。

明るくなって人目につき、みっともないことにならないうちにと、例のように、急いでお出かけになります。軽々と女を抱きあげて、車に乗せておしまいになりましたので、右近も一緒に乗りこみます。

五条に近い、ある院にお着きになりました。

呼び出された留守番の者が出て来るまで、お車の中から、荒れはてた門の上に、しのぶ草が茂っているのを見上げていらっしゃいます。あたりは木が繁っていて、その蔭でたいそう暗いのでした。

霧も深く、湿っぽいのに、お車の簾まで上げさせていらっしゃったので、源氏の君のお袖までひどく濡れしおたれました。

「まだこんなことわたしにははじめての経験だが、なかなか気苦労なものだね。

いにしへもかくやは人のまどひけむ
我がまだ知らぬしののめの道

昔の人も恋の闇路に迷い
こんな暗い夜明けの道を
さ迷い歩いたのだろうか
私にははじめてのこんな
恋の道行きだけれど

あなたはこんな経験がありますか」

とお訊きになります。夕顔の女は恥ずかしそうに、

山の端《は》の心も知らで行く月は
　うはの空にてかげや絶えなむ

これから沈んでいこうとする
山の端の本心も知らないで
そこへ近づいていく月は
空の途中でもしかしたら
消えはててしまうのかもしれません

「心細うございます」

とつぶやいて、女はさも恐ろしそうに、脅えた様子をしていますので、あの狭い家に大勢で住み馴れていたからだろうと思って、源氏の君はおかしくなられます。

門の内にお車を入れさせて、西の対《たい》に御座所の用意をしている間、高欄《こうらん》にお車の轅《ながえ》をもたせかけて、お待ちになります。

右近はこんな成り行きに何となく艶《つや》っぽい情趣をそそられて、女君の過去の恋の場面などを、人知れず心のうちに思い出しております。

留守番の男が緊張して一所懸命走り廻って支度をする様子を見て、右近は男君の御身分をすっかり見抜いてしまいました。

ほのぼのと夜が明けかけ、あたりの物の形が見えてくる頃、お車をお降りになり邸内にお入りになりました。

急ごしらえの御座所としてはきれいに支度してあります。

「お供にこれという人が誰もおつきしていないとは、いやはや、不都合なことでございますな」

と言う留守番は、源氏の君とも親しい下級の家司《けいし》で、左大臣邸にもお出入りしている男ですから、お前に参って、

「誰かしかるべき人をお呼びいたしましょうか」

など、右近を介して申し上げますけれど、源氏の君は、

「わざわざ、人の来ないような隠れ家をここと決めて来たのだ。決して、ほかへはこのことを洩らしてはならないぞ」

と、口止めをなさいます。

家司がお粥《かゆ》などをいそいで源氏の君にさし上げるのですが、お膳を運ぶ御給仕の者も揃《そろ》いません。

まだ経験したことのない珍しい御旅寝なので、ひたすら愛しあい、とめどもなく溺《おぼ》れ、ふたりの仲が永遠に尽きることもないようにと、誓いつづけるより他のことはないのでした。

源氏の君は日が高くなった頃にお起きになられて、御自分で格子をお上げになりました。庭はたいそう荒れはてて人影もなく、はるばると遠くまで見渡されます。庭の木々は不気味な古い大木になって鬱蒼《うつそう》とそそり立っています。

庭先の草木などは、なおさらこれといった美しさもなく、庭一面は秋の野原のように淋しく

見えます。池も水草に埋もれています。本当にいつの間に、こんなに恐ろしそうな不気味な廃園になってしまったのでしょう。

離れの棟のほうには部屋などつくって、留守番の一家が住んでいるらしいのですが、こちらとは遠く隔たっています。

「すっかり人気《ひとけ》も遠く気味の悪いところになってしまったものだ。まあ、もし鬼などが住んでいたとしても、わたしだけには手出しをしないだろうよ」

と、源氏の君はおっしゃるのでした。

その顔はまだ覆面《ふくめん》のままかくしていらっしゃいます。

女がそれをあんまり水臭いと思い、恨んでいましたので、たしかにこれほど深い仲になりながら、隠しごとをするのも悪いとお思いになって、覆面の布を初めてお外しになりました。

夕露にひもとく花は玉鉾《たまぼこ》の
たよりに見えし縁《え》にこそありけれ

夕べの露に花が開くように
わたしが今覆面を外し
顔をお見せするのも
あの通りすがりの道で
姿を見られた縁からだ

「どうですか。白露の光と言ったわたしの顔は」

とおっしゃいますと、女は流し目にちらりと見て、

光ありと見し夕顔の上露《うはつゆ》は
　　たそかれどきのそら目なりけり

露に濡れ光るように
輝いて見えたお顔は
今近くで見ると
それほどでもないあれは
たそがれ時の見まちがい

　とかすかな声で言います。源氏の君はこんな女の歌まで、おもしろいとお思いになります。すっかりおうちとけになられた源氏の君のお美しさは、世にまたとはなく、ましてこういう不気味な場所柄のせいかいっそうお美しく、鬼神に魅入られるのではないかと不吉にさえ感じられます。

「いつまでもあなたが名さえ教えてくれない他人行儀の恨めしさに、わたしも顔を見せないでおこうと思っていたけれど。さあ、今からでも名を明かしなさい。でないと、あんまり気味が悪い」

　とおっしゃいましたが、女は、

「〈海人《あま》の子〉なんですもの、名乗るほどの者ではございませんわ」

　と言って、さすがに馴れ馴れしくはせず、はにかんでいる様子などは、たいそう甘えているようにも見えます。

「仕方がない、これも身から出た錆《さび》だろう」

と怨《うら》んでみたり、また愛の睦言《むつごと》を交わしあったりして、終日お過しになってしまいました。

やがて惟光が探しあててきて、果物などをさし上げます。右近にあえばあなたの手引きなのかと恨みごとを言われるにちがいないので、さすがに気が引けて、惟光はお側近くへはお伺いしません。

この女のために、こんなにまでして人目を忍びうろうろ歩き迷っていらっしゃる源氏の君のご執心ぶりが惟光にはおもしろくて、きっと、それだけの値打ちのある女なのだろうと想像するにつけても、自分が早く言い寄ることも出来たのに、君におゆずりしてしまうとは、我ながら心が広すぎたなどと、悔しがっているのは、何ともあきれたことでした。

たとえようもなく静かな夕暮の空を眺めていらっしゃって、奥のほうは暗くて気味が悪いと、女が怖がっていますので、縁側の簾《すだれ》を巻き上げて、女に添い寝していらっしゃいます。

夕映えに浮かびあがったお互いの顔を見かわして、女も、こんなことになったのを、つくづく思いのほかの成り行きだと不思議な思いにとらわれています。今はすべての不安や愁いも忘れてしまって、少しずつ打ち解けてくる様子が、源氏の君には何とも言えず可愛らしいのでした。

終日、ひしと源氏の君のお側に寄り添ったままで過しながら、夕顔の女はまだ何かにひどく怯えて怖がっている様子がいかにも若々しく可憐なのです。

格子を早々とおろして、灯火《あかり》の用意をおさせになりました。

「こんなにすっかり隔てのない打ちとけた仲になったのに、まだあなたは相変わらず隠しだてなさるのがつらい」

と源氏の君は恨み言をおっしゃるのでした。

宮中では、今ごろ帝がどんなにか自分をお探しになっていらっしゃることか、帝のお使いは、いったいどこを探し歩いていることやら、と思いやられます。

「それにしてもこれほどこの女に夢中になるとは我ながら何という不思議な心だろう。また六条の御息所《みやすどころ》も、全くお訪ねしないのでどんなにかお恨みになり苦しまれていらっしゃることだろうか、あの方に恨まれるのはつらいけれど、あちらにしては無理もないことだ」

など、すまないと思う点では、まず第一にあのお方をお思い出しになられるのでした。

おっとりと無邪気に、差し向かいに坐っている目の前の女を、たまらなく可愛くお思いになるにつけ、六条の御息所が、あまりにも高い自尊心から、こちらが息苦しいような窮屈な気分にさせられる点を、少し取り捨ててくださったならなど、源氏の君は心のうちに、ついふたりを比べておしまいになられるのでした。

夜が訪れた頃、女とふたりですこしとろとろとお眠りになられたそのお枕上に、ぞっとするほど美しい女が坐っていて、

「わたしが心からほんとにすばらしいお方と、夢中でお慕いしていますのに、捨てておかれて、こんな平凡なつまらない女をおつれ歩きになって御寵愛なさるとは、あんまりです。心外で口惜しく悲しゅうございます」

と言いながら、源氏の君の傍らに寝ている女に手をかけ、引き起こそうとするのを、夢に御覧になります。

何かにおそわれたような苦しいお気持になり、うなされてお目覚めになると、ふっと灯も消えてしまいました。真っ暗闇の中で気味が悪く、太刀《たち》を引き抜いて、魔除《まよけ》にそこに置かれて、右近を起こしました。右近も脅えた様子で、恐ろしそうにおそばへにじり寄ってきました。

「渡り廊下に居る宿直《とのい》の者を起こして、紙燭《あかり》をつけて参れと言いつけなさい」

とお命じになります。右近は、

「どうして行けましょう。暗くて」

と申します。

「なんだ、子供っぽいことを」

とお笑いになって、手を叩《たた》かれますと、山彦のようにその音が反響して、たいそう不気味にひびきわたります。誰もその音を聞かないらしく、来ない上に、この女君がひどくわなわな震えだし、どうしてよいかわからないように脅えきっております。汗もしとどになって正気を失ったように見えます。

「むやみにものに脅えなさる御性質でいらっしゃいます。どんなお気持でいらっしゃいますことか」

と、右近も申し上げます。たいそうか弱くて、昼の間も空ばかり見つめていたものを、どんなにか怖がっていたのだろう、かわいそうなことをした、とお思いになられて、

「わたしが人を起こして来よう。手を叩くと山彦が応えて、うるさくてたまらない。お前はここで、しばらくお側についていておいで」

とお命じになって、右近を夕顔の女の傍らにひき寄せられて、西側の妻戸《つまど》を押し開けられると、なんと渡り廊下の灯もかき消えていたのでした。

風が少し吹いていますが、宿直の者も少なくて人の気配はなく、詰めている者は残らず寝入っております。留守番の男の息子で、日頃源氏の君が身近に使っていらっしゃる若者と、殿《てん》上童《じょうわらわ》が一人に、例の随身だけしかおりません。お呼びになりますと、留守番の息子が返事をして起きてきました。

「紙燭をつけて来い。随身も弓の弦《つる》を鳴らして、絶えず声をあげるように命じてくれ。こんな人気のない所で、安心して眠るとは何事だ。惟光の朝臣《あそん》もさっき来ていたようだが、どこに居るのか」

とお訊きになりますと、

「先程まで控えておりましたけれど、お呼びもないので、明け方、お迎えに伺うと言って、退出なさいました」

と申し上げます。こうお答えした留守番の息子は、宮中の滝口《たきぐち》の武士でしたから、弓弦《ゆづる》をいかにも手馴れた様子でうち鳴らして、「火の用心、火の用心」と、繰り返しながら、留守番の家族の住居のほうへ去っていきました。

その声に源氏の君は、宮中を思い出されて、もう今頃は、宿直の殿上人《てんじょうびと》が姓名を奏上する名《な》対面《だいめん》はすんだだろう。滝口の宿直の武士の名対面が丁度今頃はじまった頃だろうかなどと、推量なさいます。それならまだそう夜も更けきってはいないのでしょう。

源氏の君がお部屋に帰ってこられ、手さぐりでたしかめてごらんになると、夕顔の女はもとのままの姿で寝ている横に、右近もうつ伏しています。

「これはまた、どうしたのだ。何という怖がりようか、物脅えにも程がある。こういう荒れた所には、狐の類《たぐい》などが住んでいて、人間を脅やかそうとして悪いいたずらをして怖がらせるものなのだ。しかしわたしがついている以上は、そんなものには脅されはしない」

と、右近をひき起こされました。

「ああ、気味が悪い。わたしはたまらなく怖くて気分が悪いので、うつ伏しているのです。それより姫君こそどんなに怖がっていらっしゃいましょう」

と申しますので、

「おお、そうだ、どうして、そんなに怖がるのか」

と、女君をかきさぐってごらんになると、息もしていません。ゆすってみても、ただ体がなよなよとして、正気を失っているようなのです。

「まるで子供のように頼りない人なので、物の怪《もののけ》にでもとり憑《つ》かれたのだろう」

と、どうしていいのか途方にくれておしまいになりました。

その時、滝口の男が紙燭を持って来ました。

右近もほとんど気を失い、動ける様子もありませんでしたので、源氏の君は近くにある几帳《きちょう》

をお引き寄せになられて、

「もっと近くへ持ってまいれ」

と、お命じになります。お側近くへまいるなど例のないことなので、男はとても近寄れず御遠慮して、縁から室内へも上がることができません。

「もっと近くへ持って来るのだ。遠慮も時と場合による」

とおっしゃって、紙燭を取り寄せて女君を御覧になりますと、その枕上に、あの夢に見た時と同じ顔をした女が、幻のように浮かび、ふっとかき消えてしまいました。昔の物語などには、こういう話は聞いているものの、こんな異様なことが現実におこるとは只事でなく、気味が悪くてなりません。けれどもとにかく、この人がどうなっているかと、心配で動揺なさり、御自分に害の及ぶことなどお考えになるゆとりもなく、そっと側に添い寝しておあげになり、

「ねえ、どうしたの」

と目を覚まさせようとなさいました。けれども夕顔の女は、ただもうすっかりひえびえと冷たくなってしまっていて、息はとうに絶え果てていたのでした。もはや、どうしようもありません。

こんな場合、どう処置をとればいいのか、相談できる頼もしい人もおりません。法師などがいてくれたら、こんな時に頼りになるのにとお思いになりますけれど、あれほど強がってはいらっしゃったものの、何としてもまだお若いので、目の前で女が、はかなくなられたのを御覧遊ばしては、やりきれなくなられて、冷たい女の体を、しっかり抱きしめられて、

「ねえ、お願いだから、どうか生きかえっておくれ、こんなつらい目を見させないでおくれ」と、悲しまれるのですが、女の体はもう冷えきっていて、次第にうとましい死相まであらわれてまいります。

右近は、ひたすら恐ろしいとばかり脅えていた気持も、すっかり覚めはてて、ひた泣きに泣き惑う様子もあわれなものでした。

昔、宮中の南殿《なんでん》の鬼が、何とかいう大臣を脅かした時、かえって大臣に叱られて逃げてしまったという話など思い出されて、源氏の君は気強く心を引き立てて、

「まさかこのまま、なくなってはしまわないだろう。夜の声はとかく仰々しく響く。静かにしなさい」

と、泣きじゃくる右近をお叱りになりながらも、御自分も、あまり突然の慌ただしい出来事に呆《あき》れていらっしゃいます。さっきの滝口の男をお召しになり、

「不思議な事だが、ここに、突然物の怪におそわれた人がいて苦しんでいるので、大至急、惟光の朝臣の家に行って、急いで来るようにと、随身に命じなさい。また惟光の兄の阿闍梨《あじゃり》もその家に居合わせていたら、一緒にここへ来るようにと、こっそり言いなさい。あの尼君などが聞くといけないから、びっくりするような大きな声で言ってはならない。尼君はこんな夜歩きをきびしく叱る人だから」

などと、口ではお命じになっているようですけれど、お胸は一杯になっていて、この人をこのまま空しく死なせてしまうことが辛くてたまらない上に、あたりの気配の不気味さはたとえ

ようもありません。

夜風がさっきより少し荒々しく吹きはじめているのは、もう真夜中も過ぎたのでしょう。まして松風の響きが深い木立の中に陰々と鳴りひびき、聞き馴れない鳥が、しわがれ声で鳴いています。梟《ふくろう》というのはこれなのだろうと思われます。

あれこれお考えになりますと、どこもかしこも馴染みが薄く、嫌なところなのに、その上、人声さえ全くしないのです。どうしてこんな心細い所に泊まったりしたのだろうと、いいようもなく後悔がつのりますが、今更どうしようもありません。

右近は無我夢中で、源氏の君にしっかりと、とりすがったまま、わななき震えて、今にも死に入りそうなありさまです。この女も死ぬのではないかと、源氏の君は心も上の空で右近の体をつかまえておやりになります。自分ひとりだけが正気なのだと思うと、どうしようもなく、分別もつきません。

灯はほのかにまたたいて、母屋《もや》との境に立てた屏風《びょうぶ》の上のほうや、そこかしこ隅々に黒い闇がただよい、気味悪く思われます。背後からひしひしと足音を踏み鳴らしながら、何者かが近づいてくるような気持がします。

惟光が早く来てくれればいいのにとひたすら待ち遠しくなられます。女に通う所が多く、いつでも居場所の定まらない男なので、随身があちらこちら尋ね探しているらしく、待つ身にとっては夜が明けるまでの長さは、千夜を過すようにもお感じになるのでした。

ようやく、鶏の声がはるかに聞こえてきました。

「いったい何の因縁でこんな命がけのような憂き目にあうのだろう。自分の心からとはいえ、色恋に関することで、だいそれた罪深い秘密の恋を抱いている報いとして、こうした過去にも将来にもない話の種にされそうな事件が起こったのだろう。いくら隠しても、この世の出来事は隠しきれず、いつかは、父帝のお耳に達するのはもちろんのこと、世間の人々が面白がって何かと取り沙汰する噂は、はしたない京童《きようわらべ》の口の端《は》にのぼせられるにちがいない。あげくのはてには、愚かしい汚名を蒙《こうむ》ってしまうのか」

と、あれこれ思いめぐらせていらっしゃるのでした。

若《わか》紫《むらさき》より

わらわ病の治療のため桜の盛りの北山を訪れた源氏は、そこで見かけた少女が藤壺の姪だと知る。その後、ついに藤壺と思いを遂げた源氏は、藤壺の懐妊を知って切ない思いを抱えながら、少女（若紫）を自邸に引き取る。

源氏の君は瘧病《わらわやみ》におかかりになり、あれこれと、まじないや、加持祈禱《かじきとう》などをおさせになりますけれど、一向に効験《ききめ》がありません。

たびたび発作がおこりますので、ある人が、

「北山のさるお寺に、すぐれた修行者がおります。去年の夏も、この病気が流行《はや》り、人々がまじないをしても一向に効かず、困りきっておりましたのに、この聖《ひじり》がたちまちなおした例が、たくさんございました。こじらせてしまいますと厄介ですから、早くこの聖の祈禱をお試しなさいませ」

など申し上げますので、お呼び寄せに使いをやりましたが、

「すっかり老衰いたしまして腰も曲がり、岩屋の外へも出られません」

と申します。源氏の君は、
「仕方がないな、それならわたしが、こっそり忍んで出かけよう」
とおっしゃって、お供には、気を許された四、五人だけをお連れになり、まだ暗い明け方から御出発になりました。

聖の岩屋は、山のやや奥まったあたりにありました。

三月の終りのことで、京の花ざかりはすっかりすぎていましたが山の桜はまだ盛りで、山の奥へお入りになるほど、春霞のたなびいているのも趣ふかく眺められます。こうした遠出のお出歩きもめったになさらない不自由な御身分だけに、珍しくお思いになられるのでした。

寺のたたずまいもなかなか風情があります。高い峰の深い巌窟《がんくつ》の奥に聖は籠《こも》っています。源氏の君はそこまで登っていらっしゃいました。誰とも名乗られず、みなりもそれと知られぬように、すっかりおやつしになっておられましたが、高貴のお方とは、さすがにすぐ察せられる御容姿なので、
「おお、もったいないなや。先日お召しにあずかりましたお方でいらっしゃいましょうな。今ははや、現世のことはとんと思い出すこともなく、加持祈禱の行法《ぎようほう》なども、すっかり捨ててしまい忘れはてておりますのに、あなた様は、このような山奥にまでどうしてわざわざお越しになりましたか」

と、驚き騒ぎながらも、聖は笑顔でお迎えしました。いかにも見るからに尊い高徳の聖なの

でした。護符《ごふ》を作って源氏の君にお飲ませし、加持などもしてさし上げるうちに、日が高く昇っていました。

源氏の君はしばらく外にお出になり、あたりを眺望なさいました。そこは高い所なので、あちらこちらに、僧坊があるのがありありと見下ろされます。すぐそこの九十九折《つづらお》りの坂道の下に、他の僧坊と同じような小柴垣《こしばがき》ですが、一際《ひときわ》すっきりと庭の周囲に張り廻らされていて、中には小綺麗な家に廊下などが続いて、建っています。庭の木立もなかなか風情よく繋っています。

「誰が住んでいるのだろう」

と源氏の君がおたずねになりますと、お供が答えました。

「これは、あの何々という僧都《そうず》が、ここ二年ほど籠っていられる所だそうでございます」

「それはまた、気の張る人の住んでいる所なのだね。それにしては、あんまりやつしていて、体裁の悪いなりをしてきたし、わたしの来ていることを僧都に聞きつけられでもしたら、困ったことだな」

などおっしゃいます。

綺麗な女童《めのわらわ》たちが、たくさん庭に出て来て、仏に奉る閼伽水《あかみず》を汲《く》んだり、お供えの花を折ったりしているのもよく見えます。

「おや、あそこに女がいるぞ」

「僧都は、まさかあんな所に、女をお囲いなさることはないだろうが」

「いったい、どういう女たちなのでしょう」

など、供人たちが口々に言っています。下りていってこっそり垣から覗《のぞ》き見する者もいて、

「美しい女や、若い女房、子供なども見えます」

と言います。

源氏の君は寺へお帰りになり、勤行《ごんぎょう》をおつとめになりながら、昼になるにつれて、発作が起こるのではと、不安になられるのでした。お供は、

「何かと御気分をお紛らわしになって、御病気のことをお考えにならないのが、何よりよろしいようでございます」

と申し上げますので、うしろの山にお登りになって、京のほうを御覧になりました。はるか遠くまで春霞がかかり、あたりの梢はぼうっと新芽が煙っているように見え、まるで絵に描いたような景色でした。

「こんなところに住む人は、自然の美しさを味わいつくして思い残すこともないだろうね」

とおっしゃいますと、

「こんな景色はありふれております。もっとさまざまな地方の海や山の自然を御覧になりましたなら、どんなにか君の御絵もめざましく御上達なさいましょう。富士山とか、何々嶽とか」

などと、申し上げる者もおります。また西国の風情のある浦々や海辺の景色について話しつづける者もありまして、何かと御気分をお紛らわしするのでした。

「近い所では、播磨《はりま》の明石《あかし》の浦が、なかなかよろしゅうございます。特にこれという見所があ

るわけでもございませんが、ただ海原を見渡しただけでも、不思議なほどよその風景とはちがっていて、おだやかな感じのする所でございます。

前《さき》の播磨の守《かみ》は先頃出家して入道《にゅうどう》となっていますが、娘を一人大切に育てておりまして、その邸というのが、贅《ぜい》を尽くした立派なものなのです。その入道は大臣の子孫でして、当然出世も出来た筈《はず》なのですが、何分にも大変な変わり者の偏屈でして、人づきあいを嫌い、近衛《このえ》の中将《ちゅうじょう》の官を自分から捨てて、播磨の国守《こくしゅ》に望んでなりました。ところがその国の人々にもどうやら侮られまして、『何の面目あって、再び都に帰られようか』と、剃髪してしまったのです。その後も、出家者らしく少しは人里離れた奥山にでも住むどころか、そんな海岸で豪勢に暮しておりますのは、常識外れにも見えますが、たしかに、播磨の国には、出家者の隠棲にふさわしい場所は方々にありますものの、あまり奥深い山里では、人家に遠くてもの淋しく、若い妻子がつらがることでしょうし、またひとつには、そこが自分の憂さ晴らしにもなる住まいなのでございます。先頃、わたしも播磨の国に下向しましたついでに、様子を見がてら訪ねましたら、入道は京でこそ実力を認められないで悲運のようでしたが、田舎では、あたり一面広い地所を買い占めて、堂々たる邸宅を構えている様子が、何と言いましても、国守の権勢と威光を借りてしたことですから、晩年を裕福にすごせる財産も十分に用意しております。後の世のための勤行も、熱心にしておりまして、出家してかえって品格も優ったように見うけられました」

と申し上げます。

「ところで、その娘というのは」

　と源氏の君はお聞きになります。

「悪くはございません。器量や性質もなかなか結構なようでして。代々の播磨の国守も、格別気を遣いまして丁重な態度で、求婚のそぶりを見せていますが、入道はさっぱり相手にもいたしません。『自分がこのように、情けない身分に落ちぶれているのさえ口惜しいのに、子供といっては、この娘一人きりなのだ。その将来については、わたしに格別の思案がある。もしわたしの死んだ後、志を遂げられず、わたしの思い決めているような運命に外れるようなことになれば、海に身を投げて死ね』と常々遺言してきめてあるそうでございます」

　と申し上げますと、源氏の君も興を催してお聞きになりました。供人たちは、

「海龍王《かいりゆうおう》の后にでもなるくらいの、秘蔵娘というわけか」

「高望みも辛いものさ」

　と、笑っています。この話をしたのは播磨の守の子で、今年六位の蔵人《くろうど》から従五位に叙せられた良清《よしきよ》という若者でした。ほかの供人は、

「良清は実に好色な男だから、あの入道の遺言を娘に破らせようという下心があるのだろうよ。それで入道の家のまわりをうろうろしているにちがいない」

　などと、口々にからかっています。

「さあどうだか、いくら美しいといったところで、どうせ田舎くさいだろうよ。小さい時から、そんな田舎に生れ育って、旧弊な両親の言いつけだけを守ってきたようではね」

「母親のほうはいい家柄の出らしいよ。きれいな若い女房や女童などを、都の高貴な家々から、縁をたよって探し集めてきて、まばゆいほどに、娘の世話をさせているそうな」

「しかし先々、思いやりのない人間が国守になって赴任して行ったら、入道だって、いつまでも娘をそんなふうに気楽に置いておられないだろう」

などと言う者もあります。

源氏の君は、

「どういうつもりで入道は、娘に海の底に身投げせよとまで、深く思い詰めるのだろう。世間の見る目も、気味が悪く思うだろうに」

などとおっしゃって、心中では強い興味を娘にお持ちのようでした。お供の人々は、

「こんな女の話にしても、ありふれたことでなく風変わりなことほどお好みになるお心だから、きっと、入道の娘の話にお耳がとまられただろう」

と、お察しいたします。

「暮れかかってまいりましたが、どうやら発作もお起こりにならないようでございます。早くお帰りになりましては」

と、供人は申し上げましたが、聖は、

「御病気の外に御物《おんもの》の怪《け》なども憑《つ》いているように拝されますので、今夜はまだこちらでお静かに加持などなさいましてから、明日山をお下りなさいませ」

と申し上げます。

「それももっともなこと」

と人々は申しました。源氏の君もこうした山の坊のお旅寝は御経験がなく珍しいので、もの淋しいながら、さすがに興趣もお覚えになられて、

「それなら明日、夜明けに出発しよう」

とおっしゃいました。


春の日はたいそう長くて所在ないので、夕靄《ゆうもや》にあたりが霞んでいるのにまぎれて、源氏の君はあの小柴垣のあたりにお出かけになりました。ほかの供人はみんな帰して、惟光《これみつ》と二人だけで覗いて御覧になりますと、つい目の前の西側の部屋に持仏《じぶつ》をお据えして、お勤めしている尼がいました。部屋の簾《すだれ》をすこしあげて、み仏に花をお供えしている様子です。中柱に寄りかかって坐り、脇息《きょうそく》の上に経を置き、いかにも病身らしく弱々しく誦経《ずきょう》しているその尼君は、見るからに相当の身分の人らしく見えます。四十余りでしょうか、たいそう色白で痩せていますけれど、頬などはふくよかに、目もとや、尼そぎの髪の美しく剪《き》り揃えられた端なども、

「かえって長い髪よりも当世風に見えるものだな」

と、源氏の君はしみじみと御覧になります。


小ざっぱりとした年輩の女房が二人ほどいます。ほかに女童が出たり入ったりして遊んでいます。その中に十ぐらいでしょうか、白い下衣《したごろも》に、山吹襲《やまぶきがさね》の着馴らしたのを重ねて、こちらへ走って来た女の子は、そこにいたほかの子どもたちとは、似ても似つかず、成人した将来がさ

ぞかしと思いやられるほど可愛らしい顔立ちをしています。髪は扇をひろげたようにゆらゆらして、泣き顔を真っ赤にこすって立っています。

「どうしたの。子供たちと喧嘩でもなさったの」

と言いながら、尼君が見上げた面ざしに、女の子が少し似通ったところがあるのは、たぶん尼君の子なのだろうと源氏の君はお思いになります。

「雀の子を、犬君《いぬき》が逃がしてしまったの、伏籠《ふせご》の中にしっかり入れておいたのに」

と、女の子がさも口惜しそうに言います。そこにいた女房の一人が、

「またいつもの、ぼんやりさんがそんな失敗をしでかして、姫君に叱られるなんて、ほんとにしようのない子だこと。雀の子はどこへ飛んでいったのかしら、とても可愛らしくなって、ようようなついておりましたのに、烏《からす》などに見つけられたら大変ですわ」

と言いながら立って行きます。ゆらゆら動く髪がたいそう長く、見た目も美しい人のようです。少納言《しょうなごん》の乳母《めのと》と呼ばれているのをみると、この子のお守り役なのでしょう。

尼君は、

「まあ、何て子供っぽい。どうしてそんなに幼い子のように聞き分けがないのでしょうね。わたしの命が今日明日にもどうなるかわからないのに、それは何とも思わないで、雀なんかが欲しいのですね。生き物を飼うのは罪作りなことだと、いつも言って聞かせているのに、困ったものですね」

と言って、

「こちらへおいで」

と呼び寄せますと、その子は尼君のそばへ来て畏《かしこま》って坐りました。顔つきがたいそう可愛らしくて、眉のあたりがほのぼのと匂い、子供っぽく手で髪をかきやった額つきや生えぎわが、何ともいえず可愛らしいのです。これから成長していく先の楽しみな人だなと、源氏の君は目をお惹《ひ》かれになります。それというのも実は、限りもなく心を尽くして恋い慕っているお方に、この子があまりにもよく似ているので、つい目をとめられて見入ってしまったのだったと、思われるにつけても、源氏の君はまず涙をこぼされるのでした。

尼君は、その子の髪を掻《か》き撫《な》でながら、

「あなたは髪をくしけずるのを嫌がられるけれど、ほんに見事なお髪《ぐし》だこと。あなたがあまりに頑是《がんぜ》なくていらっしゃるのが不憫《ふびん》で、わたしは心配でなりません。これくらいのお年になれば、こんなに子供っぽくない人だってあるものなのに。あなたの亡くなった母君は、十ぐらいの年に父君に先だたれておしまいになられたけれど、もうその時分には、はっきり物の道理も分別もわきまえていらっしゃいましたよ。それなのにあなたは、もし今、わたしがあなたを残して死んでしまったなら、どうやって暮していらっしゃるおつもりやら」

と言って、はげしく泣くのを御覧になるのも、源氏の君は何とはなしに、ただもう悲しく思われるのでした。その女の子も幼心に、さすがに尼君の泣き顔をじっと見つめると、悲しくなったのでしょう。目をそらし、伏し目になってうつむいた顔に、こぼれかかってきた黒髪が、つやつやと美しく見えます。

生ひ立たむありかも知らぬ若草を
おくらす露ぞ消えむ空なき

どう生い育つことやら
想像もつかない
若草のような幼い姫を
ひとり残して
どうしてわたしは死んでゆけよう

と尼君が詠みますと、傍らにいたもう一人の女房が、
「ほんとうに」
と、もらい泣きしながら、

初草の生ひゆく末も知らぬまに
いかでか露の消えむとすらむ

初々しい若草のような
姫君の将来も
見とどけないままに
どうして先だたれるなど
お思いになるのでしょうか

と言っているうちに、僧都があちらから来て、

「こちらは、あまり開けっ放しすぎます。今日にかぎって尼君はまた、どうしてそんな端近《はしぢか》にいらっしゃるのです。この上《かみ》の聖《ひじり》の坊に源氏の中将が、瘧病《わらわやみ》のまじないにいらっしゃっている

とのことを、たった今、聞きつけました。たいそうお忍びなので、わたしはそうとも存じあげず、ここにおりながら、お見舞いにも上がりませんでした」

とおっしゃるので、尼君は、

「まあ、大変、こんなみっともない様子を、誰かに見られたでしょうか」

と、あわてて簾を下ろしました。僧都は、

「今、世間に評判の高い光源氏の君を、こういう好機に拝まれてはいかがですか。わたしのように世を捨てた法師の身にも、お姿を見れば、その美しさに思わず世の憂さを忘れ、寿命がのびるような気のする御様子です。さあ、わたしも御挨拶《ごあいさつ》申し上げてまいりましょう」

と言って、立ち上がる気配がしますので、源氏の君もお帰りになりました。

「しみじみ可愛い人を見たものだ。これだから、世間の好色な手合いは、こういう忍び歩きばかりしては、よく意外な掘りだしものの美女を見つけたりするのだな、たまさかに出かけただけでも、こんな思いもかけないものを発見するのだから」

と忍び歩きも、おもしろいとお感じになります。

「それにしても、何と美しい子だったことか、いったいあの子は誰なのだろう。あの恋しいお方のお身代わりに、あの子を側に置いて明け暮れのなぐさめにしたいものだ」

と思うお心に、深くとりつかれました。

源氏の君がお寝《やす》みになっている所へ、僧都の御弟子が来て惟光を呼び出しました。狭い所なので、源氏の君のお耳にもそのまま話が伝わります。

「こちらに源氏の君がお越しになられたとのことを、只今人が申しましたので、驚きまして、早速御挨拶に参上致すべきところでございますが、わたしがこの寺に籠っておりますことは、御存じでいらっしゃるのに、わたしに内緒になさいましたのをお恨みに存じまして、こちらも御遠慮致したのでございます。お旅先の御宿も、わたしの坊にこそお支度させていただきましたのに、実に残念に存じます」

と申しております。源氏の君は、

「さる十日過ぎ頃から瘧病《わらわやみ》にかかっていたのが、度々発作がぶりかえすのでたまらなくなり、人に教えられるままに、急にこの山に尋ねて上ってきましたが、このような名高い行者《ぎようじや》の祈禱の験《しるし》が、もしあらわれない時は、引っこみがつかないことになるでしょうし、そんな時は有名な行者だけにいっそう気の毒なことになるかもしれないと気を遣いまして、極々内密にして忍んで参ったのです。今すぐ、そちらへも伺いましょう」

と仰せになりました。

使いと入れ代わりに、僧都自身が参上しました。この人は法師ですが、人柄も高貴で世人に敬われている人物なので、とても気がひけました。身分にふさわしくない軽々しいお忍びの姿を見られたのを、恥ずかしくお思いになります。

僧都は、こうして山に籠って修行している間のことなど、お話しなさいまして、

「同じ柴の庵でございますが、私方は、少しは涼しい遣水《やりみず》もひいておりますので、その流れもお目にかけとうございます」

と、熱心にお誘いなさいましたので、源氏の君は、あの、まだ自分に逢ったことのない女たちに、僧都が自分のことをあまり大げさに話して聞かせていたのを、気恥ずかしくお思いになられます。けれどもあの可愛らしかった女の子のこともお気にかかるので、お出かけになりました。

僧都の坊は、なるほど同じ草木にしても心遣いして風情のあるように植えてあります。月もない頃なので、遣水のほとりに篝火《かがりび》をともし、燈籠《とうろう》などにも火が入れてありました。南側の部屋を座席としてたいそう立派に用意してあります。室内には、空薫物《そらだきもの》がほのかに漂っていて、仏前の名香《みょうごう》の香りも部屋に匂いみちています。その上、源氏の君のお召物にたきしめた香までもが、風にただよい送られてきますのが、とりわけすばらしい匂いなので、奥の部屋にいる女房たちも、何となくそわそわして緊張しているように見えます。

僧都は、この世の無常のお話や、来世のことなどをお聞かせになります。

源氏の君は御自分の人知れぬ罪の深さも恐ろしく、そうはいっても、どうしようもなくあきらめられぬつらい思いに心を締めつけられて、

「この世に生きるかぎり、この秘密の恋に苦しみ悩まねばならないのだろう。まして死んだあの世ではどんな劫罰《ごうばつ》を蒙《こうむ》ることやら」

と思いつづけていらっしゃいます。

いっそ出家遁世《とんせい》して、このような山住みの暮しもしてみたいものだとお考えになるのです

が、昼間御覧になった可憐な少女の俤《おもかげ》がお心にかかり恋しいので、

「こちらにお泊まりになっていらっしゃるのはどなたでしょうか。そのお方のことをお尋ねしたくなるような夢を、以前に見たことがございます。その夢のことが、今日はたと、思いあたりまして」

とおっしゃいますと、僧都は笑って、

「どうも突然な夢のお話でございますね。折角お尋ねくださいましても、素性がわかるとかえってがっかりなさるにちがいございません。故按察使《あぜち》の大納言《だいなごん》、と申しましても、亡くなりましてからずいぶん久しくなりますので、御存じではいらっしゃらないでしょう。その北の方が、実はわたしの妹でございます。按察使の死後、出家いたしましたが、最近病気がちになりましたので、こうして京にも出ず山籠りしているわたしを頼って参り、この山に籠っているのでございます」

と申し上げました。

「あの大納言には、たしか御息女がいらっしゃったと伺っておりましたがどうなさいましたか。こんなことをお訊きしますのも決して浮ついた気持からではなく、まじめにお伺いしているのです」

と当て推量におっしゃいますと、

「娘はただ一人ございました。それも亡くなりまして、もう十年あまりになることでしょう。故大納言は、入内《じゅだい》させようなど心がけてとりわけ大切に育てておりましたが、その思いをとげ

ぬうちに他界してしまいました。その後、ただ母の尼君ひとりがその娘をたいそう大切に世話しておりましたところ、誰が手引きいたしましたことやら、兵部卿《ひょうぶきょう》の宮《みや》がいつのまにかひそかにお通いなさるようになりました。宮にはもとから北の方がいらっしゃいましたが、高貴な御身分のお方でございまして、娘は何かと辛いことが多くなり、明けても暮れても思い悩んだのでしょうか、とうとうそれがもとで病にかかり、亡くなってしまいました。心痛からでも、病気になるものだということを、目の当たりに見たことでございました」

など話します。それなら、あの少女はその亡き人の子だったのだと源氏の君は御納得なさいます。兵部卿の宮のお血筋なので、宮の御妹の藤壺《ふじつぼ》の宮にもよく似ているのだろうかと、いっそうお心が惹かれ、しみじみといとしく思いをそそられます。少女の人柄も上品で美しく、なまなかな利口ぶったところがありません。一緒に暮して、自分の思い通りに理想的な女に教え育ててみたいものだとお思いになるのでした。

「それはたいそうお可哀そうなことでしたね。そしてそのお方には、残された忘れ形見の方もおありでなかったのでしょうか」

と、あの幼い少女の身の上を、もっとたしかめたくてお訊きになります。

「亡くなりました頃、一人生れていました。それも女の子でした。それにつけてもその子が苦労の種になると、老い先も短い尼は、今だに嘆いておりますようで」

と申し上げます。やはりそうだったのかと源氏の君はお思いになります。

「ところで妙なことを申し上げるようですが、その幼い方のお世話の後見役《うしろみ》に、わたしをお考え下さるよう、尼君にお話し願えないものでしょうか。実は考えていることもございまして、結婚している本妻もありながら、どうも心にしっくりしないせいか、ほとんど独り暮しをしておりすます。まだ姫君はお小さくてそんなお年頃でもないのにとお考えになって、わたしを世間の好色な男並みにお思いになられますと、実に心外なのですが」

などとおっしゃいますと、

「それは大変嬉しいはずのお言葉ではございますが、なにぶん、あの子はまだ一向に幼稚なように見えますので、御冗談にもお相手に遊ばすことは無理かと思われます。もともと、女と申すものは、何かと人に世話をしてもらって、一人前に成人いたすものでございますから、僧侶のわたしなどから詳しいお返事はいたしかねますが、いずれ、祖母の尼に相談いたしまして、尼からお返事申し上げるようにさせましょう」

と、よそよそしく言って、堅苦しい態度におなりでしたので、源氏の君は若いお心に恥ずかしくなられて、僧都にはそれ以上うまくお話がお出来になりません。

「阿弥陀仏のおいでになるお堂で、お勤めする時刻になりました。初夜《そや》のお勤めをまだしておりませんので、それをすませてからまた参りましょう」

と言って、お堂に上がっていかれました。

源氏の君はご気分も、たいそうお悪いところへ、雨が少し降りそそぎ、山風も冷ややかに吹き、滝の水嵩《みずかさ》も増したらしく流れの響きも高く轟《とどろ》き聞こえてきます。雨風や滝の水音も交ざったすこし眠たそうな読経《どきょう》の声が、絶え絶えにもの淋しく聞こえてきますと、物の情趣に鈍い人でも、場所柄、そぞろに身にしみて感じます。ましていろいろと思案なさらなければならない悩みをたくさん抱えられた源氏の君は、なかなかお寝みにもなれません。

僧都は初夜と言いましたけれど、いつのまにか夜も深く更けてしまいました。

奥のほうでも、まだ人の起きている様子がありありとします。人々はたいそうしのびやかに物音を立てぬようにしているらしいのですが、数珠《じゆず》が脇息《きようそく》に触れてさらさらと鳴る音が、ほのかに聞こえてなつかしく、やさしい衣ずれの音がする気配も、いかにも品がいいとお聞きになるのでした。この僧坊は狭いので、気配や物音がそれは近くお感じになられます。源氏の君は部屋の外に立てめぐらせてある屏風《びようぶ》の中程を少しお引き開けになり、扇を鳴らして人をお呼びになりました。奥にいた女房は、思いがけないことと思ったようですけれど、聞こえぬふりも出来かねて、にじり出てくる人の気配がします。その女房はすこし身を引いて後もどりしかけて、

「変ですわ、やっぱり空耳だったのかしら」

とさぐっているのをお聞きになり、

「み仏のお導きは、暗いところに入っても決して間違わないと、お経にもありますのに」

とおっしゃいます。そのお声がたいそう若々しく上品なので、女房はお答え申し上げる自分の声づかいも恥ずかしくなって、

「どちらのほうへご案内すればよろしいものやら、わたしにはとんとわかりかねます」

と申し上げます。源氏の君は、

「全く、突然のことであなたが何のことやらお判りにならないのももっともですが、

初草の若葉の上を見つるより
　旅寝の袖も露ぞかわかぬ

初草の若葉のような
可愛いあの人を見てからは
旅寝のわたしの衣の袖も
恋しさの涙に濡れて
乾く閑もない

と、申し上げて下さいませんか」

とおっしゃいます。

「そんなお歌を頂戴いたしましても、御理解出来るようなお方は、ここにはいらっしゃらないのを、あなたさまもご存じの筈でございましょうに。いったいそのお手紙をどなたに」

と、申し上げます。源氏の君は、

「こうまで言うのには、当然、それだけのわけがあってのことと、お考えになって下さい」

とおっしゃいますので、女房は奥に入って、尼君に伝えました。尼君は、

「まあ、何て当世風ななされ方。この幼い姫を、恋の情の分る年頃だとでも、お思いなのかしら。それにしても、わたしの詠んだあの若草の歌を、どうしてお耳になさったのだろう」

と、いろいろ不審なことばかりなので、気持が乱れて、御返歌が遅くなるのも、失礼だと恐縮します。

枕ゆふ今宵《こよひ》ばかりの露けさを
　深山《みやま》の苔《こけ》にくらべざらなむ

旅の仮寝の一夜だけ
流す涙の露けさを
いつも深山に濡れて泣く
乾かぬ苔の露けさに
くらべてなぞはほしくない

「わたしどもの袖の涙も乾き難うございますものを」

と御返歌いたします。源氏の君は、

「こうした人を介してのご挨拶など、わたしは一度もしたことがありません。はじめての経験です。恐縮でもこういう機会に直接お目にかかって、まじめにお話し申し上げたいことがございます」

とおっしゃいます。尼君は、それを聞かれて、

「何かあの子のことでお聞き違えをなさっているのでしょう。こちらがきまりの悪いほど御立派なお方に、どうしてお返事ができましょう」

とおっしゃいます。女房たちは、

「それではあちらさまが失礼だとお思いになりましょう」

と申します。

「ほんに、そうかもしれません。若い者なら恥ずかしくていやかもしれないけれど、わたしの

ような年寄りに、本気でおっしゃって下さるのに、もったいないことです」

と言って、源氏の君のほうへにじり寄って来られるのでした。

「突然、こんなことを申し上げて、さぞかし軽率だとお思いになりそうな場合ですが、わたしの気持は、真実、浮いたものではありませんので、み仏もきっと御照覧下さっていると信じます」

とおっしゃったものの、尼君のしっとりと落ち着かれた、気おくれするほど御立派な様子にすっかり恐縮して、すぐにはお言葉もつづかないのでした。

「ほんとうに思いもかけないこうした折に、あなたさまからこんなにまでおっしゃっていただいたり、わたしもお話し申し上げたりしますのも、どうして浅い御縁だと思えましょう」

と尼君はお答えになります。源氏の君は、

「お可哀そうなお身の上とおうかがいしましたお小さい姫君の、お亡くなりになられたという母君の代わりとして、わたしをお考えいただけないでしょうか。わたしはまだほんとうに頑是なかった頃に、可愛がってもらえる筈の母や祖母に先立たれましたので、妙に頼り所のない落ち着かぬ有り様で歳月を送ってきてしまったのです。姫君はわたしと同じような御境遇でいらっしゃるようですし、どうかわたしを姫君のお仲間にして頂きたいと、本気でお願いしたいのを、こんな好い機会はまたとはございませんので、尼君がどうお思いになるかとも考えないで、思いきってこうしてお話をした次第でございます」

とおっしゃいます。尼君は、

「本来ならたいそう嬉しいお話ではございますが、その子について何か間違ってお聞き及びになっていらっしゃるのではないかと御遠慮されます。何の役にもたたぬこの年寄りのわたしひとりを頼りにしている子供はおりますが、それはまだ全くたわいもない年齢でして、とても大目に見ていただけるとも思えませんので、どうしてもこのお話はお引き受けしかねるのでございます」

と申します。

「何もかも御事情はすっかり承知しておりますから、そう堅苦しく御遠慮なさらないで、こういうことを思いつく、人とは違うわたしの誠意を御覧になって下さい」

と源氏の君はおっしゃいますが、

「とんでもなく不釣り合いな話を、源氏の君はそうともご存じないのでこんなにまでおっしゃる」

と尼君は考えて、心を許したお返事もいたしません。そこへ僧都が帰ってこられたので、

「とにかく、ここまでお話しすることが出来ただけでも、心丈夫です」

と源氏の君は、おっしゃって、さっき引き開けた屛風をお閉めになりました。

明け方になってきましたので、滅罪を願う法華懺法《ほっけせんぽう》の読経の声が、勤行《ごんぎょう》を行う三昧堂《さんまいどう》のほうから、山風に運ばれて聞こえてきます。その声が非常に尊く、滝の音に響きあっています。

吹きまよふ深山おろしに夢さめて
　涙もよほす滝の音かな

法華懺法の読経の声を
吹きおろす山風に
煩悩の夢さめて
有り難さに涙あふれる
滝の響きよ

と源氏の君がお詠みになりますと、僧都が、

さしぐみに袖ぬらしける山水に
　澄める心は騒ぎやはする

あなたが急に涙を催され
お袖を濡らされた
この山水の響きにも
住み馴れ行い澄ました
わたしの心は一向に騒ぎません

「わたしはもう耳馴れたからでしょうか」

と、返歌をなさいました。

明けはなれていく空は、たいそう霞が濃く、山の鳥たちもどこで鳴いているとも知れず囀《さえず》り交わしています。名も知らぬ木や草の花々が、色とりどりに散りまじって、錦を敷いたように見える所に、鹿が佇《たたず》んだり、さまよい歩いたりしていますのも、源氏の君には珍しく、御覧に

なりますと御気分の悪いのもまぎれておしまいになりました。


藤壺の宮のお加減がお悪くなられて、宮中からお里へお下がりになられました。

帝がお気をもまれ、御心配遊ばしてお嘆きになる御様子を、源氏の君は心からおいたわしいと拝しながらも心の一方では、

「こんな機会を逃してはいつお逢い出来よう」

と、心も上の空にあこがれ迷い、ほかの通いどころへは、どこへもいっさいお行きにならず、宮中でもお邸でも、昼はぼんやりと物思いに沈み、日暮れになれば、藤壺の宮の女房の王《おう》命婦《みょうぶ》に、逢瀬《おうせ》の手引きをしてくれるようにと、追い廻し、せがみつづけられるのでした。そのうち、王命婦がどんな無理算段をしたものか、まわりの人の目をかすめ、ようやく宮の御帳台までお引き入れしたのでした。

源氏の君は夢の中にまで恋いこがれていたお方を目の前に、近々と身を寄せながらも、これが現実のこととも思われず、無理な短い逢瀬がひたすら切なく、悲しいばかりです。

藤壺の宮も、あの悪夢のようであったはじめてのあさましい逢瀬をお思い出しになるだけでも、一時も忘れられない御悩《おんなや》みにさいなまれていらっしゃいますので、せめて、ふたたびはあやまちを繰り返すまいと、深くお心に決めていらっしゃいました。

それなのに、またこのようなはめに陥ったことがたまらなく情けなくて、耐えがたいほどやるせなさそうにしていらっしゃるのでした。

それでいて源氏の君に対しての御風情は言いようもなくやさしく情のこもった愛らしさをお示しになります。そうかといって、あまり馴れ馴れしく打ち解けた様子もお見せにならず、どこまでも奥ゆかしく、こちらが気恥ずかしくなるような優雅な御物腰などが、やはり他の女君とは比べようもなく優れていらっしゃいます。

「どうしてこのお方は少しの欠点さえ交じっていらっしゃらないのだろう」

と、源氏の君は、かえって恨めしくさえお思いになられるのでした。

心に積もるせつない思いの数々の、どれほどがお話し出来ましょうか。

源氏の君はこの夜こそは、永久に夜の明けないという〈暗部《くらぶ》の山〉にでもお泊まりになりたそうなお気持ですけれど、あいにくの夏の短夜《みじかよ》は、早くも白みはじめ、あきれるほど物思いがつのり、これではかえってお逢いにならないほうがましなくらいの、悲しい逢瀬なのでした。

見てもまた逢ふ夜まれなる夢のうちに
　やがてまぎるるわが身ともがな

ようやくお逢いできたものの
再びお目にかかれる夜は
ありそうもないのだから
いっそ嬉しいこの夢の中で
わたしはこのまま消えてしまいたい

若紫より

と、涙にむせかえっていらっしゃる源氏の君の御様子も、藤壺の宮はさすがにお可哀そうでいたましく、

世語りに人や伝へむたぐひなく
　憂き身をさめぬ夢になしても

後々の世まで
語り草にされないかしら
またとはないわたしの辛い身を
たとい永久に覚めない
夢の中に消してしまっても

とお返しになり、お悩みのあまり取り乱していらっしゃる藤壺の宮の御様子も、ごもっともなことなので、恋に理性を失った源氏の君のお心にももったいなく感じられるのでした。

王命婦が、源氏の君の脱ぎ捨てておかれていた御直衣《おんのうし》などを、かき集めて御帳台の内に持ってまいりました。

源氏の君は二条の院にお帰りになって、泣きつづけながら、終日お寝《やす》みになってお過しになられました。

お手紙をさし上げても、いつものように藤壺の宮は、お手にもとって下さらないと、王命婦から伝えられておりますので、お返事がないのはいつものことながら、今朝ばかりはあまりに辛くて、悲しさの余りしおれきって、宮中へもお上がりにならず、そのまま二、三日籠りつづ

けていらっしゃるのでした。

帝が、これはまたどうしたことかと、御心配遊ばされるにちがいないと思われるにつけても、犯した罪をひたすら空恐ろしいこととお思いになります。

藤壺の宮も、やはり何という情けない宿世《すくせ》の身の上なのかと痛感され、嘆き悲しまれますので、御病気もまたひとしお悪くなられたようでした。早く参内《さんだい》遊ばすようにと、帝からのお使いがしきりにございますけれど、とてもそういうお気持にもおなりになれないのでした。たしかに今度の御気分の悪さはいつもとは様子が違っているように思われるのは、どうしたことかとお考えになりますと、もしやと、人知れず思い当たられることもおありなので、いっそう情けなくお辛くて、この先どうなることかとばかり、心も千々に乱れ苦しんでいらっしゃいます。

暑い間はなおさら起き上がることもお出来になりませんでした。御懐妊も三月《みつき》になられますと、もうはっきりと人目にも分るようになって、女房たちがそれをお見かけして怪しみますので、こんなことになった御身の御宿世《おんすくせ》をつくづく浅ましくお辛くお嘆きになられるのでした。まわりの女房たちは、源氏の君との密か事《みそかごと》などは思いも寄らないことなので、

「この月まで、どうして帝に御懐妊のことを御奏上なさらなかったのでしょう」

と、不審に思っています。藤壺の宮お一人のお心の中では、はっきりと源氏の君のお子を宿したと思い当たられることもおありなのでした。

お湯殿などにもお側近くお仕えしていて、藤壺の宮のどのようなお体の御様子もはっきり存

じあげている乳母子《めのとご》の弁《べん》や、例の王命婦などは、さてはと思うものの、お互い口にすべきことでもありませんので、こうなったのはどうしてものがれることのお出来にならなかった御宿縁だったのだと思い、王命婦は呆れ恐れるばかりでした。

帝には、物の怪のせいでまぎらわしくて、御懐妊のしるしも、すぐにははっきりしなかったように奏上なさったのでございましょう。周囲の女房たちもみんな、そうとばかり信じていました。

帝は御懐妊なさった藤壺の宮をますます限りなくいとしくお思い遊ばされて、お見舞いの勅使が絶え間なく訪れるのでした。藤壺の宮にはそれさえそら恐ろしくて、御悩みのとだえる閑もありません。

源氏の君も、この頃異様なおどろおどろしい怪しい夢を御覧になられて、夢占いをする者をお召しになってお尋ねになりました。夢占いは、帝王の父になるなどと、途方もない意表外《いひょうがい》のことを、夢の意味として、解いてみせたのでした。

「ただし、その御幸運の中につまずきごとがあって、御謹慎遊ばさねばならぬこともございましょう」

と占いますので、源氏の君はこんな占いをさせて厄介なことになったとお思いになって、

「これはわたし自身の見た夢ではない。ほかのお方の夢の話なのだ。この夢が実現するまで、決して他言してはならぬ」

とお命じになって、お心のうちでは、一体これはどうしたことだろうと考えつづけていらっ

しゃいました。そこへ藤壺の宮の御懐妊の噂をお聞きになられましたので、もしや御自分のお子ではないかと、夢のことをお考え合わされたのでした。それからはいっそうせつないお言葉の限りを尽くしてお手紙をさし上げますけれど、取りつぐ王命婦にしても考えるだけでもほんとうに恐ろしくて、つくづく面倒なことになったと困りきって、どう計らっていいか途方に暮れるばかりでした。これまでは、藤壺の宮からもほんの一行ほどのお返事がたまさかにはありましたのに、それさえ、今はすっかり絶え果ててしまいました。

七月になって、藤壺の宮はようやく参内なさいました。帝はお久しぶりではあるし、御懐妊のこともあって、ひとしお藤壺の宮をいとしくお思いになり、御寵愛は限りもなく深まるばかりでした。藤壺の宮は少しお体がふっくらなさって、御気分がすぐれないまま、少し面やつれ遊ばした御風情が、これはまたこれで、ほんとうにまたとはないお美しさなのでした。

帝は、例の通り、明けても暮れても藤壺の宮のところにばかりつききりでいらっしゃいます。そろそろ管絃の御遊びなども興深くなる秋の季節なので、源氏の君も絶え間なくお召しになり常にお側にお引きつけになられて、琴や笛などを、あれこれと演奏なさるようお命じになります。

源氏の君はそういう時も、お心のうちを懸命に秘し隠していらっしゃいます。それでも堪えがたいお気持がつい漏れそうな危うい折々もあって、それをお感じになる藤壺の宮も、さすがに切ない秘めごとのさまざまを、苦しく思いつづけていらっしゃるのでした。

秋の夕暮はただでさえ淋しいのに、まして源氏の君はお心の休まる閑もなく、恋いこがれて悩み苦しんでいらっしゃる藤壺の宮のことばかり思いつめていらっしゃいます。一方では、藤壺の宮の血縁につながる幼い姫君を、無理にもお手に入れたいというお心もいっそうおつのりになるのでしょう。あの尼君が、「消えむ空なき」と詠まれた北山の春の夕べのことなどが思い出されて、姫君が恋しくもあり、また一緒に暮せば、今より見劣りがしないだろうかと、さすがに不安にもなられます。

手に摘みていつしかも見む紫の
　根にかよひける野辺の若草

早くこの手に摘みとって
わがものとしたいものよ
あの恋しい紫草の
根につながっている
野辺の若草を

と、お詠みになります。

十月には、朱雀院《すざくいん》に行幸《ぎょうこう》がある予定でした。

その日の御宴の舞人《まいびと》などには、高貴の家の子息たちや、上達部《かんだちめ》、殿上人《てんじょうびと》などでも、その道にすぐれている人たちは、みなお選び出しになりましたので、親王《みこ》たちや大臣をはじめとして、誰も彼もそれぞれ技芸の練習をなさるのに、暇もない有り様でした。

源氏の君は北山に移られた尼君にも、久しく御無沙汰していることを思い出されて、わざわざお手紙の使いをおやりになりましたら、ただ僧都からのお返事だけがありました。

「先月の二十日頃に、尼はとうとう空しく亡くなってしまいました。人の世の定めとは申せ、悲しく思っております」

など書かれているのを御覧になられて、世の中のはかなさもしみじみお感じになり、亡き尼君が、あんなにお心にかけておられた姫君はどうなさっていることか、聞き分けのない頑是ないさだから、さぞ亡き人を恋い慕っていることだろうと、昔、御自身が亡き母君に先立たれたことなども、おぼろげながら思い出されて、手厚くお見舞いなさいました。

少納言からなかなか心得のある御返事が届きました。

忌中の慎みも過ぎた頃、姫君が京のお邸に帰られたとお聞きになられましたので、しばらくしてお暇な夜、源氏の君御自身で、お訪ねになりました。たいそう寒々しく寂寞《じゃくまく》と荒れはてた邸に、住んでいる人もいたって少ないので、幼い姫君はどんなにか恐ろしいだろうとお察しします。

例の南の廂の間にお通し申し上げて、乳母の少納言が、尼君御臨終の御様子などを、泣きながらお伝え申し上げるのでした。源氏の君もただもう、貰《もら》い泣きの涙で、お袖もすっかり濡れていらっしゃいます。

「姫君をご自分のお邸にお移ししようと、兵部卿の宮はおっしゃいましたが、姫君の亡くなられた母君が、宮の北の方のひどい意地悪なお仕打ちに、たいそう辛い情けない思いばかりなさいましたし、この姫君は全く稚《おさな》いというお年でもなく、そうかといって、まだしっかりと人の気持などを御推察出来るわけでもなく、まあ、中途半端なお年頃なので、あちらでは北の方の大勢のお子たちの中に入れれば、侮られはしないだろうかと、お亡くなりになられた尼君も、かねがね御心配遊ばして、お嘆きになっていられました。それが杞憂《きゆう》ではなく、なるほどとうなずけるような事実が、その後沢山ございましたので、このようにかりそめにせよ、あなたさまからもったいないお言葉をいただきますと、先々のお心まではともかくとして、ただ有り難く存じられる場合でございます。ところが当の姫君は、いっこうにあなたさまにお似合いのようなところもなく、お年よりはずっと子供じみて他愛なくていらっしゃいますので、ほとほと気がひけまして困りはてております」

と申し上げます。

「どうして、こう繰り返し申し上げるわたしの心の深さを推察もせず、受け入れて下さらないのでしょう。その姫君の頑是ない御様子が、お可愛らしくてたまらなくいとしく思われますのも、わたしと姫君とは、前世からの宿縁が格別深いのだろうと、われながらつくづく思い知ったのです。やはり人伝《ひとづて》でなく、わたしの気持を姫君に直接申し上げ、お分りいただきたいものです。

あしわかの浦にみるめはかたくとも
　こは立ちながらかへる波かは

葦の若芽の生える和歌の浦に
海松布《みるめ》は生えにくいように
姫君にお逢いするのが
どんなにむずかしくても
このまま帰るわたしでしょうか

せっかく来たのにこのままで只帰すのはあんまりでしょう」
とおっしゃいますと、少納言は、
「ほんとに、畏れ多いことでございます」
と言って、

寄る波の心も知らでわかの浦に
　玉藻《たまも》なびかむほどぞ浮きたる

言い寄るあなたの本心も
たしかめないまま
玉藻が波になびくように
お言葉に従いなびけば
行く末はどうなりますことか

「これは御無理なお話でございましょう」
と申し上げる応対がもの馴れていますので、源氏の君は少納言が何とさかっても御機嫌を悪くはなさいません。「なぞ越えざらむ逢坂《あふさか》の関」と逢わずにいられないお気持を歌になぞらえて口ずさまれるのを、若い女房たちはうっとりとお聞きするのでした。

姫君は今夜もまた亡くなられた尼君を恋い慕って、泣き寝入りなさったところへ、お遊び相手の女童《めのわらわ》たちが、

「直衣《のうし》を着た人がいらっしゃいましたよ。きっと父宮さまがお出《い》でになったのですわ」

とお知らせしましたので、起きていらっしゃいました。

「ねえ、少納言、直衣を着たという人はどこなの、父宮がいらっしゃったの」

と、言いながら近づいていらっしゃるお声が、何ともいえず可愛らしいのです。

「父宮ではありませんが、わたしにもそんなによそよそしくなさってはだめですよ。さあ、こちらへいらっしゃい」

と、源氏の君がおっしゃいますと、それではあの、恥ずかしくなるほどすてきな源氏の君だったのかと、幼心にもさすがにお声を聞きわけられて、言い間違えてしまったとお思いになって、姫君は乳母の少納言にすり寄られて、

「ねえ、あっちへ行きましょうよ。眠いんだもの」

と仰せになります。源氏の君は、

「今になって、どうして隠れたりなさるの、わたしのこの膝の上でお寝みなさいよ。もっとこちらへお寄りなさい」

とおっしゃいますので、乳母は、

「そら御覧遊ばせ、これだからほんとにまだ他愛なくて、何もおわかりにならないのですもの」

と言いながら、姫君を源氏の君のほうへ押しやるようにします。姫君はされるままに無心に、そこに坐っていらっしゃいます。源氏の君は几帳《きちょう》の中へ手をさし入れて、姫君のお体をさぐってごらんになられます。柔らかなお召物に、髪はつややかにかかって、その裾がふさふさと手に触れる感じは、さぞ見事なお髪《ぐし》だろうと思いやられます。手をおとりになると、姫君はよその男が、こんなに近く寄って来たのが気味悪く、恐ろしくなって、

「寝ようといってるのに」

と言って、無理に引っ込もうとされるのについて、源氏の君は姫君と一緒にすっと几帳の内にすべりこんでしまわれました。

「もうこれからはわたしを頼りになさるのですよ。お嫌いになってはだめですよ」

と仰せになります。乳母は、

「まあ、何ということをなさいます。あんまりな。いくらどのようにお言い聞かせになられたところで、何もお分りでなく、一向に何の甲斐もおありにならないでしょうに」

と、いかにも困りはてた様子なので、

「いくら何でも、こんな幼いお方に何をするものか。ただ、世間に例のないわたしの珍しい恋の真心をどうしても見届けてほしいだけなのだ」

とおっしゃいます。

霰《あられ》が降り風が荒れて、冷え冷えと心も凍るような寂しい夜になりました。

「どうしてこんな小人数で、心細く暮していらっしゃるのだろう」

と、源氏の君は同情してお泣きになり、とてもこのまま姫君を見捨ててはおけないとお思いになられます。

「御格子《みこうし》を下ろしなさい。何だか恐ろしいような夜になったので、わたしが宿直《とのい》の役をつとめよう。女房たちは姫君のお側にみんなお詰めなさい」

と命じられて、さも馴れ馴れしく御帳台《みちようだい》の中にお入りになられましたので、

「まあ、とんでもない、思いもよらぬことをなさるもの」

と、女房たちは呆れはて、誰も彼もお側にひかえております。

乳母の少納言も動転して気を揉《も》んでおりますけれど、事を荒だてて騒ぎ立てるのも憚《はばか》られますので、困りきって溜め息をつきながら、そこにひかえております。

姫君はたいそう恐ろしくて、どうなることかと怯えてわなわな震えていらっしゃいます。清らかな美しいお肌も、ぞっと鳥肌立てていかにも怖そうにしていらっしゃるのが、源氏の君にはこの上なく可愛く思われて、肌着の単衣だけをお着せになり、くるみこんで抱いておあげになります。我ながらそんな御自身の振舞いもどうかしているとお思いになられるのでした。やさしく姫君にお話しかけになって、

「ね、わたしのうちにいらっしゃいよ。おもしろい絵などもたくさんあるし、お人形遊びもしましょうよ」

と、姫君の気に入りそうな話をなさり御機嫌をとっていらっしゃる源氏の君の御様子が、た

いそうやさしそうなので、姫君は幼心にも、それほどひどくは怯えず、それでもさすがに何となく気持が落ち着かず、安心して眠れないので、もじもじ身じろぎばかりなさりながら、横になっていらっしゃいます。

その夜一晩中、風が吹き荒れていました。

「ほんとうにこうして源氏の君が今夜こちらにおいで下さらなかったら、どんなにか心細かったことでしょう。でも同じことなら姫君がお似合いのお年頃でいらしたらどんなによかったでしょうにね」

と、女房たちはひそひそ囁《ささや》きあっています。乳母は姫君のことが気がかりなので、御帳台のすぐ近くに、付きそってひかえています。風が少し吹きやんだ時、まだ夜も深いうちに源氏の君がお帰りになられるのも、何となく恋をとげた後の朝帰りのように見えます。

「ほんとうにしみじみ可愛くて、気がかりな姫君の御様子なので、これからは今まで以上に、なおさら少しの間も逢わないでは心配でならないでしょう。わたしが明け暮れ、物思いの中でひとり暮している邸に姫君をお移ししよう。いつまでもこんな淋しい所に心細くお過しでは、どうかと思われます。これまでよくもこんな所で恐がりもなさらなかったものですよ」

と仰せになりますと、乳母は、

「父宮も姫君をお迎えに来ようなどおっしゃるようですけれど、尼君の四十九日の法要をすませてからいらっしゃるのだろうと、わたしたちは思っておりまして」

と申し上げます。

「それはたしかに、頼りになる実の父君ではいらっしゃるけれども、長らく別々に暮しつけていらっしゃったのですから、姫君にとってはわたしと同じ程度に、親しみが薄いのではないでしょうか。わたしは今夜はじめてお逢いしましたが、姫君を思う誠意は、父宮以上と思っていますよ」

とおっしゃりながら、姫君の髪を幾度もかき撫でかき撫でなさり、振りかえりがちにお帰りになりました。外は朝霧が深く立ちこめ、空の風情もひとしお情趣深い上に、地には霜が真っ白に降りていました。こういう朝こそ、ほんとうの恋の朝帰りにもふさわしいのにと、源氏の君は昨夜のことをもの足りなくお思いになられるのでした。

たいそう人目を忍んでお通いになっていらっしゃる家が、この途中にあったのを、ふと思い出されて、門を叩《たた》かせてごらんになりましたが、聞きつけて出迎える人もありません。仕方なくお供の中で声のよい者に、歌わせてごらんになります。

朝ぼらけ霧立つ空の迷ひにも
　行き過ぎがたき妹《いも》が門《かど》かな

朝ぼらけの空に
霧が立ち迷い
見分けもつかない中にも
ふと素通りしかねる恋しい
あなたの家の門だった

と繰り返し二度歌いますと、気のきいた下仕《しもづか》えの女房が出てきて、

立ちとまり霧のまがきの過ぎうくは
　草のとざしにさはりしもせじ

立ち止まって
霧のたちこめたこの垣根が
素通りしにくいのでしたら
草の戸がしまっていることなど
何の妨げにもなりますまいに

と詠みかけて中に入ってしまいました。それきり、もう誰も出て来ないので、このまま引きあげるのも情がないものの、見る見る空も明けわたってきて不都合ですから、そのまま二条の院へお帰りになりました。

あの可愛らしかった姫君の面影がなつかしく恋しく、源氏の君は独り笑いなどもらされながらお寝みになるのでした。

日が高くなってからお起きになり、姫君にお手紙をおあげになるにつけても、普通の恋人同士の後朝《きぬぎぬ》のお手紙のようなわけにも書けないので、幾度も筆をお置きになり、思案しては熱心に書いていらっしゃいます。面白い絵などを手紙に添えて、お届けになりました。

源氏の君のところからは、その夕方、惟光が使者としてまいりました。

「わたしが参らねばなりませんのに、宮中からお召しがございまして、そちらへ伺えなくなりました。姫君のおいたわしいご様子を拝見いたしましたにつけても、とても心配でなりませんので」

とことづけられ、惟光が宿直役もつとめるようさしむけられたのでした。

「ああ、ああ、情けないなさり方だこと、かりそめにもせよ、御縁組みの出来た最初から、もう通っても下さらないとは。父宮のお耳にこんなことが入ったら、当然、お側にお仕えするわたしたちの落ち度だとお叱りを受けるに決まっています。どんなことがあっても決して決して、何かのはずみにしろ、うっかり源氏の君のことは、お口になさいませんように」

などと女房が言っても、姫君はその意味がわからず、何ともお感じにならないのが、頼りないことでした。

乳母の少納言は、惟光にいろいろ悲しい話をして、

「これから先、歳月が経ちました後には、御結婚なさる前世からの御縁が、どうしても逃れられないということも、ないとは限りません。ただ、今のところは、どうみたって、まるでお似合いではないお話と思われますのに、源氏の君が不思議なほど熱心に色々とおっしゃって下さるのも、どういう御本心なのか見当もつきかねて、わたしは迷い悩んでおります。実は今日も父宮がいらっしゃいまして『心配のないように姫君にお仕えせよ、無分別に不行き届きなお扱いをしてくれるな』とおっしゃいましたのも、わたしとしてはとても厄介に思われて、ご注意を受けた時よりはなおのこと、源氏の君のこういう色ごとめいたお振舞いが迷惑なことに思わ

れるのでございます」

などと言って、

「この惟光も昨夜、源氏の君と姫君の間に何かわけがあったように思っているのではないか」と、そう誤解されていては面白くないので、あまりひどく嘆いているふうにも惟光には話さないのでした。惟光も、一体お二人の間はどういうことになっているのかと、腑《ふ》に落ちないのでした。

帰ってきて、源氏の君に様子を御報告しますと、源氏の君は姫君を可哀そうにお思いになりますけれど、さて、昨夜のようにお通いになりますのも、さすがにはしたない感じがなさり、人が聞きつけたら、軽率な馬鹿げた振舞いのようにとられるだろうと憚られますので、とにかく、思いきって御自分のお邸に姫君をお連れしてしまおうとお考えになります。

お手紙は幾度もおあげになります。日が暮れると例によって惟光を使いにお遣《や》りになります。

「いろいろ差しつかえることがあって、お伺い出来ないのを、いい加減な気持だったのだと思っておいでしょうか」

などと書いてあります。少納言は、

「兵部卿の宮から、明日、急にお迎えにいらっしゃると仰せがございましたので、気忙《きぜわ》しくしております。長年住みなれたこの草深い荒れた宿も、いよいよ離れて行くかと思いますと、さすがに心細く、お仕えしてきた女房たちもみんな取り乱しておりまして」

と言葉少なに言い、ろくに相手もしてくれません。着物を縫ったりして移転の支度に忙しそうにしている様子がはっきりわかりますので、惟光は早々に帰ってきました。

源氏の君はその時、左大臣邸にいらっしゃいましたが、例のように、女君はすぐにもお逢いになりません。源氏の君は自然不愉快におなりになって、東琴《あずまごと》を掻き鳴らして、

〈常陸《ひたち》にも　田をこそ作れ　あだ心　や　かぬとや君が　山を越え　雨夜来《あまよき》ませる〉

という俗謡を、なまめかしいお声で口ずさんでいらっしゃいます。そこへ惟光が参りましたので、お側に呼びよせて、姫君の様子をお聞きになりました。惟光がこれこれしかじかと御報告しましたので、口惜しく思われ、

「兵部卿の宮邸に姫君が行ってしまわれたら、そこからわざわざ連れ出すというのも、好色なことに見えよう。幼い人を盗み出したなどと世間からきっと非難されるにちがいない。いっそ宮邸に移る前に、しばらく女房たちに口止めしておいて、二条の院にお連れしてしまおう」

とお考えになります。

「明け方、あそこへ行こう。車の支度はそのままにして、随身一人か二人待機させるように」

とお命じになります。惟光は承って帰りました。源氏の君は、

「さてどうしたものか。これが世間に知れたら、いかにも好色めいた振舞いだと取り沙汰されるだろう。せめて相手が恋のわきまえもある年頃だったら、女と心を通わせた上でのことと、世間も想像してくれるだろうし、そんなことはよくある例なのだ。しかしこんな状態で盗み出せばもし父宮に探し出された場合にも、体裁が悪く、さぞきまりの悪いことだろう」

などと思い悩まれますが、そんな逡巡《しゅんじゅん》で、この機会を逃し姫君を見失ったら、悔やんでもとりかえしがつかないと、まだ夜の明けぬ暗いうちにお出かけになられました。

女君は、例によってしぶしぶと、打ちとけないままで無愛想です。

「二条の院に、どうしても片づけなければならない用事があったのを思い出しましたから、出かけます。すぐ帰ってきますから」

とだけおっしゃってお出かけになりました。女房たちも気がつきませんでした。御自分のお部屋で御直衣《おんのうし》などお召替えになります。惟光だけを馬に乗せてお供にお連れになりました。

姫君の邸の門を叩かせますと、事情を知らない者が開けましたので、お車をそっと門内に引き入れさせて、惟光が妻戸《つまど》を叩いて咳ばらいしました。少納言が惟光だと察して出てきました。

「ここに源氏の君がおいでになります」

と言いますと、少納言は、

「姫君はもうお寝みになっていらっしゃいます。どうして、こんな夜更けにお越しになられたのでしょう」

と、どこか女の所からの、朝帰りのついでだろうと思って言います。源氏の君が、

「兵部卿の宮のお邸へお移りになるそうですが、その前に姫君に申し上げておきたいことがあって」

と仰せられると、

「どういうお話でございましょうか。さぞかし、はきはきしたお返事を申し上げることでございましょうよ」

と、皮肉を言って笑っています。源氏の君がかまわず内にお入りになりましたので、少納言はひどくきまりが悪くて、

「ほかに人もいませんので見苦しい年寄りの女房たちが、行儀の悪い恰好《かっこう》で寝んでおりますので、困ります」

と言いわけをします。

「まだ姫君はお目ざめではないだろうね。さあ、起こしてさし上げよう。こんな美しい朝霧も知らないで寝ていらっしゃるなんて」

と、おっしゃりながら、すっと御帳台の中にお入りになってしまわれたので、少納言は、「あれ」という閑もありません。

姫君は何も知らずに寝ていらっしゃるのを、源氏の君が抱きあげてお起こしになったので、目をさまされ、父宮がお迎えにいらっしゃったものと、寝ぼけたままお思いになるのでした。源氏の君は御髪《みぐし》をなでつくろったりしておあげになって、

「さあ、いらっしゃい、父宮のお使いで参りましたよ」

とおっしゃいますと、姫君ははじめて相手を父宮ではなかったと、気がついてびっくりなさり、恐ろしそうにしていられます。

「何とまあ情けない、わたしも父宮も同じですよ」

と仰せになりながら、姫君を抱きかかえて出ていらっしゃいましたので、惟光や少納言などは、

「これはまあ、どうなさいます」

と申し上げます。

「こちらへ、始終お訪ねすることも出来ないのが気がかりだから、気のおけないわたしの邸へとお誘い申し上げておいたのに、情けないことに、父宮のお邸へお移りになるそうだから、そうなっては、ますますお便りも出来にくくなるだろう。とにかく誰か一人お供しなさい」

とおっしゃいますので、少納言はうろたえきって、

「今日は何としても都合が悪うございます。父宮がお越しになりましたら、何と申し開きしてよろしいやら。そのうち自然、時がたちましてから、そのような御縁がおありでしたら、どうなりとなられましょう。あまり突然で、わたしどもには何の思案の閑もございません。これではわたしども女房たちが困ってしまいます」

と申し上げますと、

「それならいい。今は誰も来なくても、女房は後から来ればよい」

と、お車を縁側にお召し寄せになられますので、女房たちはあまりのことに驚きあきれて、どうしたらよいものやら、みんな途方にくれています。

姫君も、気味が悪く、怖くて泣いていらっしゃいます。少納言も、これではとてもお止めす

る方法もないと考えて、昨夜縫い上げたばかりの姫君のお召物などをあわてててかかえ、自分も身なりを改めて、そそくさとお車に乗り込みました。

二条の院はそこから近いところなので、まだ明るくならないうちに到着して、西の対《たい》にお車を寄せてお降りになりました。源氏の君は姫君をいかにも軽々と抱きあげて降ろされます。少納言は、

「まだ、まるで夢を見ているようでございますが、わたしは一体どうしたらよろしいのでございましょう」

と、車の中でためらっております。

「それはそちらの心まかせだよ。御本人はもう、お連れ申し上げたのだから、そなたが帰るというなら送ってあげよう」

とおっしゃいますので、少納言は仕方なくて車から降りました。なにしろ急のことでまだ茫然としたまま、少納言は胸がどきどきして静まりません。これを知った時の父宮のお怒りや、姫君がこの先どうおなり遊ばすお身の上かと思うと、心配でたまらず、とにもかくにも頼りになる人々に先だたれたのが、姫君の御不運なのだと思うにつけ、涙のとどまらないのを、少納言はさすがに新しい門出に不吉なので、必死にこらえています。

西の対は、普段御使用なさらないので、御帳台などもありません。惟光をお召しになって、御帳台や、お屏風などを、あちら、こちらに用意させ、お立てさせになるのでした。御几帳の帷子《かたびら》を引き下ろし、御座所は敷物などをちょっと敷けばいいようなので、源氏の君の常の御座

所の東の対から、夜具《やぐ》などを持って来させて、お寝みになりました。

姫君はたいそう気味が悪くて、どうされるのかしらと、震えていらっしゃいます。さすがに声をあげてお泣きにもなれず、

「少納言のところで寝たい」

とおっしゃるお声が、たいそうあどけないのです。

「もう、これからは、そんなふうに乳母と一緒に寝たりしては、いけないのですよ」

と源氏の君がお教えになりますと、姫君は悲しさをこらえきれず、泣きながら寝ていらっしゃいます。

少納言は心配で横になるどころではなく、茫然自失の有り様で起きていました。

夜があけていくにつれて、少納言があたりを見渡しますと、御殿の造りようや部屋の飾りつけなどは言うまでもなく、庭の白砂さえ玉を敷き重ねたように見えて、朝日に光り輝くようでした。それを見るにつけ、自分のような者は場ちがいな感じで気おくれしますが、こちらの対にはどうやら女房などはお仕えしていないようでした。たまのお客などを接待する対の屋なので、男の家来たちが、御簾《みす》の外に控えているだけです。どうやら昨夜女君をお迎えになったようだと、ぼんやり聞いた邸の者たちは、

「どなたなのだろう。なみなみのお仲ではないのだろう」

と、ひそひそ囁いています。お手水《ちょうず》やお粥《かゆ》など、源氏の君と姫君はこちらの対でお使いにな

ります。

日が高くなって源氏の君は起きていらっしゃって、

「女房がいなくて不便でしょうから、しかるべき人たちを、夕方になってからお呼びになるのがいい」

とおっしゃって、東の対に女童たちを呼びに、人をおやりになりました。

「小さい女の子だけ、特別に来なさい」

とのことでしたから、たいそう可愛らしいなりをした四人の女の子が参りました。姫君はお召物にすっかりくるまって寝ていらっしゃるのを、無理に起こして、

「こんなふうに、いつまでも沈みこんでわたしを困らせてはいけません。真心のない人が、こんなに心からお世話するものですか。女というものは心が柔和で素直なのがいいのですよ」

など、もう今から教え躾《しつ》けていらっしゃいます。姫君の御器量はよそながら遠くから見たよりも、近くで見たほうがはるかにお綺麗でした。

源氏の君はやさしく親しく姫君とお話しになりながら、面白い絵や玩具などを、東の対に取りにやらせてはお見せになり、姫君のお気に入りそうなことをなさいます。

姫君もしだいに打ちとけて、ようやく起き出して絵などを御覧になりました。濃い鈍色《にびいろ》の喪服の、柔らかくなったのを着て、無邪気に笑ったりして坐っていらっしゃるのがとても可愛らしいので、源氏の君もつい微笑んで御覧になっていらっしゃいます。

源氏の君が東の対へお出かけになりましたので、姫君は部屋の端近《はしぢか》にお出になって、はじめ

て庭の木立や池のほうなどを覗いて御覧になりました。霜枯れの前庭の景色が絵に描いたように美しくて、見たこともない四位や五位の人々が、黒や緋《ひ》色の袍《ほう》を着た姿で入り交じって、ひまなく出たり入ったりしています。ほんとにすばらしい所だとお思いになります。御屛風などのたいそう面白い絵を御覧になりながら、いつの間にやらすっかり気が紛れていらっしゃるのも、他愛のないことでございます。

源氏の君は二、三日宮中へもお上がりにならず、この姫君の御機嫌をとろうと、もっぱらお話し相手をなさります。そのままお手本にするようにとお思いになったものか、古歌や絵などをいろいろお書きになってお見せします。それはすべてお見事なもので、たくさんお書きになりました。紫の紙に、〈武蔵野《むさしの》といへばかこたれぬ〉とお書きになった墨つきもとりわけすぐれているのを、姫君は手に取って見ていらっしゃいます。そばにすこし小さな字で、

ねは見ねどあはれとぞ思ふ武蔵野の
　露分けわぶる草のゆかりを

まだ共寝はしていないのに
可愛くてならない
武蔵野の露を分け入りかねて
なかなか逢えない紫草のような
あの方のゆかりのあなたよ

と書きそえてあります。

「さあ、あなたもお書きなさい」

と、源氏の君がおっしゃいますと、姫君は、

「まだ上手には書けないの」

とつぶやいて、源氏の君を見上げていらっしゃるお顔が、あまりにも無邪気で可愛らしいので、源氏の君はにっこりなさり、

「上手でないからといって、まったく書かないのはよくないのですよ。わたしが教えてあげますから」

と仰せになりますと、姫君が顔をそむけて恥ずかしそうにお書きになる手つきや、筆を持つ御様子のあどけないのも、ただもう可愛くてたまらなくお思いになります。こんなに姫君に惹かれるのが、自分の心とはいえ、不思議だとお思いになるのでした。姫君は、

「書きそこなったわ」

と、恥ずかしがって隠そうとなさるのを、無理に御覧になりますと、

かこつべきゆゑを知らねばおぼつかな
　いかなる草のゆかりなるらむ

何をおっしゃってるのか
さっぱりわからないわ
わたしはいったい
どんな草のゆかりで
だれに似ているのでしょう

と、まだとても幼いけれど、先々の上達が頼もしく予想される筆跡で、ふっくらとお書きに

なっています。亡くなった尼君の筆跡によく似ているのでした。

これで現代風のお手本を習ったら、もっと上手におなりだろうと、源氏の君はお思いになります。お人形遊びなども、わざわざ御殿をいくつも造り並べて、一緒に遊んでお上げになりながら、源氏の君は姫君を、辛い恋の苦しい物思いの、この上ない憂さ晴らしになさっていらっしゃるのでした。


あちらのお邸に残った女房たちは、兵部卿の宮がお越しになられて、姫君のことをお尋ねになられたのに、お返事の申し上げようもなくて、当惑しあっていたのでした。

「しばらくは姫君の行方を誰にも知らせるな」

と、源氏の君も仰せになり、乳母の少納言もそう思っておりましたので、絶対に口外しないようにと言っておやりになりました。それで女房たちは、ただ、

「行方も知らせず少納言がお連れしていって、お隠しいたしました」

とばかり申し上げますので、宮もどうしようもなくがっかりなさって、故尼君も、姫君が本邸へ引きとられることを、たいそう嫌がっていらっしゃったので、乳母の少納言が出過ぎた心づかいのあまり、宮にお渡しするのを困るとは、素直に言わないで、自分の一存で姫君を連れ出して行方をくらましてしまったのだろうと、泣く泣くお帰りになりました。

「もし行方がわかったら、必ず知らせるように」

と仰せになるにつけても、女房たちは気が引けて、面倒なことになったと思うのでした。

兵部卿の宮は北山の僧都のところへもお尋ねになりましたが、いっこうに行方が知れなくて、つくづく惜しまれるほど美しかった姫君のお顔かたちを思い出されて恋しく、悲しんでいらっしゃいます。宮の北の方も、姫君の母親を憎んでいられた気持も消えて、姫君を自分の思うように育ててみようと考えていた矢先に、その心づもりが外れてしまったことを、残念にお思いになるのでした。

二条の院の西の対には、次第に女房たちが集まってきました。お遊び相手の女童や幼い子供たちも、すばらしく当世風なお二方の御様子なので、何の気がねもなく、みんなで遊び合っています。

姫君は源氏の君がお留守だったりして寂しい夕暮などこそは、尼君を恋い慕って泣いたりなさるけれど、父宮のことは全くお思い出しにもなりません。もともと、父宮とは離れて暮すのが習慣になっておられたので、今ではただもう、この後の親の源氏の君にすっかりなついてしまって、まつわりついてばかりいらっしゃいます。

源氏の君が他所《よそ》からお帰りになると、すぐお出迎えして、甘えてあれやこれやとお話しになり、源氏の君の懐に入って抱かれて、少しも遠慮したり、恥ずかしがったりもなさらないのです。そうしたお遊び相手としては、この上なく可愛らしいのでした。

女も妙に知恵がつき嫉妬心などおこしますと、何かと煩わしいことがおこってきて、男も自分の愛もさめるのではないかと心を遣い、夫婦の気持に隔てを置くようになります。そうなると女のほうはとかく恨みがちになって、思いがけないもめごとが自然におこってくるものです。

ところがこの姫君は、ほんとうにかわいらしい罪のないお遊び相手なのでした。実の娘でも、もうこのくらいの年になると、父親に対してこんなふうにうちとけて振舞い、馴れ馴れしく一緒に寝起きすることなどは、とても出来ないものでしょうに、これはまったく風変わりな秘蔵娘だと、源氏の君は思っていらっしゃるようでした。

紅葉賀《もみじのが》より

朱雀院《すざくいん》への行幸《ぎょうこう》を前に宮中で試楽《しがく》が催され、青海波《せいがいは》を舞う光源氏の美しさに藤壺は心揺さぶられる。藤壺は予定より二ヵ月遅れて出産し、我が子の誕生を喜ぶ桐壺帝に、源氏は恐れおののきつつも感動する。

朱雀院《すざくいん》への行幸《ぎょうこう》は十月十日過ぎでした。この度の御催《おんもよお》しは、これまでになく格別見ごたえがあるらしいと予想されていましたので、後宮《こうきゅう》のお妃《きさき》さま方は御見物になれないのを残念に思っていらっしゃいます。

帝《みかど》も、藤壺《ふじつぼ》の宮《みや》が御見物になれないことをもの足りなく思《おぼ》し召《め》されて、当日行われる舞楽《ぶがく》の予行演習を、清涼殿《せいりょうでん》の前庭で行うようお計らいになりました。

源氏の君は、その日、青海波《せいがいは》を舞われました。お相手には左大臣家の頭《とう》の中将《ちゅうじょう》が舞われました。頭の中将は、顔だちも、心配りも、人よりははるかに秀れていらっしゃいますけれど、源氏の君と並んでは、やはり咲き誇った桜のかたわらの、深山木《みやまぎ》のようにしか映えません。

折から落日のはなやかな陽光が鮮やかに射しそめた中に、楽の音がひときわ高まって、感興《かんきょう》もたけなわの頃、同じ舞ながら、源氏の君の足拍子や表情などは、世にまたとはないほどのすばらしさなのでした。舞いながら詩句の朗誦《ろうしょう》をなさるときのお声は、これこそみ仏のお住まいになられる極楽の迦陵頻伽《かりょうびんが》という鳥の声であろうかと、ありがたく聞こえます。

その舞のあまりの興深さとすばらしさに、帝は感涙《かんるい》をお拭いになられ、上達部《かんだちめ》や親王《みこ》たちも、すべて感動の余りお泣きになられるのでした。

吟詠《ぎんえい》が終り、源氏の君が袖をさっとひるがえしてもとに直されると、待ちもうけていた楽の音が再びはなやかに湧き立ち、それにつれて、源氏の君のお顔の色がひときわ艶《つや》やかに映えまさり、常よりいっそう輝くかとお見えになるのでした。

弘徽殿《こきでん》の女御《にょうご》は、源氏の君がこんなに御立派なのにつけても、非常に妬《ねた》ましく思われて、

「神などが空から魅入られて、神隠しにでもなさりそうな美しさだこと、おお、いやだ、気味が悪い」

とおっしゃいます。

お側の若い女房などはそれを聞きとがめて、何といういやなことをおっしゃるのだろうと思っています。

藤壺の宮はふたりの間に大それた心のやましささえなかったなら、今日の源氏の君をどんなにか美しくすばらしいかと眺められただろうとお思いになります。それにつけてもあの夜の秘密も今の源氏の君の舞姿も、すべて夢を見ているようなお気持なのでした。

紅葉賀より

藤壺の宮は、その夜はそのまま、清涼殿で帝と御一緒にお寝《やす》みになられました。

「今日の試楽《しがく》の人気は、青海波ひとつにすっかりさらわれてしまったね。あなたはどう御覧になったかな」

と、帝がお訊きになりますと、藤壺の宮は気がとがめて、お答えしにくく、

「とても結構でございました」

とだけ申し上げます。

「相手の頭の中将も、なかなか悪くはなかった。舞いぶりや手さばきなど、名門の子弟はやはり格別優れている。今の時代に評判の高い舞の名手たちも、それは確かに上手ではあっても、あのように鷹揚《おうよう》で優美な味わいは見せることができないようですね。試楽の日にこんなにすっかり上手なところを見せ尽くしてしまっては、肝心の行幸《ぎょうこう》の日の、紅葉の木蔭での本番は、淋しくはないかと思うけれど、あなたに見せてあげたいばかりに、今日の試楽は用意させたのですよ」

などと仰せになります。

その翌朝、源氏の君から藤壺の宮へ、

「昨日の舞をいかが御覧下さいましたでしょうか。何とも言いようのない切ない心の、乱れ湧くのにまかせて舞ったのでしたが。

もの思ふに立ち舞ふべくもあらぬ身の
袖うち振りし心知りきや

恋の想いの切なさに
舞の手ぶりも上の空
われにもあらず袖をふり
秘めごと胸に舞う心
きみ知るや知らずや

畏《おそ》れ多くて」

と書かれていました。

藤壺の宮も、昨日の目もあやにまぶしかった、源氏の君のお姿やお顔を御覧になったことで、お胸の奥の御本心を隠し忍び通すことがお出来にならなかったのでしょうか、お返事には、

唐人《からひと》の袖振ることは遠けれど
立ち居《たゐ》につけてあはれとは見き

唐人が袖ひるがえし
舞ったとか青海波
異国のことは知らないけれど
あなたの舞の身振りには
切なく心が揺れ動く

紅葉賀
より

「並々の思いでは見られませんでした」

とあります。源氏の君はこのお返事をこの上もなく有り難く嬉しく御覧になりました。こう

した舞楽の渡来の歴史にまでもおくわしく、異朝のことにまでお考えを及ぼされた格調の高いお歌をお詠みになられたということは、今からもう皇后にふさわしい品位を具《そな》えていらっしゃると、源氏の君はひとりでにほほ笑まれます。そのお手紙を、まるで持経《じきよう》の法華経のように恭《うやうや》しくひろげて、いつまでも見入っておいでになるのでした。

朱雀院への行幸には、親王《みこ》たちをはじめ、これという人は一人も残らずお供申し上げました。東宮《とうぐう》も御臨席なさいます。

例のように、楽人《がくにん》の乗りこんだ龍頭鷁首《りようとうげきしゆ》の船などが、池を漕《こ》ぎめぐります。唐《から》や、高麗《こま》の舞など数えきれないほど種類多く演じられ、管絃の音や、鼓の音などが、あたりいっぱいに響き渡ります。

あの試楽の夕べの、源氏の君の夕陽に映えたお姿のあまりの美しさに、帝は空恐ろしくさえ思し召されて除災の御祈禱《ごきとう》の御誦経《みずきよう》などを、あちこちの寺々におさせになりました。それをもれ承った人々もごもっともな御配慮と、御同情申し上げました。ところが弘徽殿の女御だけは、

「あんまり大げさすぎますよ」

と、おっしゃって、お憎みになっていらっしゃいます。

楽人などには、殿上人《てんじようびと》からも、低い身分の地下《じげ》からも、殊に名手の評判の高い達人ばかりを選《え》りすぐって、お揃《そろ》えになりました。宰相《さいしよう》二人、左衛門の督《かみ》、右衛門の督が、左右の楽人の指揮をします。人々は、前々から世評《せひよう》に高い舞の師匠を家に迎えて、それぞれ家に引き籠《こも》って稽

古に励んでいたのでした。

その日は、木高い紅葉の蔭に、四十人の楽人が、絶妙で見事に奏でたてる楽の音色に、響き合うようにして鳴る松風は、これこそ本物の深山《みやま》おろしのように吹き乱れていました。色とりどりに舞い散る木の葉の中から、源氏の君の青海波が、きらびやかに舞い出た光景は、何とも恐ろしいほどの美しさなのでした。源氏の君の冠に挿した紅葉の枝が、すっかり散り透いて、お顔の照り映える美しさに気圧《けお》されたように感じますので、左大将が御前《おまえ》の菊を手折《たお》って、差し替えて上げました。

日が暮れかかる頃、ほんのわずかに時雨《しぐ》れて、空までが、今日の盛儀《せいぎ》に感動しているように思われます。折から源氏の君はそうした美しいお姿で、色変わりした菊の花の言いようもなく美しいのを冠に挿し、今日はまた一段と秘術を尽くした舞をお見せになりました。最後の入綾《いりあや》の舞のあたりは、そのすばらしさ美しさに、思わず寒気だつほどで、この世のものとも思われません。何の興趣も理解できるはずのない下人《げにん》どもで、木の下や岩かげ、築山の木の葉かげに隠れて盗み見しているもののなかにさえ、少しでも物の情趣のわかる者は、感涙をこぼすのでした。

承香殿《しょうきょうでん》の女御のお生みになった第四の御子《みこ》が、まだ童姿《わらわすがた》で秋風楽《しゅうふうらく》をお舞いになったのが、これについでの見ものでした。この二つの舞に感動しつくしてしまい、ほかの舞には目も移りません。そのためかえって興ざめな気味があったかもしれません。

その夜、源氏の君は、正三位《しょうさんみ》におなりでした。頭の中将は正四位下《げ》に昇進なさいました。その他の上達部も、皆それぞれ相応の昇進をなさりお喜びになりました。それも源氏の君の栄誉にあやかってのことなのですから、舞で人々に目を見張らせ、昇進で人々の心までお喜ばせになるというのは、いったい源氏の君は前世でどのような徳をお積みになられたお方であったのか、人々はその前世を知りたそうに見えます。

十

藤壺の宮の御出産の御予定の十二月も、事なく過ぎたのが気がかりなので、この正月こそは必ずと、三条の宮の人々もお待ち受けしていました。帝にもおめでたに対してのさまざまなお心づもりもおありでしたのに、その正月も何の気配もなく、月が改まってしまいました。物《もの》の怪《け》のせいではないかと、世間の人々も騒がしくお噂するのを、藤壺の宮はひとしおやるせなく思し召して、お腹の子が源氏の君の子だという秘密のために、この身を滅ぼすにちがいないとお嘆きになりますので、御気分もひどくお苦しくて、心身ともにお悩みになっていらっしゃいます。

源氏の君は、御出産が遅れていることとあの密会のことを考え合わせて、いよいよ自分のお子だと思い、安産の御修法《みずほう》などをそれとなく方々のお寺でおさせになります。人の世の定めなさにつけても、藤壺の宮との恋もこのままはかなく終ってしまうのではないだろうかと、さまざまな悲しみをすべて集めて、源氏の君は嘆き沈んでいらっしゃいました。

ついに二月の十日余りに、皇子が御誕生になりました。これまでの不安も心配もすっかり消えてしまって、宮中でも、三条の宮邸でも人々は心からお喜び申し上げます。

藤壺の宮はよくも死にもしないでと、かえってお辛くお思いになりますけれど、弘徽殿の女御などが、生れた皇子を呪《のろ》わしそうに言っていらっしゃるとお耳になさるにつけても、このまま自分が死んでしまったら、さぞ物笑いの種にされるだろうと、お気を強くお持ちになられて、ようよう少しずつ御気分も爽やかに御回復になられたのでした。

帝は早く皇子を御覧になりたいと、たまらなく待ちこがれていらっしゃいます。

源氏の君の人知れぬお心のうちでも、ひどく御心配で、人のいない折に藤壺の宮の三条の宮邸に参上して、

「帝が若宮を早く御覧になりたがっていらっしゃいますので、まずわたしが拝見いたしまして、御様子を御報告申し上げましょう」

とおっしゃいました。

「まだ生れたばかりで見苦しい頃ですから」

とおっしゃるばかりで、お見せにならないのも、もっともなことでした。

それというのも、まったく呆《あき》れるばかりに珍しいほど、源氏の君に生き写しでいらっしゃる若宮のお顔だちは、間違いなく源氏の君の御子と見られるに決まっています。

藤壺の宮は、お心の鬼にさいなまれて、たいそうお苦しく、人がこの若宮を拝見すれば、あ

の怪しい夢のようだった過ちに、きっと気づくにちがいない。さほどでもない些細《ささい》なことでも、何かとあら捜しをせずにいられないこの世間に、あげくの果てにはどんな醜聞《しゅうぶん》が漏《も》れるだろうかと、お思いつづけになりますと、われとわが身がつくづく情けなくてたまらないのでした。

源氏の君は、王命婦にたまにお会いになって、切ないお心を言葉に尽くして訴え、手引きをお願いになるのでしたが、何の甲斐もあるはずがございません。若宮のことを無性に御覧になりたいとおせがみになるので、

「どうして、そんなご無理をおっしゃるのでしょう。そのうち参内の時に自然に御対面あそばされることでしょうに」

と王命婦は申し上げるものの、心の内では源氏の君に劣らない切なさがあふれているのでした。人に知られては困りますのであからさまにはおっしゃれないで、

「どんな世の中になったら人伝てでなくお話が出来るのだろう」

と、源氏の君がお泣きになる御様子のおいたわしさ。

いかさまに昔結べる契りにて
　この世にかかる中の隔てぞ

いったい前世で
ふたりはどんな
約束をしたせいで
こうもこの世で
逢えない仲なのか

「こんなことはとても納得出来ない」
とおっしゃいます。王命婦も、藤壺の宮が思い悩んでいらっしゃる御様子など拝見しておりますだけに、源氏の君をそうすげなく突き放すわけにもまいりません。

見ても思ふ見ぬはたいかに嘆くらむ
　こや世の人の迷《まど》ふてふ闇

若宮を御覧になる
藤壺の宮のお嘆きの深さ
御覧になれないあなたの
よりさらに深いお嘆き
これこそ子ゆえの親心の迷う闇

「お気の毒に、何とお悩みの絶え間もないお二方《ふたかた》でいらっしゃいましょう」
と、人目を忍んで申し上げました。

いつもこんなふうで、藤壺の宮にはお心の訴えようもなくて、源氏の君はむなしくお帰りになります。藤壺の宮はこうした源氏の君の密かな訪れが、人の口の端《は》にかかっては困るので、王命婦をも、前にお目をかけられたようには、気をお許しにならず、よそよそしくなさいます。人目にたたないよう、つとめて自然な態度で接しては下さいますものの、お気に入らないと思っていらっしゃる時もおありの御様子なので、王命婦はたいそう辛く、心外な気持もして悲しんでいるようでした。

四月に若宮は参内あそばされました。御誕生三月《みつき》という日数にしては、大きくおなりになられていて、そろそろ起き返りなどなさいます。呆れるほど源氏の君にそっくり生き写しの若宮の顔つきを御覧あそばされ、帝は本当のわけは想像もお出来にならないことなので、他に比べる者もない美しいもの同士というのは、なるほどこんなによく似ているのだろうとお思いになられるのでした。

帝は若宮を限りもなく御寵愛なさいます。源氏の君をこの上もなく愛しておいでになりながら、世間の人が承服《しょうふく》しそうになかったため、東宮にもお立てにならずにしまったことを、いつまでも残念に思し召していらっしゃいました。源氏の君が臣下《しんか》としてはもったいない御容姿に成長なさったのを御覧になるにつけても、不憫《ふびん》にお思いでした。そこへ、こうした御身分の高貴なお方を母君として、同じように光り輝く御子が御誕生になりましたので、この若宮こそは何の傷もない玉とばかり思し召されて大切に御養育なさいます。それにつけても藤壺の宮は、お心の晴れる暇もなく、不安な物思いに沈まれるばかりでした。

いつものように、源氏の君が、藤壺の宮のところで、管絃の御遊びなどがあるのに来合わせていらっしゃいますと、帝は若宮をお抱きになってお出ましになり、

「皇子たちはたくさんいるけれど、そなただけを、こういう幼い頃から明け暮れ側に置いて見ていたものだ。そのせいでその頃のことが思い出されるからだろうか、この子は実にそなたに似ている。ごく小さい間は、みなこんなふうなのだろうか」

と仰せになって、可愛くてたまらないと思し召していらっしゃる御様子でした。

源氏の君は顔色の変わる心地がして、恐ろしくも、もったいなくも、嬉しくも、あわれにも、さまざまな感情が胸のうちに湧き移るようで、涙がこぼれそうになります。

若宮が何か声をあげて、笑っていらっしゃるお顔が、空恐ろしいほど可愛らしいので、源氏の君は自分がほんとにこの若宮に似ているのなら、我ながら自分をたいそう大切にしなければとお思いになるのも、あまりといえば思い上がったお心というべきでしょうか。

藤壺の宮は、とてもおつらく居たたまれない思いに、汗もしとどになっていらっしゃいます。源氏の君は、若宮にお会いになって、かえっていっそうつらくなり、お心が掻き乱れるようなので、御退出なさいました。

源氏の君は二条の院の御自分のお部屋でお寝《やす》みになって、どうしようもないお胸の苦しさをお静めになってから、左大臣邸へいらっしゃろうとお思いになります。御前の植え込みが、何となく青々としてきたなかに、撫子《なでしこ》が華やかに咲き出しているのを折らせて、それに添えたお手紙を、王命婦の許にお書きになったようですが、さぞかしこまやかに心の限りが尽くされていたことでしょう。

よそへつつ見るに心は慰《なぐさ》まで
　露けさまさる撫子の花

撫子の花を
いとしいわが子になぞらえて眺めても
少しも心は慰まず
涙がしとどにかえって
ますます増すばかり

「わたしの庭に咲いてほしいと思った撫子の花でしたが、今はその甲斐もないわたしたちふたりの仲でした」

とありました。ちょうど人の居ない都合のいい時があったのでしょうか、王命婦はそのお歌を藤壺の宮にお目にかけて、

「どうかほんの塵《ちり》ほどでも、この花びらにお返事を」

と申し上げます。藤壺の宮は御自分のお心にも、しみじみもの悲しくお思いになっていらっしゃる時でしたので、

袖濡るる露のゆかりと思ふにも
　なほ疎まれぬやまと撫子

大和撫子のような
可愛い若君は
わたしの袖を濡らす
涙の種と思うので
やはり恨めしく疎ましい

とだけ、墨色もほのかに、中途で書きさしたようなお歌を、王命婦は喜んで源氏の君にさし上げました。

いつものように、どうせお返事はいただけないだろうと、源氏の君はお心も萎《な》えてぼんやり外に目をやりながら横になっていらっしゃいましたので、思いがけないお返事に胸がときめき、あまりの嬉しさに涙がこぼれ落ちるのでした。

つくづくと物思いに沈みこんで寝ていらっしゃっても、気の晴らしようもない心地がなさいますので、こういう時の気散《きさん》じには、いつものように、西の対《たい》の若紫の姫君のもとにお越しになります。

源氏の君は鬢《びん》の毛をしどけなくそそけさせたまま、くつろいだ袿姿《うちき》で、横笛を人の気をそそるようにやさしく吹き鳴らしながら、お覗きになりますと、姫君はさきほどの撫子の花が露に濡れたような風情で、物に寄り臥《ふ》していらっしゃる御様子がいかにも可憐で可愛らしいのです。愛嬌《あいきよう》がこぼれるようなのに、源氏の君がお帰りになっていながらすぐにはこちらにいらっしゃらなかったのが、何となく気に障って、いつになくすねていらっしゃるのでしょう、源氏の君が端のほうに坐って、

「いらっしゃい、こちらへ」

とおっしゃってもそ知らぬ顔で、〈入りぬる磯の〉と、恋の歌の一節を口ずさんで、すぐ袖で口もとを隠された御様子が、なかなか気がきいておませで可愛らしいのです。

「なんて憎らしいことを。よくそんなことを言い馴れたものですね。でも〈みるめに飽く〉と

いって朝も夜も見るのはよくないことだと言いますよ」

と、おっしゃって、人をお呼びになり、お琴を取り寄せて、姫君にお弾かせになります。

「箏《そう》の琴は、中の細緒《ほそお》の切れ易いのが面倒だから」

と、調子を平 調《ひようじよう》にお下げになります。

調子を整えるための短い曲だけを御自分でお弾きになって、琴を姫君のほうへ押しやられますと、そうすねてばかりもいられず、たいそう可愛らしくお弾きになります。まだお身丈が小さいので、体ごと腕を伸ばして絃を押さえられるお手つきが、ほんとうに可愛らしいので、いっそういとおしくお思いになって、笛を吹き鳴らしながらお教えになります。

姫君はたいへん聡明で、むずかしい調子などをただ一度で覚えてしまわれます。何につけても才気《さいき》があり魅力のある御性質の姫君なので、これこそかねての望み通りの人が得られたとお思いになります。保曾呂倶世利《ほそろぐせり》という雅楽《ががく》の曲は、変な名ですけれど、源氏の君がそれを笛で面白く吹きすまされるのに、姫君がお琴で合奏なさいますと、まだ未熟なところがあるものの、拍子はまちがわず、上手めいて聞こえるのでした。

灯火《あかり》をともして、御一緒に絵などを御覧になっていますと、お出かけになると言ってありましたので、お供の人々が咳《せき》ばらいして、

「雨が降りそうでございます」

と申し上げると、姫君はいつものように心細くなって、しおれていらっしゃいます。

絵も見かけたままにして、うつ伏していらっしゃるのがたいそう可愛くて、お髪《ぐし》がふさふさ

と美しく肩のあたりにこぼれかかるのを、源氏の君はかきなでてあげながら、

「わたしがいないと恋しいと思うの」

と仰せになりますと、うなずいていらっしゃいます。

「わたしも一日でもお会いしないととても苦しいのですよ。でもあなたの小さいうちは安心していられるので、まず、ひがみっぽくすねて怨《うら》みごとを言うほかの女の人の御機嫌を悪くすると厄介なので、当分はこうして出歩いているのですよ。あなたが大人になってからは、決してよそへ行ったりしませんよ。女の人から怨まれたくないと思うのも、できるだけ長生きして、あなたとふたりで思うさま楽しく暮したいと思うからなのです」

などとこまごまお話しになりますと、姫君はさすがに恥ずかしくなって、何ともお答えになりません。そのまま源氏の君のお膝に寄りかかってお寝《やす》みになってしまわれたのが、たいそういじらしくて、

「今夜は出かけないことにした」

とおっしゃいます。女房たちは座を立って、お夕食の膳などをこちらにお運びいたしました。源氏の君は姫君を起こされて、

「行かないことにしましたよ」

と言っておあげになりますと、機嫌を直してお起きになりました。御一緒にお食事をなさいます。姫君はほんの少しお箸《はし》をつけて、

「では、早く寝みましょう」

と、まだ出かけるのではないかと不安そうな御様子なので、こんな可愛い人を見捨てては、たとえ死出《しで》の旅路《たびじ》でさえも出かけにくいだろうと、お思いになるのでした。

こんなふうにして、姫君に引き止められておしまいになる折々も多いことを、自然に漏《も》れ聞いた人が、左大臣家にお知らせしますので、女房たちは、

「一体誰なのでしょうね、ほんとに心外なことですわ、失礼じゃありませんか。今まで誰とも素性もわからないのに、そんなふうに源氏の君にくっついてばかりいて甘えたりするようなのは、どうせ上品な教養のある人ではないでしょうよ。宮中あたりで、ふとお目にとまった女を、ご大層にお扱いになって、世間からとやかく言われないように隠しておいでになるのですわ。まだ分別もつかない、さも幼い人のように言いふらしていらっしゃるのもきっとそのせいですよ」

などと、噂しあっています。帝も、そういう女がいるとお聞きになられて、

「左大臣が気の毒に。心配して嘆いておられるというのももっともなことだ。まだそなたが頑《がん》是《ぜ》なかった頃から、あれほど夢中になって熱心に心を尽くして後見してきた左大臣の気持がどんなものか、それぐらいのことがわからぬ年頃でもあるまいに、どうしてそんな薄情な仕打ちをするのか」

と仰せになります。それには、源氏の君もひたすら恐れ入った御様子でお返事も申し上げられません。帝は左大臣の姫君、葵の上が気にそわないのだろうと、源氏の君を可哀そうにも思し召されます。

「そうかといって、情事にうつつをぬかして乱行しているふうでもなく、ここにいる女房とも、またあちらこちらの女たちなどとも、深い仲になったというふうにも見えず、噂も聞かないようだが、いったいどういう物陰を隠れ歩いて、そう人に怨まれるようなことをするのだろう」

と仰せられます。

帝はもうかなりのお年でいらっしゃいますけれど、この方面のことは、今なおお捨てにはならず、采女《うねめ》や女蔵人《にょくろうど》などでも、美しい女や才気のある者をことにお喜びになられますので、この頃は教養の豊かな女房たちが揃っているのでした。

源氏の君が少しでもからかってごらんになれば、そ知らぬふりをするという女はほとんどないので、もう目馴れて珍しくもなくなられたのでしょうか、ほんとうに不思議なほど、女に興味を持たれないように見えます。

試しにこちらから誘いかけるようなことを申し上げてみたりする女房も時にはあるのですけれど、源氏の君はそんな時、相手の気分をこわさない程度にあしらって、実際には深入りなさらないのを、真面目すぎて物足りないと思う女房もあるのでした。

宮中で桜の宴が催され、光源氏の漢詩と春鶯囀《しゅんおうてん》を舞う姿が称賛される。酔い心地の源氏は弘徽殿《こきでん》で、歌を口ずさむ見知らぬ女と契りを交わす。それは東宮《とうぐう》（皇太子）に入内《じゅだい》予定の、右大臣の六の君（朧月夜《おぼろづきよ》）だった。

花《はなの》宴《えん》より

二月の二十日すぎに、南殿《なんでん》の桜の宴をお催しになりました。藤壺《ふじつぼ》の中宮《ちゅうぐう》と東宮《とうぐう》の御座所は玉座《ぎょくざ》の左右に設けられ、お二方が参上なさいました。弘徽殿《こきでん》の女御《にょうご》は、藤壺の中宮がこのように上座《かみざ》にいらっしゃるのを、事あるごとに不愉快にお思いになりますけれど、今日のような盛大な物見の時には、とても引きこもってはいらっしゃれなくて、御参列なさるのでした。

その日はよく晴れて、空の風情も鳥の声も気持よさそうなのに、親王《みこ》たちや上達部《かんだちめ》などをはじめとして、詩文に秀《すぐ》れた方々は、どなたも、作詩に必要な韻字《いんじ》をいただいて、漢詩をお作りになります。

源氏の宰相《さいしょう》の中将《ちゅうじょう》は、

「春という文字をいただきました」

と、仰せになるそのお声までが、いつもながら、人とは異なって美しく聞こえます。次は頭《とう》の中将《ちゆうじよう》です。源氏の君の後で、見物の人々にどんなふうに比較されるかと、どんなにか気の張ることでしょうか、みるからに感じもよく落ち着いていて、物の言いかたなども堂々として、なかなか立派でした。

その後に続く人々は、皆気おくれがしておどおどした顔色の者が多いのでした。まして地下《じげ》の者は、帝《みかど》や東宮の御学才がことのほか秀でていらっしゃる上に、その道に堪能《たんのう》な方々が大勢揃っていらっしゃる御時世なので、きまりが悪くて、ひろびろとした晴れやかなお庭に出るのも気がひけます。探題《たんだい》の詩を作るのはさして難しいことでもないのに、困りきっている様子です。

年老いた文章博士《もんじようはかせ》たちが、身なりはいたってお粗末ながら、さすがに場馴れしているのを、帝は趣深くお感じになられ、さまざまな人を御覧あそばすにつけ、興深くおぼしめすのでした。

帝は舞楽《ぶがく》などは言うまでもなく、万端《ばんたん》ぬかりなく御用意を整えていらっしゃいます。次第に夕陽の傾く頃になって、春鶯囀《しゆんおうてん》という舞がたいそう面白く見られましたので、東宮は、源氏の君の紅葉《もみじ》の賀の折の舞をお思い出しになられて、挿頭《かざし》の花を御下賜《かし》になりました。ぜひにと御所望《しよもう》あそばしますので、御辞退しかねて、源氏の君は立ち上がり、ゆるやかに袖をひるがえすところを一さしだけ、申しわけばかりにお舞いになりますのが、たとえようもなくお見事なのでした。

左大臣は日頃の恨めしさも忘れて、感動のあまり落涙《らくるい》なさいました。

「頭の中将はどうしたのか、早く」

と、帝が仰せになりますので、頭の中将は柳花苑《りゅうかえん》という舞を、源氏の君の舞よりも少し念入りに舞われました。こういうこともあろうかと、心づもりをしておられたのか、それはお見事でしたので、帝から御褒美に御衣《おんぞ》を賜りました。そんなことは、あまり例のないことだと人々は思ったことでした。

その後、上達部が皆々、入り乱れて順序もなく舞いましたけれど、夜になってからは、誰が上手とも区別もつきません。

詩を披講《ひこう》する時にも、源氏の君のお作は、あまり御立派なので、講師《こうじ》も一気に誦《よ》み終えることが出来ず、一句ごとに誦みあげてはほめたたえます。それを聞いてその道の博士たちも、心から感服しきっています。

帝はこうした晴れの催しの際にも、まず源氏の君を一座の光としていらっしゃいますので、今日の詩の席の源氏の君を、どうしておろそかに思し召されましょう。

藤壺の中宮は、源氏の君にお目がおとまりになるにつけても、弘徽殿の女御が源氏の君を、無性にお憎みになるのも不思議に思われて、御自分がこうしてまたこの君に惹《ひ》かれるのも心から悲しくお思いになられるのでした。

おほかたに花の姿を見ましかば
　露も心のおかれましやは

ただ一通りに
美しい花を賞《め》でて
眺めているだけだったなら
露ばかりのやましさも
心に生れはしなかったのに

このお歌は、中宮のお心のうちだけでひそかにお詠《よ》みになられた筈《はず》なのに、どうして世間に漏れ伝わったのでしょうか。

夜がたいそう更けてから、花の宴のすべてが終ったのでした。

上達部もそれぞれ退出し、中宮や東宮も還御《かんぎょ》あそばされて、あたりがひっそりと静まりかえったところに、月がそれはそれは明るくさし昇った風情が、言いようもなく美しくて、源氏の君はほろ酔い心地に、この良夜《りょうや》の月を見過しにくくお思いになります。清涼殿《せいりょうでん》の宿直《とのい》の人々も皆寝静まったのを幸い、こんな思いがけない時に、もしやあのお方にお逢いする首尾のよい隙でもないだろうかと、たまらない思いで、藤壺のあたりをひそかにうかがい歩きました。いつも手引きをしてくれる王命婦《おうみょうぶ》の部屋の扉口もしっかり閉ざしています。溜め息をつきながら、とてもこのままではあきらめきれないと、弘徽殿の細殿《ほそどの》にお立ち寄りになりました。そこは北から三番目の戸口が開いていたのでした。

弘徽殿の女御は、宴がはてた後、そのまま清涼殿の上《うえ》の御局《みつぼね》にお上がりになられましたので、こちらのほうは人少なの様子でした。奥の枢戸《くるるど》も開いていて、人の気配もありません。源氏の君は、こんな不用心さから、得てして情事の間違いは起こるものだとお思いになって、そっと細殿の下長押《なげし》にのぼって内をお覗《のぞ》きになります。

女房たちは皆寝てしまったのでしょう。

その時、たいそう若々しい美しい声の、並の女房とも思われない女《ひと》が、

「朧月夜《おぼろづきよ》に似るものぞなき」

と、口ずさみながら、奥の枢戸からこちらのほうに来るではありませんか。源氏の君はすっかり嬉しくなり、とっさにその女の袖を、とらえてしまいました。

女は、さも恐ろしそうに、

「まあ、気味が悪い。いったいだれ」

と、言いますが、源氏の君は、

「何もそんなに怖がることはありません」

と、仰せになって、

深き夜のあはれを知るも入る月の
　おぼろけならぬ契りとぞ思ふ

夜深く山の端に入る
朧月の美しさに惹かれ
歌っていたあなたに
出逢えたのも前の世《さき》の
並々ならぬ約束でしょう

と詠み、そうっと弘徽殿の廂《ひさし》の間《ま》へ抱き下ろして、戸を閉めてしまいました。

あまりのことに、呆然《ぼうぜん》としている女の様子が、とても可憐で人なつこく見えます。女は怖さにおののきながら、

「ここに、人が」

と、言うのですが、

「わたしは何をしても誰からも咎《とが》められないから、人をお呼びになっても何にもなりませんよ。そっと静かにしていらっしゃい」

と、おっしゃるお声に、女は、さては源氏の君であったのかと聞きわけて、少しはほっとするのでした。あんまりだとは思うものの、恋の情緒もわからぬ情《じょう》のこわい女だと、源氏の君に思われたくもありません。

源氏の君は常にもなく深酔いしていたのでしょうか、このまま女を放してしまうのはいかにも惜しい上に、女も初々《ういうい》しくなよやかで、手きびしく拒み通すすべも知らないのでしょう。源氏の君は、そんな女をしみじみ可愛いとお思いになって愛撫を尽くしているうちに、間もなく夜も明けそめてきましたので、心もせかされます。まして女は、こんなことになって千々《ちぢ》に思い乱れている様子です。

「お願いだからやはり、どなたか教えて下さい。お名前も知らないのでは、お便りのしようがありません。まさかこれっきりにしようなんて、思ってはいらっしゃらないでしょうね」

と、源氏の君がおっしゃいますと、

うき身世にやがて消えなば尋ねても
　草の原をば問はじとや思ふ

名前を告げないと
もしわたくしがこのまま
はかなく死ねばあなたは
草原の中を探しても
墓を訪《と》うては下さらないの

と、言う女の様子が、優雅になまめいているのでした。

「なるほど、これはわたしの落ち度でしたね」

と、源氏の君はおっしゃって、

いづれぞと露のやどりを分かむまに
　小笹《こざさ》が原に風もこそ吹け

捜しても名前もしらず
どこのどなたとわからぬうちに
ふたりの仲がもれ聞こえ
噂の種になったなら
さぞかしうるさいことだろう

「御迷惑にお思いでないなら、どうしてわたしが遠慮するでしょう。もしかしてわたしをお騙《だま》しになるおつもりでしょうか」

と言いも終らないうちに、女房たちが起きだしてざわめいてきました。

上の御局に、弘徽殿の女御をお迎えに行ったり帰ったりする女房たちの気配が、忙しそうにしてきましたので、ひどく困って今はもうこれまでと、ふたりの扇だけを、逢った証拠に交換しあって、源氏の君は、そこを出ておしまいになりました。

源氏の君のお部屋の桐壺《きりつぼ》では、女房たちが大勢お仕えしていて、もう目をさましている者もいます。こうした源氏の君の朝帰りを、

「よくまあ、御熱心なお忍び歩きですこと」

と、突つき合いながら、そら寝をしているのでした。

源氏の君はお部屋に入ってお寝《やす》みになりましたけれど、お眠りになれません。

「ほんとに美しい人だったなあ、きっと弘徽殿の女御の妹君のお一人なのだろう。まだいかにも情事に初心《うぶ》なところがおありだったのを見ると、五の君か六の君なのだろう。帥《そち》の宮《みや》の北の方の三の君や、頭の中将が粗末にしている四の君などが、とても美人だと聞いているけれど、もし、あの人がその方々だったら、もっと味わいがあっただろうに。六の君は右大臣が東宮にさし上げようとのおつもりらしいけれど、もし、あの人が六の君だったとしたら気の毒なことをしてしまったものだ。色々手をつくして詮索《せんさく》しようとしても、あの人がどの姫君か、まぎらわしくて見当がつかないだろう。それにしても、あれっきりにしようとは思っていない感じに見えたが、どうして、便りをする方法も教えずに別れてしまったのだろう」

などと、あれこれ思いめぐらすのも、女によほど、お心が惹かれているからなのでしょう。

こういうことがあるにつけても、

「何よりもまず、藤壺の御《おん》あたりの風紀は、この上もなく厳重で、ふかく近づきがたかったことよ」

と、世にもたぐいない御嗜《おんたしな》みのことを、つい弘徽殿のだらしなさと比較してしまわれるのでした。

その日は大きな宴会の後につづくきまりの小宴会があって、源氏の君はそれにとり紛れてお過しになりました。君は箏《そう》の琴《こと》をその小宴でお弾きになったのでした。昨日の宴よりも、今日の宴のほうが風流でおもしろ味があります。

藤壺の中宮は、暁《あかつき》に上の御局へお上がりになりました。

源氏の君は、あの有明月《ありあけづき》の中で逢った方が退出されはしないかと、気もそぞろに、万事に抜かりのない良清《よしきよ》や惟光《これみつ》をつけて、見張りをさせておおきになりました。

源氏の君が帝の御前を退《さが》っていらっしゃいますと、惟光たちが、

「たったいま、北の門から、今まで物陰にかくしてあった車が何台か、退出してゆきました。女御さま方のお里の方々が見えました中に、四位《しい》の少将《しょうしょう》や右中弁《うちゅうべん》などが、あわてて出てきて、お見送りしていましたのが、たぶん弘徽殿から御退出のお車だろうとお見受けしました。いかにも御身分の高貴な方々らしい御様子がありありと見え、車は三台ばかりでございました」

と、申し上げるのをお聞きになられても、源氏の君は胸のつぶれるようなお気持になります。

「どういうふうにしたらあの人が、何番めの姫君とたしかめられようか、父の右大臣などが聞

きつけて、大げさに婿扱いされたりするのも、どんなものか。まだ相手の姫君の事情もよく見とどけないうちは、それも煩わしいことだろう。かといって、このまま、何もわからないままなのも残念だし、さて、どうしたものか」

と考えあぐねて、つくづくもの思いにふけりながら横になっていらっしゃるのでした。

二条の院の若紫の姫君も、どんなに淋しがっていることか。もう幾日も逢っていないから、さぞふさぎこんでいることだろうと、いじらしく思いやっていらっしゃいます。

あの時の逢瀬《おうせ》の証拠の扇は、桜の三重《みえ》がさねで、色の濃いほうに、霞んだ月が描いてあり、それが水に映っている図柄は、よくある平凡なものですけれど、持ち主のたしなみがなつかしくしのばれるほど、使い込んであるのでした。

あの姫君が「草の原をば問はじとや思ふ」と詠んだ面影ばかりが、しきりにお心にかかりますので、

世に知らぬここちこそすれ有明の
　月のゆくへを空にまがへて

かつて覚えのないほどの
このやるせなさ
有明の月の行方を
中空に見失ったように
あの人の行方も知れず

と扇に書きつけて、傍らにお置きになります。

葵《あおい》より

桐壺帝が譲位し、朱雀帝が即位。六条《ろくじょう》の御息所《みやすどころ》は賀茂祭に源氏を見にいき、葵の上一行に狼藉される。葵の上は源氏の子を無事出産するものの、御息所の生霊に襲われて急逝した。二条の院に戻った源氏は紫の上と新枕を交わす。

桐壺《きりつぼ》の帝《みかど》が御譲位あそばされて、御代《みよ》が替わりましてからは、源氏の君は、すべてのことがもの憂く、億劫《おっくう》になられた上に、大将に昇進され、御身分も重々しさを加えられたためか、軽々しいお忍び歩きも憚《はばか》られるようになりました。あちらにもこちらにも、ひたすら君をお待ちしている女君たちは、なかなかお逢いできない悲しさに苦しんでいらっしゃるのでした。その報《むく》いなのか、源氏の君は、相変わらず、御自分にはつれないあの藤壺《ふじつぼ》の中宮《ちゅうぐう》のお心を、限りもなく嘆きつづけていらっしゃるのでした。

桐壺の院は、御退位後の今では、前にもましてまるで世間の夫婦のように、いつも藤壺の中宮とおふたり寄り添われ、お睦《むつ》まじくお暮しになっていらっしゃいます。

新帝の御母なので今度皇太后になられた、弘徽殿《こきでん》の大后《おおきさき》には、そうしたことがお気に障《さわ》られるのか、宮中にばかりずっとおいでになります。

そのため院の御所では、もはや藤壺の中宮と肩を並べる人もなくなり、中宮はお心ものどかそうでした。

何かの折節につけては、桐壺院は管絃の御遊びなどを、すばらしさが世間に響き渡るほど華やかにお催しになられて、御在位中よりも、かえって今のお暮しのほうが結構なようにお見受けいたします。

ただ、桐壺院は宮中に別れてお暮しの東宮《とうぐう》だけを、たいそう恋しく思し召されていらっしゃいます。東宮の御後見《おんうしろみ》のないのを、気がかりにお案じあそばされて、源氏の大将に、東宮については万事御依頼なさいます。源氏の君は、内心忸怩《じくじ》たるものがおありになりながらも、やはり嬉しくもお思いなのでした。

それはそうと、あの六条《ろくじよう》の御息所《みやすどころ》と、前《さき》の東宮との間にお生れになった姫宮が、この御代替わりで、伊勢《いせ》の斎宮《さいぐう》にお決まりになられました。御息所は源氏の君のお心が一向に頼りにならないので、幼い姫宮のお身が心許《こころもと》ないという理由にかこつけて、この際、自分も御一緒に伊勢に下ってしまおうかと、かねがねお考えになっていらっしゃいました。

院も、六条の御息所に、こうした事情のあることをお耳にあそばされて、

「御息所は、亡き東宮が、たいそう大切にして御寵愛《ごちようあい》なさったお方なのに、そなたは軽々しく並々の女のように、お扱いしているらしいが、ほんとうにおいたわしいことだ。わたしは斎宮

なども、自分の姫宮たちと同様に思っているのだから、どちらからいっても、御息所を疎略に扱ってはならない。気ままに勝手放題にして、こんなふうに浮気をしていては、そのうちきっと、世間の非難を存分に受けることになるだろうよ」

などとお叱りになって、御機嫌がお悪うございます。源氏の君は御自分でも、まことにその通りだとわかっていらっしゃるので、恐縮しきってひかえていらっしゃいます。

「女に対しては、相手に恥をかかせないようにして、どの女たちも傷つけぬように公平におだやかに扱って、女の恨みを負うてはならない」

と、院がおさとしなさるにつけても、源氏の君は、不届き至極《しごく》な大それた、あの恋の秘密を、もし、院がお耳にされたならと、空恐ろしさにいっそう恐懼《きょうく》しきって、御前《おまえ》を退出なさいました。

こんなふうに、院のお耳にまで入り、お咎《とが》めを受けるにつけても、六条の御息所の御名誉のためにも、御自分にとっても、このままでは、いかにも好色がましく御息所にもお気の毒なので、いよいよ御息所を大切にお世話しなければと、申しわけなくお思いになります。けれどもまだ、表立っては特にこれという公然としたお扱いも、しておあげになりません。

御息所も、不似合いなお年の差をきまりわるく気がねなさって、すっかりお心をお許しにはならない御様子なので、源氏の君はそれを好都合にして、いかにも遠慮しているかのように装っていらっしゃったのです。こうして、ふたりの仲が院のお耳にも入ってしまい、世間の人も誰知らぬ者はないまでになってしまったのに、源氏の君は一向に深くも思って下さいません。

そのお心の情《つれ》なさを、御息所はつくづくお嘆きになるのでした。

そうした噂をお聞きになるにつけても、あの朝顔の歌を源氏の君がお送りになった、式部卿《しきぶきょう》の宮《みや》の姫君は、どうしても六条の御息所の二の舞はしたくないと、しっかりと決心していらっしゃいます。これまでは形ばかりはされていたお手紙のお返事なども、ふっつりとなさらなくなりました。かといって、あまり無愛想にしたり、気まずい思いをおさせするような扱いはなさらない御様子なので、源氏の君は、やはりこの方はどこか人とちがってすぐれていられると、いつもお思いになっていらっしゃいます。

左大臣家の女君葵《あおい》の上《うえ》は、こんなふうに移り気な源氏の君のお心を、面白くなくお思いになるのですけれど、あまりにも憚《はばか》りのない大っぴらななさり方なので、お話にもならないとあきらめていらっしゃるからでしょうか、それほど深くもお怨みになりません。葵の上はこの頃、御懐妊のため、悪阻《つわり》でおいたわしくお苦しみになられ、何となくお心細そうにしていらっしゃいます。

源氏の君はそんな葵の上を珍しく、いとおしいとお思いになっていらっしゃいます。左大臣家ではどなたもどなたも、御懐妊が嬉しいので、一大事にお思いになって、安産のために、ありとあらゆる祈禱《きとう》や物忌《ものい》みをおさせになります。

こんなふうな間は、源氏の君も、いよいよお心のゆとりがなくて、なおざりにするおつもりではないのですけれど、自然、御息所などにも、御無沙汰《ごぶさた》がちになるようでした。

その頃、賀茂《かも》の斎院《さいいん》もおやめになられましたので、弘徽殿の大后のお生みになった女三《おんなさん》の宮《みや》が、新しい斎院にお立ちになりました。父帝も母后も、とりわけ大切に御寵愛あそばした姫宮なので、神にお仕えする特別の身の上におなりになられるのを、まことに辛《つら》く思し召されましたけれど、他に適当な姫宮もいらっしゃらないのでした。

斎院になられる儀式なども、いつもの規定通りの神事ですけれども、それはもう盛大に催されました。

賀茂の祭の時には、規定の行事のほかに、更に付け加えられたことが多く、この上なく立派な見物《みもの》になりました。これも新斎院の御人徳によるものと思われました。御禊《ごけい》の日には、供奉《ぐぶ》の上達部《かんだちめ》などは、定められた人数でしたが、そのお供たちも声望《せいぼう》の高い、容姿の美しい方ばかりを選りすぐり、下襲《したがさね》の色から、表《うえ》の袴《はかま》の模様、馬の鞍《くら》まで、みな見事に調《ととの》えられました。特別の勅命《ちょくめい》で、源氏の大将の君も、御奉仕なさいます。このお通りを見ようと、人々はかねてから見物《けんぶつ》の車の支度に気を配っているのでした。

一条の大路《おおじ》は立錐《りっすい》の余地もなく、怖ろしいほど混雑して賑《にぎ》わっています。道の両側の所々の御桟敷《おんさじき》には、それぞれ思い思いの趣向を凝らした飾りつけをして、簾《すだれ》からこぼれた女房たちの出《いだ》し衣《ぎぬ》の袖口の色合いさえ、すばらしい見物《みもの》なのでした。

左大臣家の葵の上は、日頃からこうした祭見物の御外出などめったになさいません上、今は悪阻で御気分もお悪いことなので、見物のおつもりなどなかったのですが、若い女房たちが、

「どうでしょうね、わたしたちだけがめいめいに、ひっそり見物するのもぱっとしませんわね。何の御縁もない世間の人々でさえ、今日の物見には、何よりもまず源氏の大将さまをこそ拝もうと思って、みすぼらしい田舎の者まで拝見したがっているそうです。そういう者は、遠い地方から妻子を引きつれて、はるばる都に上って来るといいますのに、源氏の君の北の方さまが御覧にならないなんて、あんまりでございます」

と言いますのを、大宮《おおみや》もお聞きになられて、

「御気分も少しおさまっているようですし、お付きの女房たちも、見物出来ないのは、つまらなさそうですから」

とすすめられたので、急にお触れを廻されて、御見物なさることになりました。

日が高くなってから、お供廻りもあまり目立たないようにひかえてお出かけになります。物見車が隙間もなくびっしりと一条の大路に立ち並んでおりますので、葵の上の一行は、美々《びび》しく何台も車をつらねたまま、車を止める場所がなく立ち往生してしまいました。

すでに立派な女房車がたくさん出ていますので、その中で、お供の下人《しもびと》たちのいないあたりを見つけて、その辺の他の車を皆立ちのかせようとしました。少し古びた網代車《あじろぐるま》の、下簾《したすだれ》の様子などもいかにも由緒ありげに趣味のいいのが、二輛ありました。中の人は車のずっと奥に身をひそめて、下簾の端からほのかにのぞいている袖口や裳《も》の裾《すそ》、汗衫《かざみ》などの色合いも上品に清楚で、つとめて人目をさけたお忍びの様子がありありとうかがえます。

その車の従者が、

「これは、決して、そんなふうに押しのけたりしてよいお車ではないぞ」

と、強く言い張って、車に手も触れさせせようとはしないのです。どちらの側でも、お供の若者たちが祝い酒に酔いすぎていて、たちまち喧嘩を始めて立ち騒いでいる時には、手がつけられません。年嵩《としかさ》の前駆《ぜんく》の者たちは、

「そんなことをするな」

など、言ってはいるのですが、とても制止することはできません。

このお車こそは、斎宮の御母六条の御息所が、物思いに悩み乱れる日頃のお心の憂さも少しは晴れようかと、お忍びで見物にお出かけになられたものなのでした。御息所のほうはわざとさりげないふうを装って、御身分を気づかれまいとしていらっしゃいますが、自然にわかってしまいました。

「そんな車に、つべこべ言わせるな。源氏の大将殿の御威光《ごいこう》を笠に着ているのだろう」

などと言っている者の中には源氏の君の供人もまじっていましたので、御息所をお気の毒とは思いながらも、仲裁するのも面倒なことになるので、知らぬ顔をつくっています。

とうとう無理に、そこに左大臣家の車を乗り入れてしまったので、御息所の車は、左大臣家のお供の女房車の後ろの隅に押しやられて、御息所には何も見えなくなりました。お胸のうちのおさまらない口惜《くや》しさはもとより、こうしたお忍びの姿を、自分だと見明かされてしまったのが、何とも恨めしくて、胸が煮えかえるようでした。

車の榻《しじ》などもみなへし折られてしまい、轅《ながえ》をその辺にあったつまらぬ車の轂《こしき》にもたせかけて

あるのが、どうしようもなく惨めでみっともないのです。口惜しくてたまらず、いったい、どうして出て来たのだろうと、臍《ほぞ》を噛《か》みますが後の祭でした。

御息所はもう見物などしないで帰ろうとなさいますが、車が抜けて通れる隙間もないのでした。

その時、

「それっ、行列だ」

と人々が叫ぶのを聞きますと、さすがに、あの薄情な恨めしいお方のお通りが待たれるのも、何という悲しい女心の弱さでしょうか。

それでもここは、〈笹の隈檜《くまひ》の隈川《くまがは》に駒とめて〉の古歌に詠まれた笹の隈ならぬ車の物陰の隅ですから、源氏の君は馬の足もゆるめず、こちらには見向きもなさらないで、そ知らぬ顔で行き過ぎておしまいになります。

そんな目にあわれるにつけても、かえって御息所のお胸は、限りない物思いに掻き乱されてしまわれるのでした。

いかにも、例年よりは、それぞれ趣向を凝らした数多くの見物の車に、われもわれもと女房たちが乗りこんで、着物の裾や袖口がはなやかにこぼれている下簾のそこここにも、馬上の源氏の君は、そ知らぬお顔をしていらっしゃいますけれど、時には、にっこりと流し目を送られたりなさる車もあるようでございます。

左大臣家のお車は、一目でそれと知られるので、その前は、澄ました表情をつくってお渡りになります。源氏の君のお供の人々もそこではうやうやしく、満面に敬意を表しながら通りますので、御息所はうちひしがれた御自分のみじめさに、いっそう屈辱を感じやりきれなくなるのでした。

影をのみ御手洗川《みたらしがは》のつれなきに
身の憂きほどぞいとど知らるる

晴れ姿を見たくて来たのに
あなたの影だけを映して
流れ去る御手洗川のように
つれないあなたが恨めしく
わが身の不幸が身に沁みる

悲しさに涙がこぼれますのを、お供の女房に見られるのも恥ずかしく、とは言っても、目もまばゆいほどの源氏の君のお姿やお顔が、晴れの場だと、一段と輝き栄《は》えまさっていらっしゃったのを、ここに来ないでもし見なかったとしたら、やはり、どんなにか残念だっただろうと、お思いになります。

供奉《ぐぶ》の人々も、身分相応に、装束や姿形を、いかにも豪勢に着飾っていて、中でも上達部は格別水際立っています。けれども、源氏の君おひとりの光り輝く美しさには、すべてかき消されてしまったようでした。

近衛《このえ》の大将の臨時の御随身《みずいじん》に、六位の蔵人《くろうど》で将監《しょうげん》を兼ねた者などがお役を務めるのは、特別の行幸《ぎょうこう》などの場合以外普通はないことです。それなのに今日は、蔵人の右近《うこん》の将監《ぞう》が源氏の大将にお仕えしていました。そのほかの御随身たちも、容姿の美しく身なりもきらびやかな者たちを揃《そろ》えて、世をあげて大切にかしずかれていらっしゃる源氏の君の御様子は、草木も靡《なび》かぬものはないまでにお見受けされます。

壺装束《つぼしようぞく》という外出姿をした、身分もほどほどの女たちや、世を捨てた尼などでさえも、人波にもまれて、こけつ転《まろ》びつしながら、見物に出ているのも、いつもなら、

「身の程もわきまえず何と見苦しい。よせばいいのに」

と思う筈《はず》ですのに、今日は無理もないと思われます。

歯の抜けた口が巾着《きんちやく》のようにすぼみ、髪は袿《うちき》の中に着こんでいるみっともない老婆たちなどが、掌を合わせて額にあてながら、源氏の君を拝んでいるのも滑稽です。見るからに間のぬけたみっともない下々の男まで、自分の顔が、どんなおかしな顔になっているとも気づかず、源氏の君を拝んで嬉しそうに笑みくずれています。

源氏の君のほうでは、まったくお目をとめられそうもないつまらぬ受領《ずりよう》の娘などさえ、精一杯飾り立てためいめいの車に乗り、わざとらしく気取って源氏の君を意識して振舞っているなど、さまざまに面白い見物《みもの》なのでした。

まして、源氏の君がひそかにお通いになるあちらこちらの女君たちは、こうした源氏の君の人気のすばらしさを眼《ま》のあたりにするにつけ、いよいよ自分などは物の数にも加えられないだろうと、人知れず嘆きの深まる方も多いのでした。

式部卿の宮は、桟敷《さじき》で御見物になりました。

「何とまあ、年と共にまばゆいほどの美しさが、いや増していらっしゃる源氏の君の御器量よ。あの美しさは、鬼神などに魅入られるのではないだろうか」

と、不吉にさえお思いになります。

朝顔《あさがお》の姫君は、長いこの年月、絶えずお便りをお寄こしになりつづける、源氏の君のお心ばえが、世間の男たちとはちがっているのを、

「もし相手が、並一通りの者だとしても、これほど熱心に言い寄られると、ふと心の揺れることもあるだろうに、まして源氏の君はどうしてこんなにもお美しいのだろう」

と、さすがにお心が惹かれるのでした。それでも、これ以上親しくうち解けてお逢いしようとまでは、お思いになりません。お付きの若い女房たちは、聞き苦しいほど、源氏の君の御器量を讃《ほ》めあっているのでした。

祭の当日は、左大臣家では御見物なさいません。あの御車の場所争いの一件を、逐一《ちくいち》お耳に入れた者もありましたので、源氏の君は、御息所に対してはほんとうにお気の毒で、葵の上には情けないことをしてくれたとお思いになりました。

「葵の上は、重々しく落ち着いているが、惜しいことに、やはり何分にも情《じょう》がうすく、そっけないところがおありなので、自分では、それほどひどいことをするつもりもなかったのだろう。大体こういう間柄の女どうしは、お互いにやさしい思いやりを交わしあうべきなのに、葵の上はそこまで気がつかない。その気質を見ならって、次々と下々の家来までが、不心得《ふこころえ》にあ

んな狼藉《ろうぜき》を働いてしまったのだろう。六条の御息所はお心づかいが奥ゆかしく、こちらが恥ずかしいほど嗜《たしな》み深いお人柄なのに、そんなひどい屈辱を受けられ、どんなにか惨めな情けない思いに沈んでいらっしゃることだろう」

と、お気の毒でたまらず、御息所の邸をお訪ねになりました。

そこにはまだ斎宮がいらっしゃって、邸の四方に木綿《ゆう》をつけた榊《さかき》が立ててありますので、その榊に対しても憚《はばか》りがあるというのを口実に、御息所は心安くは逢おうとなさいません。源氏の君は、無理もないこととはお思いになるものの、

「どうして、こうもよそよそしくなさるのだろう。もっとお互いに角立たないようにしてもいいだろうに」

と、ついつぶやいておしまいになるのでした。

その日は二条の院に、源氏の君はひとりでお帰りになられ、祭見物にお出かけになります。西の対《たい》にお越しになり、惟光《これみつ》に車の用意をお命じになります。若紫の姫君にお仕えしている女童《めのわらわ》たちを、わざと大人扱いして、

「女房たちも出かけますか」

など冗談をおっしゃって、姫君がそれはかわいらしく着飾っておめかししていらっしゃるのを、ほほ笑みながら御覧になるのでした。

「さあ、いらっしゃい。一緒に見物に行きましょうね」

と、姫君のお髪《ぐし》がいつもより清らかに見えるのを撫《な》でられて、

「長いことお髪をお削《そ》ぎにならないようだけれど、今日は髪を削いでもいい吉日だったかな」

と、暦《こよみ》の博士《はかせ》をお召しになって、髪を切るのに縁起のいい時刻を、お調べさせになる間に、

「まず女房たちがお出かけなさい」

と、おっしゃって、女童たちが綺麗に着飾っているのを御覧になります。どの子もたいそう可愛らしく髪の裾をはなやかに切り揃えて、浮《う》き紋《もん》の表《うえ》の袴《はかま》に、その髪がかかっているのが、くっきりと鮮やかに見えます。

「あなたのお髪は、わたしが切り揃えてあげましょう」

と、源氏の君は切りはじめられましたが、

「これは、うっとうしいほど多いお髪だ。今にどれほど長くなることやら」

と、切りあぐねていらっしゃいます。

「どんなに髪の長い人でも、額の生え際の髪は、いくらか短いものなのに、あなたのようにまったく後《おく》れ毛《げ》がないというのも、あまり風情がなさすぎはしないかな」

と、おっしゃりながら、それでもすっかり切り揃えられて、「千尋《ちひろ》」と祝いの言葉をおっしゃるのを、乳母《めのと》の少納言《しょうなごん》は、しみじみ有り難いことだと嬉しく拝見しています。

はかりなき千尋の底の海松房《みるぶさ》の
おひゆく末《すゑ》は我のみぞ見む

底知れぬ深い千尋の
海底の海松のように
美しく髪が伸びていく
あなたの未来は
わたしひとりがお世話しよう

と、源氏の君が祝いの歌をおっしゃいますと、

千尋ともいかでか知らむ定めなく
満ち干《ひ》る潮《しほ》ののどけからぬに

愛情は千尋の海のように
深いとおっしゃっても
どうしてわかるかしら
満ち干する潮のように
歩き廻っておいでなのに

と、紙に書きつけていらっしゃる若紫《わかむらさき》の姫君の御様子は、いかにも歌は才気《さいき》走って上手そうに見えるものの、御本人はまだ子供らしく可愛らしいのを、源氏の君は末楽しみなことだとお思いになるのでした。

六条の御息所は、この頃深くお悩みになって、お心の苦しみ乱れることが、この数年来よりもはるかに多くなってゆくようでした。源氏の君のお心はすっかり離れてしまったものと、諦《あきら》めきっていらっしゃいます。今はもう、これまでと伊勢に行ってしまうのは、何といっても、ひどく心細いにちがいないし、世間の噂にも、物笑いにされるだろうと、お気に病んでいらっしゃるのでした。けれどもこのまま都に留まるようなお気持にもなれません。あの車争いの時のように、これ以上の屈辱はないほど、世間の人に侮《あなど》られ見下げられているかと思うと口惜しさに我慢がなりません。海で釣りをする海人《あま》の浮《う》きのように揺れ動いて自分の心を決めかね、迷いぬいて、寝ても覚めても悩みつづけていらっしゃいます。そのせいか御気分も、正気《しょうき》が失せたようにぼうっとなさり、お体の具合も悪くなられました。

源氏の君は、御息所の伊勢下向については、わざと避けたまま、そんなことはお止《や》めになったほうがいいとも、干渉なさらずに、

「わたしのようなつまらない者をお嫌いになって、捨てて行かれるのもごもっともですが、今はまだ話にもならないつまらないわたしでも、最後まで見とどけて下さいますのが、浅くない愛情ではないでしょうか」

と、持って廻ったふうに、からんで申し上げられますので、行こうか行くまいかと定めかね

ていらっしゃいます。そうしたお気持も慰むことがあろうかと、お出かけになられた御禊の日の、車争いの荒々しい事件に、御息所のお心はいっそう何もかも辛くなり、つくづくふさぎこんでおしまいになるばかりでした。

左大臣家では、葵の上が物《もの》の怪《け》に憑《つ》かれたらしく、ひどくお苦しみになられますので、どなたも御心配なさっていらっしゃいます。そんな折なので、源氏の君もお忍び歩きなどはとても無理です。二条の院にさえ時たましかお出かけになれません。何と言っても、正式の北の方という御身分上、どなたよりも大切に思っていらっしゃる葵の上の、懐妊ということに加えての御病気ですから、源氏の君も一方《ひとかた》ならず御心配になって、御自分の部屋でも御修法《みずほう》や何やかやと、加持祈禱《かじきとう》をたくさんおさせになるのでした。

祈禱されて物の怪や生霊《いきりょう》などがたくさん現れてきて、さまざまに名乗りを上げます。その中に、憑坐《よりまし》にはどうしても乗り移らず、ただ葵の上のお体にぴたりととり憑いて、特にひどくお苦しめするのでもないのですが、やはり片時もお身を離れようとしない、しつこい怨霊《おんりょう》が唯《ただ》一つあります。

すぐれた験者《げんじゃ》たちの祈禱にも調伏《ちょうぶく》されない執念深い様子から、余程のものと思われます。源氏の君のお通いどころの、ここかしこの女の生霊かと、左大臣家では見当をおつけになります。女房たちが、

「六条の御息所や二条の院の女君などは、源氏の君が並々でなく御寵愛のようですから、こち

らの北の方に対する怨み心もさぞ深いことでしょうよ」

と、ひそひそ噂していますので、左大臣家では、あれこれ占わせてごらんになりますけれど、誰の怨霊といってはっきり言い当てることもありません。

物の怪といったところで、特別に深い敵だと名乗り出る者もいないのです。亡くなった乳母《めのと》だった者、あるいは葵の上の御先祖に、代々祟《たた》りつづけてきた死霊《しりょう》などが、お体の弱り目につけ入って、出て来たものなどばかりです。とりわけ重立った怨霊もなくて、ばらばらと、とりとめもなく現れます。

葵の上は、ただささめざめと声をあげてお泣きになるばかりで、時々は、胸をつまらせて、たまらなく苦しそうに悶《もだ》えたりなさるので、一体、どうなられることかと、恐ろしくもあれば悲しくもあり、左大臣家ではどなたも皆、狼狽《ろうばい》しきっていらっしゃいます。

桐壺院からもしきりにお見舞いがありまして、御祈禱のことまで御心配して下さる御様子が、畏《おそ》れ多いのにつけましても、いっそう惜しまれる葵の上のお身の上なのでした。

世の中の人々が、こぞって、葵の上のお命を惜しんでいるとの噂をお聞きになるにつけても、六条の御息所はお心おだやかではありません。これまで長い年月の間は、それほど激しくはなかった競争心なのに、あの日のほんのちょっとしたはずみで起こった車争いのため、御息所のお心に怨念がきざしたのです。それなのに左大臣家ではあの一件を、それほどまでの重大事とは、思いもよらないのでした。

御息所は、こうした御憂悶《ゆうもん》が原因で沈んでばかりいらっしゃり、御気分がどうしてもすっき

りなさらないように思われますので、他所《よそ》にお移りになって、御修法などをおさせになりま
す。

源氏の君はそれをお聞きになって、どんな御容態かとおいたわしくお思いになり、ようよう気持を引き立ててお見舞いにいらっしゃいました。

いつもお通いの六条のお邸《やしき》とはちがう仮住まいのお宿にいらっしゃるので、源氏の君はいっそう人目を忍んでお越しになります。心ならずも御無沙汰《ごぶさた》していることを、きっと許して下さるようにと、しみじみと細やかにお話しになります。葵の上の御容態についても、不安なお気持を打ちあけてお話しになるのでした。

「わたしは、それほど心配してもおりませんが、あちらの親たちが実に大袈裟《おおげさ》に心配しまして、大変なことになったとうろたえきって騒いでいるのです。それが気の毒なものですから、せめてこういう時は外出をひかえて、病人の側についていてやりたいと思いまして。何事もどうかおおらかなお心でおゆるし下さいますなら、どんなに嬉しいことでしょう」

としみじみお話しになります。

いつもよりお辛そうに見える御息所の御様子を、無理もないことと、源氏の君はおいたわしく御覧になるのでした。

御息所のお心の打ち解けないまま、お互いしっくりしない一夜が明けてしまいました。

朝ぼらけの中をお帰りになる源氏の君のお姿のすばらしさを御覧になるにつけ、やはり未練が出て、御息所はこの方を振り切って遠くに離れ去るのはやめようかしらと、お迷いになりま

す。

「もともと疎略には扱えない正妻に、今度はいよいよ愛情が深まらずにはいられない可愛いお子までがお出来になったのだから、源氏の君のお気持は、いよいよ葵の上おひとりに落ち着かれるだろう。それなのにこんなふうに、たまさかのお越しをお待ちしつづけながら日を過すのも、いっそう苦悩がつのるばかりにちがいない」

と、御息所はお考えになりますと、かえって源氏の君の訪れのために、日頃の鬱屈した悩みがよび覚まされたようなお気持がなさいます。そんなところへ君のお手紙だけが、夕方になって届けられたのでした。

「この頃、少しはおさまっていました病人の容態が、また急にたいそう悪くなって、苦しがっておりますので、目を離しかねまして」

と、書かれているのを、どうせいつもの口実だと御覧になりながらも、

袖ぬるる恋路《こひぢ》とかつは知りながら
おりたつ田子《たご》のみづからぞ憂き

涙で袖を濡らすばかりの
辛い恋路と知りながら
泥《こひじ》に踏みこむ農夫のように
われから恋の闇路に踏み迷う
この身の愚かさ情けなさ

「〈山の井の水〉の歌のように、あなたの浅い愛情のせいで袖ばかり涙で濡れるのも、もっと

もと思います」

と、御息所はお返事をお書きになります。

そのお筆跡を、源氏の君は、さすがに大勢の女君のなかでも、とりわけすぐれていると御覧になるのでした。

「全く何という不可解な世の中なのだろう。心も顔も人それぞれに何かしら取り得があって、捨てきれはしない。かといって、この人こそわが妻にと、決めてしまいたいほどの人もないのが、苦しいとは」

とお思いになります。

源氏の君のお返事は、すっかり暗くなってからまいりました。

「あなたの袖ばかりが濡れるとは、どういうことでしょう。それこそ、あなたの愛情が深くないからではございませんか。

浅みにや人はおり立つわが方《かた》は
　身もそほつまで深き恋路を

あなたは浅い恋路に立って
いらっしゃるのか
わたしは身も濡れそぼつまで
深い恋路に踏みこんで
おりますのに

よくよくのことがなければ、自分でお訪ねもせず、返事を直接申し上げないことがありましようか。実は病人が重態なのです」

などと書かれています。

左大臣家では、葵の上に物《もの》の怪《け》がさかんに現れて、その度、御病人はたいそうお苦しみになります。

六条の御息所は、それを御自身の生霊《いきりよう》とか、亡き父大臣の死霊《しりよう》などと、噂している者があるとお聞きになるにつけて、あれこれと考えつづけてごらんになります。いつでも自分ひとりの不幸を嘆くばかりで、それよりほかに他人《ひと》の身の上を悪くなれなど、呪《のろ》う心はさらさらなかった。けれども人はあまり悩みつづけると自分で知らない間に、魂が体から抜け出してさ迷い離れていくといわれているから、もしかしたら自分にもそういうこともあって、あの方にとり憑いていたのかもしれないと、思い当たる節もあるのでした。

「この長い年月、悲しい心労の限りを味わい尽くしてきたけれど、こんなに心も砕かれるほど苦しく思い悩んだことはなかった。それなのに、あの御禊《ごけい》の日のつまらない車争いの時、あの人から侮辱され、ないがしろに扱われたと思って以来、そのことばかりを一途《いちず》に考えつづけ、口惜《くや》しさのあまり理性を失い浮き漂うような心を、どう鎮《しず》めようもなかった。少しでもうつらうつら、うたた寝をすると、夢の中にあの葵の上と思われる人が、たいそう美しい姿でいらっしゃるところへ自分が出かけて行って、その人の髪を摑《つか》んであちらこちらと引きずり回したり、正気の時には思いもよらないほどの、烈《はげ》しく猛々《たけだけ》しいひたむきな激情が、猛然《もうぜん》と湧きあがってきて止めようもなく、その人を荒々しく打ち叩《たた》いたりするのを、ありありと見ることが幾度となくあった。ああ、浅ましい。ほんとうに自分の魂がこの身を捨てて抜け出して行ったのだろうか」

と、正気を失ったようにお感じになる折々もありました。

「それほどのことではなくても、他人のことは、よいようには言わないのが世間なのに、ましてこれは、どんなふうにでも噂を立てられていい材料なのだから」

と、お考えになりますと、いかにも悪い評判になりそうに思われます。

「一途に思いつめて死んでしまってから後に、人の魂が怨霊になるのは、世間によく例のあること。けれどもそれさえ、他人のこととして聞いた場合は、罪障《ざいしょう》の深い、気味の悪いことだと思われるのに、現に生きているままこのわたしが、そんな疎《うと》ましい噂を立てられるとは、何という宿縁《しゅくえん》の情けなさか。もうもう一切、あの薄情な源氏の君のことなど、どうであっても、心にもかけないでおこう」

と、御息所は思い直しはなさるのですが、その思うまいと思うことが、すでに物を思っていることなのです。

斎宮は、去年、宮中の初斎院《しょさいいん》にお入りになる筈《はず》でしたが、いろいろなおさしつかえがあって今年の秋にお入りになります。九月には、そのまま宮中から野《の》の宮《みや》にお移りになる御予定なので、二度めの御禊のお支度も、引きつづいてなさらなければなりません。ところが母君の御息所が、この頃ただもう妙にぼんやりとして正体も気力も失い、物淋しそうに寝こんでおしまいになりましたので、斎宮にお仕えする人々は、一大事とばかり心配して、御祈禱など、さまざまにとり行っております。

御息所はそれほどひどく苦しまれるというほどの重態ではなく、どこがお悪いということもなく、何となくお具合がすっきりなさらず、月日をお過しになっていらっしゃいます。

源氏の君も始終お見舞い申し上げるのですが、もっともっと大切な葵の上の御病気が重いので、お心の休まる暇もないようでした。

まだ御出産の時期ではないからと、左大臣家では、どなたも油断していらっしゃいましたところ、葵の上は、にわかに産気づかれてお苦しみになりますので、これまでにもまして効験《こうけん》のある御祈禱の限りを尽くさせられました。ところが例の執念深い物の怪がひとつだけ、どうしても取り憑いて動かず、効験あらたかな験者《げんじゃ》どもも、こんなことは只事ではないと、もてあましています。それでもさすがに調伏《ちょうぶく》されて、物の怪がさも辛そうに痛々しげに泣き悶えて、

「少し御祈禱をゆるめて下さい。源氏の大将に申し上げたいことがあります」

と、言います。女房たちは、

「やっぱりだわ、何かわけがあるのでしょうよ」

と、葵の上のおそばの几帳の陰に、源氏の君をお入れしました。葵の上は、もう御臨終のような御容態なので、源氏の君に遺言でもなさりたいことがおありなのだろうかと、左大臣も母宮も、少し座をお外しになりました。僧たちも加持をやめて、声を低めて法華経を読むのが、

この上なく貴く聞こえます。

源氏の君が、几帳の帷子《かたびら》を引き上げて御覧になりますと、葵の上はたいそうお美しいまま、御腹《おなか》だけはひどく高くふくれて臥《ふ》していらっしゃいます。他人でさえもこのお姿を拝見したら、おいたわしくて気もそぞろになることでしょう。まして夫の源氏の君には、葵の上のお命が惜しまれ、前後の境もなく悲嘆にくれていらっしゃるのも道理でございます。

葵の上は白いお召物に、真っ黒なお髪《ぐし》がとても鮮やかに映えて、非常に長くて豊かなお髪をひき束ね結ばれ、お体のわきに添えてあります。こんなふうに、つくろわないでありのままにしていらっしゃってこそ、可愛らしさもなまめかしさも加わって、魅力のあるお方なのにと、お思いになります。源氏の君は、葵の上のお手をとられて、

「ああ、あんまりな。このわたしに何という辛《つら》い思いをおさせになるのですか」

と、後は言葉もつづかず、よよとお泣きになります。葵の上は、いつもはとても気づまりで近寄りにくい冷たい御まなざしなのに、今はさもけだるそうに開いて、源氏の君のお顔を見上げ、じっと見つめていらっしゃるのです。そのお目からみるみる涙がほろほろとこぼれ落ちます。それを御覧になった源氏の君が、どうして心からいとおしくお思いにならないことがございましょう。

葵の上があまり烈《はげ》しくお泣きになるので、それは、悲嘆にくれていらっしゃるおいたわしい御両親のことをお案じになったり、また、こうして自分と顔を合わせるにつけても、この世の名残《なごり》が惜しまれて、こうも悲しまれるのだろうかと、葵の上のお心のうちを思いやられて、

「何事も、そんなに深く思いつめないで下さい。きっと、御病気もそれほど大したことでなく、すぐよくなりますとも。たとえどんなことがあっても、夫婦は必ずふたたび逢える時があると言いますから、わたしたちはきっとまた、お逢いできるのですよ。父大臣や母宮など、前世からの深い縁のある仲は、いくら輪廻転生《りんねてんしょう》を重ねても、縁は切れず、必ずふたたびお逢い出来る時があるとお信じなさい」

と、お慰めになりますと、

「いえいえ、ちがうのです。わたしの身がたまらなく苦しいので、少し調伏《ちょうぶく》をゆるめて楽にしていただきたくて、それをお願いしたくてお呼びしたのです。こちらへこうして迷って来ようなどとは、さらさら思ってもおりませんのに、物を思いつめる人の魂は、ほんとうに、こんなふうにわが身からさまよい出るものなのですね」

と、さもなつかしそうに言って、

嘆きわび空に乱るるわが魂《たま》を
　結びとどめよしたがひのつま

嘆きに耐えかね身を離れ
空にさ迷い漂っている
わたしの魂をあなたよ
下前の褄《つま》を結びしっかりと
つなぎ止めてほしいもの

と、おっしゃる声音や御様子は、全く葵の上とは似ても似つかぬ別人でした。これは一体どうしたことかと、源氏の君が不思議に思いながら色々考え、見直されますと、それはまさしく、あの御息所そのままのお姿なのでした。あまりの浅ましさに呆れはてて、源氏の君はこれまで人がとやかく噂していたのを、つまらぬ者たちの言いたてることで聞くに堪えないと、相手にもせず、そんな噂を否定しつづけていらっしゃったのに、今、目の前にまざまざとそれを御覧になっては、世の中には、ほんとうにこんなこともあるものなのかと、不気味で御息所を疎《うと》ましくなられるのでした。つくづく、ああ嫌なことだとお思いになられて、

「そうおっしゃっても、わたしにはどなたかわかりません。はっきりお名乗り下さい」

と、おっしゃいますと、いっそうまぎれもなく御息所そっくりの御様子になりますので、浅ましいどころの話ではありません。女房たちがお側へ近づくのさえ、体裁が悪く恥ずかしくお思いになります。

少し御病人の声が静まったので、いくらか楽になられたのかと、母宮がお薬湯《やくとう》を持ってお側へ寄っていらっしゃいました。女房たちが、女君を抱きかかえてお起こしいたしますと、ほどなくお生れになりました。どなたも限りなくお喜びになられましたが、憑坐《よりまし》に乗り移らせた物の怪どもが、お産を嫉《ねた》ましがって罵《ののし》りわめいている有り様は、ほんとうに騒々しくて、後産《あとざん》のことが、またとても心配でなりません。言葉に言い尽くせないほどの願《がん》を、たくさん立てさせなさったお蔭でしょうか、後産も無事に終りましたので、比叡山《ひえいざん》の天台座主《てんだいざす》をはじめ、名高い高僧たちが、加持の験《げん》にさも得意顔で汗をおし拭いながら、急いで退出しました。

多くの人々が心の限り気を揉《も》んで看病した幾日かの、緊張の名残も少しはとけてほっとしな

がら、もうこれで大丈夫だろうとお思いになります。御修法《みずほう》などは、またまた新しく加えて引きつづき始められましたが、まずさしあたっては、楽しいやら珍しいやらの御子《みこ》のお世話で、どなたも皆のどかに心を和《なご》めていらっしゃいます。

桐壺院をはじめ、親王《みこ》たち、上達部など、一人残らずお贈りになられた産養《うぶやしな》いのお祝いの品々が、いかにも珍しく立派なのを、祝宴の夜毎に見ては、人々は騒ぎ立てています。しかも男のお子でしたから、産養いの間の儀式は、いっそう華やかに賑々《にぎにぎ》しく、おめでたく行われたのでした。

あの六条の御息所は、こういう左大臣家の御様子をお聞きになるにつけても、お心がおだやかではありません。前にはお命も危ないような噂だったのに、よくもまあ御安産だとは、と、複雑なお気持です。不思議な自分でもわけのわからない、正気の抜けたような夢うつつともはっきりしない気分の後を、じっとたどってみられますと、お召物などにも、祈禱の護摩《ごま》に焚《た》く芥子《けし》の匂いがありありと染み込んでいるではありませんか。不気味に思われて、お髪《ぐし》をお洗いになり、お召物などをすっかりお着替えになって、匂いが消えるかと試されましたが、相変わらず芥子の匂いはしつこく体にしみつき、消えてはいません。やはり夢に見たと思ったことは真実だったのかと、そんなわが身が、我ながら疎ましく思われます。まして、このことを知ったら世間の人が何と思い、どんな噂をするだろうかなどと、誰にも言えないことなので、御自分のお心ひとつにこの秘密をおさめて悲しみ悩んでいらっしゃる間に、ますますお心が錯乱《さくらん》していらっしゃるようでした。

源氏の君は、御安産に少しは気分がお楽になられて、あの時の何とも言いようもなく浅ましかった生霊《いきりよう》の問わず語りを、厭《いと》わしくお思い出しになられるのでした。それにつけても御息所をお訪ねしなくなって、ずいぶん日数が経っていることも心苦しく、けれどもまた、御息所に近々とお逢いするのもお気が進みません。

「お逢いしてもどんなものだろう、もっと厭な気持になるにちがいないから、かえって御息所のためにもいっそうお気の毒なことになりはしないか」

など、あれこれと思い悩まれて、御手紙だけをさし上げていらっしゃいました。

重くお患いになられた葵の上の病後がまだ気がかりで、左大臣家ではどなたも油断はせず、まだ緊張は解けないように見えますので、源氏の君も当然ながら、お忍び歩きもなさいません。

葵の上はやはり今も、お苦しそうにばかりしていらっしゃいますので、源氏の君も、常のようにはまだお逢いにはなりません。

若君の恐ろしいほど美しく見える御様子を、今のうちから源氏の君が特別に御寵愛なさって、大切にお世話なさいますのは一通りではありません。

左大臣も願い事がすべて叶《かな》ったように嬉しく御満足で、この上なく有り難いことと思っていらっしゃいますが、それにつけてもまだ、葵の上の御容態がすっかり快《よ》くはおなりにならないのを、不安に思われます。けれどもあれほどの大病をなさった後のことなので、ご恢復《かいふく》も遅いのだろうと、それほどには御心配ばかりもしていらっしゃいません。

源氏の君は、若君のお眼もとの愛らしさなどが、東宮にそっくりでいらっしゃるのを御覧になりましても、まっさきに東宮を思い出されて、恋しさに耐えられなくなり参内《さんだい》なさろうとして、御病人の部屋を訪ねました。

「宮中にもあまり長く参っておりませんので、気がかりですから、今日は久々で出かけようかと思います。それにしても、もっとあなたの近くに寄って打ち解けてお話ししたいものですね。これではあんまり水くさいお扱いで」

と、恨みごとをおっしゃいますので、女房たちは、

「ほんとうに仰せの通りですとも。御夫婦の仲は、ただとり澄まして気取ってばかりいればよいというものではございませんわ。御病気でひどくおやつれではいらっしゃいますけれど、物越しでお逢いになるなんて、とんでもございません」

と、申し上げて、几帳の中の葵の上の御病床近くへお座席を設けましたので、源氏の君はそこへお入りになってお話などなさいました。

葵の上は、お返事は時々なさるのですけれど、やはりまだ、たいそう弱々しい御様子です。けれども、もう助かるまいと、すっかりあきらめきっていた、あの頃の御様子をお思い出しになると、夢のようなお気持がします。御危篤だった時のことなどもお話しなさるにつけて、もう、まるで息も絶えたようでいらっしゃったのが、ふいに様子がうって変わって、生霊が縷々《るる》とものを言ったことなど、思い出されるだけでも気味が悪く、

「いやもう、お話ししたいことはいっぱいあるのですが、まだいかにも大儀そうにしていらっしゃるようですから」

と、おっしゃって、

「さあ、お薬湯をお上がりなさい」

などと、そんなことまでお世話をお焼きになりますので、いつの間にそんなお世話をお覚えになったのだろうと、女房たちはすっかり感心しきっています。

たいそう美しい人が、ひどくやつれきって、あるかないかの心細い御様子でうち臥していらっしゃるさまは、世にも愛らしくいたいたしいものでした。お髪は一本の乱れもなく整えられて、はらはらと枕の上にかかっている風情など、この世にまたとないまでに美しく見えますので、長い歳月、この方のどこに不足があると思っていたのだろうと、我ながら不思議なほど、じっと葵の上のお顔を見つめていらっしゃいます。

「院の御所にもお伺いして、早々に退出してきましょう。こんなふうにいつも何の隔てもなくお目にかかれたら嬉しいけれど、大宮がいつもつききりでいらっしゃるので、わたしがくるのは不躾《ぶしつ》けかと遠慮していたのが、それは辛かったですよ。やはりだんだん元気をお出しになって、いつものお部屋に早く戻って下さい。一つにはあまり大宮が子供扱いをなさるので、恢復がおそいのですよ」

などと、言っておいて、たいそう美々しく装束をおつけになって、お出かけになりますのを、葵の上はいつもとはちがって、思いのこもったお目をじっとそそいでお見送りしながら、うち臥していらっしゃいます。

この日は、秋の司召《つかさめ》しが行われるので、左大臣も参内なさいました。御子息たちもそれぞれ昇進を望んでいらっしゃいますから、父大臣のお側を離れず、どなたも皆、引きつづいて参内なさいました。

こうしてお邸《やしき》の中が人少なになり、ひっそりとなったころ、葵の上が突然、いつものようにお胸をせき上げて、たいそうお苦しみになりました。宮中にもお知らせ申し上げる暇もなく、そのまま絶命しておしまいになられたのでした。

報《しら》せを聞いて、どなたも、どなたも、足も空に、宮中より退出していらっしゃいました。任官の行われる夜でしたけれど、このようなどうしようもない御支障ができましたので、すべては御破算になってしまったようでした。

ただもう、皆々、大声で騒ぐのですが、あいにく夜中のことなので、比叡山のお座主《ざす》やあれこれの僧都《そうず》たちも、お招きすることも出来ません。今はもう大丈夫と油断していました時に、あまり思いがけないことになり情けないので、お邸の内の人々は狼狽《あわて》ふためき、物にぶつかったりしています。

方々からの御弔問のお使いなどが、立てこみましたが、とてもお取り次ぎ出来るどころではなく、邸中が上を下への大騒ぎで、お身内の方々の悲痛なお嘆きは、それはもう空恐ろしいほどでした。

これまでにも、物の怪に葵の上が度々失神させられたからとお思いになって、お枕の位置などもそのままにして、二日三日、様子を御覧になりましたが、次第にお顔に死相がありありとあらわれてこられたので、もうこれまでとお諦めになる時は、誰も誰もたまらなくお嘆きになるのでした。

源氏の君はお悲しみの上に、六条の御息所の生霊ということを思い合わせせられますので、いっそうお嘆きが重なって、男女の仲をつくづく厭わしいものと、身にしみてお感じになりました。そのためか、特別の深い御関係の女君たちからのお悔やみまでも、すべて不快にしかお感じになれないのでした。

桐壺院も、お嘆きあそばして御弔問のお使者をおつかわしになりましたことに、左大臣はとりわけ面目をほどこされて、こんな不幸中にも嬉しいことも交じって、お涙の乾く暇もありません。

人々のおすすめするままに、大掛かりな蘇生《そせい》の御祈禱をさまざまにし尽くして、もしや万一にも生き返りはなさらないかとお試みになります。その一方では、御亡骸《おんなきがら》がだんだんそこなわれ変わっていくのを御覧になりながらも、まだ思いきることがお出来にならず、悲しみ惑われるのでした。

その甲斐もないまま、日が過ぎて行きますので、今はもうこれまでと、火葬場の鳥辺野《とりべの》へ、御遺体をお運びいたしました。その前後にも、堪えられないほど悲しいことが多かったのでした。

あちらこちらからの御葬送の人々や、寺々の念仏僧などで、あれほど広い鳥辺野も立錐《りっすい》の余地もありません。

院は申し上げるまでもなく、中宮、東宮などの御使《みつか》いをはじめ、そのほかの諸方からのお使いも、引きもきらず入れかわり立ちかわり来て、亡きお方を惜しむ御弔問の言葉を申し上げます。左大臣はお立ちになっている気力もなく、

「こんな老齢の果てに、若い盛りの娘に先立たれてしまって、悲しみのあまり腰も抜け這《は》い廻ろうとは」

と、恥じ入ってお泣きになるのを、大勢の会葬者は痛々しく拝見します。

夜通したいそうな騒ぎをした盛大な御葬儀でしたが、まことにはかない御遺骨だけをお残しになり、夜明け前のまだ暗いうちに、会葬者はそれぞれ去っていきました。

人の死は、無常の世の当然のことわりですけれど、源氏の君にとっては死別の御経験は夕顔の君一人くらいで、多くの死を目の当たりには御覧になっていらっしゃらないせいでしょうか、この上もなく、亡き人を恋い焦がれていらっしゃるのでした。

八月二十日あまりの有明の月のころなので、空の風情もあわれ深いのに、左大臣が子ゆえの闇に昏《く》れ迷《まど》っていらっしゃる様子を御覧になるにつけても、源氏の君は無理もないことと思われて、気の毒で、つい空ばかりが眺められて、

昇りぬる煙はそれとわかねども
　なべて雲居《くもゐ》のあはれなるかな

空に上る火葬の煙は
どの雲になったことやら
わからないけれど
雲のかかるすべての空が
しみじみ懐かしまれる

と、お詠みになりました。

二条の院では、邸中のお部屋を磨き清めて、男も女もうち揃ってお待ち申し上げておりました。主だった女房たちは、みな里から参上して、われもわれもと衣裳を着飾り、化粧をこらしているのを御覧になるにつけても、あの左大臣家で、女房たちがみんな悲しみに沈みきって暗い表情で居並んでいた光景を、源氏の君はあわれに思い出されるのでした。

お召物をお着替えになられて、西の対《たい》へいらっしゃいました。冬への衣更《ころもが》えをした部屋の調度や飾りつけが、すっきりと明るく出来ていて、美しい若女房や女童《めのわらわ》たちのみなりも綺麗に整えております。少納言の乳母の采配《さいはい》ぶりは、すべてに行き届いていて奥ゆかしいと、源氏の君はお認めになるのでした。

若紫の姫君は、たいそう可愛らしくきれいに着飾っていらっしゃいます。

「長いことお逢いしない間に、すっかり大人らしくなられましたね」

と、小さな几帳《きちょう》の帷子《かたびら》を引き上げて御覧になりますと、姫君は横を向いて恥ずかしそうになさるお姿は、非のうちどころもありません。灯火に照らしだされた横顔や、頭つきなど、何と、あの心の限りを尽くしてお慕い申し上げているお方に、そっくりになってゆかれることでしょう。それを御覧になるにつけても、この上なく嬉しくお思いになるのでした。

近くに寄りそわれて、逢えなくて気がかりだった間のことなど、少しお話しになって、

「この間中からのお話をゆっくりしてさし上げたいのだけれど、あまり縁起がよくないので、しばらく余所《よそ》で休息してからこちらへ参りましょう。これからは、もうずっといつでもご一緒にいますから、今にうるさいとお思いになるかもしれませんね」

などとお話ししていらっしゃるのを、少納言は嬉しく聞いてはいますものの、やはり一抹の不安を拭いきることが出来ません。

源氏の君の内緒のお通いどころには、御身分の高い女君たちが多勢いらっしゃるので、いつまた面倒なお方が葵の上に入れ替わって御正妻として出ていらっしゃらないとも限らないなど、気がもめますのも、憎らしい女心の気の廻しかたです。

源氏の君は御自分のお部屋にお入りになって、中将の君という女房にお足などを揉ませてお寝《やす》みになりました。翌朝は、左大臣家の若君のところにお手紙をお届けになります。やがて届

いたあわれなお返事を御覧になるにつけても、悲しみは尽きることがないのでした。

源氏の君は所在なくて、物思いにふけりがちでいらっしゃいます。ちょっとしたお忍び歩きも億劫にお感じになられて、一向に思い立たれなくなりました。

姫君が、何から何まで理想的にすっかり成長なさって、たいそう好もしくすばらしくおなりになられたので、夫婦になっても、もう不似合いでもなくなったと見て取られましたから、それとなく結婚を匂わすようなことなどを、時々言葉に出して試してごらんになるのですけれど、姫君のほうは、まるでお気づきにならないふうなのでした。

所在ないままに、源氏の君はただ西の対で、姫君と碁を打ったり、偏《へん》つき遊びなどなさって、日を暮していらっしゃいます。姫君の御気性がとても利発で愛嬌《あいきよう》があり、たわいない遊戯をしていても、すぐれた才能をおのぞかせになるのです。まだ子供だと思って放任しておかれたこれまでの歳月こそ、そういう少女らしい可愛らしさばかりを感じていましたが、もう今はこらえにくくなられて、まだ無邪気で可哀そうだと心苦しくはお思いになりながらも、さて、おふたりの間にどのようなことがありましたのやら。

もともと幼い時から、いつも御一緒に寝《やす》まれていて、まわりの者の目にも、いつからそうなったとも、はっきりお見分け出来るようなお仲でもありませんでしたが、男君が早くお起きになりまして、女君が一向にお起きにならない朝がございました。女房たちが、

「いったい、どうなすったことかしら、姫君は御気分でもお悪いのでしょうか」

と、そんな御様子に心配していました。源氏の君は、東の対の御自分のお部屋にお帰りになる時、御硯《すずり》の箱を御帳台の内にさし入れて行っておしまいになりました。人のいない間に、姫君はようやく頭をもたげて御覧になりますと、引き結んだお手紙が枕もとに置いてあります。何気なく取りあげて御覧になると、

あやなくも隔てけるかな夜《よ》をかさね
　さすがに馴れし夜《よる》の衣を

どうしてあなたと
これまで契りもせず
他人のまま過ごせたのやら
幾夜となくふたりで
共寝に馴れてきたのに

と、さりげなく書き流されたようでした。

源氏の君に、こんなことをなさるお心がおありになるとは、姫君は夢にも思っていらっしゃらなかったので、どうしてこんないやらしいお心の方をこれまで疑いもせず、心底から頼もしい方と思いこんでいたのだろうと、とても情けなく、口惜しくてなりません。

昼ごろ、源氏の君は西の対にいらっしゃって、

「御気分が悪いそうだけれど、どうなさったの、今日は碁も打たないでつまらないね」

と、おっしゃりながら御帳台の内を覗《のぞ》きこまれますので、姫君はますますお召物をひき被って、寝ていらっしゃいます。

女房たちはひき下がってひかえていましたので、源氏の君は姫君の側にお寄りになって、

「どうしてこんなふうに、ひどい仕打ちをなさるの。思いのほかに冷たい方だったのですね。そんなふうだと、女房たちも、どんなに変に思うでしょう」

と、おっしゃって、お夜具《やぐ》を引きのけられると、姫君は汗びっしょりになって、額髪《ひたいがみ》もひどく濡れていらっしゃいます。

「おお、いけない。これはほんとに大変なことですよ」

と、おっしゃっては、何やかやと色々御機嫌をおとりになりますけれど、姫君は心から、ほんとうにひどい方と思っていらっしゃるので、一言もお返事をなさいません。

「いいよ、いいよ、もう決してお目にかかりませんから。とんだ恥をかいたものだ」

など、お恨みになって、硯箱を開けて御覧になりましたが、お返事もありません。何と子供っぽい御態度だろうと、いっそう可愛らしくお感じになります。

その日は終日、御帳台の中に入りこんで、さまざまに言葉を尽くしてお慰めいたしました。けれども一向に御機嫌の直らない姫君の御様子が、源氏の君にはますますいとしくてならないのでした。

その夜のことです。たまたま十月初めの亥《い》の日に当たっていましたので、亥《い》の子《こ》の餅《もち》を、さし上げました。まだ喪中のことですから、大袈裟にはしないで、姫君のほうにだけ、風流な檜《ひ》破籠《わりご》などに餅を入れて、さまざまな趣向をこらしてさし上げたのです。源氏の君はそれを御覧

になっていらっしゃいましたが、南面《みなみおもて》へおでましになられて、惟光《これみつ》をお召しになりました。

「この餅は、こんなにたくさんでなく、大袈裟にしないで、明日の夕方持ってくるように。今日は縁起のよくない日だから」

と、照れたようにほほ笑みながらおっしゃる御様子を拝して、惟光は察しの早い男なので、すぐそれと気がつきました。それ以上細々したことは何もお聞きしないで、

「ごもっともで。おめでたの御祝儀餅は吉日を選んで召し上がるものでございますとも。さてさて子《ね》の子《こ》の餅はおいくつ御用意すればよろしいでしょう」

と、生真面目な顔で申しますと、源氏の君は、

「この三分の一くらいでいいだろう」

と、おっしゃいます。惟光は、すっかり心得て立ち去りました。物馴れた男だと、源氏の君は感心なさいます。

惟光は誰にも言わないで、自分で手を下すようにして、わが家でそれを作ったのでした。

源氏の君は、姫君の御機嫌をとりあぐねられ、今はじめて盗み出してきた人のような新鮮な感じがするのもたいそうおかしくて、

「これまで長年可愛いと思っていたのは、今の愛着からすれば、ほんの片端にも当たらなかった。人の心というものは、何というおかしなものだろう。今はもう一夜でも逢わないでいたら、どんなにつらいことだろう」

と、お思いになります。

お命じになった餅を、惟光が、たいそう夜が更けてからこっそり持って参りました。少納言は年輩なのでこんな結婚のしるしの三日夜《みかよ》の餅など持ってゆかせたら姫君が恥ずかしく思われるだろうと、惟光はあれこれ思いやり深く気をつかって、少納言の娘の弁《べん》という女房を呼びだして、

「これをそっとさし上げて下さい」

と、言って、香壺《こうご》の筥《はこ》を一つ、御簾の中へさし入れました。

「間違いなくお枕上《まくらがみ》にさし上げる御祝儀のものですよ。気をつけて決してあだおろそかに扱わないように。あなかしこ」

と、惟光が言いますので、弁は妙なことを言うと思いましたが、

「あだなことなんて、まだ一向に知りませんわ」

と、言いながら、筥を取りますと、惟光は、

「ほんとうに、今日はそんな『あだ』などという不吉な忌《い》み言葉は慎んで下さいよ。よもや姫君のお前でお使いにはならないでしょうが」

と、言います。弁は若い女房なので、さっぱりことのわけも知らないまま、餅を持っていってお枕上の御几帳の間からさし入れましたのを、源氏の君が、例のように、この三日夜《みかよ》の餅の意味を、姫君に教えておあげになったことでしょう。

他の女房たちは、何も知らないでおりますと、明くる朝、この筥をお下げさせになりましたので、お側近くにお仕えしている女房だけは、ああ、そうだったのかと納得することがありま

した。

お皿なども、惟光はいつの間に調達したのでしょう。きれいな華足《けそく》の台を用意して、餅の作り方も趣向をこらして、美しくたいそう風情ありげに盛ってあります。少納言は、とてもこうまで正式の結婚の儀式を、姫君との間に執り行っては下さるまいと思っておりましたので、源氏の君の深いお志が身にしみてありがたく、何から何まで余すところのない行き届いた御配慮に、まず泣けてくるのでした。

「それにしても、内々にわたくしどもにおっしゃって下さればよろしいのに、惟光の朝臣《あそん》にしたって、わたくしどものことをどう思われたでしょうね」

と、女房たちはささやきあっています。


こうしたことのあった後は、源氏の君は宮中にも院にも、ほんのしばらく参上なさっている間でさえも、そわそわと落ち着かず、姫君の面影が恋しくてなりませんので、我ながら不思議なことだとお思いになるのでした。

それまでお通いになっていらっしゃった女君たちからは、恨みがましいお便りを届けられたりなさるので、中には、お気の毒だとお思いになる方もありますけれど、新手枕《にいたまくら》の姫君のことばかりがお心にかかって、一夜でも逢わずにはいられないと、思い煩われるので、つい外出も気がすすまず、もっぱら外に向かっては、御気分がすぐれないふりばかりなさっていらっしゃいます。

「喪中で世の中がひどく厭わしくなっています。この時期をやり過してから、どなたにもお目にかかりましょう」

とだけお返事して、日をお過しになっていらっしゃいました。


今は宮中で御匣殿《みくしげどの》と呼ばれていらっしゃるあの朧月夜《おぼろづきよ》の六の君が、今もやはり源氏の君にばかりお心を寄せていらっしゃるのを、

「なるほど、あんなに大切にしていらっしゃった北の方がお亡くなりになられたようだから、六の君をもし源氏の君の正妻にして下さるなら、それもまんざら悪い話ではないだろう」

などと、父右大臣が仰せになりますので、弘徽殿の大后は、ますます源氏の君をお憎みになっていらっしゃいます。

「宮仕えをしても、立派にお勤めなさるなら、何の不体裁なことがありましょう」

と、入内《じゅだい》なさることを、熱心に画策していらっしゃるのでした。

源氏の君も朧月夜の君には、並々の御愛情ではなかったので、入内なさってしまわれたら、残念だとはお思いになりますものの、今、さしあたっては、二条の院の姫君以外の、他の女君にお心を分ける気もなさらず、

「どうせ短い浮き世なのだから、もうこれからは、この姫君を妻と決め一人を守っていこう。女の怨みを負うのは恐ろしい」

と、よほど六条の御息所の件でお懲りになった御様子です。

「あの六条の御息所はたいそうおいたわしいとは思うけれど、真に頼りにする正妻なら、きっとさぞ気の置けることだろう。今までのような間柄で我慢して下さるなら、何かの折節のお話し相手となっていただくには、この上なく格好のお方なのだけれど」

など、さすがに御息所とは、きれいさっぱりとは切れておしまいになれないようです。

二条の院の姫君を、いままで世間の人々もどういう素性のお方とも存じあげないできたのでしたが、そのままではいかにも軽く見られているようなので、源氏の君は今の状態を父宮にもお知らせ申し上げようとお考えになられて、御裳着《おんもぎ》の儀式のことも、世間に広く公表するというのではないのですが、すべての準備を一通りでなく御立派に御用意なさるなど、世にも珍しいほどのお心遣いをなさいます。

ところが、姫君のほうは、あれ以来、すっかり源氏の君をお嫌いになられて、長年、何によらず源氏の君ばかりを頼りにして、まつわりきっていたのが、我ながら浅ましく愚かだったと、ただ、ただ、口惜しくて、まともに目もお合わせなさいません。源氏の君が御冗談をおっしゃられても、実に苦しく堪えがたいことのように迷惑がられて、ふさぎこんでおしまいになります。すっかり前々とは変わってしまわれた姫君の御様子を、源氏の君のほうでは、おもしろくも、いじらしくもお思いになって、

「この年月、あれほど大切に可愛がってきた甲斐もなく、少しもうち解けていただけないのが、何とも情けなく辛いことです」

と、お怨みになっていらっしゃるうちに、その年も暮れました。

元日には例年のように、源氏の君はまず院に参上なさってから、宮中や東宮などにも参賀に行かれます。それから左大臣家に退出されました。

大臣は新しい年の初めにも無関心で、ただ亡き人の思い出を大宮などに語り出されて、淋しくやるせない思いをしていらっしゃったところへ、源氏の君が、こんなに早々とお越し下さったので、こらえにこらえていらっしゃったけれど、かえっていよいよ我慢出来ないお気持になられて、涙ぐまれるのでした。

源氏の君は一つお年が加わったせいか、堂々たる貫禄さえお添いになって、前よりもずっと美しくお見えになります。

大臣の前から立ち去って、亡き葵の上のお部屋に入りますと、女房たちも久々のおなつかしさのあまり、涙をこらえることができません。若君にお逢いになりますと、すっかり大きくなられて、にこにこなさるのも不憫《ふびん》にお思いになります。目もと、口つきなど、ただもう、東宮とそっくりなので、人が見ても不審に思うかもしれないとお思いになるのでした。

お部屋の飾り付けなどもご生前のままで変わらず、衣裳掛けに源氏の君の御装束などが、いつものように掛けられていますのに、女君のお召物が並んでそこに掛かっていないのが、見ても見映えがせず、物足りなく淋しいのでした。

そこへ、大宮から御消息が届きました。

「今日は元日ですから、つとめて泣くまいと堪えておりますけれど、こうしてお越し下さいましたので、かえって」

などと、おっしゃられて、

「例年の通り御用意しておきました御装束も、このところいっそう涙で目をかき曇らされてお りますので、色合いもお気に召さないかもしれませんが、せめて今日だけは、やはりお召しに なって下さいませ」

と、あって、大層心をこめてお作りになったお召物の数々を、また重ねてさし上げられまし た。かならず今日お召し下さるようにとお望みになった下襲《したがさね》は、色も織り方も、世の常のもの ではなく、格別それはすばらしいものでした。せっかくのお気持を無にしてはいけないと、源 氏の君はすぐお召替えになりました。もしここに今日来なかったなら、大宮がどんなに残念に お思いだったただろうと思えば、ほんとうにおいたわしいことです。

御返事には、

「悲しみに暮れているわたしの身にも春が来たとでもお思いになっていただけるかと、参上い たしましたが、何を見ても思い出されることばかりが多くて、心の内を十分にお伝えすること も出来ません。

あまた年今日あらためし色ごろも
　きては涙ぞふるここちする

やはりとても気持を静めることができません」
と、申し上げたのです。そのお返事に大宮から、

新しき年ともいはずふるものは
　ふりぬる人の涙なりけり

どなたも並々ではないお嘆きでございました。

長い年月元日の今日は
ここで着替えた新しい衣裳
今年も同様に新装に替え
涙が降るようにあふれて
亡き人が偲ばれる

新しい年だというのに
相変わらず降るものは
年老いた親のわたしの
あきらめきれない
未練の涙ばかり

賢木《さかき》より

六条の御息所は娘の斎宮《さいぐう》とともに伊勢に下ることを決める。源氏は、優美な嵯峨野《さがの》の野宮で御息所との別れを惜しむ。桐壺院が崩御し、藤壺は桐壺院の一周忌に出家する。源氏は朧月夜との密会を、右大臣に見つかってしまう。

斎宮《さいぐう》の伊勢へお下《くだ》りになる日が近づくにつれ、六条《ろくじょう》の御息所《みやすどころ》は日と共に心細くなられるのでした。御身分の高い正妻として、けむたく思っていられた左大臣家の葵《あおい》の上《うえ》もお亡くなりになってのちは、今度こそは六条の御息所がその後に正妻になられるだろうと、世間では噂をしていました。御息所のお邸《やしき》でも、人々が少なからず期待に胸をときめかせていたのでした。

ところがそれからのちはかえって、ふっつりと源氏の君のお通いは、途絶《とだ》えてしまったのです。あまりにも情《つれ》ないお扱いをなさるのは、よくよく源氏の君が心底から厭《いと》わしくお思いになることがおありだったのだろうと、御息所はお心のうちにうなずかれましたので、今は一切の未練を断ち切って、ひたすら伊勢へ御出発しようと御決心なさいます。

斎宮に親が付いてお下りになる例は、これといってなかったのですけれど、斎宮がまだお若くて、お一人で御出発させるには、とてもしのび難い御様子なのにかこつけて、辛い憂き世から逃れ離れようと御息所はお思いになるのでした。

源氏の君は、さすがに御息所が今を限りと、遠くへ離れ去っておしまいになるのも名残惜《なごり》しくて、お手紙だけは、情をこめたものをたびたびお届けになります。直接お逢いすることは、今更思いもよらないことだと、御息所もあきらめていらっしゃいます。

「あちらはわたくしのことで、すっかり愛想をつかしていらっしゃるらしい。それでもお目にかかればわたくしのほうはいっそう未練がつのって苦しくなるのに決まっているのだから、今更お逢いしたところで何になろう」

と、気強くお考えになるのでしょう。御息所は野の宮《ののみや》から六条のお邸にほんのたまさかお帰りになることもおありですけれど、ごく内密にしていらっしゃるので、源氏の君はそれを御存知ありません。

野の宮は斎宮の潔斎所《けっさいじょ》という場所柄そう易々《やすやす》とお心にまかせて、お訪ねするようなところでもありませんので、心にはかけながら月日が過ぎて行くばかりでした。

そうこうするうち、桐壺院《きりつぼいん》が御大病というほどではありませんけれど、お加減のすぐれないことが多く、時々御病状がお悪くなられますので、源氏の君はいっそうお心の休まる暇もないのでした。それでも御息所が、自分を薄情者だと思いきめておしまいになるのもおいたわしいし、世間の人の耳にも、いかにも自分が薄情者だと伝わるだろうことも、心外だとお思いになって、野の宮へお出かけになりました。

その日は九月の七日頃でしたので、源氏の君は伊勢下向《げこう》の日ももうすでに今日明日に迫っているると思われ、おあせりになります。御息所のほうでも何かとお気持があわただしい折でした。源氏の君からは、「ほんの少しでも、お目にかかりたい」と、たびたびお手紙がありましたので、御息所はどうしたものかとお迷いになります。あまり引っ込み思案がすぎても風情がなさすぎると思われ、物越しの御対面だけならと、人知れずお待ち申し上げていたのでした。

はるばると広い嵯峨野《さがの》に草を分けてお入りになりますと、しみじみとものあわれな風情が漂っています。秋の花はみなしおれて、浅茅《あさじ》が原《はら》も枯れ枯れに淋しく、弱々しくすだく虫の音に、松風が淋しく吹き添えて、何の曲とも聞き分けられないほど、かすかな琴の音色《ねいろ》が絶え絶えに伝わってくるのが、言いようもなく優艶なのでした。

親しくお仕えする前駆《ぜんく》の者十人余り、御随身《みずいじん》なども物々しい装いではなくて、たいそうお忍びでいらっしゃいますけれど、ことのほかお心をこめて装われた源氏の君のお姿が、まことに御立派にお見えになりますので、お供の風流者たちは、さらに嵯峨野という、趣深い場所柄も相俟《あいま》って、いっそう身にしみじみと感じいるのでした。

源氏の君も、どうして今まで度々訪れなかったのだろうと、空しく過ぎてきたこれまでの日々を口惜《くや》しくお思いになります。

侘《わび》しげな形ばかりの小柴垣《こしばがき》を外囲いにして、中に板屋があちらこちらに見えるのが、ほんの仮普請《かりぶしん》のようでした。黒木の鳥居のいくつかが、さすがに場所柄のせいか神々《こうごう》しく見渡されて、恋のための訪れは気が引けるような雰囲気です。神官たちが、庭のそこ、ここに立っていて、咳払《せきばら》いをしながら、お互いに何か話しあっている気配なども、重々しく感じられて、一般の場所とは変わった雰囲気に見えます。火焚屋《ひたきや》だけにほのかに灯火が光り、人気《ひとけ》が少なくひっそりとしています。

ここに憂愁に沈んだ御息所が、長い月日をお過しになってこられたのかと、お思いやりになりますと、源氏の君はたまらないほど切なく、御息所をおいたわしくお思いになるのでした。

北の対《たい》の屋《や》のほどよいところに隠れてお立ちになり、来訪の旨をお伝えすると、楽《がく》の音がすっとやんで、女房たちの奥ゆかしい衣《きぬ》ずれの音や、衣裳にたきしめた香のゆれ動く匂いなどがいろいろと伝わってきます。

何かと女房たちのお取り次ぎばかりで、御息所御自身は一向に御対面してくださりそうもありませんので、源氏の君はたいそう気を落とされて、

「こういう軽々しい外出も、今では不似合いな立場になっておりますのを、お察し下さいますなら、こんなふうに他人行儀なよそよそしいお扱いはなさらないで下さい。胸につまったわだかまりも、お話しして晴らしたく思いますのに」

と、心からおっしゃいますと、女房たちは、

「ほんとうに、とてもおいたわしくて見ていられませんわ。あんなところに立ちあぐねていらっしゃいますのに。お気の毒で」

など、お取りなし申し上げますので、御息所は、

「さて、どうしたものかしら、この女房たちの手前も見苦しいし、斎宮がお聞きになったら、年甲斐もなく浅慮《せんりよ》な振舞いとお思いになるだろう。かといってこちらから端近《はしぢか》に出ていってお逢いするのも、今更気恥ずかしいことだし」

と、あれこれお迷いになりますと、ますますお気持が進まないのですが、冷たく突っ放すほどの気の強さもありませんので、迷いぬかれて溜め息とともに、ためらいながらようようにじり出ていらっしゃいます。その御気配がこの上なく奥ゆかしく伝わってきます。

「こちらでは、縁先に上がるくらいはお許しいただけましょうか」

と、源氏の君は、上がってお坐りになりました。折からはなやかにさし昇ってきた夕月の光に、源氏の君の立ち居の御身のこなしが照らし出されて、その気品と美しさは比べるものもありません。

幾月にも亘《わた》る御無沙汰を、もっともらしく言い訳しますのも、気恥ずかしいほどになっていますので、源氏の君は榊《さかき》を少し手折《たお》って持っていらっしゃったのを、御簾《みす》の中にさし入れて、

「この榊の葉の色のように、変わらぬ心に導かれて、神の斎垣《いがき》も越えて参りました。それなのに、なんと冷たいお扱いでしょうか」

とおっしゃいますと、

神垣はしるしの杉もなきものを
　いかにまがへて折れる榊ぞ

と御息所はお答えになります。源氏の君は、

乙女子《をとめご》があたりと思へば榊葉の
　香《か》をなつかしみとめてこそ折れ

と、おっしゃって、あたり一帯の神域らしい雰囲気に憚《はばか》られますけれど、それでも御簾をひきかぶるようにして、半身を内へお入れになり、長押《なげし》に寄りかかっていらっしゃいます。思いのままにいつでもお逢いすることができ、また、御息所からも恋い慕われていらっしゃったあの昔の歳月は、源氏の君のほうでは安心しきってゆったり構え、自信たっぷりでいられたため、それほど切なく恋いこがれてはいらっしゃらなかったのです。また、内心、何とした

野の宮の神垣には
人を導く目じるしの
杉の木もないのに
どうまちがえて
折られた榊なのか

神にお仕えする
清い乙女のいるあたりと
思えばこそ
榊葉の香がなつかしく
探して折ってきたもの

ことか、御息所に思わぬ欠点のあることを発見なさってからは、次第に恋心もさめてゆき、ふたりの御仲もこれほどまで隔たってしまったのでした。

久々の今夜の逢瀬《おうせ》が、昔を思い起こさせるので、源氏の君はたまらなく切なくなられお心も限りなく乱れるのでした。来し方行く末を思いつづけられて、心弱くお泣きになられます。

御息所は、それほど悩んでいるようには見られまいとして、お気持をおしかくしていらっしゃいますけれど、どうしてもかくしきれない御様子になるのを御覧になられて、源氏の君はますますお気の毒にも辛くもなられて、伊勢下向は、やはり思いとどまられるようにとおすすめになる御様子です。

月も入ったのでしょうか。物思いをそそる空を眺めながら、源氏の君が切々とかき口説かれるのをお聞きになっていると、御息所は、この年月お胸にたまりにたまっていらっしゃった恨みも、お辛さも、たちまち消えはててしまわれたことでしょう。さんざん悩みぬかれた末に、ようやく今度こそはと、未練を断ち切っておしまいになったのに、やはり、お逢いすれば、予感した通り、かえって決心も鈍って、お心が乱れ迷うのでした。

殿上《てんじょう》の若い公達《きんだち》などがうちつれて遊びに訪れ、ともすれば立ち去りがたくなるというこの庭のたたずまいは、まことに優雅な趣を具《そな》えていて、どこの庭にもひけをとらないようでした。

お互いに恋のあらゆる物思いを味わい尽くされたおふたりの間で、その夜、語り合わされたさまざまのことは、とうていそのままお伝えするすべもありません。

ようよう明け離れてゆく空のけしきも、ことさら作り出したかのように深い情趣をたたえています。

暁《あかつき》の別れはいつも露けきを
　こは世に知らぬ秋の空かな

あなたとの暁の別れは
いつも涙に濡れていたが
今朝のこの別れこそ
かつての恋に覚えもない
切なく悲しい秋の空

と詠まれて、立ち去りにくそうに御息所のお手をとってためらっていらっしゃる源氏の君の御様子は、この上ないおやさしさです。

風がたいそう冷ややかに吹き、松虫の鳴きからした声も、まるでこの暁の別れのあわれ深さを知っているかのように聞こえます。これといった物思いのない身にさえ、聞き逃し難い気のする風の声や虫の音です。まして、どうしようもないほどやるせなく思い悩んでいらっしゃるおふたりには、かえってお歌も、日頃のようにはかばかしくはお詠みになれないのでしょうか。

おほかたの秋の別れもかなしきに
　鳴く音な添へそ野辺《のべ》の松虫

秋の別れはおおかた
悲しいものなのに
この上悲しさをいやますように
鳴かないでおくれ
野辺の松虫よ

と、御息所がお詠みになりました。言い残したことで悔やまれることも多いのですけれど、今はもう、どうしようもないので、空が明るくなっていくのも恥ずかしく、源氏の君はお立ち去りになられます。

そのお帰りの道すがらも涙がちで、お袖も涙の露にしとどに濡れたことでしょう。

御息所も、とうてい気強く堪えてはいらっしゃれず、源氏の君の立ち去られた後、名残惜しさに我を忘れ悲しみに放心していらっしゃいます。月影の中に、ほのかに浮かんでいたお姿や、まだあたりに漂っている残り香などを、若い女房たちは身にしみじみと慕わしく感じながら、たしなみも忘れ、はしたないことでも仕出かしかねないほどお讃めしています。

「どんなに大切な御旅行といっても、あんなにすばらしいお方をお見捨てして、お別れすることなどできるでしょうか」

と言っては、わけもなく誰も涙ぐんでいます。

桐壺院《きりつぼいん》の御病気が、十月に入ってからたいそう重くなられました。世をあげてすべての人々が御心痛申し上げております。帝も御心配のあまりお見舞いに行幸《ぎようこう》あそばされました。院は御衰弱の中からも、東宮の御ことをくれぐれも帝にお頼みあそばして、次には源氏の君の御ことを、

「わたしの在世の時と変わらず、大小にかかわらず隠し隔てをせず、何につけても源氏の大将を御後見《おんうしろみ》とお思いになって下さい。年齢のわりには、政治を執らせても、まず間違いは全くあるまいと思います。必ず世の中を治めてゆける相《そう》のある者です。そういう点からさし障りが多いので、わたしはわざと親王《みこ》にもせず、臣下にして、朝廷の補佐役をさせようと考えたのです。そういうわたしの意向をたがえないで下さい」

と、しみじみと心を打つ御遺言が多かったのですけれど、政治のことなど女が男の口真似をすることではございませんので、こうしたほんの片端だけでもお話しすることも気がひけます。

帝もたいそう悲しく思し召されて、決してお言葉には背《そむ》かない由を、繰り返しお誓いになります。帝は御容貌もたいそうお美しく、年ごとに御立派におなりあそばすのを、院も嬉しく頼もしく御覧あそばされます。帝の行幸には定まった時間の規則がありますので、急いで還御《かんぎよ》あ

そばすにつけても、なまじお会いしたばかりに、かえってお心残りのことも多いのでした。

東宮も御一緒にと思し召されましたけれど、あまりに大仰な騒ぎになりますので、東宮は日をかえて行啓《ぎょうけい》なさいました。お年のわりには大人びて愛らしい御様子で、常々桐壺院を恋しがるお気持がつもりつもっていらっしゃいましたので、ただもうお逢い出来たのが無心にお嬉しくて、院のお顔を拝見していらっしゃる御様子は、ほんとうにいじらしくお見受けされます。院は藤壺《ふじつぼ》の中宮《ちゅうぐう》が涙にかきくれていらっしゃるのを御覧になるにつけても、千々《ちぢ》にお心がお乱れになるのでした。東宮に、いろいろのことをお教えなさいますけれど、東宮はまだ何もおわかりにならない頑是《がんぜ》なさでいらっしゃいますので、院は先々のことが気遣わしくて、切なくお思いでいらっしゃいます。

源氏の君にも、朝廷にお仕えするについての心構えや、この東宮の御後見を必ずなさるようにと、かえすがえすおっしゃいます。

東宮は夜が更けてからお帰りになりました。殿上人どもが残らずお供申し上げての賑やかな御様子は、帝の行幸にも劣るところはありません。

まだまだお別れしたくないほんの短い御会見で、東宮がお帰りになりましたのを、院は非常に名残惜しく悲しくお思いになります。

弘徽殿《こきでん》の大后《おおきさき》も、お見舞いに上がろうとお思いになりながら、藤壺の中宮がこのようにお付き添いになっていらっしゃるのにこだわられて、ためらっておいでのうちに、院はそれほどひどくお苦しみになることもなくて、おかくれあそばされました。

足も地につかぬほど右往左往して、あわて惑う人々がたくさんいます。院は御譲位あそばしたというだけのことで、引きつづき天下の政治をお執りになっていらっしゃったことは、御在位中と変わりませんでした。ところが今の帝はまだ非常にお若くていらっしゃいますし、御後見の外祖父君《がいそふ》、右大臣は、たいそう短気で性格も感心しないお方なので、その思い通りに世の中がなってしまったら、一体どうなるだろうかと、上達部や殿上人《てんじょうびと》はみな心配して嘆いております。

藤壺の中宮や源氏の君などは、ましてお嘆きが格別で、ものの分別もお付きになりません。追善の御法事などを御子としてお勤めになる御様子も、他の多くの親王《みこ》たちの中で、際だって殊勝《しゅしょう》でいらっしゃいますのを、当然のこととは言え、おいたわしい限りだと、世間の人々も御同情するのでした。藤衣《ふじごろも》の喪服を召されてわびしくお姿をやつしていらっしゃる源氏の君のお姿も、この上なくお美しく痛々しそうに見えます。去年今年と続いて、こういう不幸にお遭いになりますと、源氏の君は世の中がつくづく空しく味気なくお感じになります。こういう機会にこそ、まず出家をしたいと思いいたたれもなさるのですが、また一方では、それをさまたげられるさまざまな現世の絆《ほだし》が少なくはないのでした。

藤壺の中宮は、故桐壺院の一周忌の御法要に引きつづいて、法華《ほっけ》八講《はっこう》の御準備を、あれこれとお心づかいあそばすのでした。

十一月の初めころ、故院の御命日の御国忌《みこき》の日には、雪がたいそう降りました。

源氏の君から中宮にお手紙をさし上げます。

わかれにし今日《けふ》は来れども見し人に
　ゆきあふほどをいつと頼まむ

院にお別れした御命日が
まためぐってきたけれど
亡き人にふたたび
会えるのはいつの日と
頼りに待っていいものか

どちらでも、今日はもの悲しくお思いになる時なので、中宮からも御返事がありました。

ながらふるほどは憂けれどゆきめぐり
　今日はその世にあふ心地して

ひとり残され
生き永らえる
この辛さの中にも
御命日にめぐりあい
昔の時にかえったよう

ことさら取りつくろってもいらっしゃらないお書きぶりですけれど、上品で気高く拝されるのは、源氏の君の、中宮への思いこみによるのでしょう。お筆跡は書風が特異で、当世風というのではありませんが、人よりは見事にお書きになっていらっしゃいます。

源氏の君は、今日だけは中宮への恋心も抑えられて、心に染みる雪の雫《しずく》に涙を誘われながら勤行《ごんぎょう》なさるのでした。

十二月十余日ごろ、中宮の御八講《みはっこう》が催されます。それはこれ以上ない荘厳《そうごん》さでございました。毎日御供養あそばす経巻をはじめとして、玉の軸、羅《ら》の表紙、帙《ちつ》の装飾も、この世にたぐいないほど御立派に御調製になりました。

普通の御催しさえ、中宮はいつも並々でなく御立派にあそばされます。ましてこの法会《ほうえ》の場合は御もっともなことでした。御仏《みほとけ》のお飾り、花机《はなづくえ》の覆《おお》いなどまで、極楽浄土はこのようかとまで思いやられます。

初日は、中宮の父帝の御供養、第二日は母后の御ため、翌第三日は桐壺院の御追善。この日が法華経の第五巻を講ずる大切な日なので、上達部なども右大臣家へ気がねばかりもしていらっしゃれないで、まことに大勢の方々が参列なさいました。

今日の講師《こうじ》は、特別に高僧をお選びなさいましたので、〈薪《たきぎ》こる〉の声明《しようみよう》を唱える行道《ぎようどう》のあたりからはじめ、声を揃えて声明をあげる僧たちの言葉も、特に尊く聞こえます。親王《みこ》たちもさまざまな御供物をささげて行道なさいますが、源氏の君の御趣向などは、とりわけすぐれていて、他に比べようもありません。

いつも同じ源氏の君礼讃《らいさん》ばかりを繰り返すようですが、お会いする度毎に、すばらしい極みなので、どうにもいたし方がございません。

最後の日は、中宮御自身の祈願と立願《りつがん》をなさり、御落飾《らくしよく》あそばすよしを、導師《どうし》の僧から御仏に申し上げました。

それを聞いた人々は、誰も彼も驚愕《きようがく》いたしました。兵部卿《ひようぶきよう》の宮《みや》や源氏の君の御心も動転なさり、これは一体どうしたことかと茫然自失なさいます。

兵部卿の宮は、御法会の中途で座をお立ちになり、御簾《みす》のうちの中宮の御座所へお入りになりました。中宮は、固い御決意のほどを心強くお告げになられて、法要が終る頃に、比叡山のお座主《ざす》をお召しになられて、戒《かい》をお受けになる由を仰せられました。

御伯父君の横川《よかわ》の僧都《そうず》が、お側近く参って、お髪《ぐし》をお削《そ》ぎになる時には、御殿のうちがどよめいて、不吉なまでに泣き声が満ちわたりました。どうという身分でもない老い衰えた者でさえ、いよいよこれから出家しようという時には、何とも言えず悲しくなるものですのに、まして女盛りの中宮は、これまでおくびにも気配をお示しにならなかったことですから、兄君の兵部卿の宮もたいそうお泣きになります。

そこに参会していた人々も、この法会のすべてに感動して尊く感じていました折柄なので、尚更、御落飾の衝撃で、どなたもみな涙に袖を濡らしてお帰りになるのでした。

故院の御子《みこ》たちは、昔の中宮の御栄華のさまをお思い出しになるにつけても、ますますお気の毒で、あわれに悲しくお思いになり、どなたも御慰問《いもん》申し上げます。

源氏の君はその場にお残りになられて、申し上げる言葉も失い、ただもう茫然と、なすすべも知らず途方にくれていらっしゃいます。あまり取り乱しては、どうしてそれほどお悲しみになるのかと、まわりの人々に怪しまれるかもしれませんので、兵部卿の宮などが御退出なさった後で、ひとり中宮の御前にまいられました。

ようやく人の気配も静まって、女房たちが、鼻をかみながら、あちこちに群れ集まっています。折から月は隈《くま》無く照り渡り、月光が雪に照り映えている庭の景色を御覧になりましても、故院御在世の昔のことが偲ばれますので、源氏の君はたまらなく悲しくお思いになります。強いて何とかお心をお静めになって、

「いったい、どのようにお考えあそばして、こうも急な御発心《ごほっしん》を」

と申し上げます。中宮は、

「今はじめて思い立ったことでもございませんけれど、事前に発表すれば人々が騒ぎだしそうな様子でしたから、つい、覚悟もゆらぎはしないかと思って」

などと、いつものように王命婦《おうみようぶ》を通して仰せられます。御簾《みす》の中では、大勢集まりひかえている女房たちが、つとめてひそやかに身じろぎしながらたてるかすかな衣ずれの音などの気配が、悲しさをこらえかねているように、しめやかに漏れ聞こえてくるのが、いかにももっともなことと心にしみて、源氏の君はひとしおあわれ深くお聞きになるのでした。風がはげしく吹きすさみ、御簾のうちには薫《た》きしめられた奥ゆかしい黒方《くろぼう》の香の匂いがしみわたり、それに仏前に供えた名香《みようごう》の匂いもほのかに漂っています。更に、源氏の君のお召物にたきしめた香の匂いまでが薫《かお》り合って、極楽浄土の様子まで思いやられる結構な今夜の雰囲気なのでした。

東宮の御使いも参上いたしました。中宮は先日お逢いした時、東宮がお話しになる可愛らしいお姿をお思い出しになられるにつけても、張りつめてきたお心強さも耐えきれなくなって、お返事も申し上げられません。見かねて源氏の君が、お口添えをしてさし上げられるのでした。

誰も誰も、そこにいるすべての者は、心の動揺の静まらない折なので、源氏の君もお心のうちを、お言い出しになることができませんでした。

月のすむ雲居《くもゐ》をかけてしたふとも
　この世の闇になほやまどはむ

今宵の月のように
清らかにお心を澄ませた
御出家に憧れても
この世の煩悩《ぼんのう》の闇に迷い
叶わぬことだろう

「このように思われますのが、何とも詮《せん》ないことでございます。御出家をお遂げになってしまわれたことが、お羨ましくてなりません」
とだけおっしゃいます。女房たちが、中宮のお側近くにひかえておりますので、さまざまに思い乱れる心の中も、何ひとつ申し上げることが出来ないので、じれったくてなりません。

大方《おほかた》の憂《う》きにつけては厭《いと》へども
　いつかこの世を背《そむ》き果つべき

世の中のすべてが
辛くはかなく
世を捨てて出家したのに
いつになれば子ゆえの心の闇を
抜けきることができるやら

「なおまだ、煩悩が残りまして」
などと御返事のある箇所などは、取り次ぎの女房が適当にとりつくろって源氏の君にお伝えしていらっしゃるのでしょう。悲しみばかりが限りなく尽きませんので、胸苦しくなられて御退出なさいました。

二条の院にお帰りになっても、御自分のお部屋にひとりお寝みになったまま、お眠りにもなれず、世の中をうとましく思いつづけられます。それにつけても、東宮の御ことだけが御心配でならないのでした。

故院はせめて母宮だけでも公《おおやけ》の御後見にと、中宮にお立てになられましたのに、その中宮が世の中の辛さに堪えきれなくて、御出家しておしまいになられたのですから、もう中宮の御位のままではとてもいらっしゃれないでしょう。その上に自分までが、東宮をお見捨て申し上げて出家してしまっては、などと限りなく思い惑われて、夜を明かしておしまいになるのでした。

今の中宮には出離者《しゅつりしゃ》としてのお暮しの調度の品などこそ必要だろうと、源氏の君は思われて、それらを年内にお贈りしようと、急いでお造らせになるのでした。

王命婦も中宮のお供をして尼になってしまいましたので、そちらも心をこめてお見舞いになりました。

こまごまとそのことを話しつづけるのも仰山らしいので、書きもらしてしまったのでしょう。ところが、実はこういう折にこそ、心をうつ歌などが生れることもありますのに、それらが洩れ落ちたのは物足りないことです。

御出家の後は、源氏の君が尼宮のお邸に参上しても、御遠慮が薄らぎましたので、取り次ぎなしに尼宮御自身でお返事あそばす時もあるのでした。お心に深く秘めた恋は、決して消えはしませんけれど、御出家の後では以前にもまして、あってはならないことなのでした。

二

夏の雨がのどかに降って、所在のないある日、頭の中将《とうのちゅうじょう》は、見どころのある詩集などを、たくさん供人《ともびと》に持たせて源氏の君をお訪ねになりました。源氏の君も、書庫を開けさせられて、まだ開いたこともないいくつもの御厨子《みずし》の中にある、珍しい古詩集の由緒のあるものを少し選び出されて、漢詩文にたずさわっているその道の人々を、ことさらにではなく大勢お召しになりました。

殿上人も大学寮の学者たちも、実にたくさん集まってきます。その人数を左方と右方と入れちがいに二組に分けて、互いに勝負をさせられ、数々の賭物《かけもの》なども、たぐいないほど立派なものを出されました。

韻塞《いんふた》ぎを進めていくにつれて、難しい韻の文字がたいそう多くなって、世間に名の聞こえた博士たちでさえ、まごついてしまう所々を、源氏の君が時々お口添えなさる御様子は、全くこの上ない御学才の深さでいらっしゃいます。

「どうして、このようにすべての才能に長《た》けていらっしゃるのでしょう。やはり前世からの宿縁で、あらゆることが、人よりすぐれて生れついていらっしゃるのでしょうか」

と、人々は賞讃しあうのでした。勝負はついに右の頭の中将の方が負けてしまいました。それから二日ばかりして、負けた頭の中将が、勝者の源氏の君方を招き、負《まけ》の饗宴《きようえん》をなさいました。あまり大げさではなく、さまざまな風雅な檜破籠《ひわりご》や、賭物などを色々お出しになり、今日もこの間出席した人々を大勢お呼びになって、漢詩などをお作らせになりました。

階段のもとの薔薇《そうび》がほんの少しだけ開いて、春秋の花盛りの時よりもしっとりと風情のある頃なので、人々はすっかりくつろいで管絃の遊びを楽しみます。

頭の中将のお子で、今年はじめて童殿上《わらわてんじよう》する八、九歳ぐらいの少年が、たいそうきれいな声をしていて、笙《しよう》の笛を吹いたりなどしますのを、源氏の君は可愛くお思いになって、遊び相手にされています。

このお子は四の君に生れた次男です。権勢家《けんせいか》の右大臣のお孫なので、世間の人も自然に重く扱って、特別大切にかしずいています。性質も賢くて、お顔立ちも美しく、お遊びの宴が少しくだけてゆく頃、催馬楽《さいばら》の「高砂《たかさご》」を、声を高く張って謡《うた》うのが、実に可愛らしい感じです。

源氏の君が、お召物を脱いで御褒美にお与えになります。いつもよりは酔っていらっしゃる源氏の君のお顔の色艶《いろつや》が、比べようもないほど美しく見えます。羅《うすもの》の直衣《のうし》に、単衣《ひとえ》を召していらっしゃるので、お召物から透けて見えるお肌の色が、ましてとりわけ美しく見えるのを、年とった博士たちなどが、遠くから涙を落としながら拝見しています。次郎の君が、「高砂」の末の句の、〈あはましものを、さゆりばの〉と、謡い終ったところで、頭の中将が、お盃を源氏の君にさし上げられました。

それもがと今朝《けさ》開けたる初花《はつはな》に
　おとらぬ君がにほひをぞ見る

それを見たいと人々から
待ちかねられながら
今朝はじめて開いた花
それにも劣らぬあなたの
何という美しさよ

と、頭の中将が申し上げますと、源氏の君はほほ笑まれて、お盃をお取りになりました。

時ならで今朝咲く花は夏の雨に
　しをれにけらしにほふほどなく

季節をまちがえ
今朝咲いた花は
美しく匂う間もなく
夏の雨にむなしく
萎《しお》れてしまったらしい

「わたしもすっかり衰えてしまいましたよ」

と、陽気にたわむれて、わざと酔いの上での冗談とおとりになるので、頭の中将はそれをお咎めになって、無理にもお酒をおすすめになられるのでした。

まだまだ歌もたくさんあったらしいのですが、このような酒宴の折の座興の不出来な歌まであれこれ書き留《とど》めるのは、心得のない態度とか、紀貫之《きのつらゆき》も誡《いまし》めておりますから、それに従いまして、面倒なので省《はぶ》くことにいたしました。とにかく誰もが、源氏の君のことをお讃《ほ》めした趣旨のことばかりを、和歌にも、漢詩にも作りつづけたことでした。

源氏の君御自身の御気分としても、たいそう得意になられたと見えて、〈我は文王《ぶんわう》の子、武《ぶ》王《わう》の弟〉と口ずさまれたお名乗りさえ、まことに結構でございました。これは史記《しき》にある周公《しゆうこう》に、御自分をなぞらえていらっしゃることなので、周公は東宮に当たる成王《せいおう》の、叔父になるのですが、さて東宮の何に当たるとおっしゃるおつもりなのでしょうか。その一件だけはやはりお心が咎めていらっしゃることでしょう。

兵部卿《ひようぶきよう》の宮《みや》も、始終源氏の君をお訪ねになります。音楽のおたしなみなどもすぐれていらっしゃる宮なので、優雅なお似合いのお相手の方々なのでした。

その頃、朧月夜《おぼろづきよ》の尚侍《かん》の君は、宮中からお里に退出なさいました。瘧病《わらわやみ》を長くお悩みでしたので、呪《まじな》いなどをお里で気楽になさりたいおつもりなのでした。加持祈禱をはじめて、快方に向かわれましたので、右大臣家では誰も誰もほっとなさり喜んでいる折から、例によって、これはめったにない機会だからと、源氏の君とおふたり、しめし合わされて、無理な算段をつけ、夜毎夜毎に忍び逢いをなさいます。

尚侍の君は今まさに盛りのお年頃で、もともと豊満で華やかな感じのお方なのに、少し病におやつれになり、ほっそりとなさった御様子が何とも言えず男心をそそる風情がおありでした。

姉君の弘徽殿の大后《おおきさき》も、同じ右大臣邸にお里帰りしていらっしゃる時でしたので、密会が見つかればとても恐ろしい筈ですけれど、源氏の君はこのような無理な逢瀬ほど、かえって情熱がつのる困ったお心癖なのです。こっそりと忍んで度々逢瀬を重ねていましたので、それとさとった女房たちもあるようですが、面倒にかかわりたくないので、誰も大后にはこのことを内緒にして、申し上げません。右大臣はなおさら、夢にも御存じないことなのでした。

そんなある夜、雨がにわかに恐ろしい勢いで降りつづけ、雷もはげしく鳴り騒いだ夜明け方、右大臣家の御子息たちや、宮司《みやづかさ》たちなどが立ち騒いで右往左往しますので、人目も多く、女房たちは怖《お》じ恐れてあわてふためき、尚侍の君のお側近くに集まってきました。

源氏の君は尚侍の君の御帳台の中に閉じこもったまま、お帰りになる方法もないまま、たいそう困りはてているうち、すっかり夜が明けはなれてしまいました。御帳台のまわりにも、女房たちが大勢つめかけていますので、源氏の君はほんとうに胸もつぶれそうな思いがしていま す。

事情を知っている女房が二人いて、これもただおろおろするばかりです。

そのうち、ようやく雷がやみ、雨も少しおさまってきた頃、右大臣がこちらへお越しになりました。まず、大后のお部屋へお見舞いにいらっしゃったのを、俄《にわ》か雨の音に紛れて尚侍の君はお気付きになれませんでした。右大臣は無造作にすっと尚侍の君のお部屋へお入りになって、御簾をお引き上げになるなり、

「いかがでしたか。なにしろすさまじい昨夜の天気に、どうしていらっしゃるかとお案じはし

ていたのですが、お見舞いにも伺えなかった。中将の君や宮の亮《すけ》などは、お側にいましたか」

などとおっしゃる様子が、早口で落ち着きがないのを、源氏の君は、こんな密会のあわただしいさ中にも、左大臣の態度とふと比較なさって、ひどいちがいだと、思わず苦笑いなさいます。ほんとうに、お部屋にすっかりお入りになってから、おっしゃればおよろしいのに。

尚侍《かん》の君はほとほとお困りになって、御帳台からそっとにじり出ていらっしゃいました。そのお顔がたいそう赫《あか》くなっていらっしゃるのを、まだ御気分がお悪いのかと、右大臣は御覧になって、

「どうしてお顔色がいつものようでなく、そんなに赫いのでしょう。物《もの》の怪《け》などが憑《つ》いていると厄介だから、修法《ずほう》を続けさせるべきでしたね」

とおっしゃりながら、ふと、目をやると薄二藍《うすふたあい》の男帯が、尚侍の君のお召物の裾にまつわって、御帳台から引き出されているではありませんか。これはあやしいとお思いになった上に、畳紙《たとうがみ》に何か手習いを書きつけたものが、御几帳《みきちょう》の下に落ちているのを見つけました。これは一体どうしたわけかと、お心も動転なさって、

「それは誰のものです。見慣れないあやしい物ですね。こちらへお渡しなさい。それを見て、誰の物か調べてやろう」

とおっしゃるので、尚侍の君も、はっとふり返って、御自分も畳紙を見つけられました。もう、どうとりつくろいようもないことなので、何とお答えが出来ましょう。度を失って茫然としていらっしゃるのを、わが子ながら、さぞ恥ずかしくて身の置きどころもないようにお思い

だろうと、お察しして御遠慮なさるのが、右大臣ほどのお立場の人なら、当然のことでしょう。ところが、日頃たいそう短気で寛大なところがおありでない大臣なので、前後の分別も失われて、畳紙をわしづかみにされるなり、御帳台の中をいきなりお覗きになりました。中には何とも言えず色っぽい様子で、臆面もなく横になっている男がいます。今になって、男はそっと顔をおし隠して、何とか身をかくそうととりつくろっています。右大臣はあまりのことに呆れはてて、腹も立つし、いまいましくてやりきれないものの、面と向かっては、どうしてそれが源氏の君だとあばきたてられましょう。目の前も真っ暗になる気持がして、この畳紙を手に摑《つか》んだまま、寝殿にお引きあげになりました。

尚侍の君は、正気も失くされたような気持で、死ぬほどの思いでいらっしゃいます。源氏の君も、そんな尚侍の君が可哀そうでならず、とうとう軽率な振舞いが重なって、世間の非難を浴びることになったかとお思いになりながら、女君のいたいたしそうな御様子を、しきりに何かと慰めておあげになります。

右大臣は直情径行《ちょくじょうけいこう》で、何事も胸に収めておけない御性分の上に、老いのひがみさえこの頃はとみに加わっておいでなので、何をためらわれることがありましょう。何もかもずけずけと、大后にすっかりお訴えになってしまいました。

「これこれしかじかの事がありました。この畳紙の手跡《て》は源氏の君のものです。昔もあのふたりは親の許しもなく、勝手に出来てしまったことですけれど、あの方の人物に免じて、すべての罪を許して、それでは婿としてお世話しようと、こちらが申しました折には意にも介さず、全く無視しきった心外な態度をとられたのです。けしからぬことだと思いましたが、これも前世の宿縁なのだとあきらめて、まさか帝は操《みさお》の穢《けが》れた女だなどとお見捨てあそばすこともあるまいと、その御愛情にすがって、このようにして、はじめの望み通り、帝に奉ったのでした。

何と言ってもやはりあの落ち度の遠慮がありまして、れっきとした女御などとも名乗らせるわけにも参らず、それだけでもいつも口惜《くや》しく残念に思っておりますのに、またもや、このようなことさえ起こってきたのです。改めて、つくづく情けない気持になってしまいました。男たちにはありがちなこととは言え、源氏の大将は、まったく何という怪《け》しからぬ御料簡《ごりようけん》なのでしょう。朝顔の斎院にもまだ相変わらず大それたことを言い寄っては、こっそり御文通などつづけて、怪しげな御様子だなどと、世間では噂しています。

こういうことは御治世《ごちせい》の為ばかりでなく、源氏の君御自身にとってもよくないことですから、よもや、そんな無分別《むふんべつ》なことはなさらないだろうと思い、また当代の識者として、天下を従えなびかしていらっしゃる御様子は格別のようですから、わたしは源氏の君のお心を、これまで疑ったこともなかったのです」

などとおっしゃいますと、大后は、右大臣よりもずっと激しい気性で、源氏の君をひどくお憎しみなので、大そう御不興の面持ちで、

「帝とは申し上げても、昔から誰も皆帝を軽んじ申し上げて、あの致仕《ちじ》の左大臣も、この上なく大切にして育てていた一人娘を、兄君の東宮にはさし上げないで、弟の源氏の君がまだ幼くて元服《げんぷく》した時、添《そ》い臥《ぶ》しとしてとっておいたり、またこの姫も、後宮《こうきゆう》にさし上げようと心づも

りしていましたのに、源氏の君のため、みっともない恥さらしな有り様にされたのです。

それなのにあの当時は、誰一人として、それを不都合なことと思ったでしょうか。誰もがみな源氏の君ばかりをひいきなさるようだったので、こちらも源氏の君を婿にというあてても外れたものだから、こうして尚侍《ないしのかみ》として宮仕えもしていらっしゃるわけです。それが可哀そうなので、なんとかして尚侍《かん》の君としてでも、人にひけ目を感じないようにお世話してあげよう、あんないまいましい源氏の君の手前もあるし、など思っていましたが、その御当人の尚侍の君ときたら、こっそり自分の好きな人に靡《なび》いているというわけなのですからね。斎院とのことだって、おそらく噂通りなのでしょうよ。

何事につけても、源氏の君が帝の御ためにに安心できないように見えるのは、あの方は東宮の御代に、それはそれは期待をかけている人ですから、当然のことでしょう」

と、ずけずけと容赦なく仰せつづけられるのを、右大臣はさすがに聞き苦しく思い、どうして大后に、あの密会の一件をすっかり申し上げてしまったのかと後悔なさりながら、

「まあしかし、しばらくこのことは他に洩らさないようにしましょう。帝にも奏上なさらないで下さい。尚侍の君はこのような罪がありましても、帝がお見捨てあそばすことがあるまいと頼みにして、甘えていい気になっているのでしょう。大后から内々に御意見をされましても、聞き入れないようでございましたなら、その罪はただわたしが一身に負いましょう」

などと、おとりなし申し上げますけれど、大后の御機嫌はさっぱりよくなられません。こんなふうに御自分が一つ邸に居て隙もない筈なのに、源氏の君は遠慮もしないで、大胆に忍び込

んで来られるというのは、わざと、こちらを軽んじ愚弄《ぐろう》なさっているのだと、お考えになりますと、ますます御立腹がひどくなり、この機会こそ、源氏の君を失脚させるような計《はか》りごとを企《くわだ》てるには、ちょうど都合がいいと、大后はあれこれ御思案をめぐらされるようでした。

須《す》磨《ま》より

朧月夜との一件で流罪になることを恐れた源氏は、不義の子である東宮の将来を守るため、自ら都を離れ、須磨に下った。もの寂しい海辺である須磨の地では、男たちだけで月を眺め、都を懐かしむ。

須磨ではひとしお物思いをそそる秋風が吹きそめ、海は少し遠いのですけれど、行平《ゆきひら》の中納言が〈関吹き越ゆる〉と詠んだ、須磨の浦波の音が、たしかに夜毎夜毎、いかにもその歌の通りにすぐま近に聞こえてきて、またとなくあわれなのは、こういうところの秋なのでした。

お側にもすっかり人が少なくなり、誰もみな寝静まってしまいましたのに、源氏の君はひとりお目ざめになられ、枕から頭を起こして、四方に吹き荒れる風の声をお聞きになっていらっしゃいます。波がついこの枕元まで打ち寄せてくるような心地がして、涙がいつ落ちたとも覚えのないまま、もう枕も浮くばかりに涙に濡れているのでした。

琴《きん》を少し掻き鳴らしてごらんになると、我ながらいかにも、もの寂しく聞こえますので、弾きやめられて、

恋ひわびて泣く音《ね》にまがふ浦波は
　思ふかたより風や吹くらむ

ふるさとの都恋しさに
たまりかねわたしが泣けば
その泣き声に似た浦波よ
あれはわたしを思う人のいる
都のほうから風が吹いてくるせいか

とお詠《うた》いになります声に、人々が目を覚まして、何とお見事なと感じいるにつけても、悲しさをこらえきれなくなります。ただ何とはなしに一人、また一人と起き出しては、そっと鼻をかんでいます。

「ほんとうにこの者たちは、どんな思いでいることだろう。わたし一人のために、親、兄弟など、片時も離れにくい人々や、それぞれの身分に応じて大切に思っていたにちがいない家を捨てて、こうしてこんなところまでわたしと一緒に流浪してくれている」

と、お考えになりますと、たいそう不憫でたまらなく、頼りにしている自分がこんなふうに思い沈んでいては、なおさら心細がることだろうと、お思いになられましたので、昼間は何かと冗談をおっしゃっては淋しさをまぎらわせ、退屈しのぎに、様々な色の紙を継ぎ合わせて、和歌を書きすさんだりなさいます。また織り方の珍しい生地の唐《から》の綾《あや》などに、さまざまな絵などをお慰みにお描きになり、それを貼りまぜた屛風《びょうぶ》の表などは、たいそう結構で、見どころのあるものでした。

昔は人々がお話し申し上げた海や山の景色を、はるかに想像なさったものでしたが、いまはそれらを目のあたりに御覧になって、なるほど話に聞いただけでは思いも及ばなかったすばらしい海辺の風景を、またとないほどお見事に、たくさんお描きためになります。それを見て人々は、

「当代の名人だという千枝《ちえだ》や常則《つねのり》などを呼んで、彩色をさせたいものだ」

などと、口々にもどかしがっております。源氏の君のお優しく御立派な御様子に、世の中の愁いも憂さも忘れて、お側近くにお仕えするのを嬉しく思い、いつも四、五人くらいの者が御前にひかえております。

庭先の花も色とりどりに咲き乱れ、風情のある美しい夕暮に、海の見渡せる廊下にお出ましになられて、佇《たたず》んでいらっしゃる源氏の君のお姿の、空恐ろしいまでのお美しさは、こうした所が所だけに、なおさらこの世のものともお見えになりません。白い綾のなよやかな下着に、紫苑色《しおんいろ》の指貫《さしぬき》の袴《はかま》などをお召しになって、濃い縹色《はなだいろ》の御直衣《のうし》に、帯はゆるやかに、くつろいだお姿のまま、「釈迦牟尼仏弟子《しやかむにぶつでし》」と名のられて、ゆるやかに経をお読みになられるお声が、たとえようもなくありがたく聞こえます。

沖のほうを多くの舟が、歌い騒ぎながら漕いで行くのも聞こえます。その沖にある舟が、ただ小さな鳥の浮かんでいるように遠目にはかすかに見えるのも、心細そうなのに、折から雁《かり》が列を作って啼《な》く声が、舟の櫓《ろ》の音とまちがえそうなのを、つくづくお聞きになって、涙のこぼれるのを、指でそっとお払いになります。その御手つきの、黒檀《こくたん》のお数珠《じゆず》に映えているのを拝

しますと、故里《ふるさと》の女を恋しがっている供人たちの心も、みな慰められるのでした。

初雁《はつかり》は恋しき人のつらなれや
　旅の空飛ぶ声の悲しき

秋の空飛ぶ初雁は
故里の恋しい女《ひと》たちの
仲間なのだろうか
列をなして旅の空行く初雁の
その啼き声の何と悲しく

と源氏の君がおっしゃいますと、良清《よしきよ》は、

かきつらね昔のことぞ思ほゆる
　雁はその世の友ならねども

空行く雁の声聞けば
あれもこれもとつぎつぎに
昔のことがしのばれる
恋しい故郷のあの人、あのこと
その頃雁を友とも思わなかったのに

民部《みんぶ》の大輔《たいふ》惟光《これみつ》は、

心から常世《とこよ》を捨てて鳴く雁を
　雲のよそにも思ひけるかな

古里を遠く捨て
さすらい鳴く雁の声
雁のつらさもあの頃は
雲の彼方のよそごとと
思いやるさえしなかった

前《さき》の右近《うこん》の将監《ぞう》は、

常世出《とこよい》でて旅のそらなる雁がねも
　列《つら》におくれぬほどぞなぐさむ

古里をはるばるはなれ
旅の空飛ぶ雁がねも
友の列におくれずに
一緒に飛べば淋しさも
少しは心なぐさめられる

「もし友にはぐれましたなら、雁はどんなに心細いことでございましょう」と言います。

この男は、親が常陸《ひたち》の介《すけ》になって赴任して行ったのに、自分はひとり源氏の君のお供を願って、須磨へ来たのでした。心の内ではいろいろ悩んでいるだろうに、表面は明るく屈託なさそうにして、さりげない様子に振舞っています。

折から月が、ことさらはなやかにさし上ってきたのを御覧になられて、源氏の君は今宵は十五夜だったかとお思い出しになります。

宮中での月の宴の管絃のお遊びがそぞろに恋しく思い出され、都ではさぞかし女君たちが、それぞれにこの月を眺めていらっしゃることだろうと、御想像なさいます。それにつけてもひたすら月の顔ばかりを見つめていらっしゃるのでした。

〈二千里《じせんり》の外故人《ほかこじん》の心《こころ》〉と、白氏文集の一節をお口ずさみになりますと、人々は例によって涙をとめられません。

源氏の君は、藤壺《ふじつぼ》の尼宮《あまみや》が「霧や隔つる」とお詠みになられた時のことが、言いようもなく恋しくて、藤壺の尼宮とのあの時この時のことをお思い出しになるとたまらなく、つい、よよと声をあげてお泣きになります。

お供の人々は、

「夜も更けてしまいました」

と申し上げますけれど、やはり御寝所にお入りになろうとなさいません。

見るほどぞしばしなぐさむめぐりあはむ
　月の都は遥かなれども

月の顔さえ眺めていたら
つかの間なりとなぐさめられる
めぐり逢う日はいつのこと
あなたの住む京の都は
月の都よりなおはるか

あの夜、帝がたいそうお打ちとけになられて、昔の思い出話などあそばした御様子が、亡き父院に実によく似ていらっしゃったことなども、恋しくお思い出しになられます。〈恩賜《おんし》の御衣《ぎょ》は今此《いまここ》に在《あ》り〉の句を吟じながら奥にお入りになりました。その帝からいただいた御衣《おんぞ》は、菅原道真《すがわらのみちざね》公の詩の通り今もお身から離さず、お側にお置きになっていらっしゃいます。

憂しとのみひとへにものは思ほえで
　ひだりみぎにも濡るる袖かな

わたしにつれないお方だけれど
なおなつかしい思い出の数々
お恨みしきれない悩ましさ
懐かしいにつけ恨めしいにつけ
涙に濡らす両の袂よ

明石《あかし》より

須磨に暴風雨が続いて邸に落雷した夜、源氏の夢に父の桐壺院が現れて励ます。翌日、明石の入道の迎えに従い明石に移り住んだ源氏は、入道の娘の明石の君と結ばれる。眼病を患った朱雀帝は譲位を決意し、源氏を都に呼び戻す。

相変わらず雨風は止《や》みません。雷は鳴り静まらないままもう何日もたってしまいました。いよいよ心細く情けないことばかりが数知れず起こってくるのです。過ぎてきた日々といい、これから先もまた悲しいことばかりありそうなので、源氏の君はもう強気にもなれず、

「いったいどうしたらいいものか。こんなひどい目にあったからといって、都に帰っていったところで、まだ勅勘《ちよつかん》もとけていないのだから、かえってますます物笑いにされるのがおちだろう。だからやはり、ここよりもっと深い山奥に分け入って、消息を絶ってしまおうか」

とお考えになってみても、

「嵐や津波におびえて逃げたなどと、人の口に言い伝えられたなら、後世までも情けない軽々しい名を残すことになるだろう」

と、思い悩んでいらっしゃいます。

夢の中にも、先夜とそっくりの怪しい姿の者ばかりがいつも現れて、つきまとっているのを御覧になります。

雨雲の晴れ間もなくて、明けては暮れる毎日が重なるにつれて、都の様子もどうなっているいることやらと御心配でなりません。こうして流浪《るろう》のまま生涯を終ってしまうのかと、心細くてなりませんけれど、家の外に頭を出すことも出来ないほどの荒れ放題の暴風雨なので、わざわざ京からお見舞いに参上する人もありません。

ただ二条の院からはお使いが、無理な旅をして、言いようもないほどひどい姿でずぶ濡れになって、やって来ました。道ですれちがっても、人だか何だかもわからないような、いつもなら、まず追っ払ってしまうにちがいないそんなみすぼらしい人でさえ、今日は来てくれたことが嬉しくしみじみなつかしくお感じになります。皇子という尊い御身分をかえりみられると、我ながら御自身がもったいなくて、何という気持のくじけようかと、思い知られるのでした。

紫《むらさき》の上《うえ》のお手紙には、

「恐ろしいほどに小止《こや》みもなく雨が降りつづきます今日このごろの天候には、わたしの心ばかりか空まで閉じ塞《ふさ》がってしまったような気持がいたしまして、どちらを眺めてあなたをおしのびしていいのやら、その方角さえわからなくなってしまいました」

浦風やいかに吹くらむ思ひやる
袖うち濡らし波間《なみま》なきころ

はるかな須磨の浦風は
どんなにはげしく吹くことやら
あなたを思い遠くから
泣き暮す涙の波にこの袖が
乾く閑なく濡らされて

心にしみて悲しいことを、いろいろと書きつづっておありなのでした。

源氏の君はそのお手紙をお開きになるなり、いっそうお涙が汀《みぎわ》の水も増しそうなほどあふれて、悲しみに目もくらむお気持になられます。お使いが、

「京でも、この激しい嵐は、まことに奇怪な神仏のお告げであろうと申しまして、厄除《やくよ》けの仁王会《にんのうえ》などが行われるようだという噂でございました。参内《さんだい》なさる上達部《かんだちめ》方も、どこも道が大水で塞《ふさ》がって参れませんので、政治《まつりごと》も中止になっております」

など、ぎごちなく、つかえつかえ語るのですけれど、源氏の君は京のことだと思えば、何でも様子がお知りになりたくて、使いの者をお前に召しよせて、もっとお尋ねになります。

「ただもう、毎日、この雨が少しのきれ間もなしに降りつづきまして、その上風も時々吹き荒れながら、そんな状態が幾日もつづきましたので、これはただならぬことだと驚いているのでございます。それにしても京ではまったく、こんなふうに、地の底まで突き通るように大きな雹《ひょう》が降ったり、雷が鳴り止まないということはございませんでした」

など、大変な天候におびえきった表情で驚きかしこまっている顔が、ひどく情けなさそうなのを見るにつけても、聞いている人々は、いっそう心細さがつのるのでした。

こうした天候のつづくうちに、世界は滅びてしまうのだろうかとお思いになっていらっしゃると、その翌日の明け方から、風が烈《はげ》しく吹き荒れ、潮が高くさか巻き、波の音の荒々しさは、岩も山も打ち砕かれてしまいそうな勢いです。雷鳴がとどろき、稲妻の光り走るさまは、何ともたとえようもなくて、今にも頭上に落ちかかってくるかと思われます。その場にいる人という人は、誰一人生きた心地もありません。

「自分はどんな罪を犯してこんな悲しい目に遭《あ》うのだろうか。父母にも会えず、いとしい妻や子の顔も見ないまま死ぬことになるとは」

と嘆き悲しみます。

源氏の君はお心を落ち着けて、

「どれほどの過ちがあったとしても、こんな海辺で命を落とすことがあろうか」

と、気丈にお考えになりますが、あまりまわりの者たちが恐れ騒ぎたてますので、さまざまな色の幣帛《みてぐら》を神にお供えになって、

「住吉《すみよし》の明神《みょうじん》さまよ、あなたはこのあたり一帯を鎮《しず》め護《まも》っていらっしゃいます。まことにみ仏の現れました神ならば、どうかお助け下さいませ」

と、祈られて、多くの大願《たいがん》をお立てになります。

お供の人たちもそれぞれ、自分の命はさておいて、こんなに尊いお身の上でありながら源氏

の君がまたとない災難で、海に沈まれ、お命を落とされそうなのがたまらなく悲しいので、気持をふるい立たせて、多少とも気持のしっかりしている者はみな、自分の身に代えても源氏の君お一人をお救い申し上げようと、一緒になって大声でわめきたてながら神仏にお祈りします。

「わが源氏の君は帝王の住み給う九重《ここのえ》の宮殿の奥深くにお育てられになり、さまざまな快楽をほしいままにされ、得意になられたとは言え、その深い御仁慈《じんじ》は日本国中に残りなくゆきわたり、悲境に沈み嘆いていた者たちを、実に多くお救いあげになりました。それなのに、今、何の報《むく》いで、こうした甚《はなは》だ非道な波風に溺《おぼ》れ死にをなさるのでしょうか。天地の神々よ、何卒理《なにとぞり》非《ひ》を明らかに示して下さい。罪なくして罪に問われ、官位を剝奪《はくだつ》され除名の処分を受けた上、家を離れ、都を去って、明け暮れ心の休まる時もなくお嘆きになっていらっしゃいますのに、まだその上に、このような悲しい目にまで遭われ、お命も空しくなられようとするのは、前世の報いか、この世で犯した罪の罰か、神仏《かみほとけ》が明らかに御照覧《しょうらん》なさいますならば、この悲嘆からお救い下さり、源氏の君を御安泰にして下さいませ」

と、住吉神社の方角に向かって、いろいろな願をそれぞれに立て、源氏の君も御自身の願をお立てになります。

また海の中の龍王や、その他のよろずの神々にも願をお立てさせになりますと、雷はますます鳴りとどろいて、源氏の御座所《ござしょ》につづいている廊下の屋根の上に落ちました。雷火が燃え上がって廊下の建物はたちまち焼けてしまいました。

気も動転してしまって、人々は生きた心地もなく一人残らず、あわてふためいています。寝殿の後ろのほうにある台所のような建物に、源氏の君をお移し申し上げました。そこへ身分の上下の区別もなく人々が逃げこみ立てこんできます。ひどく騒々しく泣き叫ぶ声は、雷鳴にも劣りません。空は墨をすったように暗いまま、日も暮れてしまいました。

ようやく風がおさまり、雨脚もおとろえ、空には星も見えてきました。

源氏の君がお移りになられた御座所があまりにもお粗末で畏《おそ》れ多いので、元の寝殿にお移し返そうとするのですが、落雷に焼け残ったあたりも気味が悪く思われるし、あれほど大勢の人々が踏み荒らしてありますので、御簾《みす》などもみな、風に吹き飛ばされてしまっていました。ここでひとまず夜を明かしてからお移し申し上げようと、人々は暗い中をうろうろしています。その時、源氏の君はお経をおあげになりながら、前後のことを色々お考えになりますけれど、とてもお気持を静めることは出来ません。

月が上って、潮がつい近くまで満ちてきた波跡もはっきりと見えます。高潮の名残がまだ打ち寄せていて、月光のもとに荒々しく見えるのを、源氏の君は柴の戸を押しあけて、御覧になっていらっしゃいます。

この界隈《かいわい》には、物の道理をわきまえ、来し方行く末のことも洞察《どうさつ》し、この天変地異の意味をあれこれとはっきり悟る人もありません。ただ身分の低い漁師たちばかりが、貴いお方のいらっしゃるところだというので集まって来て、源氏の君がお聞きになられてもさっぱりわけのわからないことを方言で喋《しゃべ》りあっているのが、源氏の君にはいかにも異様に聞こえるのですが、追い払うことも出来ません。

「この風が、まだしばらく止まなかったなら、津波が襲ってきて、何もかもさらわれてしまったただろう。神さまの御加護は大したものだ」

と言うのをお聞きになるにつけても、心細さは言葉にもなりません。

海にます神の助けにかからずは
　潮の八百会《やほあひ》にさすらへなまし

海にいらっしゃる神々の尊さよ
あらたかな神の御加護がなかったら
はるかな沖に八百路の潮が
さかまく深い海に流されて
いまもさまよっていただろう

終日、激しく荒れ狂った雷の騒ぎに、さすがに気を張っていらっしゃったものの、源氏の君はすっかりお疲れになられたので、つい我にもなくうとうとお眠りになりました。もったいない仮の御座所なので、ただそこにある物に寄りかかって眠っていらっしゃいますと、亡き桐壺《きりつぼ》院《いん》が、御生前そのままのお姿で、夢枕にお立ちになられました。

「どうして、このようにむさくるしいところにいるのか」

と仰せになり、源氏の君のお手を取って、お引き立てになられます。

「住吉の神のお導きになるままに、早く船出して、この浦を立ち去りなさい」

と、仰せになります。源氏の君はたいそうな嬉しさに、

「畏れ多い父君のお姿にお別れ申し上げてこのかた、いろいろ悲しいことばかりが多うございましたので、今はもうこの浦の渚に命を捨てようかと思います」

と申し上げますと、

「とんでもないことを。今度のことはただほんの少しばかりの罪の報いなのだ。自分は、帝の位にあった時、これという失政もなかったが、自分で気づかずに犯した過失があったものだから、その罪をつぐなうのにゆとりがなくて、この世のことをかえりみなかった。しかしそなたがあまりにひどい苦しみに沈められているのを見ると、可哀そうでたまらず、海に入り、渚に上りして、はるばるここまでやってきた。ひどく疲れきってしまったが、それでもこうした機会に、帝にも申し上げておきたいことがあるので、これから急いで京へ上るつもりだ」

と仰せになり、立ち去っておしまいになりました。

源氏の君はお名残惜しく悲しくて、

「御供させて下さい」

と、激しくお泣きになって見上げてみれば、そこには誰も居ず、ただ月の面ばかりがきらきらと輝いているばかりです。夢の中のことゝも思えず、まだこのあたりに亡き父院の御気配《おんけはい》が留まっていられるような気がして見上げますと、空の雲まで情趣《じようしゆ》深くたなびいているのでした。

これまで何年もの間、夢の中でさえお逢いすることも出来ず、恋しく、気がかりで、お目に

かかりたく思っていたお姿を、はかない夢の中ではあっても、ありありと拝見したことだけが、くっきり心にお残りになっているようで、自分がこんなふうに悲しさの極みに遭い、まさに命を失おうとしたのを、空を飛びかけて、助けに来て下さったのだと思うと、しみじみありがたく思われます。よくまあ、こうした天変地異も起こってくれたものと、夢の名残も末頼もしく、源氏の君は限りなく嬉しく思われるのでした。

お胸のうちもいっぱいになって、夢にお逢いしたばかりに、かえってお心も乱れて、現実の悲しい境遇も忘れてしまって、夢の中にもせよ、なぜもっと少しでもたくさんお話ししなかったのかと、口惜しくて胸もふさがり、またもう一度夢でお逢い出来るかと、わざと眠ろうとなさるのですけれど、今度はいっこうに眠れず、明け方になってしまいました。

渚に小さな船を漕《こ》ぎ寄せて、人が二、三人ばかり、この源氏の君の仮のお宿をさしてやって来ます。

誰だろうと人々が訊ねますと、

「明石の浦から、前《さき》の播磨《はりま》の国守《こくしゅ》の新入道が、お迎えのお船を支度して参ったものです。源少納言良清《みなもとのしょうなごんよしきよ》さまがお側にいらっしゃいますならば、お目にかかりまして、事情をご説明申し上げましょう」

と言います。良清は驚いて、

「入道は、播磨の国での知人で、長年親しく付き合っておりましたが、私事《わたくしごと》で少々お互いに気まずいことがございまして、これといった便りさえ出しあわないで、もう長くなっておりました。この波風の騒がしい折にやってくるとは、いったいどういうことなのでしょう」

と、よくわからない様子をしてはぐらかします。

源氏の君は、御夢の中の亡き院のお言葉などもお考え合わせになることもあって、

「早く会え」

とおっしゃいますので、良清は船まで出向いて行き、入道に会いました。あれほど烈しかった嵐の中を、入道はいつの間に船出したのだろうと良清は不思議に思うのでした。入道が、

「去る三月一日の夢に、異形《いぎよう》の者があらわれて、告げ知らせてくれたことがございます。信じがたいことだと存じましたが、十三日にあらたかな霊験《れいげん》を見せよう、あらかじめ船の支度をして、暴風雨が止むと、必ず、この須磨の浦に船を漕ぎ寄せよ、と、前もってお告げがございましたので、ためしに船出の用意をして、待っておりましたら、凄《すさ》まじい雨風や雷が荒れ狂って、それと思い当たらせてくれました。他国の朝廷にも、夢告を信じて国を救ったというような例はたくさんございますので、源氏の君がたとえお取りあげにならないまでも、夢のお告げのあったこの十三日を逃さず、この由《よし》を源氏の君にお知らせ申し上げようと思い、船を出しました。ところが不思議な追い風が一筋吹いてまいりまして、船はわけもなくこの浦に着きました。まことに神のお導きは間違いのないことでございました。こちらでも、もしや何か思い当たられることでもおありではなかったかと存じまして。たいそう恐縮でございますが、この次第を源氏の君に申し上げて下さい」

と言います。

良清は、ひそかにこの由を源氏の君にお伝え申し上げます。源氏の君はいろいろ思案をおめぐらしになりますと、夢といい、現実に起こったことといい、あれもこれも異常なことばかりで、神仏のお告げのあったことなども、来し方行く末に照らし合わせて考えてごらんになり、

「世間の人が入道の言葉を信じたと聞き伝えたら、自分に対して後世の非難もおだやかではないだろう。それを気にするあまり、入道の迎えが真実神の御加護であるかもしれないのに、それに背いたりしようものなら、またこれまでより以上に世間の物笑いになるような憂き目を見ることになるだろう。この世の人の意向でさえ、背けば面倒なものなのだ。ほんの些細《ささい》なことにも身をつつしみ、年長者や、自分より地位が高く、世間の信望もさらに一段とすぐれているような人に対しては、逆らわず従順にして、その意向をよくよく推量して添うように努めるべきなのだ。控え目にしていれば、何事も間違いはないと、昔の賢人も言いのこしているではないか。たしかに自分はそうしなかったからこそ、命も危うい災厄に遭い、世にもまたとない辛い目をありったけ経験してしまった。今さら後世に伝わる悪評を避けようとしてみたところで、たいしたこともないだろう。夢の中にも父帝《みかど》のお教えもあったことだし、この上入道の言葉の何を疑うことがあろう」

とお考えになり、お返事をなさいます。

「見も知らぬ不案内な土地へ来て、世にもまれな辛く苦しい経験をし尽くしたけれど、都のほうからといって、見舞いを寄越す人もいない。ただ行方も知らぬはるかな空の月と日の光だけ

を、故郷《ふるさと》の友と眺めていましたが、そんなところへ、嬉しいお迎えの船をいただいたものです。明石の浦には、ひっそりと身を隠せるようなところがありましょうか」

とおっしゃいます。

入道はこの上もなく喜んで、お礼を申し上げます。

「何はともあれ、夜の明けきらぬ前に、お船にお乗り下さいますように」

ということで、いつものお側離れずお仕えする者四、五人だけをお供にして、船にお乗りになりました。

例の不思議な風がまた吹いてきて、船は飛ぶように明石に着きました。須磨から明石へは、ほんの一またぎの近さなので、さして時間もかからないとはいえ、それにしましても、怪しいほどの不思議な風の働きでした。

四月になりました。一日からの衣更《ころもが》えの源氏の君の御衣裳や、お部屋の御帳台《みちょうだい》の垂れ絹など、入道が万事につけて趣向を凝らして懸命にお世話申し上げますのを、源氏の君は気の毒で、そんなにしないでもよいのにとお思いになりますが、入道のあくまで気位高く持っている人柄の気品に免じて、ゆるしていらっしゃいます。

京からも、ひっきりなしに次から次へとお見舞いの手紙がたくさん届きます。のどかな夕月夜に、海の上が曇りなく明るく見渡されるのも、住み馴れていらっしゃった二条の院の池の水かと、ふとお思いになられるにつけても、言いようもなく恋しくて、どこへともなくあてどもなくさまようような心細いお気持になられるのですが、目の前には、ただ淡路島《あわじしま》が浮かんでいるだけなのでした。〈淡路《あはぢ》にてあはとはるかに〉などと古歌を口ずさまれて、

あはと見る淡路の島のあはれさへ
　　残るくまなく澄める夜の月

あれは淡路島か、あわれと
昔の人の眺めた島の風情まで
わたしの望郷の想いに重ねて
残るくまなく照らしている
澄み渡った今宵の月よ

とお詠みになり、久しい間お手に触れなかった琴《きん》を、琴袋からお取り出しになられて、ほんのわずか掻き鳴らしていらっしゃる源氏の君のお姿を、お側でお見上げする人々もお気の毒でたまらず、切なく悲しく思い合うのでした。

広陵《こうりよう》という曲を秘術を尽くして思う存分お弾きになりますと、あの岡の家にも、琴の音色が松風や波の音にひびきあって伝わってきて、たしなみのある若い女房たちは、身にしみる思いで耳を傾けて聞いているようです。何の音とも聞き分けられそうにもないあちらこちらの田舎者たちも、美しい琴の音に気もそぞろになって、浜風の中を浮かれ歩き、風邪をひいたりする始末です。

入道もたまらなくなって、み仏に供養する作法も怠って、急いで浜辺の邸に参上しました。

「すっかり捨て去りました俗世のことも今更に、あらためて思い出しそうな君の琴の音色でございます。来世で生れたいと願っております極楽の有り様もこんなふうかと想像されまして、今宵の風情は格別でございます」

と言って、感涙にむせびながら、賞めそやし申し上げます。

源氏の君御自身も、折にふれて催された宮中の音楽の御催しや、その時のあの人この人の琴《きん》や笛の音、またはその歌いぶりなど、その折々につけて人々から賞讃された御自身の有り様や、帝を始めとして、多くの方々が御自分を大切にし、敬っていられたことを、その頃の人々のことも、御自身の身の上も、次々お思い出しになられて、すべては夢のような気がなさいます。

興にまかせて掻き鳴らされる琴の音色も、心に冷え冷えと悲しく、しみわたるように聞こえます。

老いた入道は涙をおさえきれない様子で、岡の邸に、琵琶《びわ》や箏《そう》の琴《こと》を取りにやって、入道自身は琵琶法師になって、たいそうおもしろく珍しい曲を一つ二つ弾きました。

源氏の君には箏の琴をおすすめしましたので、少しお弾きになります。

それを聞いて入道は、何をなさってもすべてすばらしい御伎倆《ぎりよう》なのだと感嘆しきるのでした。

それほど上手でもない楽器の音でも、その時と次第で常よりよく聞こえるものです。ました。

て、はるばるとさえぎるものもない海の景色を前にしては、春や秋の花や紅葉の盛りの時よりも、ただ何ということもなく生い茂っている緑の木陰が、かえってみずみずしくて、そこへ水鶏《くいな》の声が戸を叩くように聞こえるのは、〈誰《た》が門鎖《かどさ》して入れぬなるらむ〉という歌を思い出させて、しみじみ興深く思われます。

入道がこの上なくよい音色を出すいろいろの琴をいくつか、まことにやさしく優雅に弾き鳴らしているのをお聞きになって、源氏の君は感心なさり、

「箏の琴は、女が心惹かれる感じで、取りつくろわず気楽に弾くのがいいものだが」

と何気なくおっしゃると、入道は娘のことを言われたと勘違いして笑顔になって、

「源氏の君の御演奏以上に、情趣深く弾ける女がどこにおりましょうか。わたくしが延喜《えんぎ》の帝の直伝の弾き方を伝授されまして、三代目になるのでございますが、このような不甲斐ない出家の身の上で、俗世のことはすっかり忘れはてておりますのに、ひどく気分の滅入るような時などには、箏の琴を搔き鳴らしていたものです。それを不思議に見よう見真似で弾くようになった者がおりまして、しかも自然に、わたくしの師の前親王《ぜんしんのう》の御手法に似通っているのです。山伏《やまぶし》のひが耳で、松風の音を琴の音と聞き違えているのかもしれません。それにいたしましても何とかして、あれをそっとお耳にお入れしたいものでございます」

と申し上げながら、身をふるわせて涙を落とさんばかりの様子です。

源氏の君は、

「わたしの箏の琴など、琴ともお聞きになる筈《はず》のない名人の前でうっかり弾いてしまって、み

っともないことでした」

とおっしゃって、琴を押しやられながら、

「不思議に昔から箏の琴は、女が上手に弾くものでした。嵯峨《さが》天皇の御伝授で、女五《おんなご》の宮《みや》が、当時の名手として名高かったのですが、そのお血筋の中には、これといって弾き伝える人はおりません。今、名人と呼ばれている人々は、すべて通りいっぺんのひとりよがりの気晴らし程度にしかすぎませんが、こちらに、こうして正しい奏法を人知れず弾き伝えた方がいらっしゃったとは、実に興味深いことですね。ぜひとも聞きたいものです」

とおっしゃいます。入道は、

「お聞き下さいますなら、何の御遠慮がございましょう。お前にお呼びくださいましても結構でございます。昔、白楽天《はくらくてん》は商人の中でさえ、琵琶の古曲を弾く人を好んだということでございます。琵琶というのは、本当の音色をしっかり弾きこなす人は、昔にもめったにないものでしたが、娘はどうやら実にすらすら弾きこなしまして、心にしみる奏法などが、人と違っていて、格別でございます。どうやって覚えこんだものでございましょうか。娘の琵琶の音が荒い波の音にまじって聞こえるのは、こんな辺鄙《へんぴ》な地に暮させてと、悲しくも思われますが、またその音によってわたくしの積もる愁いが慰められる折々もあるのでございます」

などと、風流人めいて言いますので、源氏の君は面白くお感じになり、箏の琴を琵琶ととりかえて、入道にお与えになります。なるほどたしかに、たいそう上手に箏の琴を弾くのでした。今の世には知られていない奏法を身につけていて、手さばきはたいそう唐風で、左手で絃《げん》をゆすってうねらす音などは、深く澄み通っています。ここは伊勢の海ではないけれど、催馬楽《さいばら》の〈伊勢の海の、清き渚に貝や拾はむ〉などを、声のよい者に謡《うた》わせて、源氏の君御自身も時々拍子をとって、声を合わせてお謡いになるのを、入道は、箏の琴を途中でたびたび弾きやめては、お讃《ほ》め申し上げます。

お菓子などを目新しい趣向をこらしてさし上げ、お供の人々には酒を無理にすすめたりして、自然に日頃の愁いも忘れてしまいそうな今宵の有り様でした。

夜がすっかり更けてゆくにつれて、浜風が涼しくなり、月も西のほうに傾くにつれて、いよいよ光が澄みまさり、しっとりと静けさに包まれた頃、入道は源氏の君に心のありたけをお話し申し上げます。

この明石の浦に住みはじめた当時の心づもりや、後世の極楽往生を願うための仏道修行のいきさつなど、次々、少しずつお話し申し上げて、娘の様子を聞かれもしないのに、自分からお話しするのでした。

源氏の君は勝手に問わず語りする老人を、おかしくお思いになりながらも、さすがに不憫《ふびん》にお感じになる節々もあります。入道は、

「まことに申し上げにくいことでございますが、あなたさまが、こうして思いがけない辺鄙《へんぴ》な土地に仮そめにせよお移りになっていらっしゃいましたのは、もしや、長年、この老法師《おいほうし》がお祈りしております神仏が、わたくしの志を不憫とおぼしめされて、ほんのしばらくの間、君に御心労をおかけ申し上げるのであるまいかと存ぜられます。そのわけは、住吉の明神をお頼り

申し上げるようになりまして、今年ではやくも十八年になってしまいました。娘がごく幼少でございました時から心願がございまして、毎年春と秋ごとに、必ず住吉明神に参詣してお願いするようにしております。一昼夜六回の勤行にも、自分が極楽の蓮《はちす》の上に坐る願いはさておいて、ただこの娘を高貴なお方に縁付かせたいというわたくしの本願を、どうか叶《かな》えて下さいませと、ひたすらお祈りしてまいりました。前世の因縁がつたないばかりに、わたくしはこうした情けない田舎者の身に落ちぶれたのでございましょうが、わたくしの親は大臣の位を保っておりました。わたくしめは自分から好んでこのように田舎の人間になってしまったのでございます。子孫の者が次々に、このように落ちぶれる一方では、末はどんな身の上になり下がりますことやらと、情けなく思います。せめてこの娘だけは生れた時から頼もしく思えるところがございましたので、何とかして都の貴い御身分のお方にさし上げたいと深く決心しておりました。わたくしのように身分の低い者でも、低いなりに、多くの人々の嫉《ねた》みを受けまして、わたくし自身にとりましてもずいぶん辛い目を見る場合もございました。それは少しも苦しいとは思いません。わたくしの命のあります限りは、及ばずながら、親として育てて参りましょう。しかしこのままで、わたくしが娘を残して先立ちましたなら、海に身を投げてでもいいから死んでしまえと、申しつけてあるのでございます」

など、それはもう、そのままここにお話しするのも憚《はばか》られるような、奇妙な話を泣く泣く申し上げます。

源氏の君もさまざまな悲しい思いをしていらっしゃる折柄なので、同情して涙ぐみながら、お聞きになっていらっしゃいます。

「無実の罪をきせられて、思いも寄らぬ世界にさすらうのも、どうした罪の報いかといぶかしく思っていましたが、今夜のお話を伺い、考え合わせてみますと、たしかに深い前世からの約束事であったのかと、しみじみ心に思いあたります。どうして、そんなにはっきりおわかりになっていたことを、今までわたしに話して下さらなかったのでしょう。都を離れた時からわたしはこの無常な世の中にいや気がさして、勤行一途に暮して月日を送っているうちに、気持もすっかりくじけてしまいました。そのような方がいらっしゃるとは、うすうす噂に聞いていながら、こうした役立たずの人間は、縁起でもないと相手にもされず、見限られているのだろうと、自信を失って気が滅入っていましたが、そういうお話なら、わたしを姫のところにご案内していただけるのですね。心細い独り寝の慰めにでも」

などと、おっしゃるのを、入道はこの上なく嬉しく思っています。

ひとり寝は君も知りぬやつれづれと
　思ひあかしの浦さびしさを

ひとり寝はつらいものよと
君も思い知られたことなのか
明石の浦に今もひとりで
悶々と夜を明かす娘の心の
さびしさこそはどんなにか

「それにもまして長い年月、娘のことを案じ暮しておりますわたくしの心の、晴れやらぬ思いをお察し下さいませ」

と申し上げながら、わなわな身をふるわせていますけれど、さすがに気品は損なわれておりません。

「それでも浦住まいに馴れていらっしゃるあなたは、寂しさもわたしほどでは」

と、源氏の君はおっしゃって、

旅衣うら悲しさにあかしかね
　草の枕は夢もむすばず

この浦の淋しい旅寝の
夜の悲しさに
眠られぬ夜をあかしかね
ひとり寝の草枕に
夢さえ見ずにいたことよ

と、打ちとけて下さる御様子は、ひとしお愛嬌《あいきよう》にあふれ魅力がいや増して言いようもないお美しさでした。その他にも、入道は数えきれないほどいろいろなお話を申し上げましたけれど、一々書くのもうるさいことです。それに、間違ったこともずいぶん書いてしまいましたので、愚《おろ》かしく頑固一徹な入道の性格も、いっそう、むき出しにされたかもしれません。

入道は願いがどうにか叶えられたという気がして、爽快な気分になっていましたが、翌日の昼頃、源氏の君は岡の家の娘のもとにお手紙をおやりになりました。相手の娘がどうやら気が引けるほどの教養があるらしいが、かえってこんな人知れぬ田舎などに、思いのほかのいい女

がかくれているのかもしれないと、お気をつかわれて、高麗《こま》の胡桃色《くるみいろ》の紙に、とりわけ念を入れて、

　　　をちこちも知らぬ雲居《くもゐ》にながめわび
　　　　かすめし宿の梢をぞとふ

ふるさと遠く
行方も知れぬ旅路の空ばかり
ながめては愁いに沈むわたし
ほのかな噂にすがり
あなたの家を訪ねよう

「お慕いする心が、こらえられなくなりまして」

　とでも書かれていたのでしょうか。

入道も人知れず源氏の君のお手紙をお待ちして、岡の家に来ていたところ、思った通りになったので、お使いには、相手がびっくりするほど酒を振舞って酔わせます。娘のお返事がなかなか手間どって書けません。入道が部屋に入ってせき立てますけれど、娘は一向言うことを聞きません。

　何とも言えないほどすばらしい源氏の君のお手紙に対して、お返事を書くのも気おくれがして恥ずかしく、源氏の君の御身分と自分の身の程を比べますと、比較にもならないその隔たりに恥じて、気分が悪くなったと言って、物にもたれて横になってしまいました。そんな娘を説得しきれず困りきって、入道が代筆します。

「まことに畏《おそ》れ多いお手紙をいただきましたが、御厚意のもったいなさが、田舎者の娘には身に余るのでございましょうか、ただもうあまりの有り難さにお手紙を拝見させていただくことさえ出来ないほど恐縮しきっておりまして。とは申しましても、実は、

眺むらむ同じ雲居をながむるは
　思ひもおなじ思ひなるらむ

あなたの眺める空の色
娘もしみじみ眺める同じ空
空も心も共々に
同じ思いでいたいのが
娘の本音でございましょう

と、わたくしは察しております。まことに色めいた申しようで恐縮でございます」

とお返事申し上げました。

陸奥紙《みちのくがみ》に、ひどく古風ですけれど、書きぶりはなかなかしゃれています。たしかに、ずいぶん色めいたお書きぶりだと、源氏の君は少しばかり呆れて御覧になります。お使いには立派な女の衣裳を贈りました。

その翌日、源氏の君から、

「代筆のお手紙などは、これまでもらったこともありません」

とお書きになって、

いぶせくも心にものをなやむかな
　やよやいかにと問ふ人もなみ

胸もふさがる切なさに
悩み悩んで苦しんでいます
いったいどうしたのかと
心配して尋ねてくれる
人もいない身には

「まだお逢いしたこともないあなたに、恋しいとも言いかねまして」

と、今度は、たいそう柔らかな薄様《うすよう》の紙に、いかにも美しくお書きになりました。

このお手紙に若い女が感動しなかったとしたら、あまりに引っ込み思案の朴念仁《ぼくねんじん》ということでしょう。

娘は何とすばらしいとは思いますものの、及びもつかぬ自分の身の程を思うと、こんなつり合わない縁はどうにもならないことに思われるので、かえって、こんな自分のことが、源氏の君に知られてしまったことが悲しく、涙がこみあげてきます。相変わらず、これまでと同じように、全くお返事をさし上げようともいたしません。それでも入道に無理に言われて、しっとりと香をたきしめた紫の紙に、墨つきも、濃く淡く書き紛らして、

思ふらむ心のほどややよいかに
　まだ見ぬ人の聞きかなやまむ

あなたのお心の深さは
はたしてどれほどなのでしょう
まだお逢いもしないのに
人の噂だけでお心を
悩まして下さるなんて

とお返事を書きました。

その筆跡のうまさや、歌の出来ばえなどは、都の貴族の姫君にも、それほどひけは取りそうになく、高貴の姫君めいています。

源氏の君は、都でのこうした女たちとの恋文のやりとりもお思い出しになって、娘の手紙を興深く御覧になりますけれど、つづけざまに次々と手紙をおやりになるのも、人目が憚られますので、二、三日、間を置いて、所在ない思いの夕暮とか、あるいはもの悲しい明け方などといった折々に体よくまぎらわして、相手も御自分と同じように情趣をわかってくれそうな頃合を見はからって、手紙のやりとりをなさいます。

娘が文通の相手としてはふさわしく、思慮深く、気位の高く高慢《こうまん》な態度なのを見るにつけても、ぜひ逢ってみたいとお思いになりますものの、良清が、まるで娘を自分のもののように話していたのも気に障《さわ》りますし、また長年心にかけて娘のことを思っていたのだろうに、その目の前で、女を奪い失望させるのも可哀そうだと、いろいろ御思案なさいます。女のほうから進んでこちらに出向いてくるなら、そういう次第で仕方がなかったというように、まわりにとりつくろってしまおうとお考えになります。

女は女で、かえって高貴の身分の姫君よりもひどく気位が高くて、小憎らしい態度で焦《じ》らすようにしますので、お互い意地の張り合いのまま、日が過ぎていくのでした。

京の紫の上のことも、こうして須磨の関を越えてさらに西に流れてきてみると、いっそうお心にかかられてどうしていることやらと恋しくて、どうしたらいいだろう、このままにはしておけない、いっそ、こっそりここにお呼びよせしようかと、気弱いことをお考えになる折もあるのですが、いくら何でも、このままここにいつまでも過すことはあるまい、今更、見苦しいことをしてはと、こらえていらっしゃいます。

その年、朝廷では、神仏のお告げがしきりにありまして、物騒な事ばかりが多くつづきました。三月十三日に、雷鳴が鳴りはためき、雨風が騒がしく吹き荒れた夜、帝の御夢に、亡き桐壺院が、清涼殿《せいりようでん》の東庭の階段のもとにお立ちになって現れました。院はたいそう御機嫌がお悪くて、帝を睨《にら》みつけられたので、帝はすっかり恐縮なさいます。

故院がその時、仰せになったことがたくさんございました。源氏の君のお身の上についてのことだったのでしょうか。帝はその夢をたいそう恐ろしく、また父院をおいたわしく思《おぼ》し召して、弘徽殿《こきでん》の大后《おおきさき》にその夢の話をなさいますと、

「雨などが降り、天候の荒れ乱れている夜は、何かそういうように思いこんでいることが、夢

に現れるものなのです。そう軽率にお驚きになってはいけません」

とおっしゃいます。

帝は父院がお睨みになった時、御自分の目と父院のお目がはったと合ったと夢の中で御覧になったせいか、その後、お目を患われて、耐えがたいほどお苦しみになります。帝の御眼病平癒《へいゆ》のための御物忌《ものい》みを、宮中でも、大后の宮でも、数知れずお取り行いになります。

そういう折に、大后の御父、太政大臣がお亡くなりになりました。お年から言えば当然の御寿命でしたけれど、次々に自然に不穏なことがつづきます上に、大后も、どこということなくお加減がお悪くなって、日が経つにつれてご衰弱あそばすようなので、帝にはいろいろと御心痛の種がつきません。

「やはり、あの源氏の君が、無実の罪で、ああしていつまでも逆境に沈んでいらっしゃるなら、必ずこの報《むく》いがあるにちがいないと思われます。この上はやはり源氏の君に、もとの位を与えましょう」

と、お考えになってしきりに仰せられるのですが、大后は、

「そんなことを今しては、軽々しい処置だと世間の非難を受けるでしょう。罪を懼《おそ》れて都落ちをした人を、三年も過ぎないうちにお許しになられましたなら、世間の人々は何と言い触らすことでしょう」

など、固くお諫《いさ》めなさいますので、帝がためらっていらっしゃるうちに、月日が重なっていき、お二方とも、だんだん御病気が重くなられるのでした。

明石では、いつものように、秋は浜風がことさら身にしみますので、源氏の君は独り寝もつくづく淋しいお気持になられて、入道にも折々話をお持ち掛けになります。

「何とか人目をまぎらして、姫をこちらへ寄こしなさい」

とおっしゃって、御自分のほうからお出向きになることは、とんでもないこととお思いですけれど、当の娘はまた、一向に自分から出かけようとは、思いもしないのでした。

「全く取るに足らない身分の田舎者なら、ほんの一時、都から下ってきた人の心安だての甘言《かんげん》にのせられて、そんな軽はずみな契りを結ぶこともするだろうが、わたしなどどうせ源氏の君からは人数《ひとかず》にも思われていないだろうから、辛い気苦労の種を加えるだけのことだろう。こんなに及びもつかない高望みをしている親たちも、わたしがまだこうして縁づかないでいる間は、当てにもならぬことを頼りにして、将来を楽しみにしているのだろうけれど、もしそんなことになればかえって大変な心配をし尽くすことになるだろう」

と思って、

「ただ源氏の君がこの明石の浦にいらっしゃる間、こうしたお手紙のやりとりをさせていただけるだけでも、並々ならず有り難いことなのだ。長年噂ばかり聞くだけで、いつかはそんなすばらしいお方の御様子をほのかにでも拝見したいもの、でもそんなことはどうせ叶わぬ望みと思っていた。それがこうして思いもかけず、源氏の君が明石にお住まいになり、よそながら、垣間《かいま》見させていただき、世に並びない名手と噂に聞いていたお琴の音色まで風の便りに聞くことができた。明け暮れの御様子も親しくうかがわせていただき、その上、こうまでして、わたしなどを人並みに扱って下さり、お便りをいただいたりすることは、それこそこうした海人《あま》たちの中で日を送り、落ちぶれ果てた自分にとっては、分に過ぎたことだ」

と思うと、ますます気おくれがして、夢にもお側近くになどとは、とうてい思いも寄りません。

親たちはこれまでの長年の祈りがいよいよ叶うことになるのだとは思うものの、不用意に娘をお会わせして、万一、人並みに扱っていただけなかった時には、どんな悲しい目にあうだろうと想像すると、心配でたまらず、

「源氏の君がどんなにすばらしいお方だと言っても、そんなことになったら、たいそう悲しくひどく辛い思いをするだろう。それなのに目に見えない神仏におすがりして、肝腎の源氏の君のお気持も、娘の運命の行く末についてもわからないまま、勝手な望みを抱いたりして」

などと、改めてあれこれ反省すると、たいそう心配になり、思い悩むのでした。

源氏の君は、

「この頃の波の音を聞くにつけても、あの話の人の琴の音を聞きたいものだね。さもないと、せっかくのこの秋の宵の甲斐もないではないか」

などと、いつもおっしゃっていらっしゃいます。

入道は内々吉日を占わせて、母君がとかくあれこれ心配するのに耳もかさず、弟子たちにさえ知らせず、自分ひとりで事を運んで、娘の部屋を輝くばかりに美しく飾り整えています。十

三日の月がはなやかにさし出た頃合に、〈あたら夜の月と花とを同じくはあはれ知れらむ人に見せばや〉の古歌から引用して、ただ「あたら夜の」とだけ申し上げます。今宵こそ、わが家の花を御覧下さいというつもりなのです。

源氏の君は、ずいぶん風流がっていることだとお思いになりますけれど、御直衣《おんのうし》をお召しになり、身だしなみを整えられて、夜が更けるのを待ってお出ましになります。お車はこの上なく立派に入道が用意してありましたけれど、大げさになるからと、馬でお出かけになります。お供には、惟光などだけをお連れになります。

岡の邸《やしき》はやや遠く、山のほうへ入りこんだところなのでした。道すがらも、四方《よも》の浦々の景色を見渡されて、古歌にもあるように、いとしい人とともに眺めたいような入り江の海に沈む月影を御覧になるにつけても、まず恋しい紫の上のことをお偲《しの》びになります。いっそこのまま馬を引いて通り過ぎ、都のほうへ向かいたいお気持になられます。

秋の夜のつきげの駒よわが恋ふる
　雲居を翔《かけ》れ時の間も見む

秋の夜を往く月毛の駒よ
わたしの恋い憧れる遠い都の
大空へ翔び去って行け
つかの間でも恋しいあの人の
なつかしい俤《おもかげ》を見ようものを

と、ついひとりごとをおっしゃいます。

岡の邸の造り方は、木立が深々と茂って、なかなか数寄《すき》を凝《こ》らした見どころのある住まいでした。海辺の邸は、どっしりとして趣に富んでいますが、こちらはいかにもひっそりともの静かなたたずまいで、こういうところに暮していたら、ある限りの物思いをし尽くすことだろうと、住む人の心も思いやられて、しみじみと切なくなられます。三昧堂《さんまいどう》が近くにありますので、鐘の音が、松風に響き合って聞こえるのもものの悲しく、岩に生えている松の根の姿さえ、何やら風情ありげです。前庭の草かげには、秋の虫が声も限りに鳴きたてています。源氏の君は邸内のここかしこを御覧になります。

娘を住まわせてあるほうの一棟は、格別念入りに磨きたてて、月光のさし入った槙《まき》の戸口を、ほんの少し押し開けてあります。

内に入られた源氏の君が、ためらいがちに、あれこれとお話しかけなさいましても、娘はこれほどまで近々と親しくお目にかかりたくはないと深く思いこんでいましたので、ただ悲しくなって、少しも打ちとけようとはしません。その娘のかたくなな心構えを、源氏の君は、

「何とまあ、ひどく上品ぶって気どっていることよ。もっと近づきがたい高貴な身分の人たちでも、ここまで近づいて言い寄れば、気強く拒みきれないのが普通だったのに、自分が今、こんなに零落《れいらく》しているので、侮《あなど》っているのだろうか」

と、癪《しゃく》に障り、さまざまに思い悩まれるのでした。

「思いやりなく、無理を押し通すのも、今の場合、ふさわしくない行為だ。かといって、この

まま根比べに負けてしまっては、体裁の悪い話だ」

などと、思い悩んで、恨みごとをおっしゃる源氏の君の御様子は、全く、物の情のわかる人にこそ見せたいようでした。

女の身近にある几帳《きちょう》の紐《ひも》に、箏の琴の絃が触れて、かすかな音《ね》をたてたのも、無造作な様子でくつろぎながら琴を手なぐさみに弾いていたらしい女の様子が目に見えるようで、興が湧きますので、源氏の君は、

「いつもお噂に聞いているあなたのお琴の音さえ、お聞かせ下さらないのですか」

などと、さまざまに話しかけてごらんになります。

むつごとを語りあはせむ人もがな
　憂き世の夢もなかば覚《さ》むやと

ふたり寝の愛の言葉
語りあう人のほしさよ
愁いの多いこの世の
苦しい夢さえなかばに
さめてくれようかと

と源氏の君が詠みかけられますと、

明けぬ夜にやがてまどへる心には
いづれを夢とわきて語らむ

明けることのない
長夜の闇の中に
迷いつづけている心には
何が夢やらうつつやら
語るすべさえないのです

と、娘がかすかに返歌を言う様子は、伊勢に下った六条の御息所《みやすどころ》にたいそうよく似ていま す。娘はなんの心の支度もなく、くつろいでいたところへ、こうして意外なことが起きてしまったので、困りはてたあげく、近くの部屋の中に逃げこんで、どう戸締まりしたものやら、こちらからはびくとも動きません。源氏の君は、それを御覧になり、無理にも思いを通そうとはなさらない御様子です。けれども、どうしていつまでも、そんな状態でいられましょう。

とうとう部屋に押し入り逢ってみると、この娘の様子は、いかにも気品が高く、背もすらりとしていて、こちらが気恥ずかしくなるような奥ゆかしい風情なのでした。

こうまでして無理にも結ばれた深い縁をお考えになるにつけても、源氏の君は、ひとしお娘をいとしくお思いになるのでした。お逢いになられてから、ご情愛もいっそう深まるのでしょう。いつもなら飽き飽きして恨めしく思われる秋の夜の長さも、今朝ばかりは早々と明けたような気がします。人に知られまいとお気遣いなさいますのも、気ぜわしくて、おやさしく心をこめたお言葉を残してお帰りになりました。

後朝《きぬぎぬ》のお手紙が、たいそう人目を忍んでこっそりと、今日は届けられました。あらずもがなの良心の呵責《かしやく》のせいでしょうか。

岡の邸でも、こういう成り行きが、なんとか世間に洩《も》れないようにと気を遣って、お使いを大げさにも接待出来ないことを、入道は残念に思っています。

こうしてそれから後は、人目を忍びながら時々お越しになります。場所も少し遠いので、途中に自然と口さがない土地の者がうろついていて遇《あ》いはしないかと気がねをなさって、ついお通いも控え目になさるのを、娘のほうはやはり思った通りだったと嘆いています。それを見て入道も、ほんとにこれから先、どうなることかと心配で、極楽往生の願いも忘れて、ひたすら源氏の君のお越しだけをお待ちすることに心をくだいています。出家の身で、今更になって、娘のことで思い悩んでいますのが、まことに気の毒なありさまです。

澪《みお》標《つくし》より

源氏は二年余りの後に須磨・明石から帰京した。翌年源氏の不義の子である冷泉帝が即位し、源氏と明石の君の間には姫君が生まれる。源氏はかつての宿曜《すくよう》の占いを思い返しつつ、帰京の御礼参りで住吉神社に参詣する。

翌年の二月に、東宮の御元服《げんぷく》の儀式がありました。東宮は十一歳におなりですけれど、お年のわりには大人びてお美しいのです。ただただ源氏の大納言《だいなごん》のお顔と瓜二つにお見えになります。お二方が、たいそう眩《まばゆ》いように互いに光り輝きあっているお美しさなのを、世間の人々は感嘆してお噂申します。それをお耳にされると、藤壺《ふじつぼ》の尼宮《あまみや》は、ほんとうに居たたまれないお気持になり、今更どうにもならないことにお胸をお痛めになるのでした。帝も東宮をご立派だと御覧あそばして、政事《まつりごと》をお譲りなさるお考えなどを、おやさしくお聞かせになられます。同じ二月の二十日余りに、御譲位の御沙汰《ごさた》が俄《にわか》にありましたので、弘徽殿《こきでん》の大后《おおきさき》は狼狽《ろうばい》なさいました。院は、

「位を下りて、何の栄《は》えもない身になりましても、これからはゆっくりお目にかかれるように

なりたいと思っております」

と申し上げ、大后をお慰めになります。

新東宮には承香殿《しょうきょうでん》の女御《にょうご》の皇子がお立ちになりました。世の中がすっかり改まって、今までとは打って変わって、いろいろ明るいはなやかなことが多くなりました。

源氏の大納言は、内大臣《ないだいじん》におなりになりました。左右の大臣が二人という定員に満ちていて融通がつかなかったので、員外の大臣としてお加わりになったのでした。

源氏の君は、そのまま摂政《せっしょう》となって天下の政治をおとりになるべきでしたが、

「そのような繁忙な役職には、とても力が足りません」

と御辞退なさって、舅《しゅうと》のかつての左大臣が摂政をなさるようにとお譲りになりました。

「病気のため官職も辞退しておりましたのに、その上、ますます老耄《ろうもう》が加わってまいりまして、とてもはかばかしいことは出来そうにありません」

と、もとの左大臣は御承知なさいません。

異国でも、変事が起こり世の中が乱れている時には、山奥に跡をくらました人でさえ、太平の世になれば、白髪の老齢も恥じずに朝廷に出仕したという例があって、そういう人こそ、まことの聖賢と称したものです。一度は病気に悩まれてお返しになられた官職でも、政情が変わって、改めて御就任なさるのに、何のさしつかえがあろうかと、朝廷でも世間でも評定《ひょうじょう》が一決しました。わが国でも、かつてそうした前例がありましたので、とうとうお断りしきれずに、摂政で太政大臣になられました。お年も六十三歳になっていらっしゃいます。

太政大臣はこれまで、世の中がおもしろくなかったので、そのためもあって籠居《ろうきょ》していらっしゃいましたのに、今は政界に戻られ、また昔のようにはなやかになられたので、お子たちも、これまでは不遇な目に遭っていられたのが、今は皆々出世なさいます。中でもとりわけて、もとの頭の中将《とうのちゅうじょう》は、権中納言《ごんちゅうなごん》になられました。北の方のおん腹の姫君が十二歳におなりになられたのを、入内《じゅだい》させようと、大切に御養育になっていらっしゃいます。いつかあの「高砂《たかさご》」を謡《うた》った若君も元服させて、今はまことに思い通りの御繁栄です。中納言のご夫人方にお子がたいそうたくさん次々に生れお育ちになって賑わしいのを、源氏の君は羨ましくお思いになります。

太政大臣の姫君葵の上《あおいのうえ》がお産みになった夕霧《ゆうぎり》の若君は、他の子たちよりとりわけかわいらしくて、宮中と東宮御所へ童殿上《わらわてんじょう》なさいます。葵の上のお亡くなりになったお嘆きを、母大宮《おおみや》や父大臣は、若君の御成長を見るにつけて、また改めて思い出されてお嘆きになります。けれども、姫君御他界の後々も、源氏の大臣の御威光によって、何もかも結構な扱いをお受けになって、長年不遇をかこっていらっしゃった名残もないほどに、お栄えになります。

源氏の君は、昔とお気持が一向に変わらず、太政大臣邸に折節ごとにお訪ねになったりされます。若君の御乳母《おんめのと》たちや、その他の女房たち、またお留守の長い年月、お暇をとらずにずっとお仕えしていた者には、みな適当な折あるごとに、身の引きたつよう、お心にかけておやりになりましたので、おかげをもって幸せになる人が多くなっていくようでした。

二条の院でも、同じように源氏の君の御帰京をお待ちしていた女房を、いじらしくお思いになり、年来の辛い物思いが晴れるようにしてやりたいとお考えになり、中将や中務《なかつかさ》のような前から情《じよう》を交《か》わしていた女房には、その身分相応にまたお情けをかけておやりになりますので、お忙しくて外の女君に通われることもありません。

二条の院の東隣にある御殿は、故桐壺院《きりつぼいん》の御遺産でしたが、それをまたとなく結構に御改築になります。花散里《はなちるさと》の君などのようなお気の毒な方々を住まわせようとお心づもりなさって、修理をおさせになります。

そういえば、あの明石《あかし》で悪阻《つわり》に悩まされ、苦しそうにしていた女君は、その後どうなっているだろうかと、お忘れになる時もないままに、公私共にお忙しいのにまぎれて、思うように様子を尋ねておやりにもなれなかったのでした。

三月の初めごろ、お産はこの頃ではないかと思いめぐらせて、人知れず不憫になられて、明石にお使いをお出しになりました。使者はすぐ帰ってきて、

「十六日に、女の御子を無事御出産になりました」

と御報告します。安産の上に、珍しくも女の御子だそうなとお聞きになると、お喜びは一通りではありません。どうして京へ迎えてお産もさせなかったかと、残念にお思いになります。

いつか占い師が、

「御子は三人で、帝、后かならず揃って御誕生になるでしょう。そのうちの最も運勢の劣るお子は、太政大臣になって人臣最高の位を極めましょう」

と占って申し上げたことが、一つ一つ的中するようです。大体、源氏の君が最高の位に上り、天下の政治をおとりになられるだろうということは、あれほど優れた大勢の相人《そうにん》たちが口を揃えて申し上げたことでした。それをここ数年は、世間を憚《はばか》って、すべて心の中で打ち消され、諦めていらっしゃったのに、当代の帝が、こうして予言通りに無事御即位あそばしたことを、源氏の君は何よりも思いが叶って喜ばしくお思いになります。

源氏の君としては、御自身が帝位に即《つ》かれるなどという、まったくかけ離れた筋のことは、決してあってはならないこととお思いになります。

「多くの皇子たちの中でも父帝がわたしをとりわけ御寵愛下さったのに、それでも臣下にしようと御決心なさった御心中を思うと、帝位には全く縁遠い自分の運命だったのだ。今の帝がこうして御即位あそばしたことは、帝が実はわが子という真相は、誰も露も知らないけれど、人相見の予言は誤りではなかったのだ」

と、お心の中にお考えになります。現在の有り様や、将来のことを予想してごらんになりますと、

「すべては住吉《すみよし》の神のお導きであった。たしかにあの明石の人も、世にまたとない宿縁があって、だからこそあの偏屈者の父親の入道も、分不相応な望みを抱いたのだっただろうか。そうだとすれば、将来畏《おそ》れ多い皇后の位にもつくべき人が、あんな辺鄙《へんぴ》な片田舎で生れたというのでは、いたわしくも、もったいなくもあることだ。今しばらくしてから、ぜひ都へお迎えしなければ」

とお考えになって、二条の東の院を、急いで修理するよう、督促なさいます。

あんな片田舎では、まともな乳母も見つけにくいことだろうと源氏の君はお考えになります。

薄雲《うすぐも》より

源氏は六条の御息所から託された元斎宮を養女として冷泉帝に入内させた（のちの秋好《あきこの》む中宮《ちゅうぐう》）。明石の君が産んだ姫君は源氏の邸に引き取られ、紫の上の養女となる。藤壺の没後、冷泉帝は自らの出生の秘密を知る。

冬に入るにつれて、大堰川《おおいがわ》のほとりの明石《あかし》の君《きみ》の住居《すまい》は、いっそう心細さがつのってきます。女君は、源氏の君の訪れも間遠《まどお》なので心も落ち着かず、上の空のような頼りない気持にとらわれ、淋《さび》しく明かし暮しています。源氏の君も、

「やはりこうした暮しはつづけられないだろう。あのわたしの邸《やしき》に近い東の院に移る決心をなさい」

とおすすめになりますけれど、明石の君は二条の院の近くに移っても、源氏の君のつれなさをすっかり見尽くしてしまったなら、それこそすべては終りで、その時は何と言って嘆けばよいやらと、思い乱れるのでした。源氏の君は、

「あなたがどうしてもあちらへ移らないなら、せめてこの姫君だけでも先に移さなければ。こ

んなところにいつまでもおくわけにはいかない。姫君の将来についてわたしにかねて考えていることもあるので、このままではもったいない。二条の院の紫《むらさき》の上《うえ》も、姫の話を聞いて、しきりに逢いたがっているから、しばらく、あちらで紫の上に馴染《なじ》ませてから、袴着《はかまぎ》の式なども、内々《うちうち》にはしないで、晴れて披露してあげたいと思う」

と、本気で相談なさいます。そういうお考えらしいとは、前々から察していたことなので、明石の君はやはりそうだったのかと、胸もつぶれそうになります。

「今さら、貴いお方のお子のように大切にお扱い下さいましても、おそらく世間の人は何かと聞きこんで噂しましょうし、かえって世間体をつくろうことにお困りになるのではないでしょうか」

と、姫君を手放したくない気持なのも、源氏の君は無理もないとお思いになります。それでも、

「姫が継子《ままこ》扱いされ、可哀そうな目にあうのではないかなどという心配は、全くいらないのですよ。紫の上は、もう何年もの間、こういう可愛い子が生れないのを淋しがっていて、斎宮《さいぐう》の女御《にょうご》がすっかり大人になっていらっしゃるのさえ、強《し》いてお世話をしてあげているくらいだから、まして、こんなに憎みようもない可愛らしく幼い人を見たら、夢中になって可愛がらずにはいられない性分なのです」

など、紫の上のお人柄の理想的なことをお話しになります。

「ほんとうに前々は、どういうお方だったら御満足なさって落ち着かれるのだろうかと、世間

の噂するのも、薄々耳にした源氏の君の浮気な御性分が、紫の上によってすっかりおさまり、落ち着かれてしまわれたのは、よくよく一通りの御宿縁ではなく、そのお人柄も、多くの女君たちの中でとりわけ際立って、すぐれていらっしゃるからにちがいない」

と想像されて、明石の君は、

「わたしのような人数《ひとかず》でもないしがない者は、とても肩を並べられる立場でもないのに、のこのこ顔出しなどしたら、あちらではさぞ無礼な者と、不愉快にお思いになるだろう。わたしなどはどうなったところで同じこと、生《お》い先の長い姫君のお身の上も、所詮《しょせん》は紫の上のお心次第で決まることになるのだろう。どうせそうなら、こんなふうにまだ物心もつかないうちに、おゆずりしてしまったほうがいいかもしれない」

と思うのでした。

「でも、手放してしまったら、あとあとどんなに気にかかることだろう。姫君を奪われこの淋しい所在なさを慰めるすべもなくなっては、どうやってこれから過していったらいいのだろう。その上、姫君がいなくなったら、源氏の君だって何に惹《ひ》かれてたまさかにでも、ここへお立ち寄りくださるだろうか」

などと、あれこれ思い悩むにつけても、明石の君は限りなくわが身の不幸を嘆かれるのでした。

母尼君は思慮深い人でした。

「くよくよしたってつまらないでしょう。姫君にお目にかかれないことは、たしかに胸の痛むことでしょうけれど、わたしたちとしては結局、姫君のおためによいようにと考えなければなりません。源氏の君だってまさかいい加減なお話をなさっているわけではないでしょう。こうなれば何も言わずすっかり御信頼しきって姫君をあちらにお渡し申し上げなさい。帝の御子でさえ、母方の素性次第で、御身分にそれぞれ相違ができるようです。この源氏の君にしても、世に二人とないすばらしいお方なのに、臣下《しんか》の御身分なのは、母方の御祖父の故大納言《だいなごん》が今一段地位がお高くなかったために、更衣腹《こういばら》などと人から言われた弱みがおありになったのが原因だったのでしょう。源氏の君でさえそうなのだから、まして一般の臣下のわたしたちでは、はじめから比較にもなりません。また、たとえ御生母が親王や大臣の姫君でも、その方が北の方でなければ世間から軽く見られます。父君も平等にはお扱いになれないものなのです。ましてこの姫君は、あちらの御身分の高い方々に、同じようにお子がお生れになったりすれば、すっかり気圧《けお》されておしまいになるでしょう。身分相応に、父親からも一応大切に可愛がられた子こそ、そのまま世間からも軽く見られない始まりになるのです。姫君の御袴着の式にしても、こちらでいくら一所懸命に力を入れたところで、こんな人目にもつかない山里の侘住《わびず》まいでは、何の見栄えがあるでしょう。何もかもすっかり源氏の君におまかせになって、姫君をどういうふうにお扱いになるか、その御様子を見ていらっしゃい」

と言い聞かせます。

思慮深い人に判断してもらっても、また、陰陽師《おんみようじ》に占わせてみても、どちらも、

「やはりあちらへいらっしゃったほうが、姫君の御運勢がよくなるでしょう」

と言うばかりですから、明石の君もすっかり心がくじけてきました。

源氏の君も姫君を引きとろうとは決めていらっしゃるものの、明石の君がどんなに悲しいだろうと同情して、無理にもとはおっしゃりかねて、ただ、

「姫君の御袴着のことは、どうするつもりですか」

とお手紙をおやりになります。

「何事につけましても不甲斐ないわたしの手許に姫君をお引きとめしていては、仰せの通り、姫君の将来もお可哀そうに思われます。けれどもまた、そちらの方々のなかへ御一緒させていただきましても、どんなにもの笑いになりますことやら」

と御返事したのを源氏の君は御覧になり、いよいよ可哀そうにお思いになります。

姫君をお引き取りになる日取りなどを占わせたりなさって、ひそかにその日のための万端の支度などをお命じになります。

明石の君は、姫君をお手放しになることは、やはりとても悲しくてなりませんけれど、

「姫君のおためになることを何よりも考えなくては」

と、耐えています。乳母《めのと》に向かって、

「あなたにもこれで別れなくてはならないとは。これまで明け暮れの心の憂さも、手持ち無沙汰な淋しさもふたりでしみじみ話しあっては慰めあってきたのに、これからは、姫君ばかりか、あなたまで奪われて、心細さがいっそう増してどんなに悲しいでしょう」

と、明石の君は泣くのでした。乳母も、

「これも前世からの御縁なのでしょうか。思いがけないことでお目にかかりお仕えしましてからの長い年月、いつもおやさしくしていただきました。そのお心遣いは忘れられないので、さぞ恋しく思われることでしょう。よもやこのまま御縁が切れてしまうようなことはないと存じます。いつか最後にはまた御一緒になれるにちがいないと、心頼みにしております。けれどもしばらくの間だけでもお別れして思いもかけないところにまいりますことが、どんなに心苦しいことでございましょう」

と、泣く泣く日々を過すうちに、早くも十二月になりました。

雪や霰《あられ》が降る日が多くなり、明石の君は、心細さがいっそうまさって、

「どうしてわたしはこうもいろいろと物思いが多いのだろう」

と、嘆いては、いつもよりいっそう姫君の髪を撫でたり、きれいに着飾らせたりして暮しています。

空も暗くかげり雪が降りつもった朝、明石の君は来し方行く末のことを果てしもなく思いつづけて、いつもは、あまり縁側近くに坐ったりはしないのに、今日は端近《はしぢか》に出て、池の水際の氷などを眺めています。

白い着物の柔らかく萎《な》えたのを幾枚も重ね着して、我を忘れた様子で物思いに沈んでいる姿は、髪の様子といい、後ろ姿といい、最高の貴い御身分の方でも、これほど上品で美しい方はいらっしゃらないだろうと、女房たちも思うのでした。

明石の君はあふれ落ちる涙をはらって、

「これから先、姫君がいらっしゃらなくなると、こんな雪の日にはなおさらどんなに心細い思いをすることでしょう」

と、いじらしく泣きながら、

雪深み深山《みやま》の道は晴れずとも
　なほふみ通《かよ》へ跡《あと》絶えずして

とおっしゃいます。乳母はさめざめと泣いて、

雪間《ゆきま》なき吉野の山をたづねても
　心のかよふ跡絶えめやは

と言って慰めます。

雪が降りつみ
山深いこの道は
晴れ間もなくとざされようとも
どうか都からのお便りだけは
途絶えることのないように

たとえ雪の晴れ間もない
吉野山にわけ入り
道をさがしてでも
心を通わすお便りを
絶やすことがあるものですか

この雪が少し解けた頃に、源氏の君は大堰《おおい》をお訪ねになりました。明石の君はいつもなら待ちかねていらっしゃるのに、今日は、姫君をお迎えにいらっしゃったのだろうと感じ、胸もつぶれる思いがして、これも誰のせいでもない自分の招いたことなのだと悔やまれます。

「もともとお断りするのも従うのも自分の心次第なのだから、いやだと申し上げたら、それでも無理にとはおっしゃらないだろうに。つまらないことになってしまって」

と思いますけれど、今更お断りするのも軽率なようなので、強《し》いて思い直しています。

源氏の君は、姫君がいかにも可愛らしい姿で、目の前に坐っていらっしゃるのを御覧になりますと、

「こんないとしい子を儲《もう》けたこの人との宿縁は、いい加減に思ってはならないのだ」

とお考えになります。

この春からのばしはじめた姫君のお髪《ぐし》が、尼の削《そ》いだ髪のように、肩のあたりでゆらゆらとゆれているのが可愛らしく、顔つきや目もとのはんなりと匂うような美しさなど、今さら言うまでもありません。

この可愛い子を人手に渡して、遠くから案じつづけるだろう明石の君の、親心《おやごころ》の闇《やみ》をお察しになりますと、源氏の君はたまらなく不憫《ふびん》になられ、安心するようにと繰り返し、夜を徹してお慰めになります。

「いいえ、何で悲しみましょう。せめて、わたくしのようなつまらない者の子としてではなくお扱い下さいますのなら」

と申し上げながらも、こらえきれずにしのび泣く気配が、痛々しいのです。

姫君は何もおわかりにならず、無邪気に、早くお車に乗ろうとせいていらっしゃいます。車を寄せてあるところに、母君が御自身で姫君を抱いて出てこられました。姫君は片言のたいそう可愛らしい声で、

「お母ちゃまもお乗りなちゃい」

と、母君の袖をつかまえて引っ張るのも、明石の君はたまらなく悲しく思われて、

末遠き二葉《ふたば》の松に引き別れ
　いつか木《こ》高きかげを見るべき

二葉の松のような
生い先の長い幼い姫君に
今別れていつの日にか
立派に成長したお姿を
また見ることが出来ることやら

終りまではとても言い切れないで、はげしく泣くのでした。

「そうだろうとも、何と可哀そうに」

と、源氏の君はお思いになられて、

生《お》ひそめし根も深ければ武隈《たけくま》の
　　松に小松の千代《ちよ》をならべむ

この姫がふたりの間に生れてきた
宿縁も深いのだもの
きっと行く末はこの姫の成長を
ふたりで眺める日も来ることだろう
あの武隈の松と小松のように

「気長くお待ちなさい」

と、お慰めになります。

明石の君はそうかもしれないと心を静めてはみますけれど、やはりとても別れの悲しさには耐えきれないのでした。

乳母と、少将《しょうしょう》という品のよい女房だけが、お守り刀や厄除《やくよ》けの天児《あまがつ》という人形などを持って車に一緒に乗ります。お供の車には見苦しくない若い女房や女童《めのわらわ》などを乗せて、二条の院までお見送りにお供させました。

その道すがらも源氏の君は、後に残った明石の君のお心の辛さを察して気の毒でならず、

「何という罪作りなことをしたものか」

とお思いになります。

暗くなってから、二条の院に到着しました。お車をお邸に寄せるなり、大堰とは打って変わ

ったはなやかな雰囲気なので、田舎びた女房たちは、これからは、きまりの悪い思いをして御奉公することになるのだろうかと、不安になりましたけれど、源氏の君は寝殿の西廂《にしびさし》に姫君のお部屋を特別に御用意なさって、小さなお道具類を見るからに可愛らしくとり揃えさせておありです。乳母には、西の対《たい》にゆく廊下の北側の部屋をお与えになりました。

姫君はここに着く途中で寝てしまわれました。抱きおろされても泣いたりはなさいません。紫の上のお部屋でお菓子など召し上がったりなさいましたが、だんだんあたりを見まわして、母君が見えないのに気づいてさがしては、いかにもいじらしい泣き顔になられますので、乳母を呼び寄せて、あやしたりすかしたりして気をまぎらしておあげになります。源氏の君は、

「今頃、大堰の山里では、姫のいない所在なさ、淋しさを、明石の君がどんなに深く感じているだろう」

と思いやられますと、不憫でなりません。それでもこちらで紫の上が明け暮れ、思い通りに姫君のお世話をしながら育てていらっしゃるのを御覧になって、やはりこれが一番いい方法だったと思っていらっしゃることでしょう。一方では、

「どうしてだろう。世間から母親の出自《しゆつじ》などでとやかく非難されないように、この紫の上にも子供が生れたらいいのに、そうならないのは」

と、源氏の君は残念にお思いになります。

姫君はしばらくは大堰の母君や女房たちをさがして泣いたりなさいましたけれど、もともと素直で愛嬌《あいきよう》のある御性質なので、紫の上にすっかりなついて甘えられます。紫の上は何という

可愛い子をさずかったものかとお思いでした。ほかのことは捨てておいて、姫君を抱きあやして、いつも遊び相手になってあげられるので、乳母も自然に紫の上のお側近くお仕えして慣れてきました。

源氏の君は、この乳母のほかに、別に身分の高い、お乳のよく出る人を乳母にお加えになります。

姫君の御袴着の式は、それほど大袈裟《おおげさ》に御準備なさったこともないのですが、やはり趣のあるものでした。お部屋の飾りつけなど、姫君にあわせてすべて小ぶりなので、まるでお人形遊びのような感じがして美しく心魅かれます。

お祝いに来られたお客たちも、常々から朝となく夜となく人の出入りの激しいお邸なので、とりわけ目立つということもありませんでした。ただ、姫君が襷《たすき》を結ばれたお胸のあたりが、いっそう可愛らしくなったようにお見えでした。

藤壺《ふじつぼ》の后《きさき》の尼宮が、正月のはじめからずっと御病気でお苦しみでいらっしゃいましたが、三月にはたいそう重態におなりあそばしたので、三条の宮に帝のお見舞いの行幸《ぎょうこう》などがありました。帝が桐壺院《きりつぼいん》の崩御《ほうぎょ》におあいあそばした頃は、まだお小さくて、それほど深くお悲しみもお感じになれませんでしたけれど、この度は、たいそう御心痛の御様子なので、藤壺の尼宮も悲しさもひとしおにお感じになります。

「今年はかならず死を逃れられない年とわかっていましたけれど、そうひどい容態とも思えませんでしたので、寿命の尽きるのを悟っているような顔をいたしますのも、人々から、厭味《いやみ》でわざとらしいと思われるかと遠慮されまして、後世《ごせ》のための法会なども、とりたてて、ことさらには常と違うようにいたしませんでした。わたくしのほうから参内《さんだい》して心静かにゆっくりと、昔の思い出話などを申し上げたいと思いながら、気分のすぐれた時も少のうございまして、残念にも、とうとう気の晴れぬ思いのまま、今日まで過してしまいました」

と、いかにも弱々しく申し上げます。藤壺の尼宮は今年三十七歳の厄年におなりなのでした。そうはいってもまだ若々しく盛りのお美しさにお見受けされますのを、帝は惜しくも悲しくもお思いになられます。

「御用心あそばさなくてはならない厄年にあたっていらっしゃいました上、御気分もおすぐれにならないまま幾月もお過しでいらっしゃいましたので、それだけでもずっとお案じ申し上げておりましたのに、御精進《ごしようじん》や御祈禱《ごきとう》なども、いつもより特別になさらなかったとは」

と、たいそう御心配になられるのでした。つい最近になってから、急にお気づきになって、さまざまな加持《かじ》祈禱をおさせになります。

この月頃はいつもの御病気とばかり思って、つい油断していたことを、源氏の君も深くお心を痛めていらっしゃいます。

行幸にはしきたりが定まっていますので、帝はほどなく御還幸《かんこう》なさいましたが、それにつけても悲しいことが多いのでした。

藤壺の尼宮は、たいそうお苦しくて、はかばかしくはものも申し上げられません。お心のうちにお考えつづけになりますと、前世からの貴い宿縁に恵まれ、この世での栄華も並ぶ人もなかったけれど、一方、心のうちに秘めた満たされぬ思いに際限なく苦しんだことも、人にまさっていた身であったと、お悟りになられるのでした。

帝が夢の中にさえこうした事情を何も御存知でいらっしゃらないのを、さすがにおいたわしくお思いになって、このことだけが気がかりで死後もいつまでも晴れることのない妄執《もうしゅう》となりそうな気持がなさるのでした。

源氏の君は、公の立場からしても、こうした高貴の方々ばかりが、たてつづけにお亡くなりになろうとするのをお嘆きになります。藤壺の尼宮への人知れぬ愛恋の思いは、これまた限りもないことで、延命のための御祈禱などは思いつく限りのことをなさいます。もうこの長年おあきらめになっていらっしゃった切ない慕情までも、もう一度お伝え申し上げないでしまうことが、たまらなく悲しくてなりませんので、御病床の傍《かたわ》らの御几帳《みきちょう》のもとに近寄られて、御容態などをしっかりした女房たちにおたずねになりますと、そうした側近《そっきん》の女房たちだけがひかえていて、くわしくお話し申し上げます。

「この数ヵ月来御病気でいらっしゃいましたのに、み仏へのお勤行《つとめ》を少しの間も怠《おこた》らずおつづけになりました疲れが、お積もりになられて、一段とひどくお弱りになっていらっしゃいます。最近ではもう、柑子《こうじ》みかんのようなものをさえお手になさらなくなりましたので、御回復の頼みを、何にかけていいかわからなくなってしまいました」

と、泣き嘆く女房たちが多いのです。藤壺の尼宮は、

「故院の御遺言どおりに、帝の御補佐をなさり、御後見《おんうしろみ》をして下さいます御厚意は、長年の間度々身にしみて感謝申し上げております。どうした折に、並々でない感謝の気持をお伝えしたらいいのかと、そのことばかりを、のんきに考えていたのですが、もう今となってはそれも叶《かな》わず、かえすがえす残念で」

と、かすかなお声で取り次ぎの女房に仰《おお》せになるのが、ほのかに漏れ聞こえてきます。源氏の君はお返事申し上げることも出来かねて、お泣きになる御様子が何ともおいたわしい限りです。どうしてこんなに尼宮の御病気に気弱くなってお泣きになるのかと、まわりの人が疑うかもしれないと、こらえようとなさいますけれど、昔からの藤壺の宮のお姿やお人柄が思い出されますと、ああした特別の間柄を抜きにしましても、もったいなく惜しくてならないお方なのです。

人の定命《じょうみょう》は自分の心の自由にならないものですから、この世にお引き止めする方法もないのが、限りなく情けなく辛くてなりません。

「不甲斐ないわたくしではございますが、昔から帝の御後見役を務めさせていただきますことは、精一杯心がけて一生懸命励《はげ》んでまいりましたが、この度、太政大臣のおかくれになったことだけでも、世の中の無常迅速《むじょうじんそく》が感じられてなりません。その上にまた尼宮さままでがこのような御容態でいらっしゃいますので、何につけても心が惑乱《わくらん》してしまい、わたくしもこの世に

生きているのはもう長くないような気持になります」

と申し上げているうちに、灯火《ともしび》の掻き消えるようにして、はかなくお崩《かく》れになってしまわれました。

源氏の君は何を言っても甲斐ないことながら、悲しさに耐えかねて激しくお嘆きになります。高貴な御身分のお方の中でも、藤壺の尼宮は、世の中のすべての人に対して広く深い御慈愛《ごじあい》をおかけになられる御性質でした。世間では権勢を笠に着て、下々の人を苦しめるようなことなども、自然ありがちなことですが、藤壺の宮にはそうしたことで間違いをなさるようなことは全くなく、人々が奉仕いたしますことも、世間に難儀をかけるようなことは、お止《と》めになります。また仏事供養なども、人の勧めるままに、またとはないほど華々しく盛大になさる人々などが、昔の聖帝の御代《みよ》にもよくあったものですが、藤壺の宮はそんなことはなさらず、ただ宮家の伝来の宝物《ほうもつ》や、毎年当然お受けになる年官《ねんかん》や年爵《ねんしゃく》、また御封《みふ》などの御収入の中からさしつかえのない額だけをおあてになって、実に御信心の深い御供養を、最高に尽くされました。それだけに、何の分別もわきまえない山伏《やまぶし》などまでが、尼宮の御崩御を惜しみ、心からお悔やみ申し上げるのでした。

御葬送の折にも、世をあげての騒ぎになり、御崩御を悲しまない者はありません。殿上人《てんじょうびと》なども皆一様に黒っぽい喪服を身につけて、宮中も陰気にしめり、何をしても一向に映えない暗い晩春なのでした。

二条の院の庭前《にわさき》の桜を御覧になっても、源氏の君は昔の花の宴の時のことなどお思い出しになります。〈今年ばかりは墨染《すみぞめ》に咲け〉という古歌をひとり口ずさまれて、当然人が怪しみ、咎めますので、御念誦堂《ねんずどう》にお籠《こも》りになって、日がな一日泣き暮していらっしゃいます。

夕日がはなやかにさして、山際の木々の梢《こずえ》がくっきりと見えるところに、雲が薄く棚引《たなび》いているのが、喪服と同じ濃い鈍色《にびいろ》なのを御覧になりますと、この日頃は悲しみのあまり何ひとつお目にも入らないのに、たいそうしんみりともの悲しく思われます。

入日さす峰にたなびく薄雲は
　　もの思ふ袖に色やまがへる

入り陽さす峰に
たなびいている薄雲よ
悲しいわたしの喪服の色に似せ
あんな鈍色をしているのか
共にあの方の死を悼《いた》むために

とお詠《よ》みになりますけれど、誰も聞く人のいない念誦堂のことですから、詠み甲斐のないことでした。

四十九日の御法事も終って、その他の法要などもすっかりすみ落ち着きますと、帝は心細いお気持がなさいます。藤壺の尼宮の御母后の御在世中から、ずっと代々の御祈禱僧《きとうそう》として宮家にお仕えしていた僧都《そうず》がおりました。この僧都を亡き藤壺の尼宮もたいそう高徳の僧として親しくお扱いになっていらっしゃいました。帝の御尊崇《そんすう》も重くて、重々しい御勅願《ちょくがん》も数多く立てて、世にも尊い聖僧でした。年の頃は七十歳ばかりで、今は自分の後世《ごせ》を祈るため最後の勤行《ごんぎょう》をしようと、山に籠っていましたが、藤壺の宮の御病気平癒《へいゆ》の御祈禱のため下山して、京に出て来ていました。その僧都を、帝が宮中へお呼び寄せになり、いつもお側近くに伺候《しこう》させておかれたのです。源氏の君も、ここ当分はやはりもとのようにずっと参内して、帝の護持僧《ごじそう》としてお仕えするようにと、僧都におすすめになります。僧都は、

「今では終夜のお加持などはとても体が持たないと思われますが、お言葉も畏れ多うございますので、昔からの拙僧《せっそう》への御厚志に対して、御恩報じの気持もこめましてお勤めいたしましょう」

とお答えして、帝のお側に伺候していました。

ある静かな夜明けのことでした。帝のお側に誰もひかえておらず、宿直《とのい》の者も退出してしまった折に、僧都は年寄りじみた咳払《せきばら》いをしながら、世の中の無常のことなどあれこれ帝にお話し申し上げておりました。その話のついでに、

「まことに申し上げにくいことがありまして、申し上げれば、かえって仏罰もあたるかと思い、憚《はばか》られるところも多いことでございます。けれどもまた、帝がそのことを御存知なくていらっしゃいますと、罪障《ざいしょう》も多く、天の照覧《しょうらん》も恐ろしく存じられます。そのことを拙僧が心中ひそかに嘆いております間に、やがてこの命が絶えてしまいましたなら、帝のために何のお益《やく》にもなりますまい。さだめし仏も拙僧の心を不正直だとお思いになりましょう」

とだけ、奏上しかけて、あとは何かを申し上げあぐねています。帝は、

「いったい、どういうことなのだろう。この世に恨みの残るような不満でもあるのだろうか。

法師というものは、世離れた聖僧でさえ、ねじくれた嫉妬心が深くて、いやなものだが」

とお思いあそばして、

「幼い頃からわたしは何の隔て心もなくつきあってきたのに、そなたのほうでは、こんなふうにわたしに何か隠しておられたことがあったとは、恨めしくて心外なことだ」

と仰せになります。僧都は、

「おお、もったいない。拙僧は、仏が秘密にして教えてはならぬとお禁じになられた真言《しんごん》の秘《ひ》法《ほう》さえも、帝には何ひとつ隠さずすっかり御伝授申し上げております。ましてわが心に秘密にしていることなど、何がございましょうか。

これは過去未来を通じての重大事でございますが、このまま隠しておきましては、お崩れあそばした桐壺院と、御母后、それに現在世の政治を執《と》っていらっしゃる源氏の大臣の御身のためにも、かえってすべてよくない噂として世間に漏れてひろがりましょう。拙僧のような老いぼれ法師には、たとえどのような禍《わざわ》いを蒙《こうむ》りましょうとも、何の後悔がございましょうや。仏《ぶっ》天《てん》のお告げがありましたからこそ奏上いたすのでございます。

帝を御懐妊あそばした頃から、亡き藤壺の母后は深くお嘆きになられる仔細《しさい》がございまして、拙僧に御祈禱をお命じになられました。くわしい事情は、法師の身には理解しかねます。そのうち不慮《ふりょ》の事件が起こりまして、源氏の大臣が横道《おうどう》な罪を蒙られ配流《はいる》になられました時、亡き母后はますます懼《お》じ怖れられまして、重ねて数々の御祈禱を拙僧に仰せつけられました。それを源氏の大臣もお聞きになられて、またその上に大臣からの御祈願も付け加えて、御祈禱をお命じになられました。帝が御即位あそばすまで、いろいろと拙僧に御祈禱をさせていただく事柄がございました。

その承りました御祈禱の仔細と申しますのは」

と言いさして、それから詳《くわ》しく奏上するのをお聞きになりますと、あまりにも意外で、とても有り得ないような浅ましいことなので、帝は恐ろしくも悲しくも、さまざまにお心がお乱れになりました。

しばらくは帝のお返事もありませんので、僧都は自分から進んでこんな秘密をお話し申し上げたことを、帝が不埒《ふらち》だとお怒りなのかと当惑して、難儀なことになったと思い、そっと恐る恐る退出しかけますのを、帝が呼び戻されました。

「このことをいつまでも知らないで過していたなら、来世までも罪障の咎めを受けただろう。そんな重大な秘密を、今までそなたひとりの胸の中に秘め隠してこられたのは、かえってそなたを油断のならない人物だと思ってしまう。またほかにこのことを知っていて、世間に漏らし伝えるような人はいないのだろうか」

とお訊ねになります。

「とんでもございません。拙僧と王命婦《おうみようぶ》のほかには、絶対、この秘密の仔細を存じている者はございません。それだからこそ、仏天の照覧が実に恐ろしいのでございます。この節、天変がしきりに起こって罪をさとし、世の中が物騒なのも、この秘密のためでございましょう。帝がまだ御幼少で、物事の御分別のない頃は、それでもよろしゅうございましたが、次第に御成人あそばしまして何事も御理解がお出来になる時になりましたので、天はその罪咎《つみとが》を明らかに示すのです。すべてのことは、親の御時に原因があるのでございましょう。帝が天下の乱れの原因を何の罪の結果とも御存知あそばされぬのが恐ろしく、断じて口外すまいと決心しておりました。そのことをつとめて考えないようにし、忘れようとしてきたことを、今更になって申し上げた次第でございます」

と、泣く泣く奏上している間に、夜も明けきってしまったので、僧都は退出いたしました。

帝は悪夢のようなただならぬ恐ろしい一大事をお聞きになられまして、さまざまに思い悩んでいらっしゃいます。亡き桐壺院の御霊《みたま》に対してもこのことが往生《おうじょう》のお妨げになっているのではないかと不安ですし、また源氏の君が、本当は自分の実父なのに、こうして臣下《しんか》として子の自分に仕えていらっしゃるのも、何とも身にしみて畏れ多いことだったと、あれこれとお考えになられてはお悩みになり、日が高くなるまで、御寝所からお出ましになられません。

源氏の君も、帝のそうした御様子をお耳にされて、驚いて参内いたしました。

帝はそうした源氏の君の御様子を御覧になられるにつけても、ますますたまらなく耐えがたくお思いになられて、御涙をこぼしていらっしゃいます。源氏の君はそれを拝見して、近頃は亡き母宮をお偲《しの》びになり、涙の乾く暇もないほどお悲しみなので、大方そのせいのお嘆きだろうとお案じになるのでした。

その日、たまたま式部卿《しきぶきょう》の宮《みや》がお亡くなりになられたことを奏上しますと、帝はますます世の中の騒がしいことをお嘆きになります。こうした折のことですから、源氏の君も、二条の院にもお帰りにならず、帝のお側につきっきりで伺候していらっしゃいます。

帝は源氏の君としんみりとお話しなさいましたついでに、

「わたしの寿命も尽きようとしているのでしょうか。何だかすべてが心細く感じられて、体の具合も普通でない気持がする上、世の中もこんなふうに不穏なので、何かにつけ落ち着かない気がします。亡き母宮が御心配なさるだろうと思って、遠慮していたのだけれど、今は母宮もおかくれになったので、これからは譲位《じょうい》して、のんびりと暮したいと思うのですが」

と御相談申し上げます。源氏の君は、

「何ということを仰せになります。とんでもないお考えです。世の中が平穏でないのは、必ずしも御政道《せいどう》の善《よ》し悪《あ》しとかによったわけではありません。昔の賢帝の御代《みよ》にも、かえってさまざまな不祥事が起こったものでした。聖天子の御代にも横道《おうどう》な内乱が起こったりした例が、唐土《もろこし》にもございました。わが国でも同じようでございます。まして当然のお年になられた御老人が、その時を迎え、自然に亡くなられるのを、帝がお嘆きあそばすことはございません」

など、多くのことを何から何までお話し申し上げます。その一部をここに書き記すのも、女の身としては生意気そうで、たいそう気がひけます。

普通よりも黒い喪服をお召しになって地味にしていらっしゃる帝のお顔立ちは、源氏の君に生き写しで瓜二つなのです。帝もこれまで鏡を御覧になってはそのことにお気づきでしたが、僧都の話をお聞きあそばされてからは、また改めて源氏の君のお顔をしげしげと御覧になりながら、お胸が格別切なくおなりでたまりません。どうかして秘密を知ってしまったことを、それとなくお打ち明けになりたいとお思いになりますけれど、さすがに源氏の君が恥ずかしくお思いなさるにちがいないので、お年若なお心には御遠慮があって、軽くは申し上げかねていらっしゃいます。ただ当たり障《さわ》りのない世間話などをいろいろと、いつもよりはとりわけ親しそうになさいます。

帝が妙に畏《かしこ》まった御態度をおとりになり、いつもとはたいそう御様子が違っていらっしゃるのを、賢明な源氏の君のお目にはおかしいと御覧になられましたが、まさかこれほどまで、帝がはっきりとその秘密をお耳にされたとは思いもよらないのでした。

帝は、王命婦に詳しいことをお尋ねになりたく、

「今更に、亡き母宮があれほど秘密にしていらっしゃったことを知ってしまったと、王命婦にも思われたくはないし、それでも源氏の君にだけは何とかしてそれとなくお尋ねして、これまでにもこうした事例は歴史の中にあったのか、聞いてみたい」

とお考えになりますが、そうした機会が一向にないので、ますます学問に打ちこまれて、様々の書物などで調べてごらんになります。そうした書物によれば、唐土では公然のこととしても、秘密のこととしても、帝王の血筋の乱れている例がたいそう多いのでした。しかし日本には、そういう例はさらさら発見なさることはできませんでした。

たとえもしわが国にそれがあったとしても、このように隠し通された秘密が、どうして後世《こうせい》に伝わり知るすべがあるでしょうか。

帝の皇子が臣下に下り、一世の源氏となって、また納言《なごん》、大臣になった後に、さらに親王宣《しんのうせん》

下《げ》を受けてから、帝位にお即《つ》きなさった例はたくさんあるのでした。源氏の君のお人柄が優れていらっしゃることを理由にして、そんなふうにして御位をお譲《ゆず》り申し上げようか、などと、帝はさまざまにお考えなさるのでした。

秋の司召《つかさめ》しには、源氏の君を太政大臣《だじょうだいじん》に御就任させるよう御内定されたついでに、帝はかねてお考えの御譲位のことを、源氏の君にお漏らしになられました。君は目もあげられないほど恥ずかしく、この上なく恐ろしく思われて、そんなことは断じてなさるべきことではないと奏上して、御辞退申し上げました。

「亡き桐壺院のお気持では多くの御子たちのなかで、とりわけわたくしを御寵愛下さりながらも、御位を譲ろうとはついにお考えになられなかったのです。どうしてその御意向にそむいて、及びもつかぬ帝位に即くことが出来ましょうか。ただ桐壺院のお決めになられた通りに、臣下として朝廷にお仕えして、もう少し年をとりましたなら、出家して心静かな勤行《ごんぎょう》の日々を過したいと考えております」

と、常々のお言葉と変わらないことを奏上なさいますので、帝はたいそう残念にお思いになられます。

太政大臣に任ずるという御沙汰《ごさた》がありましたが、源氏の君はもうしばらくはこのままでとお考えになって御辞退しました。ただ御位だけが一段昇進して牛車《ぎっしゃ》を許されて、車のまま参内や退出をなさいます。帝はそれをもの足りなくも畏れ多くも思《おぼ》し召して、やはり親王におなりになるようにと仰せになりますが、

「そうなれば政治の御後見をする人がほかにはいなくなる。権中納言《ごんちゅうなごん》が大納言に昇進して、右大将を兼任しているのがもう一段昇進されたら、その時こそ、政務をすっかりこの方に譲ってしまおう。その上で、ともかくも出家して自分は閑静《かんせい》な生活に入りたい」
と、お考えになります。

なおいろいろ御思案をめぐらされますと、亡き藤壺の宮の御ためにもお気の毒なことであり、また帝がこのように悩んでいらっしゃるのをお見受けいたしますのも畏れ多いことなので、一体誰がこんな秘密を帝にお漏らししたのかと、不審にお思いになります。

王命婦は御匣殿《みくしげどの》の別当《べっとう》がよそへ転出したあとに移って、お部屋をいただいてお仕えしています。源氏の君は王命婦にお会いになって、

「故藤壺の宮はあの秘密を、もしも何かの折に帝にほんの少しでもお漏らしになられたことがあっただろうか」

とお尋ねになりましたけれど、王命婦は、

「まったく、そのようなことはございません。尼宮さまは帝がほんの少しでもこのことをお聞きになりましたなら一大事だとお思いでした。しかしまたその一方では、帝に真実を申し上げなくては、子としての道に外れ、仏罰を被《こうむ》ることになりはしないかと、やはり帝のためにお案じあそばして、お悲しみでございました」

と申し上げます。源氏の君はそれをお聞きになっても、並々ならず御思慮の深くていらっしゃった亡き藤壺の宮の御様子などが思い出されて、限りなく恋しくお慕いになります。

蛍《ほたる》より

源氏は広大な四方四季の六条の院《ろくじょういん》に女君たちを集め、栄華を極める。夕顔と元頭の中将の娘である玉鬘《たまかずら》は大夫《たいふ》の監《げん》の求婚を逃れて筑紫《つくし》から上京。六条の院に玉鬘を引き取った源氏は、求婚者を集める一方で自らも恋に落ちる。

今はこうして太政大臣《だいじょうだいじん》という重々しい地位になられた、源氏の君は、何事にものどやかに落ち着いたお暮しぶりなので、お世話になっていられる女君たちもそれぞれのお身の上に応じて、皆思い通りにお暮しも安定され、何の不安もなく、満ち足りた日々を送っていらっしゃいます。

西の対《たい》の玉鬘《たまかずら》の姫君だけは、お気の毒なことに、思いもかけなかった心配事が加わって、どうしたらいいのかとお悩みの御様子です。

あの大夫《たいふ》の監《げん》のうとましかった有り様とは比べものにならないけれど、まさか仮にも娘となった者に懸想《けそう》するようなことを源氏の君がなさろうとは、全く誰ひとり考えつく筈《はず》もありません。

それで姫君は、そういう目にあう度ごとに、御自分の胸ひとつにいつもお悩みになって、源氏の君のなさり方に、とんでもない異様な厭《いや》らしさをお感じになるのでした。

何もかもすっかりわきまえてこられたお年頃なので、あれやこれやと世の中のことや自分の運命を思い合わせては、母君がお亡くなりになってしまわれた無念さを、また改めて口惜しく悲しく思われるのでした。

源氏の君も、一度恋心をお洩《も》らしになってからというもの、心が慰《なぐさ》むどころか、かえって苦しく悩まれましたが、人目を気がねなさって、ちょっとしたお言葉さえ姫君におかけになれません。苦しい思いを抱いたまま、足しげく西の対にお越しになっては、姫君のお側にたまたま女房たちがいなくて、ひっそりとしている時には、ただならぬ思いつめた御様子で、お心の内をお訴えになりますので、その度に姫君は胸のつぶれる思いをなさいます。かといってあまりきっぱりとお断り申し上げて気まずい思いを源氏の君におさせすることも出来かねますので、ただ、気づかないふりをしてさりげなくお相手なさるのでした。

姫君はお人柄が晴れやかで愛嬌《あいきよう》よく、親しみやすいお方なので、御自分ではたいそう真面目に振舞って、用心していらっしゃいますけれど、やはり美しく愛嬌あふれる魅力ばかりは隠しようもありません。

兵部卿《ひようぶきよう》の宮《みや》などは、真剣になってしきりに恋文をお届けになります。恋心を抱かれはじめてからまだいくらも日数を経《へ》たわけでもありませんのに、婚礼《こんれい》を忌《い》むという五月雨《さみだれ》の季節になってしまったと嘆きを訴《うった》えて、

「せめてもう少しお側近くに上がるだけでもお許し下さったなら。胸の思いの片端でも申し上げ、心を晴らしたいものです」

と、お書きになっているのを、源氏の君は御覧になられて、

「なに、いいですとも。こういう方たちが言い寄られるのは、さぞかし見ものでしょう。あまりそっけないお扱いはなさらないように。時折お返事はさし上げたほうがいいでしょう」

とおっしゃって、文章まで教えてお返事をお書かせになります。姫君はますますいやな情けないお気持になられますので、気分が悪いと言い、お返事はいたしません。

お仕えする女房《にようぼう》たちも、とりわけ家柄が高く、信望のあつい里方の者などは、ほとんどおりません。ただ亡き母君の叔父に当たる宰相《さいしよう》ほどの身分だった人の娘で、気立てなども悪くない者が、落ちぶれて父におくれ、暮していたのを尋ねだしてお引き取りになっています。その女が宰相の君と呼ばれて、字などもまずまず上手に書き、その他のことも大体に大人びたしっかり者なので、そうした方々への折々のお返事などは、姫君がこの宰相の君に書かせていらっしゃいました。

源氏の君は宰相の君をお呼び出しになり、手紙の文章などを姫君に替わって代筆をおさせになります。おそらく兵部卿の宮が、玉鬘の姫君に言い寄られる様子を、御覧になりたいとお思いだからなのでしょう。

姫君御本人は、源氏の君に恋を打ち明けられるなどという いやらしく嘆かわしい心配事が起こってからのちは、この兵部卿の宮などが、情《じよう》のこもったお手紙をさし上げた時は、少しは心

をとめて御覧になる時もあるのでした。特に宮をどうお思いになるというのではないのです。こうした源氏の君のうとましい御態度を見ないですむ方法はないものかと、さすがに女らしい世馴れた思案も生れて、宮との結婚もお考えになるのでした。

源氏の君はどうだっていいのに、勝手にひとり力んで兵部卿の宮を待ち構えていらっしゃいます。そんなこととは、兵部卿の宮は御存知なくて、少しは色よいお返事があったことを珍しいと喜ばれて、ほんとうにこっそりと忍びやかにお越しになりました。妻戸《つまど》の内の廂《ひさし》の間《ま》に座蒲団をさし上げて、御几帳《みきちよう》だけを隔てにした、姫君のお近くにお通しします。源氏の君が大変な気配りをなさり、お部屋に薫物《たきもの》を奥ゆかしく匂わせて、あれこれお世話をなさる御様子は、実の親でもないのに、うるさいおせっかいをするものです。それでもやはり、ことの真相を知らない者は、よくもこれほどまで御面倒をみるものと感心させられます。

女房の宰相の君なども、宮への姫君のお返事のお取り次ぎも、どうしていいかわからず、ただ、恥ずかしくてもじもじ坐っているだけです。それを源氏の君は、何をぐずぐずしているとばかり、袖を引いて抓《つね》ったりなさいますので、宰相の君はますます困りきっています。

夕闇の頃も過ぎて、新月《しんげつ》の影もあるかなきかのおぼつかない空模様は曇りがちなところに、物思わしそうにしんみり見える兵部卿の宮の御様子も、ほんとうに優艶《ゆうえん》です。御殿の奥からほのかに漂《ただよ》ってくる香りに、いっそうすばらしい源氏の君のお召物の薫《かお》りが添い匂うので、あたり一杯言いようのない芳《かぐわ》しさが香り満ちています。兵部卿の宮はかねがね想像していられたよりもはるかに風情《ふぜい》のある姫君の御気配に、いっそう深くお心を惹《ひ》かれるのでした。恋い慕う胸の想いの数々を、訴えつづけられるお言葉も、落ち着いていられて、ただ一途に色めいたふうでもなく、その雰囲気はほかの人とは大いに異なっています。源氏の君は、これはなかなか興味があるとそっとお耳を傾けていらっしゃいます。

玉鬘の姫君は、東の廂の間に引き籠《こも》ってお寝《やす》みになっていらっしゃいました。そこへ宮のお言葉をお取り次ぎににじりながら入ってゆく宰相の君に、源氏の君はことづけられて、

「これではあんまりもったいぶった気の利《き》かないお扱いです。何事も、その場に応じて振舞うのが見苦しくないのです。むやみに子供じみたふりをされるお年でもありません。この兵部卿の宮にまで、他人行儀に人伝《ひとづて》の御返事などなさるものではありませんよ。直接お声をお聞かせにならないにしても、せめてもう少しお近くにお寄りになっては」

など、おさとしになりますけれど、姫君はほとほと困ってどうしていいかわかりません。こんな御意見にかこつけてでも側近く入りこんでいらっしゃりかねない源氏の君のお気持とも思われるので、あれやこれやと思い迷うと辛《つら》くてたまらなく、そっとその場を抜け出して、母屋《もや》との境に立ててある御几帳の陰に、横におなりになりました。

何やかやと宮のお話が長くつづくのに、お返事もなさらないで、姫君は思いためらっていらっしゃいます。そこへ源氏の君が近寄ってこられるなり、御几帳の帷子《かたびら》を一枚、いきなりお上げになります。と、同時に、さっと光るものがあたりに散乱して、紙燭《しそく》をさし出したのかと、姫君はびっくりなさいます。

この夕方、源氏の君は蛍をたくさん薄い布に包んでおいて、光が洩《も》れないように隠してお置

きになったものを、さりげなく、姫君のお世話をなさるふりをよそおって、いきなり、さっと放し撒《ま》かれたのでした。突然のきらめく光に、姫君がはっと驚き、あわてて扇をかざしてお隠しになった横顔は、息を吞むほど妖《あや》しく美しく心をそそられました。源氏の君は、
「おびただしい光が突然見えたら、宮もお覗《のぞ》きになられるだろう。玉鬘の姫君をこのわたしの実の娘とお思いになっているだけで、こうまで熱心に言い寄られるのだろう。姫君の人柄や器量などが、これほど非の打ちどころもなく具《そな》わっていようとは、とても想像もお出来になるまい。実際、色ごとには熱心にちがいない宮のお心を、惑《まど》わしてあげよう」
と、あれこれたくらんで趣向をめぐらしていらっしゃるのでした。ほんとうの御自分の御娘であったなら、これほどまでに、おせっかいを焼かれて大騒ぎはなさらないでしょう。ほんとうに困った御性分なのでした。

源氏の君は、別の戸口からこっそり脱け出してお帰りになりました。

兵部卿の宮は、姫君のいらっしゃるのはあのあたりだろうと、見当をおつけになりましたが、それが思っていたより間近な様子なので、お心がときめかれて、言いようもなく美しい羅《うすもの》の帷子の隙間からお覗きになりますと、一間《ひとま》ほど隔てた見通しのきくあたりに、思いもかけない光がこうしてほのかに姫君を照らしているのを、何という心憎い情景かとお目にとめられます。

たちまち女房たちが蛍を隠してしまったので、光は消えてしまいました。けれどもこのほのかな蛍の光は、風流な恋の糸口にもなりそうに見えました。ほんの一瞬、わずかに御覧になっ

ただけですけれど、すらりとしたお姿で横になっていらっしゃる姫君の御容姿の美しかったのを、宮は見飽きず心残りにお思いになられて、ほんとうに、源氏の君のあの御計画通りに、この趣向は宮のお心に深くしみいったのでした。

鳴く声も聞こえぬ虫の思ひだに
　人の消《け》つには消ゆるものかは

鳴く声も聞こえない
蛍の光でさえ
人が消そうとしても
消えるものでしょうか
ましてわたしの恋の火は

「この思いをおわかり下さいましたでしょうか」
と宮は申し上げました。こうした時の御返歌を、時間をかけて思案するのもすなおでないので、ただ速いだけを取り柄に、

声はせで身をのみこがす蛍こそ
　言ふよりまさる思ひなるらめ

鳴く声も立てずに
ただひたすら
わが身を焦がす蛍こそ
言葉になさる誰かより
はるかに深い思いでしょう

などと、わざとさりげなくお返事をして、姫君御自身は奥へ入っておしまいになりましたので、宮は、いかにもよそよそしいお扱いを受ける辛さを、たいそうお恨みになります。そこに夜明けまでいるのは、いかにも好色がましいようなので、軒《のき》の雫《しずく》の絶え間もないほどに、満たされぬ恋の辛さに苦しくて、雨と涙に濡れ濡れ、まだ暗いうちにお帰りになりました。そのとき、五月雨《さみだれ》の物思いの夜にふさわしく、ほととぎすなどがきっと鳴いたことでしょう。それを聞いて歌も詠《よ》まれたのでしょうが、そんなことまでは、いちいちわずらわしいので耳にもとめませんでした。

宮の御容姿などの優雅さは、御兄弟だから源氏の君にたいそうよく似ていらっしゃると、女房たちもおほめ申し上げています。昨夜、源氏の君がまるで母親のように姫君の世話をやいていられた御様子を、ほんとうの御心も知らないままに女房たちは、何とおやさしくもったいないと、みんなで話し合っています。

玉鬘の姫君は、こうして表面はさすがに親らしく振舞っていらっしゃる源氏の君の御様子を見るにつけても、

「所詮《しよせん》は不運な自分が招いた不幸なのだ。実の父内大臣《ないだいじん》に探し出されて、人並みに娘として扱われた上で、このように源氏の君に愛されるのなら、どうしてそれほど不似合いということがあるだろうか。今のような普通でない境遇でいる立場こそ情けなく口惜しい。しまいには世間の噂の種にならないだろうか」

と、寝ても覚めても思い悩んでいらっしゃいます。とは言っても、源氏の君は、実のとこ

ろ、父と娘の近親相姦《きんしんそうかん》のようなみっともない関係に、姫君を落とすような結果にはしたくないと、考えておいでなのでした。ところがやはり例の多情な御性質なので、秋好《あきこの》む中宮《ちゅうぐう》などに対しても、きれいさっぱり思いあきらめていらっしゃらないのでしょうか。折にふれては、ただごとではない怪しいことを申し上げ、中宮のお気を引くようなこともなさるのでした。けれども中宮という高貴な御身分では、何とも重々しく近寄りにくくて、万事面倒なので、あからさまに立ち入ってはお心の内を打ち明けたりはなさいません。ところがこちらの玉鬘の姫君は、お人柄も親しみやすく現代風でいらっしゃるので、源氏の君はついお気持が抑えきれなくて、女房たちがもしお見かけしたなら、きっと怪しまれるにちがいないようなお振舞いなどを、時々なさるのでした。それでもあり得ないほど、よく自制なさるので、危ないながらも、まだやはり美しく清いおふたりの御関係なのでした。

長い梅雨が例年よりしつこく降りつづき、空も心も晴れる間もなく退屈なので、六条の院の女君たちは、絵物語などを慰みに読んで明かし暮していらっしゃいます。

明石《あかし》の君《きみ》は、そうした物語も趣向を凝らして見事に絵巻物にお仕立てになり、明石の姫君にさし上げます。

西の対の玉鬘の姫君は、長い田舎暮しで物語を見る機会もなかったので、ほかの方々よりはいっそう珍しく思われ、興味をひかれることですから、明けても暮れても物語を読んだり、写したりするのに夢中になっていらっしゃいます。こちらには物語を写したりさし絵を描いたりすることの得意な若い女房たちも大勢いました。

世にも珍しいようなさまざまな人の身の上などを、真実か虚構《きよこう》かわからないけれど、いろいろ書き集めてあるなかにも、姫君は御自分のような珍しい身の上の者はなかったと、御覧になっていらっしゃいます。住吉物語《すみよしものがたり》の姫君が、さまざまな運命に直面したその当時はもちろん、現在でもやはりとりわけ人気が高いようです。その物語の中で、継母《ままはは》のさし向けた老人の主計《かぞえ》の頭《かみ》が、危うく姫君を盗み出そうとするところなど、玉鬘の姫君は、あの大夫《たいふ》の監《げん》の恐ろしかった自分の経験と比べて読んでいらっしゃいます。

源氏の君も、どちらに行かれても、こうした物語が取り散らかしてあるのが、お目につきますので、

「ああ、厄介だね。女というものは、すすんでわざわざ人にだまされるように、この世に生れついているものと見えるね。たくさんのこうした物語のなかには、ほんとうの話などは、いたって少ないだろうに、一方ではそれをわかっていながら、こんなたわいもない話に心を奪われ、体《てい》よくだまされて、暑苦しい五月雨時《さみだれどき》に、髪の乱れるのも構わず、書き写していらっしゃるとは」

と、お笑いになるものの、また、

「もっともこうした昔の物語でも見なければ、実際、どうにもほかに気のまぎらわしようもな

いこの所在なさは、慰めるすべもないですね。それにしてもこの数々の嘘《うそ》八百の作り話の中にも、なるほど、そんなこともあろうかと読者を感動させ、いかにも真実らしく書きつづけているところには、一方ではどうせたわいもない作り話とはわかっていながら、暇にまかせて興味をそそられ、物語の中の痛々しい姫君が、悲しみに沈んでいるのを見れば、やはり少しは心が惹《ひ》かれるものですよ。また、とてもそんな話はあり得ないことだと思いながらも、読んでいるうちに、仰々しく誇張《こちょう》した書きぶりに目がくらまされたりして、改めて落ち着いて聞いてみる時は、なんだつまらないと癪《しゃく》にさわるけれど、そんな中にも、ふっと感心させられるようなところが、ありあり描かれていることもあるでしょう。この頃、明石の姫君が、女房などに時々物語を読ませているのを立ち聞きしますと、何と話のうまい者が世間にはいるものだとつくづく感心します。こんな話は嘘を言い馴れた人の口から出るのだろうと思うけれど、そうばかりとも限らないのかな」

と仰せになりますので、玉鬘の姫君は、

「おっしゃるように、いつも嘘をつき馴れたお方は、いろいろとそんなふうに御推量もなさるのでしょう。わたしなどにはただもうほんとうの話としか思えませんわ」

と、今まで使われていた硯《すずり》を脇へ押しやって、物語を写すのをやめようとなさるので、源氏の君は、

「気をそぐようなぶしつけな悪口を言って、物語をけなしてしまったね。物語というものは、神代《かみよ》の昔から、この世の中に起こった出来事を書き残したものだと言われます。正史《せいし》と言われ

る日本紀《にほんぎ》などは、そのほんの一面しか書いてないのです。こうした物語の中にこそ、細かいことがくわしく書いてあるのでしょう」

とおっしゃってお笑いになります。

「一体物語には、誰それの身の上といって、ありのままに書くことはない。それでもいい事も悪い事も、この世に生きている人の有り様の、見ても見飽きず、聞いても聞き捨てに出来なくて、後世にも言い伝えさせたい事柄を、あれやこれや、自分の胸ひとつにおさめておけなくなり、書き残したのが物語の始まりなのです。作中の人物をよく言おうとするあまり、よいことばかりを選びだして書き、読者の要求に従って、めったに世間にありそうもない悪い話をたくさん書き集めたのは、みな善悪それぞれの方面に関したことも、この世間に実際にないことではないのですよ。

唐土《もろこし》の物語は、その書き方がわが国とは違っているし、また日本のものでも、昔と今では変わっているでしょう。書き方に深さ、浅さの差はあるだろうが、物語をまったくの作り話で嘘だと言い切ってしまうのも、物語の本質を間違えてしまいます。

み仏が、尊いお心からお説《と》きになっておかれたお経にも方便《ほうべん》というものがあって、悟りを得ていない者は、経文のあちこちで教えが違い、矛盾《むじゅん》しているではないかという疑問をきっと抱くことでしょう。方便の説は方等経《ほうどうきよう》の中に多いけれど、詮《せん》じつめていけば、結局は同じ一つの趣旨によっているので、悟りと迷いの差とは、この物語の中の人物の善人と悪人との差ぐらいの違いです。善意に解釈すれば、すべて何事も無駄なものはなくなってしまいますよ」

と、物語をほんとうに大したもののように論じておしまいになりました。

「ところで、こうした古い昔の物語の中にも、わたしのような誠実なくせに、女に相手にされない愚《おろ》か者の話はありますか。ひどく世間離れのした人情味に乏《とぼ》しい何かの物語の姫君でも、あなたのように冷たくて、空とぼけている人は、またといないでしょう。さあ、では、いよいよわたしたちの仲を世にも珍しい物語に書いて、後世に伝えさせましょう」

と、近くに寄り添ってきて申し上げますので、姫君は衿《えり》にお顔を埋められて、

「そうでなくても、こんな世にも珍しい関係は、世間の噂の種にもなってしまいましょう」

とおっしゃいます。源氏の君は、

「あなたも世にも珍しいとお思いですか。ほんとにわたしもあなたのような父につれない娘はまたとはないような気がしますよ」

とおっしゃって、寄り添っていらっしゃるお姿は、いかにもくだけたしどけなさです。

思ひあまり昔のあとをたづぬれど
　親にそむける子ぞたぐひなき

思いあまって
昔そんな人はいたかと
古い物語の中を探しても
親にそむいた子の例は
みつからなかった

「不孝《ふこう》というのは、仏教でも厳しく戒《いまし》めていますよ」

とおっしゃいますけれど、玉鬘の姫君は顔もお上げになりません。源氏の君は、姫君のお髪《ぐし》をしきりに掻《か》き撫《な》でながら、たいそうお怨《うら》みになりますので、ようやくのことで、

ふるき跡をたづぬれどげになかりけり
　この世にかかる親の心は

昔の人の例を
物語の中に探してみても
ほんとにありませんでしたわ
この世に娘に思いをかける
ひどい親の心なんて

とおっしゃるのにつけても、源氏の君はさすがに気恥ずかしくなって、それ以上はあまりひどくもいかがわしいことはなさいません。こんなことで、末は一体どうなっていくおふたりの仲なのでしょう。

紫の上も、明石の姫君のための御注文にかこつけて、物語を手放しがたく思っていらっしゃいます。くま野の物語が絵に描かれているのを、

「たいそうよく描いてある絵だこと」

とおっしゃって御覧になります。幼い姫君が、無邪気に昼寝していらっしゃる場面の絵を、昔の御自分の様子をお思い出しになりながら紫の上は御覧になります。源氏の君は、

「こんな子供どうしでさえ何とまあ、恋なれていることとか。わたしなどは、やはりあなたの大人

になるのを待っていた気の長さでは、例にあげられてもいいほど、人とは違っていましたね」と、昔のことをお持ち出しになります。たしかに、世に例のないような恋ばかりを、たくさん御経験なさったことです。

「姫君の御前で、こうした世間ずれした色恋沙汰《ざた》の物語などは、読んでお聞かせしないのがいいでしょう。ひそかに恋心を持った物語の娘などは、面白いとは思わぬまでも、こんなことが世間にはあるものだと、姫君が当たり前のように思われたら大変です」

とおっしゃいます。こんな話を、もし西の対の玉鬘の姫君がお聞きになられたら、自分に対する扱いとは、ずいぶん分け隔てのあることと、お気を悪くされることでしょう。紫の上は、

「ほんとに浅はかに物語の色恋沙汰を真似たりするのは、はた目にも見られたものではありません。宇津保《うつほ》物語の藤原の君の娘というのは、とても思慮深くてしっかりしていて、間違いはないでしょうけれど、相手に対するいかにもそっけない物言いや態度には、女らしさがないようで、それもやはり心の浅い女と同じようにお手本にはならないと思いますわ」

とおっしゃいます。源氏の君は、

「現実の人間も、えてしてそんなようですよ。一人前にそれぞれが、人と違った自分の主張を持って譲らず、ほどのいいように振舞えないのです。たしなみのある立派な親が、よく注意して育て上げた娘が、子供のように純真なのをせめてもの取り柄《とえ》として、しかもいろいろ劣った点も多いのは、一体どんな育て方をしていたのかと、親の躾《しつ》け方まで思いやられるのも、全く気の毒なものです。しかしまた、そうは言っても娘を見ていかにもその人の身分にふさわ

しい感じだなと思えるのは、育て甲斐《がい》があるというもので、親の面目も立ちます。まわりの者が口を極めて気恥ずかしいほどほめちぎっていたのに、その娘の仕出かすことや、口にする言葉を見たり聞いたりして、なるほどと感心されるようなところがないのは、全くがっかりするものです。だいたいつまらない人には、何とかして娘をほめさせたくないものですね、思慮の足りない人は、ばかぼめするから」

などと、ただただこの明石の姫君が、人に後ろ指をさされることのないようにと、何かにつけお心をつかわれ、また仰せになります。

継母《ままはは》の意地悪さを書いた昔物語が多くある中で、継母の心とは、そんなものだと思いこまれては、面白くないと、源氏の君はお考えになりますので、よく物語を厳選なさりながら清書させたり、絵などにもお描かせになるのでした。

源氏の君は、御長男の夕霧の中将を、こちらの紫の上にはお近づけにならないようにしていらっしゃいますが、明石の姫君のほうには、それほど遠ざけることのないように、今からお躾けになっていらっしゃいます。

自分が生きている間は、どちらにせよ同じことだけれど、死んだ後のことを考えてみると、やはり日頃から馴染《なじ》んで、気心も知り合い、親しんでいたほうが、とりわけて情愛も深くなり将来の後ろ楯《うしろだて》にもなるだろうとお考えになって、南の廂《ひさし》の間《ま》の御簾《みす》のうちへは、出入りをお許しになっていらっしゃいます。それでも台盤所《だいばんどころ》の女房《にようぼう》たちの中へ入ることはお許しになりません。

多くはいらっしゃらないお子たちの御仲なので、源氏の君はお二人のお子を、それは大切にお世話申し上げていらっしゃいます。夕霧の中将の性質は、大体が重々しく、生真面目一方に考えるお方なので、源氏の君は安心して姫君をお任せになっていらっしゃいます。

明石の姫君はまだあどけないお人形遊びなどがお好きな御様子が見えますので、中将にはあの雲居《くもい》の雁《かり》の姫君と一緒に遊び過した歳月が、まず思い出さずにはいられなくて、明石の姫君のお雛《ひな》さまの御殿遊びのお守りをまめまめしくなさっては、時折涙ぐんでいらっしゃるのでした。

お相手としてふさわしいような女たちには、軽い遊び心で言い寄ったりもなさいます。そうした相手は大勢いますけれど、先方から本気で将来をあてにされるようには、深入りなさいません。中には妻としてもふさわしいと心を惹かれそうな女がいても、強《し》いてちょっとした冗談事にしてしまいます。やはりあの雲居の雁の乳母《めのと》に六位《ろくい》の袖《そで》の色と軽蔑されたのを、何とか見直してもらいたいと思う心だけが、どうしても捨てられない重大事として、頭を離れないのでした。

是《ぜ》が非《ひ》でもと、なりふり構わずしつこくつきまとっていたら、内大臣もその成り行きに根負けして、結婚をお許しにならないこともなかったでしょう。しかしふたりの仲をさかれて、真実口惜しいと思っていたあの頃、どうしても、内大臣にその処分の良し悪しを、理非《りひ》を分けて反省していただこうと決心したことが忘れられません。姫君御本人にだけは、並々でない恋心の思いのたけを、ひそかにお手紙で残りなくお知らせしてあります。それでいて表向きは焦《あせ》ったふうは一向に見せずおっとりと構えていらっしゃいます。

姫君の御兄弟たちも、この夕霧の中将の態度を、ひどく小憎《こにく》らしいと思うことが多いのでした。

藤《ふじの》裏《うら》葉《ば》より

源氏の息子の夕霧《ゆうぎり》は幼馴染の雲居《くもい》の雁《かり》との仲を父親の内大臣にようやく許されて結婚。明石の姫君は東宮に入内し、紫の上は養母として参内、明石の君は後見役の女房となって娘と再会した。源氏は准太上天皇となる。

こうして、六条の院でお支度中の明石《あかし》の姫君の御入内《じゅだい》は、四月二十日過ぎとなりました。

紫《むらさき》の上《うえ》が、上賀茂神社《かみがもじんじゃ》の祭神の御降臨《こうりん》を迎えるお祭に参詣なさるというので、源氏の君は例によって、六条の院のほかの女君たちもお誘いになりました。けれども女君たちは、なまじ、紫の上の後に引きつづいて行ってはお供のようで、味気ない思いをするだろうとお思いになり、どなたもどなたもお見合わせになりました。それでさほど仰々しいほどでもなく、お車を二十輛ほど連ねて、前駆《ぜんく》の人数などもあまり多くなさらず、万事に簡素になさいましたのが、かえって趣《おもむき》があり格別な感じでした。

葵祭《あおいまつり》の当日には、夜明け頃御参詣になり、そのお帰りには、勅使《ちょくし》の行列を見物なさるため、桟敷《さじき》にお着きになりました。ほかの女君たちの女房もそれぞれ車を連ねて、紫の上の桟敷のお前に、よい場所を占めている光景は堂々たるものでした。あれが紫の上の御一行だと、遠目にも、それはたいした御威勢に見えました。

源氏の君は、秋好《あきこの》む中宮《ちゆうぐう》の御母、六条の御息所《みやすどころ》が、葵祭の日に車を押しのけられ恥辱《ちじよく》を受けた時のことをお思い出しになって、

「葵の上が権勢に思い上がり傲慢《ごうまん》な振舞いをして、あんな事件を起こしたのは、思いやりのない仕打ちだった。あんなふうに御息所をずいぶんひどい目にあわせた人も、御息所の怨みを身に受け、たたられたような形で亡くなってしまった」

と、そのへんのくわしい事情については言葉を濁《にご》されて、

「後に残った子孫で、夕霧《ゆうぎり》の中将《ちゆうじよう》はこうして並の臣下として、少しずつ昇進していく程度でしょう。ところが秋好む中宮のほうは、並びない后《きさき》の位におつきになるのも、思えばずいぶん感慨の深いことです。何につけ、先のことはどうなるかわからない無常の世の中だからこそ、何事も、生きている限り、自分の好きなようにして暮したいものです。しかし、後にお残りになるあなたの、晩年などが、見る影もない落ちぶれようになりはしないかなど、そんなことまでが気がかりでならないので」

などと、紫の上にしみじみお話しになります。そのうち、上達部なども、この桟敷に集まってきましたので、源氏の君はそちらの席へお出ましになりました。

近衛府《このえふ》から立てられる今日の祭の勅使は、柏木《かしわぎ》の中将でした。あの内大臣のお邸で、勅使が出発するところへ上達部たちは集まって見送り、そこからこの桟敷へやって来たのでした。

惟光《これみつ》の娘の藤《とう》の典侍《ないしのすけ》も今日の勅使でした。日頃、格別に人気のある人なので、帝《みかど》、東宮《とうぐう》をはじめ、六条の源氏の大臣などからも、賜《たまわ》り物がところ狭しとばかり集まっていて、その御贔《ひい》屓《き》ぶりは実に大したものです。夕霧の宰相は、藤の典侍出発のところにまで、わざわざお手紙をお届けになりました。ふたりはかねがね人目を忍んで思いを交わしあっている仲なので、夕霧の宰相がこうして権門《けんもん》の婿君にお決まりになったことを、典侍は内心おだやかでなく思っていたのでした。

何とかや今日のかざしよかつ見つつ
　おぼめくまでもなりにけるかな

今日の祭に人々が
挿頭《かざし》にさしている葵は
逢う日を連想させるのに
目の前にそれを見ながら
思い出せないほどになって

藤裏葉
より

とあります。

「我ながらあきれたことです」

折を外さずお手紙を下さっただけなのに、典侍はどう感じたのでしょうか。車に乗ろうとするたいそうあわただしい時だったのに、

わたしも頭に挿頭《かざ》しながら
やはりはっきり思い出せない
その草の名を
桂の枝を折られたあなたなら
御存知でしょうに

かざしてもかつたどらるる草の名は
桂《かつら》を折りし人や知るらむ

とお返事しました。何ということもない歌とは言いながら、してやられたなと、夕霧の宰相はお思いになります。やはりこの典侍からはお心が離れず、これからもこっそりお逢いになることでしょう。

「あなたのような学者でなければわかりませんわ」

さて、姫君の御入内には、母北の方が付き添われるのが慣例《かんれい》でしたが、紫の上は長くお側にお付きしていることもお出来にならないだろうし、こうした機会に、御生母の明石の君を御後見《おんうしろみ》として付き添わせようかと、源氏の君はお考えになります。紫の上も、

「結局は一緒にお暮しになられるのが当然なのに、今のように親子別れ別れに暮していらっしゃるのを、明石の君も、内心ではひどい仕打ちだと嘆いていらっしゃるだろうし、姫君のお気持としても、御成人なさった今では、次第に生みの母が気がかりになっていらっしゃるにちがいない。お二人からそれぞれわだかまりを持たれているとしたら、つまらないことだ」

とお思いになって、

「この機会に、明石の君を付き添わせておあげなさいまし。まだ姫君はとても幼くか弱いお年頃なのも心配ですのに、お仕えしている女房たちにしても、若くて気の付かない者ばかりが多いのです。乳母たちにしましても、気を付けたところで、なかなか行き届きかねます。だからといって、わたしがいつもいつもお側に付いていられるわけでもなし、そんな時にも、あの方なら安心出来ましょう」

と申し上げます。

源氏の君は、よく気の付く人とお思いになって、

「紫の上がこう言っている」

と明石の君にもお話しになりましたので、明石の君はたいそう嬉しくて、願いが何もかも叶ってしまった気持がして、女房の衣裳や、その他万端《ばんたん》のことも、高貴な紫の上の御有り様に劣ることのないようにお支度をします。

御祖母の明石の尼君も、やはりこの姫君の御行く末をお見届けしたいという気持が深かったのです。

姫君にもう一度、お逢い出来る時節もあるだろうかと、命まで執念深く永らえて祈っておりましたので、入内後はどうしたらお目にかかれることやらと心配するのも悲しいことでした。

入内のその夜は、紫の上が付き添われて参内いたしますので、御生母の明石の君は、

「御輦車《みてぐるま》の後から歩いてお供して行ったりするのは、ずいぶんはた目に見苦しいことだろう。

自分はそんなことは平気だけれど、ただこうして立派にお育て下さった玉のような姫君の瑕《きず》になりはしないだろうか」

と思って、自分のような者がこうして生き永らえていることを、かえって辛くさえ思うのでした。

入内の儀式は、人目を驚かすような仰々しいことはすまいと、源氏の君は万事控え目になさいますが、それでも自然に世間並みではおさまりません。

紫の上は姫君をこの上もなく大切にお世話なさり、心の底から可愛いとお思いになるにつけても、誰にも渡したくなくて、これが実の子でこういう晴れがましいことがあったなら、どんなにいいだろうとお思いになるのでした。源氏の君も、夕霧の宰相も、姫君が、ただ紫の上の実のお子でないことだけが、残念なことだとお思いになります。

紫の上は、宮中で三日お過しになってから、御退出になります。

入れ替わりに、明石の君が参内なさいますので、その夜、紫の上とはじめて御対面になりました。紫の上は、

「姫君がこのように御成人なさいましたのを見るにつけても、あなたとの長い御縁がしのばれますので、もう他人行儀な遠慮はお互いになくなるでしょうね」

と、さも親しそうにおっしゃって、いろいろと世間話などなさいます。これもお二人が打ちとけられる糸口になったことでしょう。

明石の君が話される態度や雰囲気などに、源氏の君がこの人を深く愛されるのも無理もない

と、紫の上は、つくづく思われます。また明石の君も、世にも高貴な感じの上に、女盛りで匂うような紫の上を、何というすばらしい魅力的なお方だろうと感じ入って、

「たくさんの女君の中でも、源氏の君の特別な御寵愛をお受けして、肩を並べる者のない地位を、おひとり占めにしていらっしゃるのも、なるほど、もっともなこと」

とうなずかずにいられません。

「その御立派な紫の上と、こんなにまで対等にお話し出来る自分の運勢は、並大抵のものではない」

と思うのでした。とはいえ、紫の上の御退出の儀式が、ほんとうに盛大で、勅許《ちよつきよ》の御輦車などに乗られて、まるで女御の御待遇に変わらないのを目の当たりにするにつけても、やはりどうしようもなく劣った自分の身分なのだと思い知るのでした。それでも姫君が、いかにもお可愛らしく雛人形のようでいらっしゃるのを、まるで夢のような気持で拝しましても、嬉し涙ばかりあふれて、これが悲しい時にも流れる同じ涙なのかと、つくづく有り難く思います。長い年月、何かにつけて嘆き悲しみ、色々と辛いわが身の運命だと悲観しきっていたこの寿命も、今ではもっと延ばしてほしいと思うくらい、晴れやかな気持になるのでした。それにつけても、これこそ住吉《すみよし》の明神《みようじん》のあらたかな御霊験《れいげん》だと、しみじみ有り難く思わずにはいられません。

姫君を申し分のないように明石の君が大切にお世話申し上げる上、何もかも行き届いた聡明な明石の君の人柄なので、周囲の人々の評判や信望は厚いのです。それに何より並はずれてお

美しい姫君のお姿や御器量のため、東宮もまだお若いにもかかわらず、たいそう姫君に惹かれ、どの方よりも大切に思っていらっしゃいます。

競争相手のお妃の女房などは、この生母の明石の君が、こうして姫君に付き添っていらっしゃることを、それが瑕《きず》ででもあるかのようにわざと難癖《なんくせ》をつけたりしますけれど、そんなことで姫君の御威勢が消される筈《はず》もありません。姫君はおごそかな威厳《いげん》がおありで、誰も対抗出来ないのは言うまでもなく、奥ゆかしく優雅な雰囲気も具《そな》えていらっしゃいます。

その上、どんな些細《ささい》なことでも、明石の君が申し分なく上手に取り廻しておあげになりますので、殿上人《てんじょうびと》なども、恋の張りあいどころとして、何よりの新しい場所が出来たと思っていま す。それぞれお仕えする女房たちに恋をしかけますと、そんな時の女房たちの対応のしかたまでも、明石の君は実にたしなみよく躾《しつ》けてあるのでした。

紫の上も、これという折節には参内なさいます。こうして明石の君とのお付き合いも、申し分なく打ちとけてゆかれます。そうかといって、明石の君は、出過ぎた馴れ馴れしいところは見せず、軽く見られるような態度もまた露ほどもなく、不思議なほど申し分のない性質のお方なのでした。

源氏の君も、もう余生も長くはないと思われる自分の存命中にと、望んでいられた姫君の御入内も、望みどおりおすませになられました。また自分から求めたこととはいえ、結婚もせず世間体の悪かった夕霧の宰相も、今は何の心配もなく世間並みに身を固められましたので、すっかり御安堵《あんど》なさって、今こそ、念願の出家も遂《と》げたいものとお思いになります。ただ、紫の上のことが気がかりですけれど、こちらには秋好む中宮がいらっしゃいますので、並々ではなく心強いお味方というものです。

明石の姫君も、表向きの母君としては、まず第一に思って下さるでしょうし、もう自分が出家しても心配はないと頼りになさっていらっしゃいます。

そうなれば、夏の御方花散里《はなちるさと》の君《きみ》が、何かにつけてお淋しいことでしょうが、それも夕霧の宰相がついていらっしゃることですから、皆、それぞれに心配はないとお考えになってゆかれます。

十月の二十日過ぎの頃に、六条の院に帝の行幸《ぎょうこう》がありました。紅葉の盛りで、興趣も深いにちがいない行幸なので、帝から朱雀院《すざくいん》にもお誘いがあって、院までがお越しになることになりました。こんなことは世にも珍しい、またとはない盛儀《せいぎ》だというので、世人も心をときめかしております。主人側の六条の院でも趣向を凝らし、目もまばゆいばかりのお支度をなさいます。

午前十時頃、六条の院に行幸がありまして、まず東北の町の馬場御殿《うまばのおとど》にお入りになります。左右の馬寮《めりょう》の御馬を引き並べて、左右の近衛府の武官たちが並び立った作法は、五月の端午《たんご》の日の競射の儀式と見違えるほどそっくりでした。

午後二時過ぎには、南の町の寝殿にお移りあそばします。お通り道の反橋《そりはし》や渡り廊下には錦を敷き、外からあらわに見えそうなところには、絵を描いた絹の幔幕《まんまく》を引き、物々しく設営されています。

東の池に船を幾艘《いくそう》か浮かべて、宮中の御厨子所《みずしどころ》の鵜飼《うか》いの長《おさ》と、六条の院の鵜飼いとを一緒にお召しになって、池に鵜を下ろして使わせます。鵜が小さな鮒《ふな》などを幾匹もくわえて見せます。

そうしたことも、わざとらしく御覧に入れるというのではなく、帝がお通りになる途中のお慰みに用意されているのでした。

築山《つきやま》の紅葉は、どちらの御殿のも見劣りすることがないのですけれど、西の町の秋好む中宮のお庭のは、格別美しいので、西の町と南の町の中仕切りの廊下の壁を崩して、中門《ちゅうもん》を開け放ち、秋霧もさえぎることが出来ないほど見通しをよくして御覧に入れます。

帝と朱雀院のお席を二つ整えて、六条の院の主人《あるじ》のお席は一段下がって設《もう》けてありましたのを、帝のお言葉によって同列にお直しになりましたのは、すばらしいことと思われましたが、帝はそれでもまだ、充分に、規定通りの恭敬《きょうけい》のお気持を表しきれないことを、残念にお思いなのでした。

池で取った魚を、左近衛《さこんえ》の少将が持ち、蔵人所《くろうどどころ》の鷹飼《たかが》いが北野で狩りをして獲ってきた鳥一番《ひとつがい》を、右近衛の少将が捧げまして、寝殿の東から帝の御前に進み出てきました。寝殿の正面の階段の左右にひざまずいて、献上のことを奏上します。

太政大臣が、帝のお言葉を二人にお伝えになって、それを調理して御膳にさし上げます。親王《みこ》たちや、上達部《かんだちめ》などの御馳走の支度も、いつもとは目さきを変えて、珍しいお料理を用意させていらっしゃいます。皆お酔いになって、日の暮れかかる頃に、宮中の楽所《がくしょ》の楽人《がくにん》をお召しになります。大袈裟《おおげさ》な大規模の舞楽《ぶがく》ではなく、新鮮で優雅に演奏して、殿上童《てんじょうわらわ》が舞いました。あの昔、朱雀院で紅葉《もみじ》の賀《が》を催されたふるい日のことが、例によって思い出されます。賀王恩《がおうおん》という音楽が奏せられる時、太政大臣の末の若君の十歳ばかりなのが、たいそう上手に舞いました。帝が御衣《おんぞ》をお脱ぎになって御褒美《ごほうび》に下さいます。父の太政大臣が庭上に降りて、お礼の拝舞《はいぶ》をなさいました。

主人の源氏の院は、庭上の菊をお折らせになって、昔、菊を挿頭《かざし》に差し替えて、青海波《せいがいは》を舞った時のことをお思い出しになります。

色まさる籬《まがき》の菊もをりをりに
　袖うちかけし秋を恋ふらし

ひとしお色香のまさった
籬の菊の花も折にふれ
昔袖を打ちかけて舞った
あの秋の日を恋しく
思い出すことだろう

と、太政大臣にお詠みかけになります。太政大臣も、

「あの時は、同じ青海波を源氏の君と御一緒に舞ったものだが、今、自分も太政大臣として人よ

藤裏葉
より

りは抜きんでた身分になったけれど、やはりこのお方は、特別なこの上ない御身分だったのだ」とお悟りにならずにはいられません。時雨《しぐれ》が時を心得たように、今、降りはじめました。太政大臣は、

紫の雲にまがへる菊の花
　濁りなき世の星かとぞ見る

瑞祥《ずいしょう》の紫雲《しうん》かと見ちがえそうな
美しい紫の菊の花に似た
准太上天皇のあなたは
濁りなき聖代の
輝く星かと思われます

「〈時こそありけれ菊の花〉の古歌のように、益々お栄えあそばして」
と申し上げます。

夕風が、濃い色や薄い色の様々な紅葉を吹き落とし、庭に敷いてゆきます。それは錦を敷いた渡り廊下に見まがいそうです。その庭に、器量も姿も可愛らしい、すべて名門の童たちが、青と赤の白橡《しらつるばみ》の袍《ほう》や、蘇芳《すおう》、葡萄染《えびぞめ》の下襲《したがさね》などを、いつものように着付けて、髪は例の角髪《みずら》に結って、額に天冠をつけただけの扮装《ふんそう》で、短い曲をほんのすこしだけ舞いながら、紅葉の蔭に入って行くところなど、実際、日の暮れるのも惜しいほどに思われます。楽所なども大袈裟な演奏はしません。

やがて堂上での音楽のお遊びが始まって、書司《ふみづかさ》のお琴などをお取り寄せになります。感興がいよいよ高まった頃に、お三方の御前にそれぞれお琴をさし上げました。「宇陀法師《うだのほうし》」と呼ばれている和琴《わごん》の名器の、変わらない美しい音色も、朱雀院はずいぶん久しぶりで感慨深くお聞きあそばします。

秋をへて時雨《しぐれ》ふりぬる里人《さとびと》も
　かかる紅葉《もみぢ》のをりをこそ見ね

宮中を去り幾度かの秋は過ぎ
時雨降る里に年老いたわたしも
こうまで美しいさかりの
紅葉の季節についぞ
あったこともなかった

とお詠みになられたのは、御在位中にこうした宴のなかったことを、恨めしくお思いなのでしょうか。帝は、

世の常の紅葉とや見るいにしへの
　ためしにひける庭の錦を

今日の紅葉を
世にありふれた紅葉と
御覧になるのでしょうか
先朝の紅葉の賀にならって
ひきめぐらせた錦の幕ですのに

藤裏葉
より

とおとりなしになられます。

帝は御容貌が年とともにますます御立派におなりで、ただもう源氏の君と瓜二つにお見えあそばします。その御前に夕霧の中納言がひかえておいでになるのが、これまた、帝とそっくりに見まがうのには驚かされます。気品が高くて立派な感じでは、夕霧の中納言のほうが気のせいか、見劣りがするでしょうか。しかしすっきりと、目のさめるような美しさでは、中納言がまさっているようにさえ見えます。

中納言がたいそう感興深くお見事に、笛を吹く役をお務めになりました。歌を唱う殿上人たちが、階段のそばにひかえていますが、その中で弁の少将の声が特にすぐれて聞こえます。やはり前世からの果報《かほう》めでたい方々がお揃いの、御両家なのでしょうか。

若菜《わかな》上 より

朱雀院は愛娘女三の宮《おんなさんのみや》の後見を源氏に託した。突然の高貴な正妻の出現に紫の上は苦悩する。源氏の四十の賀が重ねられる中、明石の姫君は東宮の男子を出産。六条の院での蹴鞠《けまり》の日、柏木《かしわぎ》は憧れの女三の宮の姿を垣間見る。

朱雀院《すざくいん》は、先日の六条《ろくじょう》の院《いん》への行幸《ぎょうこう》があったあたりから、ずっと御体調を崩《くず》され御病気でいらっしゃいます。もともと御病身でいらっしゃいましたが、この度はとりわけ御病気を心細くお感じになられました。

「長年の間、出家の願いが強かったのだが、母君の大后《おおきさき》が御在世の頃は、何事につけても御遠慮して、今まで決心がつかなかったのだけれど、やはり出離《しゅつり》の道に心が惹《ひ》かれるのだろうか、何だかもう長くは生きていられないような気がする」

など仰せられて、御出家なさるための、御用意をあれこれとあそばされるのでした。

御子《みこ》たちは、東宮《とうぐう》のほかに、姫宮が四人いらっしゃいます。

朱雀院のお妃《きさき》たちの中で藤壺《ふじつぼ》の女御《にょうご》と申し上げたお方は、先帝の皇女《ひめみこ》で、先帝の御在位の時に臣下《しんか》になられ、源氏の姓を賜《たまわ》ったお方でした。

朱雀院がまだ東宮でいられた頃に入内《じゅだい》なさって、やがては后の位にもお定まりになるべき筈《はず》でした。ところがこれといった御後見《おんうしろみ》もいらっしゃらず、母君のお家柄も大したことはなく、頼りない更衣腹《こういばら》の御誕生でしたから、入内後のお暮しぶりも心細そうでした。

弘徽殿《こきでん》の大后が朧月夜《おぼろづきよ》の尚侍《ないしのかみ》を後宮《こうきゅう》にお入れになって、まわりの方々がとても肩を並べられないほどに、後押しなさいましたので、藤壺の女御は気圧《けお》されてしまい、帝《みかど》もお心のうちでは可哀そうにと、いじらしくお思いになりながら、御退位なさいましたので、女御はとうとう御運を逃してしまわれ、今更仕方なく、残念で、御自分の運命を恨めしくお思いの中に、お亡くなりになられました。

そのお方の忘れ形見の女三《おんなさん》の宮《みや》を、朱雀院は大勢いらっしゃる女宮の中でも、とりわけ可愛くお思いになって、大切にお育てになっていらっしゃいます。その頃、お年は十三、四でございました。

今を限りと、憂《う》き世《よ》の縁を断ち、山籠《やまごも》りしてしまったら、女三の宮は後に取り遺《のこ》されて、誰を頼りにして生きていかれるだろうかと、ただこの宮のお身の上ばかりをお案じなさりお嘆きでいらっしゃいました。

西山《にしやま》のお寺の造営が終りまして、そこへお移りになる御支度をなさいますのと同時に、この女三の宮の御裳着《もぎ》についても御用意あそばすのでした。

院の御所に御秘蔵していらっしゃる御宝物や、御調度類は言うまでもなく、ほんのお手遊びのお道具まで、少しでも由緒《ゆいしょ》のあるものは、すっかりこの宮にだけおあげになりまして、ほかのお子たちには、その残りの品々をお分けになるのでした。

こうして、いよいよ二月の十日過ぎに、朱雀院の女三の宮が、六条の院へお輿入《こしい》れになりました。六条の院でも、その御準備に並々ではありません。若菜を召し上がった西の放出《はなちいで》に女三の宮の御帳台を設けて、そこにつづいた一の対《たい》、二の対から渡り廊下へかけて、女房の部屋部屋まで、念入りに設備して磨き飾らせておかれます。

宮中に入内なさる姫君の作法に倣《なら》って、朱雀院からもお道具類が運ばれます。このお輿入れの儀式の盛大さは言うまでもありません。

お供の行列には、上達部《かんだちめ》たちが大勢参列なさいます。あの女三の宮の家司《けいし》になりたがった藤大納言も、心中穏やかでないまま、お供しております。

女三の宮の御車を寄せたところまで、源氏の院がおでましになられて、女三の宮を抱き下ろしてさし上げるのなども、異例のことでした。

何と言っても臣下の立場でいらっしゃるので、万事に限度があって、宮中への入内の儀とも違いますし、普通の婿君というのともまた事情が違いますので、どうもめったに例のない御夫婦の間柄というものです。

三日の間は、舅《しゅうと》の朱雀院からも、主人の源氏の院側からも、またとはないような盛大で、優雅な催しを尽くされます。紫《むらさき》の上《うえ》も何かにつけて平静ではいられない御夫婦の有り様です。それはまあ、こんなことになっても、すっかり姫宮に負けて、ないがしろにされてしまうようなこともないだろうと思われます。それでもこれまでは競争相手のない暮しに馴れていらっしゃったのに、これからは前途も長く、華やかなお方が、侮《あなど》り難《がた》い御威勢《いせい》でお輿入れなさったのですから、紫の上は何となく居心地の悪い思いをなさるのでした。それでも表面はひたすらさりげない態度を装って、姫宮の御降嫁《こうか》の折も、源氏の院とお心を合わせて、こまごましたことまでよくお世話なさり、いかにもいじらしい御態度なのです。源氏の院もそれをいっそう世にまたとない殊勝《しゅしょう》な心がけだとお思いになるのでした。

女三の宮は、ほんとうにまだとても小さくて、未成熟というよりも、ひどくあどけなくて、ただもう子供っぽくていらっしゃいます。あの昔、まだ少女だった紫の上を尋ね出してお引き取りになられた時のことをお思い出しになりますと、あちらは気が利いていて相手にしても手《て》応《ごた》えがあったのに、この女三の宮はただもうあどけないばかりにお見えになります。これも、まあ、いいだろう、この調子なら紫の上に対して憎らしく威張って我を通されることもないだろうとお思いになります。また一方ではあまりといえば張り合いのない御様子だとお見受けいたします。

お輿入れから三日間は、毎晩お休みなくつづけて女三の宮のところへお通いになりますので、長年こんなことは御経験のない紫の上はお心ではこらえようとはなさるものの、やはりもの悲しくてなりません。源氏の院の数々のお召物などに、女房に命じて香《こう》をいつもよりいっそう念入りに薫《た》きしめさせながら、御自身はぼんやり物思いに沈んでいらっしゃいます。その御様子が、言いようもなく可憐で心をそそる美しさです。

「どんな事情があるにせよ、どうして、この人のほかに妻を迎える必要があろうか。浮気っぽく気弱になってきている自分の落ち度から、こんなことも起こってしまったのだ。自分より若くても、夕霧《ゆうぎり》の中納言《ちゅうなごん》のように律義《りちぎ》な人間には、朱雀院は婿にと目もおつけにならなかったのに」

と、我ながら情けなくお思いになって涙ぐまれて、

「今夜だけは、仕方のない義理の最後の夜だからと許して下さるでしょうね。この後、もしあなたを独りにするような夜があるなら、我ながら愛想《あいそ》が尽きることでしょう。かといって、そうして女三の宮を疎遠《そえん》にすれば、また朱雀院のお耳に入るだろうしね」

と悩み悶《もだ》えていらっしゃるお心の内は、見るからにお苦しそうです。

紫の上は少しほほ笑みながら、

「御自分のお心でさえ決めかねていらっしゃるようなのに、ましてわたしなどに道理がどうのこうのなんて、どうしてわかるものですか」

とけんもほろろにおあしらいになりますので、源氏の院は恥ずかしくさえなられて、頰杖《ほおづえ》をおつきになって横になっていらっしゃいます。

紫の上は硯を引き寄せて、

目に近くうつればかはる世の中を
　行く末遠く頼みけるかな

目の当たりにこうも早く
心の移り変わっていく
はかない夫婦の仲なのに
行く末長く変わらないなど
頼って信じてきたことよ

とお詠みになり、古歌《こか》なども書きまぜていらっしゃるのを、源氏の院は手にとって御覧になり、何気ない歌だけれど、いかにももっともだと思われて、

命こそ絶ゆとも絶えめ定めなき
　世の常ならぬなかの契《ちぎ》りを

はかない人の命は
絶える時には絶えもしようが
無常のこの世とは違う
わたしたちふたりの仲は
絶えることもないのですよ

すぐにも女三の宮のほうへお出かけになれないで、ぐずぐずしていらっしゃいます。

「それでは人にも変に思われて、わたしが困ってしまいますわ」

と紫の上にせかされて、ほどよく萎《な》えてしなやかになったお召物に、すばらしい香りを薫きこめてお出ましになります。

それをお見送りになるにつけても、紫の上の心中は、とても平静ではいられないことでしょう。

長い年月には、こんなことになるのではないかと思ったこともいろいろあったけれど、今更とばかり、この頃では全く浮気沙汰から遠のいてこられたので、もう大丈夫と、すっかり安心しきっていたあげくの果てに、こんな世間の噂にも恥ずかしいようなみっともないことが起こってきたとは。安心していいような夫婦仲でもなかったのだから、これから先もどんな不安なことが起こるかわからないと思うようになられました。表面は一向にさりげなく紛らわしていらっしゃるのですが、女房たちも、

「思いがけないことになりましたわね。女君がほかにたくさんおいでになってもどなたも皆、紫の上の御威勢には一目置かれて遠慮なさっていらっしゃればこそ、これまで面倒なことは何も起こらず平穏だったのです。あちらさまのこちらを無視しきったこんな厚かましいなさり方に、負けてなんかいられるものですか。でもそうかといって、ちょっとしたことがきっかけで姫宮方との間でいざこざでも起こったら、その都度面倒なことになるでしょうね」

などと、仲間どうしで話し合って心配しているようです。紫の上は一向に気づかないふりをなさって夜が更けるまで、たいそう御機嫌よく女房たちと話しこまれて起きていらっしゃいます。

こんなふうにまわりでみんながあれこれ取り沙汰しますのを、紫の上は聞き苦しいとお思いになって、

「女君がこんなにたくさん揃っていらっしゃるようなものの、お気に召すような理想的なお方で、華やかな貴い御身分の方もなく、いつも御覧になっていて、もの足りなく思っていらっしゃったところへ、御理想に適《かな》った女三の宮が、こうしてお越し下さったのは、ほんとうに結構なことです。わたしはまだ子供心がぬけないからかしら、御一緒に仲よくしていただきたいのだけれど、困ったことに、妙にこだわってでもいるように、まわりの人々が取り沙汰するのでしょうか。こちらと同じ身分とか、あちらが低い身分のような人に対してなら、黙って聞き流すわけにはゆかないことも、つい自然に起こってくるものだけれど、女三の宮の場合は、畏《おそ》れ多くもおいたわしい御事情もおありのことなので、何とか親しくしていただきたいとわたしは思っています」

などおっしゃいます。中務《なかつかさ》や中将の君などといった女房たちは、互いに目くばせしながら、

「あまりにも思いやりがありすぎますわね」

などと言っているようです。この人たちは昔、源氏の君が情をおかけになって使い馴らされた女房たちだけれど、源氏の君が須磨《すま》へおいでになった時からずっと、紫の上のところにお仕えして、誰も心からお慕いしているのでしょう。ほかの女君たちからも、

「まあ、只今はどんなお気持でいらっしゃることでしょう。もともと御寵愛をあきらめているわたしたちは、こんな時、かえって気が楽ですけれど」

などと、水を向けながらお見舞いを言って寄こされます。

「こんな推量をする人たちのほうこそかえってうとましい。どうせ男女の仲なんて無常なも

の、それなのになぜ、そうくよくよ思い悩むことがあるだろう」

などとお考えになります。

あまり遅くまで起きているのも、いつにないことと、女房たちが不審がるだろうと、気が咎められて、御帳台にお入りになりました。女房が夜具《やぐ》をおかけしましたが、紫の上は、このところほんとうに独り寝で、横に源氏の院がいらっしゃらない淋しい夜な夜ながつづいていることに、やはり平静ではいられない切ないお気持になります。

「あの須磨へ源氏の君がいらっしゃってお別れしていた頃を思い出すと、どんなに遠くに離れていられても、ただ同じこの世に生きていらっしゃるとさえお聞きすれば、自分のことなどはさておいて、ただ君のお身の上ばかりを、惜しくも悲しくも思ったではなかったか。もしもあの時、あの騒ぎにまぎれて、君も自分も命を落としてしまっていたなら、どんなにあっけないふたりの仲だっただろう」

と、また思い直されもするのでした。外には風の吹いている夜の気配が、冷え冷えとして、なかなか寝つかれないでいらっしゃるのを、お側の女房たちが気づいて怪しみはしないかと、身動きもなさらないのも、やはり何としてもお苦しそうです。そんな時、夜のまだ暗い中に一《いち》番鶏《ばんどり》の声が聞こえるのが、身にも心にも沁みとおるようでした。

ことさら恨んでばかりいらっしゃるわけではないのですが、こんなにも紫の上が思い悩んでいられたからでしょうか、源氏の院のお夢に紫の上がお見えになりましたので、はっとお目覚めになり、紫の上がどうかなさったのではないかと、胸騒ぎがなさるうちに、鶏の声が聞こえてきたので、待ちかねるようにすぐ起き出されました。まだ夜も暗いのも知らず顔に、急いでお出になります。

女三の宮はまだほんとうに子供っぽくていらっしゃるので、乳母たちがすぐお側にひかえています。妻戸《つまど》を押しあけて源氏の院がお出になられるのを、乳母たちが見つけてお見送りします。

夜明け前のほの暗い空は、庭の雪あかりが映り、あたりはまだぼうっと霞《かす》んでいます。立ち去られた後まで漂っている残り香《が》に、乳母は、〈春の夜《よ》の闇《やみ》はあやなし梅の花〉と、源氏の院の夜深いお帰りを古歌に託して、つい、ひとりごとに洩らします。

東の対では雪は所々消え残っていますが、薄暗いので庭の白砂とけじめもつきにくいほどなのを、源氏の院は眺められて、

〈子城《しじやう》の陰なる処《ところ》には猶《なほ》残れる雪あり〉

と、漢詩を小声で口ずさまれ、御格子《みこうし》を叩かれましたが、こうした朝帰りなどは、久しい間なくなっていましたので、女房たちは意地悪をして、空寝《そらね》をして、わざとしばらくお待たせしてから、御格子を引き上げました。

「ずいぶん長く待たされて、体もすっかり冷えてしまった。こんなに早く帰ってきたのも、あなたを恐《こわ》がっている気持が徒《あだ》やおろそかでない証拠ですよ。でも別にわたしに罪があるというわけでもないけれど」

とおっしゃって、紫の上のお夜着《よぎ》を引きのけられると、紫の上はすこし涙に濡れた下着の単衣《ひとえ》の袖をそっと隠して、恨みがましくもせず、態度はおやさしいけれど、それほど心から打ちとけたふうにはなさらないお心遣いなど、ほんとうにこちらが気恥ずかしくなるほど魅力があります。この上もない高貴な御身分の方といっても、これほどの人はいらっしゃらないだろうと、源氏の院は、つい女三の宮と比較なさいます。

昔のことをあれこれと思い出されながら、紫の上がなかなか御機嫌を直して下さらないのをお怨みになって、とうとうその日はおふたりでお過しになられました。源氏の院は、女三の宮のいらっしゃる寝殿のほうへはお出かけになれず、そちらへはお手紙をさし上げます。

「今朝《けさ》の雪に気分が悪くなりまして、たいそう苦しいものですから、気楽なところで養生しております」

と書かれています。女三の宮の乳母は、

「そのように宮に申し上げました」

とだけ、口上でお使いにお返事させました。

「およそ風情のないそっけない御返事だな」

と、お思いになります。朱雀院のお耳に入ったらお気の毒なので、新婚のここしばらくの間は、何とか取りつくろおうとお思いになるのですが、それさえ出来ないので、

「やはり思ったとおりだった。ああ、困ったことになった」

と、御自身でも思い悩みつづけていらっしゃいます。紫の上も、

「わたしの立場も考えて下さらないで、お察しのないお方だこと」

と、迷惑がっていらっしゃいます。

次の朝は今までのようにこちらでお目覚めになられてから、女三の宮にお手紙をさし上げます。女三の宮は特にお心遣いをなさるまでもない幼い御様子のお方ですけれど、一応お筆などもよく選んで、白い紙に、

中道《なかみち》を隔つるほどはなけれども
　心乱るる今朝のあは雪

あなたのところとわたしのところとの
間の通い路を塞ぐほど
降る雪ではないけれど
乱れ降る今朝の淡雪にさえぎられ
心も乱れるばかりです

と書いた手紙を白い梅の枝につけてお届けになります。

文使いをお呼び寄せになって、

「西の渡り廊下からさし上げなさい」

とお命じになり、そのまま、外を眺めながら縁に近いところにいらっしゃいます。白いお召物を召されて、白梅の花をまさぐりながら、ほのかな残雪の上に、またちらちら降り添ってくる雪の空を眺めていらっしゃいます。近くに咲く紅梅の梢《こずえ》に、鶯が初々《ういうい》しい声で鳴いているのをお聞きになって、

〈折りつれば袖こそ匂へ梅の花〉

とロずさまれて、花を袖でおし隠されて、御簾《みす》を押し上げて外を見ていらっしゃるお姿は、どう見ても、夢にも中納言や女御というお子まである高い御身分のお方とは思えず、ひたすらお若く、瑞々《みずみず》しいのでした。

女三の宮の御返事は、少し暇どる感じなので、奥へお入りになって紫の上に白梅の花をお見せになります。

「花というからには、これくらいには匂ってほしいものだ。このよい香りを桜に移したなら、もうほかの花には見むきもしたくないだろうね」

などとおっしゃいます。

「梅も、いろいろほかの花に目移りしない時節に咲くから、注目されるのかもしれない。桜の季節に、梅を並べて比べてみたいものだ」

などおっしゃいますうちに、女三の宮からお返事が届きました。紅《くれない》の薄い紙に、目も鮮やかに包まれているので、紫の上の手前、源氏の院はどきりとなさいます。女三の宮の御手蹟《しゅせき》がいかにも幼いのを、

「今しばらくは紫の上にお見せしないでおきたいものだ。隠し立てするわけではないが、軽々しく人に見せたりするのは、女三の宮の御身分柄畏れ多いから」

とお思いになります。

それでもひた隠しになさるというのも、紫の上がお気を悪くなさるだろうと、ほんの片端を

ひろげていらっしゃいます。紫の上はそれを横目に御覧になりながら、側に添い寝していらっしゃいます。

はかなくてうはの空にぞ消えぬべき
　風にただよふ春のあは雪

いらして下さらないので
淋しくて頼りなくて
風に漂う春の淡雪が
中空に消えてしまうように
わたしもきっと死んでしまうでしょう

と書かれた御手蹟はほんとうに未熟で幼稚です。これくらいのお歳になればこんなにひどく幼げではおありでないものなのにと、つい視線が寄せられますけれど、紫の上は見ないふりをしておしまいになります。

源氏の院もこれがほかの女君が書いたものだったら、

「こんなに下手で」

など、こっそりお聞かせになるところですけれど、女三の宮だけについては、何と言ってもお可哀そうなので、ただ、

「あなたは安心していられていいのですよ」

とだけおっしゃるのでした。

今日は、昼間はじめて、女三の宮のほうへおいでになります。格別入念にお化粧なさったお

姿を、今改めて拝見するこちらの女房たちなどは、そのお美しさに御奉公のし甲斐があると、どんなに感激したことでしょう。乳母などといった年とった女房たちは、

「さあどうなることでしょう。このお方お一人はたしかに申し分なくすばらしいお方にちがいないけれど、今に何か心外なことが起こらなければいいけれど」

などと嬉しい中にも取り越し苦労をする者もおりました。

女宮御自身は、ほんとうに可愛らしく、幼い御様子で、お部屋の御調度などがすべて堂々として仰々《ぎようぎよう》しいほどいかめしく格式ばっているのに、当の御本人は無邪気そのもので、何の分別もない頼りない御有り様で、まるでお着物に埋もれていらっしゃって、お体もないかと思われるほどお小さく華奢《きやしや》でいらっしゃいます。源氏の院に対しても、特に恥ずかしがったりなさらず、ただ幼い子供が人見知りしないような感じで、気のおけない可愛らしい御様子でいらっしゃいます。

「朱雀院は、男らしくしかつめらしい学問のほうは、不得手《ふえて》でいらっしゃると、世間では思っているようだが、趣味的な芸術方面では人に優れていらっしゃるのに、女三の宮をどうしてこうおっとりとお育てになったのだろう。それでも、ずいぶんお心にかけた御秘蔵っ子の内親王とお伺いしていたのに」

と残念に思われますけれど、それもまた可愛い、ともお思いになります。

女三の宮は、何でも源氏の院のお言葉通りに、抵抗もなくただ素直にお従いになって、お返事なども、ふとお心に浮かんだままを、あどけなくすっかりお口に出しておしまいになるの

で、とても見放すことなどお出来にならないようです。

「昔の、若さにまかせた自分だったら、こんな女三の宮では嫌気がさしてがっかりしただろうけれど、今は男女の仲も、みなそれぞれに特色があるのだからと、穏やかに考えて、どちらにしても、図抜《ずぬ》けて優れているような人は、めったにいないものだ。どの女もそれぞれに長所も短所もあって、はたから見れば女三の宮だって、非常に理想的なお方に見えるのだろう」

とお思いになります。それにつけてもいつもふたり離れずお暮しになってきたこれまでの長い歳月にも増して、紫の上が世にもたぐいなく完璧なお人柄だと思われて、我ながら、よくもこうまで理想的な女に育てあげたものよと、お考えになります。

わずか一夜別れていても、よそで明かした朝の間さえ、紫の上が気づかわしく恋しくて、愛《あい》憐《れん》の情がますますはげしくつのるのを、どうしてこんなに恋しいのだろうかと、不吉な予感さえするほどなのでした。

三月頃の空がうららかな日、六条の院に、蛍兵部卿《ほたるひょうぶきょう》の宮《みや》や、柏木《かしわぎ》の衛門《えもん》の督《かみ》などが参上なさいました。源氏の院がお迎えになり、世間話などなさいます。

「閑静《かんせい》なこのあたりに住んでいると、この時節などが最も退屈で気を紛らすことも出来ず困っていました。公私ともに平穏無事で暇だし、何をして今日一日暮せばいいのだろうね」

などとおっしゃって、

「今朝、夕霧《ゆうぎり》の大将《たいしょう》が来ていたが、どこへ行ったのかな。ほんとうに退屈で淋しいから、いつものように小弓《こゆみ》でも射させて見物すればよかった。小弓を好きそうな若者たちも来ていたのに、惜しいことに帰ってしまっただろうか」

とお尋ねになります。夕霧の大将は、東北の町で、大勢の人々に、蹴鞠《けまり》をさせて見物していらっしゃると、お聞きになって、

「蹴鞠は騒々《そうぞう》しいものだけれど、技量の差がはっきりして、活気がありおもしろい。どうだろう、こちらでやらせては」

とおっしゃって、お招きになりましたので、夕霧の大将たちはこちらへお越しになりました。若公達《わかきんだち》らしい人々が大勢います。源氏の院は、

「鞠は持ってきましたか。誰と誰が来ているのか」

とおっしゃいます。夕霧の大将が、これこれの者が参っておりますとお答えになりますと、

「こちらへ来てはどうか」

と、源氏の院はおっしゃいます。寝殿の東側は、明石《あかし》の女御の御座所でしたが、ちょうど、若宮をお連れになって、東宮のところへ参内なさったお留守なので、ひっそりとして静かでした。

遣水《やりみず》の流れが行きあった広々としたあたりに、風情《ふぜい》のある蹴鞠の場所を見つけて、そこへ集まります。

太政大臣の子息たちの、頭《とう》の弁《べん》、兵衛《ひょうえ》の佐《すけ》、大夫《たいふ》の君《きみ》など、すこし年かさの人々も、まだ少年じみた者も皆それぞれに、ほかの人たちよりは、蹴鞠の技量《うで》は飛びぬけて優れていらっしゃる方ばかりです。

ようよう日の暮れかかる頃、風もなく蹴鞠には絶好の日よりなので興にのって、弁の君も我慢しきれず仲間に入りました。源氏の院は、

「弁官でさえ身分を忘れてじっとしておられないのだから、上達部《かんだちめ》であっても、若い衛府司《えふづかさ》たちは、なぜもっと羽目《はめ》を外さないのだろう。わたしもこれくらいの若い年頃には、不思議に、ただ見物しているだけでは、残念だった。それにしてもこの遊びは、何と騒々しいことだ、まったくこの有り様は」

などとおっしゃいます。夕霧の大将も、柏木の衛門の督も、皆庭に下りてゆき、言葉もないほど美しい桜の花のもとを逍遥《しょうよう》なさいます。折からの夕映えに浮き立ってそのお姿は、それはそれは美しく見えます。

蹴鞠はあまり見た目のいいもの静かな遊びとは言えない、騒々しい落ち着きのないもののようですが、それも場所柄や人柄によるようです。趣のある庭の木立には濃い霞《かすみ》がたちこめ、木々の花々はさまざまの色にほころび、若葉の薄緑がちらほら萌え出た木蔭でのこうしたちょっとした遊戯でも、技の上手下手を競い合って、自分こそは負けまいと気負っている顔のなかに、柏木の衛門の督が、ほんのお付き合い程度に仲間入りなさいます。鞠を蹴るその足さばきに、並ぶ人は一人もないのでした。容姿がさえざえと清らかで、優雅な風情のある人が、体の

動きにひどく気を配りながら、それでもさすがに活《い》き活きと活躍する姿は、実にお見事なものでした。寝殿の階段に面して咲いている桜の木蔭に、人々が寄って、花のことも忘れて蹴鞠に熱中しているのを、源氏の院も蛍兵部卿の宮も、隅の高欄《こうらん》に出て御見物なさいます。日頃の精進の手練《てだ》れの技も披露され、蹴《け》る回数が次第に多くなるにつれ、高官の人々も熱中しすぎて走り回り、冠の額際が少し弛《ゆる》んでいます。夕霧の大将も御身分を考えてみれば、いつにない羽目の外しようだと思われますが、見た目には誰よりも一段と若々しくて、美しく見えます。桜襲《さくらがさね》の直衣《のうし》のやや柔らかくなったのに、指貫《さしぬき》の裾のほうが少しふくらんでいるのを心持ち引き上げていらっしゃいます。それでいて軽々しくは見えません。何となく爽やかな気どらないその姿に、雪のように桜の花がふりかかります。夕霧の大将はそれをちらと見上げて、撓《たわ》んだ枝を少し押し折り、階段の中段のあたりに腰をおかけになりました。

柏木の衛門の督がつづいて来て、

「花がしきりに散るようですね。風も桜をよけて吹けばいいのに」

などおっしゃりながら、女三の宮のおいでになるお居間のほうを流し目に見ると、例のように、格別慎み深くもない女房たちのいる気配がして、いろいろの衣裳の袖口や裾を御簾《みす》の下からこぼれ出させています。その姿が物の隙間からほの見えたりするのが、逝《ゆ》く春に手向《たむ》ける幣《ぬさ》袋《ぶくろ》かと思えます。

御几帳などもだらしなく隅のほうに片寄せてあり、女房たちも御簾の近くに集まっていて、何となくなまめかしく、近づき易い感じがします。そこへ唐猫《からねこ》のとても小さくて可愛らしいのを、それよりやや大きな猫が追いかけて、急に御簾の端から走り出てきました。女房たちがおびえて立ち上がり、うろたえて動き廻り、ざわざわと衣《きぬ》ずれの音をもの騒がしいほど立てている気配が耳騒がしく感じられます。

猫はまだよく人になつかないのか、たいそう長い綱を付けていましたが、それがほかのものを引っかけてまきついてしまいました。逃げようとして猫が引っぱるうちに、御簾の横裾がまくれ上がって、内部《なか》が丸見えになるくらい引き開けられてしまいました。すぐにそれを引き下ろそうとする気転のきく女房もいません。その柱の側にいた女房たちも気が動転している様子で、ただおどおどしているばかりです。

几帳の際《きわ》から少し奥まったあたりに、袿 姿《うちきすがた》でお立ちになった人が見えます。そこは階段から西へ二つ目の柱間《はしらま》の東の端なので、隠れようもなくありありと見通せます。紅梅襲《こうばいがさね》でしょうか、濃い色薄い色を次々に幾重にも重ねたものが、色の移りも華やかに、まるで草子《そうし》の小口《こぐち》のように見えます。上にお召しなのは桜襲の織物の細長なのでしょう。御髪《みぐし》の裾まで鮮やかに見えています。御髪は糸を縒《よ》りかけたように後ろになびき、その裾がふっさりと切り揃えられていて、たいそう可愛らしい感じがして、お身丈より七、八寸ばかりもお長いのでした。

ほっそりと小柄でいらっしゃるので、お召物の裾が長々と引いており、まるでお召物ばかりのようで、その御容姿や、御髪のふりかかっていらっしゃる横顔など、言いようもなく気高く可憐なのでした。夕暮の薄明かりなので、部屋の内はぼうっと霞んでいて、奥のほうが薄暗くなっているようなのが、何とももの足りなく残念です。

蹴鞠に夢中の若い公達が、鞠が当たって花の散るのを惜しみもせず挑戦している様子を見物しようと夢中になり、女房たちは、奥が丸見えになっているのを、すぐには気づくことが出来ないのでしょう。

猫がしきりに鳴きますので、それを振りかえって見ていらっしゃる女三の宮の表情や、身のこなしなど、なんとおっとりとした、若々しく可愛らしいお方だろうと、柏木の衛門の督は、とっさに見てとってしまいました。

夕霧の大将もそれに気づいて、たいそうはらはらなさるけれど、御簾を直しにそっと近づくのも、かえってひどくはしたないように思われるので、女房たちに気づかせようとして、ただ咳ばらいをなさいますと、女三の宮はそっと奥へお入りになりました。実は、夕霧の大将御自身のお心にも、それがひどく心残りに思われるのでしたけれど、猫の綱が解かれて御簾が下りましたので、思わず溜め息をおつきになります。

ましてあれほど心を奪われている柏木の衛門の督は、胸がいっぱいになって、あれは女三の宮以外のどなたでもない、大勢のなかではっきりそれとわかる袿姿からしても、ほかの女房たちとは、紛れようはずもなかったその方の御容姿が、心に焼きついてしまったのでした。柏木の衛門の督は何気ないふうに装っていましたけれど、どうしてあのお姿を見逃したわけがあるだろうと、夕霧の大将は女三の宮のために困ったことになったとお思いになります。

衛門の督は切ない気持の慰めに、小猫を招き寄せて抱きあげますと、とても芳《かぐわ》しい移り香がしていて、可愛い声で鳴くのにも、これがあの宮ならと、恋しいお方に小猫を思いなぞらえていらっしゃるのも、何とも好色めいたことです。

源氏の院がこちらを御覧になって、

「上達部《かんだちめ》の席が階段では端近《はしぢか》すぎて、たいそう軽々しい。どうぞこちらへ」

とおっしゃって、東の対の南面《みなみおもて》にお入りになりましたので、皆そちらへお越しになります。蛍兵部卿の宮も席をお改めになって、お話がはずみます。それ以下の殿上人《てんじようびと》は、簀子《すのこ》に円座《えんざ》を敷いてお坐りになり、さり気ないふうに、椿餅《つばいもち》、梨、蜜柑《みかん》のようないろいろなものを、さまざまな箱の蓋《ふた》に盛り合わせてあるのを、若い人たちは、はしゃぎながら取っていただきます。適当な干物《ひもの》くらいを肴《さかな》にして、お酒を召し上がります。

柏木の衛門の督は、すっかり沈みこんで、ともすれば庭の桜の木に目をあてて、心も空にぼんやりしています。夕霧の大将は事情をお察しになって、妖《あや》しかったあの一瞬に、目をよぎった御簾の中の人影の、幻のようだったのを思い浮かべていらっしゃるのだろうかと想像なさいます。

「それにしても、あまりにも端近にいらっしゃった女三の宮の御様子を、はしたないと感じもしただろう。いやもう、こちらの紫の上などは、決してあんなふうな軽率なことはなさらないだろうに」

と思われるにつけ、だからこそ女三の宮は世間の声望の高い割には、源氏の院の内々の御寵愛がなまぬるいように見えるかもしれないと、考え合わせて納得なさいます。やはり御自分に対しても、人に対しても、万事につけて心配りが足りず、幼稚すぎるのは、可愛らしいようでも、危なっかしくて安心ならないと、心のうちに女三の宮を軽んじるお気持にもなります。柏木の衛門の督のほうは、女三の宮のすべての欠点も一向に顧《かえり》みるゆとりもなく、思いがけない御簾の隙間から、ほのかにお姿をお見かけしたことにつけても、自分が昔からお慕いしていた真心が通じたのではないかと、前世からの宿縁も深いような気持がして、限りなく嬉しくお思いになるのでした。

源氏の院は、昔の思い出話をなさりはじめて、

「太政大臣が、あらゆることでわたしを相手に勝負を争ったなかで、蹴鞠だけは、わたしがとても敵《かな》わなかった。こういうちょっとした遊戯などには、別に伝授の秘法もないだろうけれど、やはり上手の血筋は争えないものですね。今日のあなたの蹴鞠は、実に鮮やかで、とても見尽くせないほど見事でしたよ」

とおっしゃいます。柏木の衛門の督は苦笑して、

「大事な公の政務といった面では劣っているわが家の家風が、こうした蹴鞠の技に吹き伝わったところで、子孫にとっては格別のこともございませんでしょう」

と申しますと、

「とんでもない。どんなことでも人に優れている点は、記録して後世に伝えるべきものです。あなたの蹴鞠の腕前も家伝などに書き込んでおいたら、おもしろいだろう」

など冗談をおっしゃる御様子が、輝くばかりにお美しいのです。それを拝見するにつけて

も、

「こういうすばらしい方を夫として常に見馴れていては、どうしてほかへ心を移すお方がおありになろう。せめてどうすれば、自分を可哀そうにと憐《あわ》れんで下さるほどにでも、お心をこちらへなびかせることが出来るだろうか」

などと、あれこれ思案をすればするほど、ますます女三の宮のお側に近づきがたい自分の身の程もこの上なく思い知られて、ひたすら胸が悩みで一杯になり、退出なさいました。

夕霧の大将は、柏木の衛門の督と一つ車に同乗して、その道すがらずっと話しつづけられます。衛門の督が、

「やはりこの公事の暇な所在ない時には、六条の院に伺って気晴らしするのがいいですね」

と言いますと、夕霧の大将が、

「今日のようなゆっくりした時間を見つけて、花の盛りを逃《のが》さずまた来るようにと源氏の院がおっしゃいましたが、春を惜しみながら、三月中に、小弓を持って、いらっしゃいませんか」

などと御相談して、お約束なさいます。お互いお別れまでの車中、ずっと話をつづけられました。柏木の衛門の督は、女三の宮のお噂をやはりしたかったので、

「源氏の院は、今でも紫の上のところにばかりいらっしゃるようですね。紫の上への御寵愛が特別なのでしょう。いったい女三の宮はどんなお気持でいらっしゃるのでしょう。朱雀院が、どなたより大切になさってずっと甘やかしていらっしゃったのに、六条の院では、それほどで

もない御待遇で、お気持が沈んでいらっしゃるだろうと、お気の毒でなりません」

と余計なことを言いますので、夕霧の大将は、

「とんでもない。どうしてそんなことがあるものですか。紫の上は、普通と変わった事情で小さい時からお育てになったため、親しさも自然それだけほかの方とは違うだけのことなのです。源氏の院は女三の宮を、何につけても、格別大切にお思いになっていらっしゃいますのに」

と話されますと、柏木の衛門の督は、

「いや、そんなことは言わせませんよ。何もかも知っていますとも。それにしても、並々でなく朱雀院がとてもお気の毒な御様子の時がよくおありだそうですすよ。それにしても、並々でなく朱雀院がお可愛がりになったお方ですのに、あまりひどいお扱いじゃありませんか」

と、女三の宮に同情します。

いかなれば花に木《こ》づたふ鶯《うぐひす》の
　桜をわきてねぐらとはせぬ

花から花へと
梢を渡っていく鶯は
なぜ多くの花々のなかで
桜だけを選んで
自分の塒《ねぐら》としないのか

若菜 上
より

「春の鳥が、桜の枝ひとつに止まろうとしない浮気な心よ。わたしにはまったく不思議でなら

ない」
とひとりごとのように口ずさまれるので、夕霧の大将は、何とまあ不愉快なおせっかいをするものだ、これではやっぱり、推量した通りだったと思います。

深山木《みやまぎ》にねぐら定むるはこ鳥も
　いかでか花の色に飽くべき

奥山の古い深山木を
自分の塒と決めている
美しいはこ鳥も
どうして美しい桜の花に
飽くことがあろうか

「むやみなことをおっしゃいますな。そう一方的に決めこんではいけませんよ」
とお答えになって、面倒なので、それ以上は女三の宮のことは言わせないようにしました。話をほかにまぎらわせて、それぞれお別れになりました。

柏木の衛門の督は、今でもまだ太政大臣のお邸の東の対《たい》に独身でお住まいです。思うところがあって、数年来、こういう暮しをつづけていると、自分の心がけのせいとは言え、淋しく心細い折々もあります。けれども、自分はこれほど立派な家柄の出身で、器量、才覚もあり、どうして自分の希望が叶《かな》わないことがあろうかと、うぬ惚《ぼ》れて慢心していたところ、あの日の夕方から、ひどく気持がふさぎこみがちになりました。

「どんな機会にか、もう一度、たとえあの程度でもいいから、ほのかな垣間見のお姿でも見られないものだろうか。何をしようと人目につかない身分の者なら、ほんのちょっとしたことでも、手数のかからない方違《かたたが》えや物忌《ものい》みなどにかこつけ、出歩くのも気軽だから、自然、何かと隙をねらってうまくお近づきする機会もあるだろうのに」

などと考えて、憂さを晴らす方法もなく、深窓の女三の宮に対して、どんな手段なら、こんなにも深くお慕いしていることだけでも、お知らせすることが出来ようかと、胸も痛み、気が滅入《めい》りますので、小侍従のもとに、例によって手紙をおやりになります。

「先日は、風に誘われて、そちらの院の御垣の内にも立ち入ることが出来ましたが、女三の宮は、どんなにかわたくしをこれまでにもましていっそうお蔑《さげす》みになられたことでしょう。あの夕べから、気分も悩ましくなりまして、わけもなく今日一日を、ぼんやり物思いに耽《ふけ》って虚《むな》しく暮しました」

などと書いて、

よそに見て折らぬ嘆きはしげれども
なごり恋しき花の夕かげ

遠くからそれとなく
美しい花を眺めるばかりで
折ることも出来ない嘆きは深いのに
その花の夕かげが
今もただ名残惜しくて

若菜上
より

とありますけれど、先日の蹴鞠の日の事情を知らない小侍従は、ただ世間一般のありふれた恋の物思いなのだろうと思っています。

女三の宮のお前に人影の少ない時でしたので、小侍従はお手紙を持ってきて、

「この方が、いつもこんなふうに、いつまでも忘れられないといって手紙を寄こされますのが、うるさいことでございます。でもあまりお気の毒な御様子を見ているうちに、見るに見かねて同情するかもしれないと、自分ながら自分の心がわからなくなりまして」

と、笑いながら申し上げます。

「まあ、あなたはいやなことを言う人ね」

と、女三の宮は無邪気におっしゃって、小侍従のひろげた手紙を御覧になります。

〈見ずもあらず見もせぬ人の恋しくは〉

と古歌が引いてあるところにお目をとめられ、あの思いもかけず御簾の裾が巻き上げられた時のことだと自然思い当たられるのでした。思わずお顔が赧《あか》くなられ、源氏の院が、あれほど何かにつけていつも、

「夕霧の大将に見られないようになさいよ。あなたは幼い無邪気なところがおありのようだから、ついうっかりしていて、大将がお姿をお見かけするようなことがあるかもしれません」

と御注意なさっていたのを、お思い出しになります。夕霧の大将があの日のことを、こんなことがありましたと、源氏の院にお話しすれば、どんなにお叱りになるだろうと、人に見られてしまったことの重大さはお考えにならず、まず、源氏の院に叱られることを恐がっていらっ

しゃいます。そのお気持は、ほんとうに子供のような無邪気さなのです。いつもよりも、女三の宮の御機嫌が悪くはかばかしいお返事もなさいません。小侍従はつまらなくて、無理にこれ以上申し上げることでもないので、人目を忍んでいつものように自分でお返事を書きます。

「先日は、そ知らぬ顔をしていらっしゃいましたのね。宮に対して分不相応なひどい方と、お許し出来ませんでしたのに、『見ずもあらず』とはどういう意味ですか。まあ、何だか色めかしいこと」

と、さらさらと走り書きにして、

今さらお顔の色にも
お出しにならないで
手も届かない山桜の枝に
心をかけたなどと
無駄なことですもの

いまさらに色にな出《い》でそ山桜
　およばぬ枝に心かけきと

「甲斐もないことですのに」

と書いてあります。

若菜《わかな》下　より

冷泉帝が譲位し、明石の女御の生んだ皇子が東宮となる。六条の院での女君たちの演奏会の夜、紫の上が発病、看病で源氏不在の六条の院で柏木は女三の宮と密通してしまう。源氏は柏木の手紙を見つけて秘事を知る。

正月二十日頃になりますと、空もうららかに、風も暖かく吹き、お庭前《にわさき》の梅も花盛りになっていきます。そのほかの花の木々も、みな蕾《つぼみ》がほんのりとほころびはじめて、霞《かす》みわたっているのでした。

「来月になると、御賀《おんが》の準備も近づいて何かと騒がしくなり、落ち着かないでしょうし、そんな頃に合奏なさると、お琴の音も、御賀のための試楽《しがく》のように人に取り沙汰されるでしょうから、静かな今のうちにしておしまいなさい」

と、おっしゃって、紫《むらさき》の上《うえ》を、女三《おんなさん》の宮《みや》のお住まいの寝殿にお迎えになりました。女房たちも拝聴したがって、我も我もとお供したがるのですが、音楽にうとい者たちはお残しになって、すこし年輩でも、音楽のたしなみのある者ばかりを選んでお供をおさせになります。女童《めのわらわ》は、器量のよい子だけを四人、赤色の上着に桜襲《さくらがさね》の汗衫《かざみ》、薄紫色の織物の袙《あこめ》、紅《くれない》の艶出《つやだ》しをした浮き模様のある表袴《うえのはかま》をつけさせ、姿や立ち居振舞いもすぐれている者ばかりをお連れになりました。

明石《あかし》の女御《にょうご》のあたりでも、お部屋の飾りつけなど、正月らしくいちだんと改まった、明るく晴れやかな中で、女房たちがそれぞれ我こそはとお洒落を凝らした衣裳を着ているのが、この上なく華やかで目がさめるようです。女童に、青色の上着に蘇芳襲《すおうがさね》の汗衫、唐綾織《からあやおり》の表袴、袙は山吹色の唐の綺《き》という織物を、同じようにお揃いで着せています。

明石の君のところの女童は、大袈裟でなく、紅梅襲の上着二人、桜襲のが二人、四人とも青《せい》磁《じ》色《いろ》の汗衫で、袙は濃紫や、薄紫で、単衣《ひとえ》は打ち目の艶《つや》などの何とも言えずすばらしいのを着せています。

女三の宮の御あたりでも、こうした方々がお集まりになるとお聞きになって、女童の身なりだけは、格別念入りにおさせになりました。緑がかった青色の上衣に、柳襲《やなぎがさね》の汗衫、葡萄染《えびぞめ》の袙など、取り立てて珍しく趣向を凝らしたというほどではないものの、全体の感じが、気高く荘重《そうちょう》なことは、ほかに比べようもありません。

廂《ひさし》の間《ま》の中仕切りの襖《ふすま》を取り外して、女君たちは、それぞれ御几帳《みきちょう》だけを隔てにして、中央の間に源氏の院の御座所を御用意します。今日の拍子合わせには子供を呼ぼうということになりました。鬚黒《ひげくろ》の右大臣の御三男で、玉鬘《たまかずら》の君との間にお出来になったお子たちの中では、長男にあたるお子に笙《しょう》の笛を、左大将《さだいしょう》になられた夕霧《ゆうぎり》の御長男には横笛を吹かせることにして、簀子《すのこ》にひかえさせていらっしゃいます。

内部《なか》の廂の間には、敷物を敷き並べて、女君たちには、お琴などの楽器をそれぞれにお渡しになります。源氏の院の御秘蔵の御楽器類が、見事な紺地の袋に一つ一つ入れてあるのを取り出して、明石の君には琵琶《びわ》、紫の上には和琴、明石の女御には箏《そう》のお琴をさし上げます。女三の宮には、こうした由緒のある重々しい名器は、まだお弾きになれないのではと危ぶまれて、いつもお稽古に使われている琴《きん》を調律してからお渡しになります。

「箏のお琴は、絃が弛《ゆる》むというのではないが、やはりこうしてほかの楽器と合奏する時の調子によっては、琴柱《ことじ》の位置がずれるものです。あらかじめその点を細心に注意して、調子を整えないといけないのだけれど、女では絃をしっかり張れないでしょう。やはり夕霧の大将を呼んだほうがいいようですね。この笛吹きさんたちは、まだあんまり小さくて、拍子を整えるのにはどうも頼りないようだね」

とお笑いになって、

「大将、こちらへ」

とお呼びになりますと、女君たちはきまり悪がって、緊張していらっしゃいます。

明石の君を除いては、どのお方もみな御自分の捨てがたい大事なお弟子たちなので、源氏の院はそれぞれに御注意をされて、夕霧の大将に聞かれてもみっともなくないようにとお気遣いになります。

明石の女御はいつも帝がお聞きあそばすときも、ほかの楽器と合奏して弾きなれていらっしゃるので安心なのですが、紫の上の和琴は、調子にこれこれといった変化がつけられない上に、弾き方に決まった型がないので、かえって女には手に負えないのです。春の絃楽器の音色は、みな揃って合奏するものですから、和琴の調子が乱れるようなことになってはと、源氏の院は何となく気がかりになられます。

夕霧の大将はひどく緊張して固くなっています。帝の御前でのものものしい正式の試楽の時よりも、今日の気の張り方は格段に大変だとお思いなので、すっきりした御直衣《のうし》に、香のしみた御衣裳を重ね、袖にはことさら深く香を薫《た》きしめて、念入りにおしゃれをしてお出かけになりましたので、すっかり日も暮れてしまいました。

心にしみる黄昏《たそがれ》時の空に、去年の残雪かと思われるほど、枝もたわわに白く梅の花が咲き乱れています。

ゆるやかに吹くそよ風に、言いようもなく匂ってくる御簾のうちからの薫りも、梅の香にただよい交じって吹き合わせ、古歌にもあるように、花の香が〈鶯《うぐひす》誘ふしるべ〉にもなりそうな、すばらしい芳香の満ちただよう御殿のあたりでした。

御簾の下から、源氏の院は箏のお琴の端を少しさし出して、

「不躾《ぶしつ》けだけれど、このお琴の絃を張って調子を整えてみて下さい。ここにはあなた以外にそうそうっかり人を呼びこむわけにはいかないので」

とおっしゃいます。夕霧の大将が、畏《かしこ》まってお琴を受け取られる態度は、いかにもたしなみ

深く好ましくて、壱越調（いちこつちょう）の音に発（はち）の絃を整えて、すぐには弾いてみないでひかえていらっしゃいます。源氏の院が、

「調子を合わせる程度に一曲ぐらいは、お愛想に弾いてみては」

とおっしゃいますと、夕霧の大将は、

「今日の皆さま方の御演奏のお相手としてお仲間に入れていただけるような手並みとはとても考えられません」

と、きどった御挨拶をなさいます。

「それもそうだけれど、女楽の相手も出来ずに逃げてしまったと、噂されては、それこそみっともない話だろう」

と源氏の院はお笑いになります。夕霧の大将は調子を合わせ終ってから、ちょっと興味をそそる程度に調子合わせの曲だけをさらりと弾いて、お琴を御簾の中にお返ししました。あの小さいお孫たちが、たいそう可愛らしい直衣姿で吹き合わせる笛の音色が、まだ幼い響きながら、先々の上達が思いやられて、いかにも愉《たの》しみに聞かれます。

それぞれの楽器の調子合わせがすっかり整って、いよいよ合奏が始まりました。どなたも優劣のない中にも、明石の君の琵琶は一際、名手めいていて、神々しいような古風な撥《ばち》さばきが、澄み透った音色を美しく響かせます。

紫の上の和琴は、夕霧の大将も特に耳をそばだてていらっしゃいますと、柔らかななつかしい愛嬌《あいきよう》のある爪音《つまおと》で、絃を掻き返す音色がはっとするほど新鮮で、その上、この頃世間で評判

の名人たちの、大層ぶって仰々《ぎょうぎょう》しく弾きたてる曲や調子にひけを取らず、はなやかな感じで、和琴にもこうした弾き方があったのかと、夕霧の大将は聞いて思わず感嘆なさいます。大変なお稽古のあとがありありと音色にあらわれていてみごとなのに、源氏の院もほっと安堵《あんど》なさって、まったくまたとないすばらしいお方だとお思いになるのでした。

明石の女御の箏のお琴は、ほかの楽器の合間合間に、ほのかに音色の洩《も》れてくるというのが持ち味なので、ただもう可愛らしく優雅に聞こえます。

女三の宮の琴《きん》は、まだ技量に幼いところがおありですけれど、熱心にお稽古の最中ですから、危なげがなく、ほかの楽器とたいそうよく響きあって、ずいぶんお上手におなりになったものだと、夕霧の大将はお聞きになりました。

それに合わせて大将が拍子をとって唱歌《そうが》をなさいます。源氏の院もときどき扇を鳴らして調子をとりながら、御一緒に歌われるお声は、昔よりはるかに情趣があって、少しお声が太く、どっしりした感じが加わっているように思われます。夕霧の大将も、お声のたいそういいお方で、夜が静かに更《ふ》けてゆくにつれて、言いようもないほど親しみのある味わい深い夜の音楽の宴になりました。

月の遅くあらわれる頃なので、燈籠《とうろう》をあちらこちらに懸けて、ほどよい明るさに火を灯させられました。

源氏の院が女三の宮のおいでになるところを覗《のぞ》いてごらんになりますと、どなたよりもいっそう小柄で可愛らしく、ただお召物だけがそこにあるような感じでした。つややかな魅力という点では劣りますけれど、ただ言うに言えない気品があってお美しく、二月《きさらぎ》の二十日頃の青柳《あおやぎ》の、ほのかに緑の芽ぶいた枝がしだれ初《そ》めたような風情があります。鶯の飛び交《か》う羽《は》風《かぜ》にも微《び》細《さい》な枝が乱れそうにか弱げにお見えになります。桜襲の細長《ほそなが》に、お髪《ぐし》は右からも左からもこぼれかかっているのが、また柳の糸そのままなのでした。

　こうした御様子こそは、この上ない高貴なお方のお姿というものだろうと、源氏の院はお思いになります。

　明石の女御は同じように優美なお姿なのですが、今少し優艶《ゆうえん》さが加わって、物腰気配が奥ゆかしく風情のある御様子と拝見されます。よく咲き誇った藤の花が、初夏になってまわりに美しさを競う花もない、朝ぼらけの感じでいらっしゃいます。とは言え、おめでたのためふっくらとおなりでして、御気分もすぐれませんので、お琴を遠く押しやられて、脇息《きょうそく》にもたれていらっしゃいます。小柄なお方でなよなよと脇息に寄りかかっていらっしゃいますが、脇息が並の大きさなので無理に背のびをしていらっしゃるように見えます。特に小さな脇息をお作りしてさし上げたいと思うほど、いかにもいたいたしく可憐なのでした。紅梅襲のお召物に、お髪がはらはらとかかっているのが美しくて、火影《ほかげ》に浮かぶお姿が世に二人となく可愛らしくお見えです。

　紫の上は、葡萄染《えびぞめ》でしょうか、濃い色の小袿《こうちき》に薄蘇芳《うすすおう》の細長を召して、お髪が裾にたまるほど豊かでゆるやかに流れていて、お体つきなどはほどよい大きさで御容姿のすべてに申し分がなく、あたりいっぱいに匂い映えるような美しさです。花ならば桜の花ざかりにたとえられますが、その桜よりもまだ優れていらっしゃるすばらしさは、この上もありません。

こういう方々の中では、明石の君は威圧《いあつ》されてしまいになりそうですが、ところが一向にそうでもなく、身ごなしなどはなかなかしゃれていて品位があり、心の底を知りたくなるような風情《ふぜい》で、そこはかとなく高雅な感じがして、あでやかに見えます。柳襲の織物の細長に、萌黄《もえぎ》らしい小袿を着て、羅《うすもの》の裳《も》の軽やかなのをさりげなくつけて、御同席の方々にことさらへりくだったふうにしていますけれど、その御様子が、女御の御生母と思うせいかお心配りも奥ゆかしくて、あなどれない感じがするのでした。

青地の高麗錦《こまにしき》で縁《ふち》どりした敷物に、遠慮して端ぎわに坐り、琵琶を置いて、ほんの少しだけ軽く弾きかけます。しなやかに掻き鳴らした撥の扱いようは、音を聞く前から、たとえようもなくゆかしいやさしい感じがして、五月《さつき》を待つ花橘《はなたちばな》の、花も実もついた枝を折りとったような、清楚《せいそ》な薫りが匂うように思われます。

どなたもどなたも、慎み深くとりつくろった御様子をお感じになりますと、夕霧の大将も、何とかして御簾の内を覗いてみたく思われます。紫の上が、野分《のわき》の夕暮に垣間見た時よりも、どんなにか女盛りのお美しさを加えていらっしゃることだろうと、拝見したくて心もそわそわと落ち着きません。女三の宮にしても、もし自分の前世からの宿縁が深ければ、結婚して御一緒に暮すことも出来ただろうにと、あの頃の自分の決断のなまぬるさが惜しまれます。

「朱雀院《すざくいん》は、度々、そうしたおつもりを自分にほのめかして水を向けていらっしゃったし、蔭でも人にそうおっしゃっていられたというのに」

と、今更残念に思います。けれども少し隙の見える軽々しい感じのなさる女三の宮の御様子に、あなどるというほどではありませんけれど、それほどお心は動かないのでした。この紫の上ばかりを、何としてもとうてい手の届かない遠いお方として憧れ、長い年月を過ぎてきましたので、せめて何とかして、何の野心もない一途な好意を寄せていることだけでも認めていただけさえしたらと、それが残念で情けなくてならないのでした。

強引な大それた気持などはさらさらなく、そこはうまく心の中に感情を押さえこんで、冷静に振舞っていらっしゃいます。

夜が更けるにつれ、あたりは冷え冷えとしてきます。

寝待《ねまち》の月がわずかに顔を見せはじめたのを、源氏の院は、

「頼りない春の朧月夜《おぼろづきよ》だね。秋はこんな音楽の音色に、また虫の声がまつわって一緒に聞こえるのが、何とも言えないいい情趣なので、この上もなく楽器の音に深みが増すように感じられる」

とおっしゃいます。夕霧の大将は、

「秋の夜の雲一つない明るい月の光には、あらゆるものがすっかり見渡されますので、琴や笛の音も、冴えかえって澄みきった感じに聞こえます。それでもことさらに作り合わせたような空の景色や、秋草の花に置く露などに、あれこれ目移りがして気が散り、秋のよさにも限度が

ございます。春の空にぼうっとかかった霞《かすみ》の間からさす朧月の光に、静かに笛の音を吹き合わせるような趣には、とても秋は及びません。笛の音なども、秋はつややかに澄み透るということがありません。女は春をいつくしむと古人の言葉にもありますが、全くその通りと思われます。楽の音がやさしく調和するという点では、春の夕暮こそが格別でございます」

と申しますと、源氏の院は、

「いや、その春秋《しゆんじゆう》の優劣のことよ。昔から人々が決めかねた問題なので、末世の我々などが、とてもはっきり結論など出せないだろう。ただ音楽の調子や、曲については、秋の律《りつ》の曲を、春の呂《りよ》の曲の下のものとしているのは、確かにあなたの説のような理由によるのだろう」

などとおっしゃいます。

「どうだろうね。この頃、名人として評判の誰彼が、帝の御前などで、度々演奏させられることがあるだろうが、ほんとうの名人というのは数少なくなったようだ。自分はその連中より秀れていると自任している名人たちでも、実は大して会得《えとく》してもいないのではないだろうか。今夜のこんな頼りない女君たちばかりの中にまじって弾いても、格別際立って優れていようとも思えない。長年こうして引き籠っているので、耳なども少し怪しくなっているのかもしれない。情けないことよ。どういうわけか、この六条の院は、学問にしろ、ちょっとした芸事にしろ、妙に習い栄えがして、よそより立派に見えてくるところなのだよ。帝の御前での晴れの管絃のお遊びなどで、第一級の名手として選ばれた人たちと、ここの女君たちと比べてどうだろう」

とおっしゃるので、夕霧の大将は、

「それを申し上げたかったのですが、ものをよくもわきまえないわたしなどが、口はばったいことを言ってはとさしひかえました。遠い昔のことは聞き比べようがないせいか、柏木《かしわぎ》の衛門《えもん》の督《かみ》の和琴や、蛍兵部卿《ほたるひようぶきよう》の宮《みや》の御琵琶などを、特に世間では近頃めったにない上手とほめちぎるのでしょう。確かにお二人とも比べる者のない妙手ですが、今宵うかがいましたこちらの方々の御演奏はどなたもみなすばらしくて、実に驚き入りました。表だった催しではなく、ほんのお遊びの会だと、前から思って油断していましたので、不意をつかれてびっくりしたからでしょう。とても唱歌《そうが》などはつとめにくくてなりませんでした。和琴は、前の太政大臣お一人だけが、こうした折にも、臨機応変に、その場にふさわしい音色を出して、自由自在にお弾きになるのは、ほんとうに最高にお上手でいらっしゃいます。しかしそれは例外でして、一般にはなかなか飛び抜けて上手には弾けない楽器ですのに、紫の上はよくもあれだけお見事に御演奏なさいました」

と、おほめ申し上げます。

「それほど大した腕とも思わないけれど、ことさらにずいぶん立派らしくほめてくれるものだね」

と源氏の院は得意げににこやかな表情で、

「確かに、まず悪くはない弟子たちですよ。特に琵琶は、わたしが差し出口するまでもない技量だけれど、やはりわたしの影響からか、何となくどこか感じが違ってきているようだ。明石の浦のような思いがけない土地ではじめて聞いた時は、めったにないすばらしい音色だと感心したものだが、あの頃よりは、また格段に上達しているからね」

と、何でも強《し》いて御自分のお手柄のように御自慢なさるので、女房などは、そっと突っつきあって、くすくす笑っています。

「どういう芸道でも、その道々について稽古しようとすれば、どれも才芸には際限のない深さがあることがわかって、自分で満足出来るまで習得しようとするのはとても難しいものだ。いやしかし、今の世にそんな深い奥義《おうぎ》を究《きわ》めている人はめったにいないのだから、ほんの片端でも一通り稽古を積めば、それで満足して、まあこんなものかとすませてしまってもいいのだけれど、琴《きん》だけはやはりちょっと面倒で、うかつに手がつけられないものなのだ。この琴については、本式に古い奏法通りに極意を習得した昔の人は、その音色《ねいろ》で天地《あめつち》を思いのままに動かし、鬼神《おにがみ》の心も和《やわ》らげ、ほかのすべての楽器が琴の音に従って、深い悲しみを抱いた人もたちまち幸せになり、賤《いや》しく貧しい者も、高貴な身分に変わり、財宝に恵まれ、世に認められるといった例も多かった。わが国に琴の奏法が伝えられたはじめの頃までは、これを深く会得した人は、長い年月を見知らぬ外国へ行って暮し、身命《しんめい》を投げうってこの琴の弾き方を習得しようと、ひどい苦労をしたようだ。そうまでしてさえ、望みを果たすことは難しかった。それでも確かに、琴の絶妙の音色が、明らかに空の月や星を動かしたり、時ならぬ時に霜や雪を降らせたり、黒雲を湧かせ、雷鳴を轟《とどろ》かせたという例も古い昔にはあったものだ。こうした最高の楽器なので、完全にその技法を習得出来た人はめったになく、今は末世だからか、どこにその昔の秘法の片鱗《へんりん》でも伝わっているかという有り様だ。しかし、やはり鬼神が耳をとどめて聴き入ったと言われてきた琴だからか、なまはんかに稽古したため、かえって不本意な身の上になった者たちがあるものだから、琴を弾くと禍《わざわい》を招くというような難癖をつけて、面倒に扱われるにつれて、今ではほとんどこれを習い伝える人がなくなったとかいう話だ。何とも残念なことだ。琴の音がなくては、何を基準にして楽器の音律を定めることが出来よう。いかにも、すべてのことが早々と衰退《すいたい》していく今の世の中に、一人故国《ここく》を離れて、芸道に志して、唐土《もろこし》、高麗《こま》と、流浪しては、親や妻子も顧みなくなったなら、世間からはすね者と言われもしよう。何もそれほどにはしないでも、やはり琴の奏法がどんなものかと、その一端だけでも心得ておきたいものだ。一つの調べを完全に弾きこなすだけでも、計り知れないほど難しいようだ。まして無数の調べや、難曲が多いから、わたしが熱中して稽古していた若い頃には、およそ世の中にあるかぎりの、わが国に伝わっている譜という譜のすべてを、ことごとく参考にして研究したものだ。しまいには師匠とする人もなくなるまで、好きで習ったものだけれど、やはり昔の名人の芸にはとても及びそうもなかった。ましてわたしの後となっては、この技を伝授出来そうな子孫もないのが、何とも寂しい気がする」

などとおっしゃるので、夕霧の大将は、自分をほんとうに不甲斐なく残念な者に思われます。

「この明石の女御の皇子たちの中に、わたしの望んでいるように御成人なさる方がいらっしゃったら、もしそれまで長生きすることが出来れば、その時こそ大したこともないわたしの技でもそのすべてを、御伝授申し上げよう。二の宮は、今から音楽の才能がありそうにお見えになるが」

などおっしゃるので、明石の君は、たいそう名誉なことに思い、涙ぐんで聞いていらっしゃいます。

明石の女御は、箏のお琴を、紫の上にお譲りして、物に寄りかかり横になられましたので、和琴を源氏の院の御前にさし上げ、今までより打ちとけた御遊びになりました。催馬楽《さいばら》の「葛城《かずらき》」を合奏なさるのが華やかで楽しく盛り上がります。源氏の院が繰り返し、

「おおしとど、としとんど、おおしとんど、としとんど」

とお謡《うた》いになるお声は、たとえようもなく魅力的ですばらしいものでした。

月が次第に空高くさし上るにつれて、花の色香もひときわひきたてられて、いかにも奥ゆかしい春の夜なのでした。

箏のお琴を弾かれる明石の女御の御爪音は、たいそう可憐でやさしく、母君のおん手筋も加わって、絃を押さえて揺する由《ゆ》の音色が深く、たいそう澄んで聞こえましたが、交替なさった紫の上のお手づかいは、また趣が変わって、ゆるやかで味わいがあり、聞く人々は感に堪えず、気もそぞろになるほど、華やかな魅力があります。静かな弾き方と早い弾き方をまぜた輪《りん》の手なども、すべていかにも一段と才気あふれた音色なのです。

曲が呂《りょ》から律《りつ》に移る時、どの楽器も調子が変わって、律の合奏になった小曲の数々も、やさしく今風にしゃれています。琴《きん》は五つの調べがあり、たくさんの奏法がある中にも、必ず注意

してお弾きになるべき五六の撥《ばち》も、たいそう結構に音色を澄ましてお弾きになります。すこしも危な気がなく、非常によく澄み渡って聞こえます。春秋どの季節の曲にも通う調子で、あれからこれへと自由に変化させながら調和するようにお弾きになります。その心配りは、御自分がかねて教えてあげたとおりに、じつに正しく会得していらっしゃるのを、たいそう可愛く、面目がほどこされたと、源氏の院は満足にお思いになります。

またあの笛吹きのお子たちが、じつに可愛らしく吹き立てて、一生懸命なのを、たいそういとしくお思いになられて、

「さぞ眠くなっただろうに。今夜の遊びは、あまり長くはしないで、ほんの短い時間で切り上げるつもりだったのに、途中でやめるには惜しいほど楽の音がすばらしい上、どの音色も優劣がつけにくく、鈍な耳で迷っているうち、つい夜もすっかり更けてしまった。思いやりのないことをしてしまったね」

とおっしゃって、笙《しょう》の笛を吹いた若君に盃《さかずき》をおさしになり、御自分のお召物を脱いでお授けになります。横笛の若君には、紫の上から、織物の細長と袴など、大袈裟にならない程度に、ほんの形ばかりにして下さいます。

夕霧の大将には、女三の宮から、お盃を出され、宮御自身の御装束一式をお授けになります。それを御覧になった源氏の院が、

「これはおかしいな。師匠のわたしにこそまず何はさておき御褒美《ほうび》をいただきたいものですな。後廻しとは情けないことですよ」

とおっしゃいますと、女三の宮のいらっしゃる御几帳の端から、御笛を一管さし上げられます。源氏の院はお笑いになりながらそれをお取り上げになりました。実に立派な高麗笛《こまぶえ》でした。少し吹き鳴らされると、皆立ち上がって退出なさるところだったのに、夕霧の大将が立ち止まられて、御子息のお持ちになっていた横笛を取って、すばらしくおもしろく吹き立てられるのが、何とも言えず美しく聞こえました。どなたもどなたも、皆、源氏の院がお手ずから伝授しておあげになりましたのが、それぞれに揃いも揃ってこの上なく上手になられましたので、御自分の音楽の才能が世にもまれなものだと、つくづくお感じになるのでした。

夕霧の大将は、若君たちをお車に乗せて、澄み渡った月光のもとを帰ってゆかれます。道々、紫の上の箏の琴の普通とは変わっていた、あのすばらしい音色が耳について離れず、ひとしお恋しく思われます。

雲居《くもい》の雁《かり》の君《きみ》には、亡き大宮がお教えになられましたけれど、あまり熱心にお習いなさらなかったうちに、大宮と別れておしまいになられたので、ゆっくりと御習得も出来なかったのです。そのせいか、男君の前では、恥ずかしがって少しもお弾きになりません。何につけてもただ素直に、おっとりとした御様子で、お子たちのお世話に次々と暇もないほどかまけていらっしゃるので、情趣のある風情などはないようです。それでもさすがに怒りっぽくて、すぐ嫉妬《やきもち》を焼かれるところは、愛嬌があって可愛らしいお人柄でいらっしゃいます。

源氏の院はその夜、東の対《たい》へお越しになって、紫の上は、こちらにお泊まりになりました。

女三の宮とお話しなどなさって、明け方、東の対へお帰りになり、その日は昼近くまでおふたりでお寝《やす》みになっていらっしゃいます。

「女三の宮のお琴は大層上手になられたものですね。どうでしたか、あのお琴は」

とお聞きになりますと、紫の上は、

「はじめの頃、あちらでちらとお聞きした折には、どんなものかと危ぶまれましたけれど、今ではすっかりお上手になられましたね。だって当たり前ですわ。あなたがこんなに熱心に教えておあげになっているのですもの」

とお答えになります。

「そう、そう。毎日手を取って教えている頼もしい師匠だものね。琴《きん》はむつかしくて面倒なものだし、稽古に時間のとられるものだから、ほかのどなたにも教えてあげなかったのだけれど、朱雀院も、帝も、

『それにしても琴だけは女三の宮に教えてさし上げているだろう』

と仰せられていると、洩《も》れ聞いたので、申しわけなく、いくら何でもそれぐらいのことをさせていただかなくては、こうしてせっかく特別に宮をお預かりして、御後見役をお引き受けした甲斐もないわけだと、思い立ってお教えしたのです」

とお話しになるついでに、

「昔、まだ小さかったあなたを大切にお世話していた頃は、わたしには暇がなかなかなく、落ち着いて特別に教えてあげるゆとりもなくて、近頃になっては、またどうということもなく

次々、忙しさにかまけて日を送り、あなたのお琴を聞いてあげることも出来なかったのに、昨日のあなたの出来栄えのすばらしさには、わたしも面目をほどこしましたよ。夕霧の大将が、すっかり感動して驚いていた様子も、思う通りで嬉しくてならなかった」

などおっしゃいます。紫の上はこうした音楽の才能もすばらしく、また今では御年配らしく、御孫の宮たちのお世話を熱心にすすんでなさるのが、すべてに行き届いていて、何につけても人からとやかく非難されそうな欠点もなく、完全なのでした。

そうした世にも珍しいお人柄なので、これほどすべてを具えた人は、あまり長生きの出来ない例もあるからと、源氏の院は縁起でもないことまでついお考えになられます。これまでさまざまな女君たちの身の上を御覧になってこられただけに、これほど何もかも具わって不足のないこのようなお方は、ほんとうにまたとはないとお思いになります。

紫の上は、今年三十七歳になられました。これまで御一緒に暮してこられた年月のさまざまのことなども、しみじみとなつかしくお思い出しになられるついでに、

「当然必要な御祈禱など、今年は厄年《やくどし》なので例年より特別になさって、御用心なさい。わたしは年中何かと忙しく取りまぎれていて、気のつかないこともあるでしょうから、御自分でいろいろ考えて、大がかりな法要でもなさるなら、ぜひわたしにさせて下さい。こんな際、あの北山の僧都《そうず》が亡くなられてしまったのが、ほんとうに残念ですね。何かにつけて、御祈禱などお願いするのにも、実に頼りになるお方だったのに」

など話し出されます。

「わたし自身は、幼い時から、人とは異なった運命で、特別の扱いを受けて宮中で育った上、現在、世の中の声望や日々の栄華をほしいままにしていることなども、過去にそんな例もないほどでした。けれどもまた、世にも珍しいほど悲しい憂き目を見た点でも、人後《じんご》に落ちないでしょう。まず第一に、可愛がってくれた人々に次々と先立たれ、生き残ったこの晩年になっても、不如意《ふにょい》で悲しいことばかり多く、思い出しても味気ない、不都合な事件にかかわるにつけても、妙に悩みが絶えず、いつも不本意な思いがつきまとったまま、これまで過ぎてきたのです。その代わりに思ったよりはこんなに、長生きしているのだろうとつくづく思い知らされます。あなたは、あの一件で別離の時の苦労以外は、後にも先にも、物思いで悩んだり苦しんだりすることもなかっただろうと思います。お后でも、ましてそれより以下の地位の人なら当然、たとえ高貴の身分の方であったとしても、誰でも皆、必ず心の安まらない、苦しい悩みがつきまとうものなのです。高貴な宮仕えをしても、気苦労が多く、ほかの人と帝の御寵愛を争う気持が絶えなくて、心の安らぐ暇もありません。あなたは、親の家で深窓《しんそう》に育《はぐく》まれてこられたようなもので、こんな苦労知らずの気楽さはありません。その点では、人よりはるかに幸運な星の下に生れたということが、御自分でわかっていらっしゃいますか。思いもかけず、女三の宮がこうして御降嫁《ごこうか》になられたことは、何となくお辛いだろうけれど、そのことのために、かえって加わったわたしの愛情が、ますます深くなったことを、あなたは御自身のことだけに、あるいは気がついていらっしゃらないかもしれませんね。それでも、あなたは物事の情理をよくわきまえていられるようだから、わかってくれていると、安心しているのですよ」

とお話しになりますと、紫の上は、

「お言葉のように、つまらないわたしのような者には分に過ぎた幸せと、人からは思われているでしょうけれど、わたしの心には堪えきれない悲しさばかりがつきまとっております。それがかえって神仏への祈りになっているのかと思われます」

とおっしゃって、なお言い残したことがたくさんありそうな御様子は、源氏の院が気おくれなさるほど奥ゆかしく見えます。

「ほんとうは、わたしももう先が短いような気持がいたしますので、厄年の今年も、こうして何気なく過しますのは、とても不安でなりません。以前にも申し上げました出家の件を、何とかお許し下さいますように」

と申し上げます。源氏の院は、

「それはもってのほかのことです。そんなふうにあなたが出家された後にわたしひとり残されては、何の生き甲斐があるでしょう。ただこうして、格別のこともなく平穏に過ぎていく歳月ですが、明け暮れ、何の隔てもなく睦《むつ》みあって、あなたと共に暮す嬉しさだけが、何にもまして代え難く思われるのです。やはりあなたを思うわたしの尋常《じんじょう》ではない愛の深さを、最後まで見届けて下さい」

とばかりおっしゃるのを、紫の上はいつもと同じことをと、辛くてならず涙ぐんでいらっしゃいます。その御様子を、源氏の院は心からいとしく御覧になって、あれやこれやと、さまざまにお気の紛れるように慰めていらっしゃいます。

「それほどたくさんの女《ひと》とつきあったわけではないけれど、女の人たちのそれぞれに取り柄のある、捨てがたい人柄がだんだんわかってくるにつれ、心底《しんそこ》から性質がおっとりとして優しく穏やかな人というのは、なかなかめったにいないものだと、思い知るようになりました。

夕霧の大将の亡き母君とは、まだ幼い時に結婚して、貴い御身分の方だし、大切にしなければならないとは思ったけれど、いつもしっくりした仲とはいかず、何となくよそよそしい感じで、打ちとけないまま終ってしまったのです。今から思うと、ほんとうに気の毒にも悔やまれもします。しかしそれはまた、わたしだけが悪かったのではなかったのだなどと、心の中ではひとりひそかに思い出してもいるのです。いつもきちんとしていて重々しく、どこが不満だという取り立てた欠点はなかったのでした。ただあまりにも几帳面すぎてくつろがず、やや聡明すぎたとでも言うべきでしょうか、妻として考えると信頼がおけ、一緒に暮すには窮屈で煙《けむ》ったいという人柄でした。秋好《あきこの》む中宮《ちゆうぐう》の御母六条《ろくじよう》の御息所《みやすどころ》こそは、並々ならず愛情深く、優艶《ゆうえん》なお人柄としては、まず第一に思い出されるお方でした。ただどうも逢うのに気がおけて、辛くなってしまうような気難しいところがありました。あちらがわたしのことを怨《うら》まれたのも当然なことがあり、それも仕方のないことでしたが、そのまま、ずっとそのことを思いつめ長く怨み通されたのは、こちらとしてはどんなに苦しかったことか。少しも油断出来ず、緊張のしつづけで、お互いにのんびりと気を許しあって、朝夕仲睦まじく暮すには、とても気のおけるところがあったので、うっかり気を許しては、馬鹿にされるのではないかと、あまり体裁《ていさい》ばかりつくろっているうちに、そのままつい疎遠《そえん》になってしまった仲なのでした。わたしとの間にとんでもない軽々しい浮き名が立って、ひどく御名誉を傷つけ、御身分が汚されてしまった口惜しさを、それは深く思いつめていらっしゃったのがお気の毒で、確かにお人柄を考えてみても、わたしに罪があったと思っているまま、ふたりの仲が途絶えてしまったのです。その罪滅《ほろ》ぼしに、秋好む中宮を、こうした前世からの御宿縁とは言いながら、わたしがお引き立てして、世間の非難も、人の恨みも意に介さず、お力添え申し上げているのです。それを御覧下さったら、御息所もあの世からでも、わたしを見直して下さるでしょう。今も昔も、わたしのだらしない浮気心から、相手にはおいたわしく思い、わたしとしては悔やまれることも多いのです」

と、これまで関わりのあった方々の御身の上を、少しずつお話しになられます。

「女御のお世話役の明石の君は、さほどの身分でもないと、はじめは軽く見て、気楽な相手だと思っていたのに、今では心の奥底が知られず、きりもなく深いたしなみのある人のように思われます。うわべは従順でおっとりしているように見えながら、心を許さない芯《しん》の強さを内にかくしていて、何とはなく気のおけるところがある人です」

とおっしゃいますと、紫の上は、

「ほかの方はお会いしたことがないので、わかりませんけれど、明石の君は、あらたまってではなくても自然御様子を目にする折もありますので、とても打ちとけにくくて、気恥ずかしくなるようなおたしなみの深さが、よくわかります。わたしのたとえようもない明けっ放しの態度を、あの方がどう御覧になっていらっしゃることかと、恥ずかしいのですが、明石の女御は、わたしのことをよくわかって下さっていて、大目に見て許して下さるだろうと思っています」

とおっしゃいます。

昔、あれほど、憎らしがって嫌っていらっしゃった人を、紫の上が今ではこうも寛大にお許しになり、お会いになったりなさるのも、明石の女御の御為《おんため》を心からお思いになる真心のあまりだと、お考えになりますので、源氏の院は紫の上のお気持を、ほんとうに珍しくお感じになり、

「あなたこそ、何と言っても心の奥では、すっきりしているというわけでもないのに、相手や事柄次第で、たいそう上手に二通りの心遣いを使いわけしていますね。わたしはたくさんの女の人と付き合ってきたけれど、あなたのような心ばえの人は二人といなかった。ただ、御機嫌の悪さを顔にすぐ出されるけれど」

と、笑っておっしゃいます。その後で、

「女三の宮に、たいそう上手に琴《きん》をお弾きになったお祝いを申し上げましょう」

とおっしゃって、その日の夕暮に、寝殿のほうにお出かけになりました。女三の宮は、自分に対して気がねをする人があろうなどとは全く思いもつかず、いたって無邪気な様子で、ひたすらお琴の練習に気を入れていらっしゃいます。源氏の院は、

「今日はもう、わたしにお暇を下さって、あなたも御休息なさい。何の師匠でも、満足させて下さってこそ弟子というものですよ。ほんとうに辛い苦労をした日頃の甲斐があって、もうす

っかり安心出来るまで御上達なさいましたね」

とおっしゃって、お琴を押しやり、おふたりでお寝《やす》みになりました。

紫の上は、いつものように源氏の院がお留守の夜は、遅くまで起きていらっしゃり、女房たちに物語などを読ませて、お聞きになります。

「こうして、世間によくある例として、いろいろ書き集めた昔の物語にも、浮気な男、女に目のない男、不実な二心《ふたごころ》ある男などに関わりあった女など、こんな話をたくさん書いてあるけれど、結局は最後に頼れる男が現れて落ち着くものらしいのに、わたしはなぜか、寄る辺《よるべ》もない浮き草のように過してきてしまった。たしかに、源氏の院がおっしゃるように、人並みよりすぐれた幸運にも恵まれた身の上だけれど、ほかの女なら、とても耐えがたく、満たされることのない悩みにつきまとわれて、生涯を終るのだろうか。なんと情けなく味気ないことか」

などと悩みつづけて、夜もすっかり更けてからようやくお寝みになりました。その未明から、お胸が痛くなられお苦しみになります。

女房たちが御介抱《かいほう》するのに困りきって、

「源氏の院にお知らせ申し上げましょう」

と紫の上に申し上げますのに、

「そんなことはしないように」

とお止めになって、たまらない苦痛をこらえながら、朝を迎えられました。お体は熱でほてって、御気分もひどくお悪いのに、源氏の院がなかなかお帰りにならない間、これこれとお知らせも申し上げません。

明石の女御のもとから、お便りがありましたので、女房が、

「このように御病気でお苦しみです」

と、お返事申し上げました。女御が驚かれて、そちらから源氏の院にお伝えになりました。源氏の院は胸もつぶれる思いで急いでお帰りになりました。紫の上はひどくお苦しそうにしていらっしゃいます。

「どんな御気分なのですか」

と、お体にさわってごらんになると、あまりに熱を持っていらっしゃるので、昨日厄年のことで御用心なさらなければとお話ししたことなど、お思い合わせになって、ほんとうに恐ろしくお思いになります。お粥《かゆ》など御朝食はこちらのお部屋でさし上げましたけれど、源氏の院は、見向きもなさらず、日がな一日お側に付きっきりで、何かと介抱をなさり、お心を痛めていらっしゃいます。

ちょっとした果物でさえ、お口になさるのをとても厭《いや》がられて受けつけないまま、起き上がることも出来なくなり、寝ついておしまいになって、日が過ぎていきました。

源氏の院は、どうなることかと御心配なさって、病気平癒《へいゆ》の御祈禱《きとう》などを、数知れず始めさせられます。僧侶を呼ばれて、御加持《かじ》などもおさせになります。紫の上はどこがどう悪いということもなく、ひどくお苦しみになって、お胸の痛みで、時々ひどい発作を起こす御病状は、

見るからに耐えがたそうなのでした。

さまざまのお祓《はら》いの御祈禱を数限りなくなさいますが、効き目は見えず、重態と思われても、自然に快方に向かうようなきざしでもあれば頼もしいのですが、そんな気《け》ぶりもなく、源氏の院は、ただただ心細く悲しんでいらっしゃいます。ほかのことは一切お考えにもなれませんので、朱雀院の御賀の準備の騒ぎも、いつとはなく静まってしまいました。

その朱雀院からも、紫の上の御病気のことをお聞きあそばされて、お見舞いをたいそう丁重に、度々申し上げられます。

同じような御容態のまま、二月も過ぎてしまいました。源氏の院は、言葉もないほど御心配になりお嘆きになられて、試しに場所を変えてみようと、二条の院に紫の上をお移しになられました。

六条の院では上を下への大騒ぎになり、悲しみ惑《まど》う人も多いのでした。冷泉院《れいぜいいん》もお耳にされてお嘆きあそばします。紫の上が亡くなられたりしたら、源氏の院もかならず出家の本意をお遂《と》げになるだろうと、夕霧の大将なども、心の限り御看護に尽くしていらっしゃいます。御病気平癒の御祈禱などは、源氏の院がなさるのは言うまでもなく、それ以外にも特別におさせになります。

紫の上は、少し御気分のたしかな時には、

「お願いしている出家を、お許し下さらないのが、辛くて」

と、それればかりお恨みなさいます。源氏の院は、寿命が尽きて永のお別れをしなければならないことよりも、目の前で、御自分から出家なさって変わりはてた尼姿になられるのを見ては、なおさら片時もたまらないほど、惜しく悲しく思われるにちがいないので、

「昔からこのわたしこそ、そうした出家の願いが深かったのに、後に残されたあなたがどんなに淋しく思われるだろうかと、それが心配なあまり、出家出来ないで年月を過して来たのです。それなのに反対にあなたがわたしを捨ててしまおうとなさるのですか」

とばかりおっしゃって、ただもう、紫の上の出家を惜しんでいらっしゃるばかりです。

そのうちにも、紫の上はとても弱々しくなられ、もう望みが持てないほど衰弱しきって、今にも御臨終かと思われるような時が多くなりました。

源氏の院はどうしたものかと思い乱れて、女三の宮のほうへは、ほんの少しのお訪ねもありません。お琴なども、すっかり興ざめがして、皆、取り片付けてしまいました。六条の院の人々は、誰もみなこぞって二条の院に移ってしまい、六条の院はまるで火が消えたようで、ただ女君たちが残っていらっしゃるだけで、これまでの華やかさは、ただもう紫の上お一人の御威勢で生れていたのだと、今更のように思われます。

明石の女御も、二条の院にお越しになって、源氏の院と御一緒に紫の上を御看病あそばします。紫の上は、

「御懐妊中でいらっしゃるのに、もし物《もの》の怪《け》などに憑《つ》かれたら恐ろしいことです。早く宮中にお引き取り下さい」

と、苦しい御気分のなかからも、しっかり申し上げます。お連れになった若宮がとても可愛

らしいのを御覧になって、激しくお泣きになるのでした。

「大きくおなりになるのを拝見出来ないことでしょうね。きっとわたしのことはお忘れになりますわね」

とおっしゃるのを聞かれて、明石の女御は涙をせきとめられず、お悲しみになります。源氏の院は、

「縁起でもない。そんなことをお考えになってはなりません。たとえ病気が重くても、まさか、死ぬようなことがあるものですか。気の持ち方次第で、人はどうにもなるものです。心の広い器量の大きい人には、幸せもそれに応じて大きく、狭い心の人間は、何かの拍子に出世しても、ゆったりと余裕のあるところが乏しく、短気な人は長くその地位にとどまりがたいものです。心がおだやかでおっとりした人は、長生きする例が多いのです」

などおっしゃって、仏や神にも、紫の上の御性質がこの上なく御立派で、前世の罪障《ざいしょう》の軽いことを、願文の中にくわしく申し上げます。

御祈禱の阿闍梨《あじゃり》たちや、夜通し詰めている僧の中でも、お側近くにひかえている高僧たちは皆、源氏の院がこれほどまでに取り乱していらっしゃる御様子を拝見するにつけ、たいそうおいたわしいので、さらに心を奮起《ふんき》させて祈禱してさし上げます。いくらかでも快方に向かう御様子のお見えになる時が、五、六日時々つづいたかと思うと、また重態になってお悩みになる容態が、いつ果てるともなくつづきました。そうして月日が過ぎてしまいましたので、やはりこれからどうおなりになるのか、お治りにならない御病気なのかと、源氏の院はお悲しみにな

られます。

物の怪などが、名乗り出て来る者もありません。御病気の御様子は、どこがどうお悪いというのでもなくて、ただ日一日と御衰弱がつのる一方のようにお見受けされます。源氏の院は心底から切なく耐えがたくお思いになられます。全くほかのことには、お心を配るゆとりもおありにならないようでした。

さて、そういえば、あの柏木の衛門の督は中納言に昇進していました。今の帝の御信任がたいそう厚くて、まったく今を時めく人でした。御自分の信望がいや増すにつけても、女三の宮への失恋の嘆かわしさを思い悩んでたまらなくなり、女三の宮の姉君の女二の宮を北の方にいただきました。この宮は身分の低い更衣《こうい》が母君なので、どうしても多少軽く見ていらっしゃいました。人柄も普通の人に比べると、その御様子は何となくはるかに上品でいらっしゃるのですが、はじめに恋して心にしみこんでしまった女三の宮への想いが、やはり深かったので、どうしても心が満たされないのでした。ただ人目に怪しまれない程度に、北の方として重んじていらっしゃいました。

そうなってもやはり女三の宮への秘めた恋心は忘れることが出来ません。小侍従《こじじゅう》という相談相手の女房は、もともと女三の宮の侍従の乳母《めのと》の娘で、その乳母の姉がまた、この衛門の督の乳母だったので、衛門の督は早くから女三の宮のお噂を身近にお聞きしていたのでした。まだ女三の宮の御幼少の頃から、たいそうお美しいことや、御父の帝がとりわけ御寵愛あそばしていらっしゃる御様子などをお聞きしていましたので、こうした恋心も抱くようになったのでした。

　紫の上の御病気騒ぎから、こうして源氏の院もずっと六条の院にはいらっしゃいませんので、おそらく六条の院は人目も少なくひっそりとしていることだろうと推量して、小侍従を度々お邸へ呼び寄せては、手引きするよう、熱心に掻き口説きます。

「昔からこんなに死ぬほど恋い焦《こ》がれているわたしには、あなたのような親しい手づるがあって、女三の宮の御様子もお伺いすることができ、抑えがたいこの想いの切なさも、女三の宮にお伝えしていただいて、頼もしいと思っているのに、一向にその効果があらわれないので、ほんとうに辛くてたまらない。朱雀院でさえ、源氏の院がこんなふうに多くの女君に情けをかけて、女三の宮は、紫の上の権勢に気圧《けお》されていらっしゃる御様子で、お寂しく独り寝なさる夜が多く、所在なさそうにお暮しの御様子だなどと、人からお聞きになられると、少し後悔あそばされた御様子で、

『どの道同じ臣下に縁づけて気楽に暮させるなら、もっと忠実に世話してくれる人物を選ぶべきだった』

　と仰せになって、

『女二の宮がかえって何の心配もなく、行く末長く添い遂げられそうだ』

　と、おっしゃったそうだが、それを聞くにつけ、おいたわしくも残念にも思われて、どんなに思い悩んだことか。たしかに同じお血筋の御姉妹だからと思って女二の宮をお迎えしたのだ

けれど、それはそれだけのことで、やはり女三の宮とは違うのだから」

と、重い吐息《といき》を洩らされます。小侍従は、

「まあ、何と大それたことを。それはそれだけのことだなんて、女二の宮さまをさしおかれて、その上にまた女三の宮をとは、何という際限ないお心なのでしょう」

と言いますと、柏木の衛門の督は苦笑して、

「まあそういうものだよ。わたしが女三の宮を勿体《もったい》なくも頂戴したがっていたことは、朱雀院も帝も、あの頃は御承知だったのだ。

『別に衛門の督に降嫁《こうか》させても不都合はない』

と、何かの折に仰せられたこともあったのだよ。まあ、いい。ただもう一押しあなたが骨折って下さっていたらよかったのに」

などと言います。小侍従は、

「とてもそんなことは無理ですわ。前世からの御宿縁とかいうこともあるのでしょうが、あの当時、源氏の院が熱心にお口に出して御求婚なさったのに対して、それに張り合ってその御縁談の邪魔をなさるほどの御器量が御自分におありだとお考えでしたか。この節こそ、少しお偉くなって、お召物の色も官位相当に濃くおなりになりましたけれど」

と、とても敵わないほど無遠慮な、手きびしい口調に言いまくられて、衛門の督は思っただけのことも言いきれなくなり、

「もういい。過ぎてしまったことは今更言うのはよそう。ただこんなめったにない源氏の院の

お留守の折に、お側に近づいて、わたしのこの苦しい心の想いを、片端だけでも少しお打ち明け出来るよう、取り計らって下さいよ。身の程知らずな大それた考えは絶対に持っていない。まあ見ていなさい。そんなことはとても恐ろしくて、全く考えてもいないのです」

とおっしゃいますと、小侍従は、

「これ以上の大それた考えが、ほかにあるものですか。何てまあ気味の悪いことをお考えつきになったのでしょう。わたしは何のためにこちらへ伺ったのかしら」

と、口をとがらせてはねつけます。

「何と、聞きづらいことをずけずけ言う。あまり大袈裟なものの言い様をするものではない。男と女の仲は実に頼りないもので、女御、后のような御身分のお方でも、事情があって、ほかの男と不倫な間柄になられる例もないわけではない。ましてあの女三の宮の御様子といったら、考えてみればたしかに並ぶ者もないくらいすばらしいけれど、内実は、紫の上に圧倒されておもしろくないこともたくさんおありにちがいないだろう。朱雀院が大ぜいのお子さま方の中でも、お一人だけ抜きんでてまたとなく大切にお育てになっていらっしゃったのに、今ではあのようにとても同じ御身分としては扱えない方々と御一緒にされ、心外なこともきっと多いでしょう。何もかもわたしは聞いているのだよ。この世の中は明日をも知れないものなのに、そう一概に頭から決めてかかって、無愛想な言い方はしないほうがいいよ」

とおっしゃいますと、小侍従は、

「ほかの女君にひけをとっていらっしゃるからと言って、今更ほかの結構な殿方へ改めてお輿《こし》入《い》れというわけにはいかないでしょう。源氏の院との御結婚は、世間普通の御夫婦仲というものでもないでしょう。ただ御後見役《おんうしろみ》もなくて、頼りなくお一人でいらっしゃるよりは、親代わりになっていただこうと、朱雀院が源氏の院にお譲りあそばされた御結婚なので、おふたりともお互いにそんなふうに思い合っていらっしゃるのでしょう。ほんとうにつまらない見当外れな悪口をおっしゃるものですわ」

と、おしまいには腹を立ててしまいます。柏木の衛門の督は、あれこれと言いなだめて、

「ほんとうのことを言えば、源氏の院のあれほど世にまたとないほど御立派なお姿を、日頃見馴れていらっしゃる女三の宮のお心に、ものの数でもない自分の見すぼらしい姿を、打ちとけてお目にかけようなどとは、まったく考えてもいないのです。ただ、一言、物を隔ててわたしの気持を申し上げるくらいなら、お許し下さっても、それがどれほど、女三の宮の御身分の疵《きず》になるというのだろう。神仏にも、自分の思う願いを申し上げるのは、罪になることがあるだろうか」

と、決して間違いは起こさないと大仰な誓約《せいやく》を立てておっしゃいますので、小侍従は、初めのうちこそ、全くとんでもない無理なことをと、断っていましたが、まだ分別の足りない若女房のことなので、柏木の衛門の督が、命に代えてもと、ひどく思いつめて熱心にお頼みになるのを、とうとう断りかねて、

「もしちょうど都合のよい時が見つかったら、取り計らってみましょう。源氏の院のお留守の夜は、御帳台《みちょうだい》のまわりに女房たちが多勢集まっていて、御座所の近くにも、必ずこれといった

どなたかが付き添っておられますから、どういう折に、隙を見つけたらいいのかしら」

と、困りながら帰って行きました。

どうなったか、どうしたかと、それからは毎日責められるのに困りきって、小侍従はよい折をやっと見つけ出して、手紙で知らせてきました。柏木の衛門の督はひどく喜んで、あまり目立たないように姿をやつして、人目を忍んでこっそりお出かけになりました。ほんとうのところ、我ながらこんなことはいかに不届きなけしからぬことかと重々わかっていますので、宮のお側に近づけば、かえって思いつめた感情が高ぶり、惑乱《わくらん》してしまうなどとは、思いも寄りません。ただ、ほんのちらりと、お召物の端だけでも垣間見た、あの春の夕暮が忘れられなくて、もの足らずにいつまでも思い出される女三の宮のお姿を、少しだけお側近くで拝見して、胸の思いを申し上げたなら、せめて一行くらいのお返事はいただけるだろうか、可哀そうにとでも思って下さるだろうか、などと考えます。

四月の十日過ぎのことでした。賀茂《かも》の祭の御禊《みそぎ》を明日にひかえて、斎院《さいいん》にお手伝いにさし上げる女房十二人、あまり身分の高くない若い女房や女童《めのわらわ》などが、めいめい、それぞれの晴れ着を縫ったり、化粧したりしながら、見物に出かけようと支度にあれこれ余念がなく、忙《せわ》しそうにしています。

女三の宮のお側のあたりはひっそりとして、人の少ない折なのでした。いつもはお側近くにお仕えしている按察使《あぜち》の君《きみ》も、時々通ってくる恋人の源《げん》の中《ちゅう》将《じょう》が、無理に誘い出しましたので、自分の部屋に下がっていた時に、ただ小侍従だけがお側にひかえていたのでした。よい折だと思い、小侍従は柏木の衛門の督を、そっと宮の御帳台の、東側の御座所の端に坐らせました。ほんとうはそうまでしなくてもよかったのに。

女三の宮は無心にお寝みになっていらっしゃいましたが、身近に男のいる気配がするので、源氏の院がいらっしゃったのだとばかりお思いになりました。ところが男はいかにも恐れかしこまった態度で、宮をお抱きして御帳台の下にお降ろし申します。宮は夢に何か恐ろしいものにでも襲われているのかと、精一杯お目を開いてその者を見上げられますと、なんと源氏の院とは違った男なのでした。その男は妙な、何を言っているのか意味もわからないようなことを、くどくどと言うではありませんか。

女三の宮は気も動転して驚き呆《あき》れ、気味が悪く恐ろしくなられて、女房をお呼びになりましたが、近くには誰もひかえていないので、お声を聞きつけて参る者もおりません。わなわな震えていらっしゃる御様子で、冷や汗も水のように流されて、今にも気も失わんばかりのお顔つきは、ほんとうに痛々しく、可憐でいらっしゃいます。

「わたしはものの数にも入らぬつまらない者ですが、こんなにまでひどくお嫌いになられるような者とも思われません。昔から身の程知らずにあなたさまをお慕い申しておりましたが、ひたすら自分の胸ひとつに秘めたまま終らせてしまえば、自分の心の中だけに、その恋を埋もれ朽《く》ちさせることも出来たでしょうに、かえって、意中を口にしてしまい、それが朱雀院のお耳にも達しました。ところが院はその時、満更望みのないことのようにもおっしゃいませんでした。それでこの恋に望みをかけ始めたのです。それなのに、わたしの身分が一際《ひときわ》劣っていたばかりに、誰よりも深い自分の恋心を無駄にしてしまいました。それを無念に思って心を乱したことも、今は何もかも、取り返しのつかぬ、詮《せん》ないことと思い返してみるのですが、いったいどれほど深く心に沁《し》みついたものか、年月がたつほど、残念にも、辛くも、恐ろしくも、悲しくも、いろいろに悩みが深くつのるばかりなのです。とうとうこらえかねて、こんな身の程知らずの畏《おそ》れ多い振舞いをお目にかけてしまいました。一方ではこんな行為はいかにも思慮のないことで恥じ入り、申しわけなく存じておりますので、これ以上、大それた重い罪を犯す気持はさらさらございません」

と言いつづけるのを聞くうちに、女三の宮は柏木の衛門の督だったと気づかれました。宮はひどく心外で腹立たしく、また恐ろしかったので、一言の御返事もなさいません。

「お怒りになるのもほんとうにごもっともなことですが、こうしたことは世間に例のないことでもありません。それなのに、世にまれなほどにひどく冷たいお心をお見せになりますと、わたしは情けなさのあまり、かえって自制心も失ってしまうかもしれません。せめて可哀そうだとだけでもおっしゃって下されば、そのお言葉を伺ってわたしは退出いたしましょう」

と、あれこれとこまやかに申し上げます。

よそながら想像していたかぎりでは、女三の宮は威厳《いげん》がおありで、馴れ馴れしく打ちとけてお逢いするなどしたら、気おくれしそうなお方と推量していましたので、柏木の衛門の督は、ただ、こんなにまで思いつめた恋心の片端だけでも訴えて、お聞きいただければ、かえってそれ以上の色めいた行為には及ばないでおこうと、思っておりました。ところが現実の女三の宮は、それほど気高《けだか》く、気がひけて近寄りにくいというようではなくて、やさしく可愛らしく、いかにもなよやかにお見えの感じが、この上なく上品で美しく思われますのは、誰に比べようもないのでした。

衛門の督は、そんな女三の宮のお姿を近々と目にし、柔らかいお肌にふれているうちに、もう冷静な理性も自制もすべて失ってしまって、どこへなりとも女三の宮をお連れして、お隠ししてしまい、自分もまた世間を捨てて、御一緒に行方をくらましてしまおうかとまで、惑乱するのでした。

その後、ほんの少しうとうとしたとも思えない束《つか》の間《ま》の夢に、柏木の衛門の督は、あの手馴らした猫が、いかにも可愛らしい声で鳴きながら近寄って来たのを見ました。この宮にお返ししようと、自分が連れて来たように思われるのだけれど、どうしてお返しなどしたのだろうと思ったところで、目がさめました。いったいなぜこんな夢を見たのかと、衛門の督ははたと思いました。

女三の宮は、信じられないこの成り行きの、あまりの浅ましさに、かえって現実のこととともお思いになれず、胸も塞《ふさ》がり茫然《ぼうぜん》と途方にくれて、悲嘆に沈みこんでいらっしゃいます。柏木の衛門の督は、

「やはり、こうして逃れられない前世からの深い因縁で結ばれていたのだとおあきらめ下さい。我ながら、正気の沙汰とも思われません」

と言って、あの、女三の宮としては記憶にもなかった、御簾の裾を猫の綱が、引き上げた春の夕暮の出来事も、お話し申し上げたのでした。そういえば、たしかにそんなこともあったかと、女三の宮は口惜しくてなりません。思えばこんな取り返しもつかない過ちを犯すような薄幸な運命のお方なのでした。源氏の院にも、こんなことになった以上、これからはどうしてお目にかかることが出来ようと、悲しく心細くて、まるで幼い子供のようにお泣きになります。柏木の衛門の督は、そんな女三の宮がただもうもったいなくもお可哀そうにも思われて、宮のお涙まで拭《ぬぐ》ってさし上げる自分の袖は、ますます涙で濡れまさるばかりでした。

夜もようやく明けていくようですが、帰って行こうとしても、行方もなく、衛門の督は思いを遂げて、かえって切なさに身をさいなまれるようでした。

「ほんとうにどうしたらいいのでしょう。ひどくわたしをお憎みでいらっしゃるようですから、二度とこうしてお逢いすることもむずかしいでしょうに、せめてただ一言、何かおっしゃって下さいませ」

と、あれこれせがんで困らせ申し上げるのにつけても、女三の宮はただうるさく情けなくて、一向に一言もお口にされないので、衛門の督は、

「こうまで口をきいて下さらないので、何だか最後には気味が悪くさえなってきました。こんな冷酷《れいこく》なお扱いは、ほかにまたとはないことでしょう」

と、真実あんまりひどいとお思いになって、

「それなら、もうわたしは死んだほうがいいのですね。ええ、もう、命を捨てるほかありません。今まではあなたに未練があったればこそ、こうして生きていたのです。でももう今宵限りの命と覚悟を決めますと、悲しくてなりません。ほんの少しでもお心を開いて下さるお情けがお示しいただけますなら、そのお情けの代償《だいしょう》にこの命を捨てもいたしましょう」

と言って、宮を抱きあげたまま部屋を出ます。一体これからどうなるのだろうと、女三の宮は途方にくれて茫然としていらっしゃいます。

廂の間の隅に屏風《びょうぶ》をひきひろげて、妻戸《つまど》を押しあけてみると、渡り廊下の南の戸が、昨夜入ってきたままに、開いているのです。まだ外は夜明けの薄暗い時刻なのでしょう。ほのかにでも女三の宮のお顔を拝見したいという下心がありますので、柏木の衛門の督は、格子をそっと引き上げて、

「こうまで真実残酷な冷たいお心に、わたしの正気もなくなってしまいました。少しでもわたしの気持を落ち着けてやろうと思し召すなら、可哀そうにとだけでもおっしゃって下さい」

と、おどすように申しますのをお聞きになって、女三の宮は、何という呆《あき》れたことを言う人かとお思いになって、何かおっしゃろうとなさっても、お体がわなわな震えるばかりで、いかにも幼げな御様子なのでした。

その間にも、空は見る見る明るくなってゆくので、柏木の衛門の督は気がせいて、

「何かいわくのありそうな気になる夢のお話も申し上げたかったのですが、こんなにわたしを

お憎みになりますのでは取りつく島もなくて。でも、いずれ思い当たられることもおありでしょう」

と言って、気もそぞろに立ち去ってゆく夜明け前のほの暗い空の景色は、淋しい秋の空にもまして悲しみをそそるのでした。

おきてゆく空も知られぬ明けぐれに
　いづくの露のかかる袖なり

起きて別れて行く
その行方さえわからない
夜明けの薄暗がりに
しとどに濡れたわたしの袖は
どこの露がかかったものか

と、袖を引き出して悲しそうに訴えられるので、男はもう出て行ってしまうのだと、女三の宮は少しほっとなさって、

明けぐれの空に憂き身は消えななむ
　夢なりけりと見てもやむべく

この夜明けの暗い空に
情けなく辛いわたしの身は
掻き消えてしまいたい
あのおぞましい出来事は
すべて夢だったとすまされるように

若菜 下 より

と、はかなそうにおっしゃるお声の、若々しく美しいのを、聞きも終らず帰ってきた衛門の督の魂は、古歌にもあるように、この身を離れて女三の宮の袖の中に留まっているような気がしました。

柏木の衛門の督は、そこから女二の宮のお邸にはいらっしゃらず、父大臣のお邸にこっそりお越しになりました。

寝床で横になってみたものの、眠ることも出来ず、あの猫の夢が、世間で言うように、確かに妊娠の印として、ほんとうにその通りになって、女三の宮が御妊娠あそばすようなことは、とうてい有り得ないものをとまで考えると、夢の中の猫の様子が、たいそう恋しく思い出されるのでした。

「それにしても、何という大それた過ちを犯してしまったものだ。これでもう、堂々と世の中に生きていくことも出来なくなってしまった」

と、恐ろしいやら、恥ずかしいやらで、身もすくむ思いがして、それからは出歩きもなさらないのでした。

女三の宮の御為には今更言うまでもなく、我ながら、不届き至極《しごく》な大変なことをしでかしてしまったと思ううちにも、何とも言えず恐ろしくてならないので、自由に人の中へ出歩くことも出来ません。

「帝の御寵愛《ちょうあい》のお后と間違って過ちを犯し、それが発覚した場合にも、これほど苦しみを味わうのなら、いっそそのために死ぬようなことになっても、辛くも思わないだろう。自分の場合は、それほどの大罪には当たらないにしても、あの源氏の院に、睨《にら》まれ嫌われるようなことになれば、とても恐ろしくて面目なくてたまらないだろう」

とお考えになります。

この上なく高貴な御身分の女の方でも、少しは色恋の情もわかっていて、うわべはたしなみ深く、おっとりと無邪気なように見えても、本性はそうでもないような女こそ、何かにつけ、さまざまな男に誘惑され、情を交わしてしまうという例もあるものです。けれども女三の宮は、思慮深いお方ではないとしても、ただもう一途に臆病な御性分なので、今にも、この秘密に、人が気づいてしまうかのように、後ろめたくおどおどなさって、明るいところへにじり出ていらっしゃることさえなさらず、何という情けない身の上になったものかと、おひとりで思い知られたようでした。

若菜 下 より

女三の宮の御加減がお悪いようだという知らせを、源氏の院はお聞きになられて、たいそう御心配な紫の上の御病気に加えて、また女三の宮までどうしたことかと驚かれて、六条の院へお帰りになりました。

女三の宮は、どことといって苦しそうな御様子もお見えでなく、ただひどく恥ずかしそうにふさぎこんで、まともにお顔をお見せになろうともなさいません。源氏の院はそんな女三の宮の御様子に、久しくこちらへお訪ねしなかったのを、恨んでいらっしゃるのかといじらしくて、紫の上の御病状などをお話しなさって、

「もうこれが最後かもしれません。この期《ご》に及んで薄情な扱いをしたと思われたくありませんので、あちらに付きっきりになっているのです。幼い時から面倒を見てきて、今更見捨ててもおけませんので、この幾月、何もかも打ち捨てたようにして看病しているのです。いずれこうしたことが一段落しましたら、自然にわたしの真心も見直していただけることでしょう」

などとお話しなさいます。源氏の院がこんなふうで、あの衛門の督との秘密に全くお気づきにならないのが、お気の毒でもあり、心苦しくもお思いになって、女三の宮は人知れず涙ぐまれるのでした。

衛門の督は女三の宮にもまして、なまじああした逢瀬《おうせ》を遂げたばかりに、かえって恋しさ辛さがつのるばかりで、寝ても覚めても、明けても暮れても、恋いわびて悩みつづけていらっしゃいます。

賀茂の祭の日などは、先を争って見物に出かける公達《きんだち》が連れだって来て、誘いだそうとあれこれ言ってそそのかしますけれど、病気のふりを装って、悩み沈んで床についていらっしゃるのでした。

北の方の女二の宮を、表向きは丁重に敬《うやま》いかしずいていらっしゃるように扱って、実はほとんど打ちとけて睦まじくはなさらず、御自分の部屋に引き籠っていて、ただ何をするでもなく心細そうにふさぎこんでいらっしゃいます。そんな時、女童《めのわらわ》の持っている葵《あおい》にお目をとめられて、

ああ悔やまれることよ
あのお方を無理無体に
犯してしまった深いわが罪
神がおゆるしにならぬ
葵草なのに摘んでしまった

くやしくぞつみをかしける葵草《あふひぐさ》
　神のゆるせるかざしならぬに

若菜 下
より

と思うにつけても、かえって恋しさがつのるばかりです。外から伝わってくる賑《にぎ》やかな車の往き来の音なども、よそごとのように聞いて、誰のせいでもない自ら招いた所在ない一日を、耐えがたく長くお感じになります。

女二の宮も、こうした衛門の督のそぶりのいかにも不興気《ふきようげ》な様子を見馴れてはいらっしゃるものの、ほんとうの事情はおわかりにならないままに、あまり自分をないがしろにした心外な扱いを受けることに、口惜しく、憂鬱なお気持なのでした。

女房たちは皆、祭見物に出かけてしまって、邸内は人影も少なく、もの静かなので、ぼんやりと物思いにふけりながら、箏《そう》の琴をやさしい音色で、弾くともなく弾いていらっしゃる女二の宮の御様子は、さすが内親王だけに気品が具わり、優雅でいらっしゃいますが、衛門の督は、「どうせ同じことなら、あちらの女三の宮をいただきたかったのに、今ひとつ自分の運が足りなかったのだ」

と、まだ悔やんでいらっしゃいます。

もろかづら落葉を何にひろひけむ
名はむつましきかざしなれども

桂と葵の両蔓《もろかずら》の挿頭《かざし》のように
仲よく並んだ姉妹の中から
どうして見栄えのしない
落葉のような方《かた》を
拾ってしまったのだろう

と、手すさびに書き流しているのは、女二の宮にずいぶん失礼な陰口です。

源氏の院は、ごくまれにしか六条の院にいらっしゃいませんので、来てすぐ二条の院へお帰りになるわけにもいかず、紫の上のことが気がかりで、そわそわしていらっしゃいます。

そこへ使いが来て、

「只今、紫の上の息が絶えておしまいになりました」

と告げました。源氏の院はもう何の分別もつかず、お心も真っ暗になって二条の院へお帰りになります。道中ももどかしく心も空にお着きになりますと、なるほど二条の院では、近くの大路まで人があふれて騒いでいます。

邸内からは人々の泣きわめく声が聞こえ、いかにも不吉な感じです。我を忘れて内へお入りになりますと、女房が、

「この二、三日は、少しおよろしいようにお見受けしていましたのに、急にこんなことになってしまわれまして」

と言って、お仕えしている女房たちが残らず、自分も死出のお供をしたいと泣き惑う有り様は、この上もありません。

御祈禱の多くの壇も取り壊して、修法《ずほう》の僧たちも、どうしても必要な人たちだけは残り、臨時に召された僧たちはばらばらと帰り支度にざわめいているのを御覧になると、源氏の院は、やはり、もう駄目なのだと、断念なさるのでした。その情けなさは、何にたとえようもありません。

「たとえ息が絶えたとしても、物《もの》の怪《け》のしわざということもある。そんなにむやみに騒ぎたてるものではない」

と、人々をお静めになり、益々あらたかな願の数々を新たにお立てさせになります。験力の秀れた験者《げんざ》たちを残りなく呼び集められます。僧たちは、

「たとい御定命《じようみよう》が尽きて、この世での御生命が終られたとしても、ただ、もう少しばかりお命をお延ばし下さい。不動尊はいまわの際《きわ》に人の命を延ばして下さるという御本願をお立てになりました。せめてその日数《ひかず》だけでも、この世にお引き止めになって下さい」

と、頭からほんとうに黒煙を立てて、必死に強い法力を奮《ふる》い立たせて、加持祈禱をしてさし上げます。源氏の院も、

「せめてもう一度お目をあけて、わたしの目を見て下さい。あまりにあっけなく、御臨終にさえお逢い出来なかったことが、たまらなく悔やまれて悲しいのに」

と、取り乱していらっしゃる御様子は、とても御自分のお命さえ保てそうにもありませんの

で、それを拝するお側の人々の切なさは、ただもうお察しいただくしかありません。

源氏の院の極まりない御傷心を、み仏も御照覧《しょうらん》あそばしたのでしょうか、この幾月、とんと現れなかった物の怪が小さな女の子に乗り移って、大声でわめきはじめた間に、紫の上は、ようやく息を吹き返されました。源氏の院は、あまりにも喜ばしい一方、また死にはしないかと恐ろしくもお思いになり、お心が騒ぎます。

物の怪は、僧たちにきびしく調伏《ちょうぶく》されて、

「皆の者はここから出て行きなさい。源氏の君お一方《ひとかた》だけのお耳に申し上げましょう。わたしはこの幾月調伏されて、こらしめ苦しめられるのが、あまりに情けなく辛いので、どうせ取り憑《つ》いたのなら、命を奪って思い知らせてあげようと思いましたが、さすがに源氏の君がお命も危うくなりそうなほど、骨身を砕いて嘆き惑う御様子を拝見しますと、わたしも今はこうした浅ましい魔界に生れておりますものの、昔のあなたへの恋の執着が残っておればこそ、ここまで参ったのですから、あなたが悲しみのあまり取り乱している御様子を見るにしのびなくて、とうとう正体を現してしまいました。決してわたしだと悟られまいと思っておりましたのに」

と、髪を顔に振りかけて泣く様子は、ただもう、昔御覧になった六条の御息所《みやすどころ》の物の怪とそっくりに見えます。あの時、情けなく気味が悪いと、心にしみて感じたのと全く同じ気持がするのも、不吉に感じられ恐ろしいので、この子供の手を捕らえて引き据え、不様《ぶざま》な振舞いをしないように、押さえていらっしゃいます。

「ほんとうにあの方か。質《たち》の悪い狐などの気のふれたのが、亡くなった人の恥になるようなことを口走るということもあるそうだから、はっきりと名を名乗れ。ほかの人の知らないことで、わたしの心にだけはっきり思い出されることを何か言ってみよ。そうすれば少しは信じてやろう」

とおっしゃいますと、子供は、ほろほろと涙を流していかにも辛そうに泣き、

わが身こそあらぬさまなれそれながら
　そらおぼれする君は君なり

このわたしこそ昔とは変わりはて
浅ましい姿になりましたが
昔に変わらぬお姿のまま
空とぼけていらっしゃる
あなたは昔のままのあなた

「ああ、恨めしや、恨めしや」

と泣き叫びながら、さすがに恥ずかしそうにしているところが、昔の御息所にそのままなのが、かえってたまらなくうとましく、情けないので、それ以上ものを言わせまいとお思いになります。

「秋好む中宮の御事にしましても、よくお世話下さるのは、ほんとうに嬉しく有り難いと、魂《こん》魄《ぱく》は空を翔《か》けながらも見ていますけれど、今は幽明境《ゆうめいさかい》を異《こと》にしてしまいましたので、子のことまでは深く心にしみて感じられないのでしょうか、やはりわたし自身が、ひどいお方とお恨みした執念だけが、いつまでもこの世に残るのでした。そのなかにも、この世で生きていた時、

若菜 下 より

わたしをほかの女たちよりもお見下げになり、捨ててしまいになったことよりも、愛するお方との睦言《むつごと》のついでに、わたしのことをひねくれていて厭《いや》な女だったと、お話しなさったことが、ひどく恨めしいのです。今はもう死んでしまった者だからと大目に見て下さって、ほかの人がわたしを悪《あ》しざまに言う場合でも、それを打ち消してかばって下さればいいのにと、恨めしく思ったばかりに、魔界に堕《お》ち、こんな恐ろしい身に成り果ててしまいましたので、こうした厄介なことになったのです。紫の上を深くお憎みしているわけではないのですけれど、あなたは神仏の御加護が強くて、遠くに隔てられているような感じがして、とてもお側に近づくことも出来ず、お声だけをかすかにお聞きするばかりなのです。もうこの上は、わたしの罪が軽くなるよう、御祈禱をして下さいませ。調伏のためにやれ修法、やれ読経《どきよう》などと大騒ぎしても、わたしにとりましては、ただただ苦痛で、辛い炎となって身にまつわりつくばかりで、いっこうに有り難いお経も耳に入りませんので、とても悲しくてなりません。どうか中宮にもこのことをお伝え下さい。宮仕えの間は、決して人と争ったり、嫉み心を起こしたりしてはなりません。斎宮《さいぐう》でいらっしゃった頃、神にばかり仕えて、仏道《ぶつどう》を疎《おろそ》かにした罪障《ざいしよう》が軽くなるように、功徳《くどく》になる供養を、必ずなさいますようにと。あの頃のことは、ほんとうに後悔されることでございました」

など、言いつづけます。物の怪に向かってお話しなさいますのも笑止《しようし》なことですから、憑坐《よりまし》の子供を一室に閉じ込めて、紫の上を、また別の部屋にそっとお移しになります。

紫の上がお亡くなりになったという噂が、世間いっぱいに拡まって、人々が御弔問《ちょうもん》に来られるのを、源氏の院は全く縁起でもないとお考えになります。昨日の賀茂の祭から、今日、斎王が斎院にお帰りになる行列を、見物にいらっしゃった上達部《かんだちめ》などは、その帰り道に、人々が紫の上が亡くなったと言うのを耳にして、

「それはほんとうに大変なことが起こった。この世で最高の栄華を極めた幸運な方が、光を失って亡くなる日だから、今日は雨がしょぼしょぼ降っているというわけか」

と、とっさの思いつきをつぶやかれる人もいます。また、

「ああいうふうに、あまりに何もかも具わっている人は、必ず短命なものなのです。待てといっても散っていくからこそ、桜は美しいと歌った、〈何をさくらに〉という古歌もあります。こういうお方がますます長生きして、この世の栄華を極めておられては、はたの人は迷惑することでしょう。これからは二品《にほん》の女三の宮も、本来の御身分にふさわしい御寵愛をお受けになるだろう。これまではお気の毒なほど紫の上に圧《お》されていらっしゃったから」

など、ひそひそ噂しています。

柏木の衛門の督は、昨日一日引き籠って退屈さを持てあまし、懲《こ》り懲《ご》りしましたので、今日は弟君の左大弁《さだいべん》や藤《とう》の宰相《さいしょう》などを、車の後方に同乗させて、祭見物にお出かけになりました。こんなふうに人々が紫の上のことを噂しているのを聞くにつけても、胸がつぶれそうで、桜は散るからこそ結構だと思い、〈憂《う》き世に何か久しかるべき〉という歌をひとり口ずさみなが

ら、二条の院へみんなと一緒に参上しました。

確かな話ではないので、お悔《く》やみというのは縁起でもないと思って、ただ普通の病気見舞いの形で参りましたが、こうして人々が泣き騒いでいますので、噂はほんとうだったのかと、驚かれます。

紫の上の父君の式部卿《しきぶきょう》の宮も、二条の院へ参上して悲しみのあまりすっかり放心の御様子でお入りになります。人々のお見舞いの御挨拶も、奥へ取り次ぐことがお出来になりません。

夕霧の大将が涙を拭って出ていらっしゃいましたので、柏木の衛門の督は、

「一体まあ、どうなさったのです。縁起でもないことを人々が噂していますので、まさかと信じられなくて。ただ長い御病気だとお伺いして、心配のあまりお見舞いに上がったのですが」

などとおっしゃいます。

「ひどく重態になられたまま、長いことになっていましたが、今日の明け方から息絶えてしまわれたのです。それは物の怪のしわざだったのです。ようやく今、息を吹き返されたと伺いまして、みんなでほっとしたばかりですが、まだとても安心出来る状態ではありません。おいたわしい限りです」

と、夕霧の大将は見るからにたいそうお泣きになったお顔つきです。目もすこし泣き腫《は》れています。衛門の督は、自分の大それた恋心から推量してか、この大将が、それほど親しくもない継母の御病気を、ひどく心配しておられることに注目して、怪しいと感じます。

源氏の院は、こうして誰彼がお見舞いに伺ったとのことをお聞きになられて、

「重い病人に急変があり、臨終かと思われる様子だったので、女房などは、気も動転して取り乱し泣き騒ぎましたから、わたしもあわてふためいて気もそぞろになりました。後日改めて、こうしてお見舞い下さったことにお礼は申し上げましょう」

とおっしゃいます。

衛門の督はそれを聞いただけでも胸もつぶれる思いで、こんなのっぴきならないどさくさまぎれでなければ、とても伺うことは出来まいと思うので、あたりの雰囲気に気がひけて、秘密を隠そうとする心の中は、どうもきれいだとは言えないのでした。

こうして紫の上が蘇生《そせい》なさった後も、源氏の院はかえって恐ろしくお思いになり、またまた大層な御祈禱の数々を、ほかに幾つもなさった上、更に新たに御祈禱をお加えになります。御在世の時でさえ、生霊《いきりよう》になって現れるなど、不気味なところのあった御息所なのに、まして今ではあの世で魔界に堕《お》ち、恐ろしく不気味な姿になっていらっしゃるだろうと御想像なさると、たまらなく情けないので、秋好む中宮をお世話申し上げることまでも、この際には心が重く厭《いと》わしくなるのでした。

詮《せん》じつめれば、女というものは、結局皆同じ深い罪障の元になるものなのだと思われ、男女の間のすべてのことに厭気がさすのでした。あの、ほかに聞く人もいなかった紫の上との寝物語に、御息所のことを少しだけ話したことを、物の怪があんなふうに言ったところをみると、やはり御息所の霊にちがいないと思われるので、いっそうわずらわしくお思いになります。

紫の上が御落飾なさりたいと、しきりにお望みになりますので、受戒《じゆかい》の功徳によって御病気の御平癒もあるだろうかと、お頭《つむり》の頂《いただき》に形ばかり、ちょっと鋏《はさみ》を入れて、五戒《ごかい》だけをお受けさせになりました。

戒師が持戒《じかい》の功徳のあらたかなことを、仏前で読みあげる願文の中にも、心にひびく有り難い言葉がありますので、源氏の院は、見苦しいほど紫の上のお側にひたと寄りそって、あふれる涙をおし拭《ぬぐ》いながら、み仏を紫の上と一緒に祈念《きねん》なさいます。この世にまたとなく御聡明でいらっしゃるお方でも、これほどの御心痛に惑わされる一大事の時に当たっては、やはり冷静でいらっしゃれない御様子なのでした。

どんな手段をとって紫の上を救い、そのお命を取り留めてさし上げようかと、そのことばかりを夜も昼も思いつめられては、ひどく嘆いていらっしゃいますので、今ではぼうっと呆《ほう》けたようにまでなられて、お顔も少しやつれていらっしゃいます。

五月の梅雨の頃などは、まして晴れ晴れしない空模様ですから、御病人は爽《さわ》やかな御気分にはおなりになれません。それでもこれまでよりは多少御容体も落ち着かれた御様子です。しかしやはりお苦しみはおつづきになります。物の怪の罪障を救うための供養として、毎日、法華《ほけ》経《きよう》を一部ずつあげさせていらっしゃいます。連日、何くれとなく貴い法要を営ませられるのでした。

紫の上の御枕上《まくらがみ》の近くでも、不断《ふだん》の読経《どきよう》を、声の優れた僧ばかりを集めてあげさせられます。物の怪が現れはじめるようになってからは、時々憑坐《よりまし》に乗り移って、悲しそうなことをいろいろ言うのですが、いっこうにこの物の怪は退散してしまわないのです。

紫の上は暑さのひどい時は、息も絶え絶えに、ますます衰弱なさるばかりなので、源氏の院は言い様もなくお嘆きになるのでした。紫の上は意識も朦朧《もうろう》とした御気分の中でさえ、源氏の院のこうした御様子をおいたわしくお思いになられて、

「たとえ自分はいつ亡くなっても、何一つこの世に未練は残らないだろうけれど、源氏の院がこんなに御心痛のあまり思い迷っていらっしゃるのに、死んでしまった自分の姿をお目にかけるのは、あんまり思いやりのないようで」

と、気持を奮いたたせて、薬湯《やくとう》なども少しは召し上がるせいか、六月になってから、時々お頭《つむり》をお上げになられるようになりました。源氏の院は、そんな御様子も久々のことなので嬉しくお感じになるものの、まだとても御心配で、六条の院へは、かりそめにもお出かけにはなれません。

女三の宮は、あの信じられないような忌まわしい出来事を苦に病まれて、悲しさのあまり、そのままお体の具合いがいつもとお変わりになって御病気になられました。大した病状ではなくて、月が改まり、五月になって以来、お食事も進まず、たいそう青ざめてやつれていらっしゃいます。

あの衛門の督は、女三の宮への恋の思いに堪えかねてたまらない折々には、夢のようにはか

ない逢瀬を重ねていましたが、女三の宮は、どこまでも無体なことと厭《いや》がっていらっしゃいます。日頃、源氏の院をひどく怖がっていらっしゃる宮のお目からは、衛門の督の容姿も人品も源氏の院とはとうてい比べものになりません。

衛門の督はたいそう上品で優雅なので、世間の人の目からは、並一通りの男よりは秀れているように認められもしましょうが、幼い頃から、あのようなたぐいまれな源氏の院のお姿を見馴れていらっしゃった女三の宮にとっては、ただ不愉快にお感じになるばかりでした。それなのに衛門の督の胤《たね》を宿しておしまいになり、ずっと悪阻《つわり》でお悩みでいらっしゃるのは、何というおいたわしい宿縁なのでしょう。乳母たちは御懐妊に気づいて、源氏の院のお越しになるのも、ほんのまれでしかないのにと、ぶつぶつ言ってお恨み申し上げています。

女三の宮がそんなふうに患《わずら》っていらっしゃると聞かれて、源氏の院は、六条の院にお出かけになることになさいました。

紫の上は暑くうっとうしいからと、お髪《ぐし》を洗って、小《こ》ざっぱりしたすがすがしい表情でいらっしゃいます。横になられたまま広げた洗い髪はすぐには乾きません。お髪はほんの少しの癖も、毛筋の乱れもなくて、この上なく美しく、ゆらゆらと漂っています。病人らしくお顔が青く病みやつれていらっしゃるのが、かえって、蒼白《そうはく》に透き通るように見えるお肌つきなど、世にまたとないほど痛々しく可憐で、いたわってあげたいように見えます。もぬけた虫の殻などのように、まだとてもはかなそうな感じでいらっしゃいます。

長年お住みにならなかったので、少し荒れている二条の院の内は、妙に手狭に感じられます。昨日今日は、こうして御気分がはっきりしていらっしゃいますので、その間にと、念入りに手入れなさった遣水《やりみず》や、前庭の植え込みが、にわかに気持よさそうに爽やかになったのにお目をとめられて、紫の上は、よくまあこれまで命永らえたものよとしみじみお思いになります。池はたいそう涼しそうに、蓮《はす》の花が一面に咲いていて、葉は鮮やかに青々と広がり、その上に露がきらきらと玉のように光っているのを、源氏の院が、

「あれを御覧なさい。蓮がさも自分だけ涼しそうではありませんか」

とおっしゃいますと、紫の上は起き上がってそれを御覧になります。そんなことは最近全くないことなので、

「こうしてここまで快《よ》くなられたお姿を拝見出来るのは、夢のような気がしますよ。あまり重態で悲しさに、わたしまでが、もう死ぬかと思われる時が、幾度もあったのですから」

と、目に一杯涙を浮かべておっしゃいますと、紫の上は御自分も胸が一杯になられて、

消えとまるほどやは経《ふ》べきたまさかに
　蓮《はちす》の露のかかるばかりを

露が消えずに残っている
束の間ほどもこれから
わたしは生きられるのかしら
蓮の露が消え残っている
たまたまそれだけの命なのに

とおっしゃいます。

若菜下より

契りおかむこの世ならでも蓮葉《はちすば》に
　玉ゐる露の心へだつな

お約束しておきましょう
この世だけでなく来世も
極楽の同じ蓮の上に置く
露の玉のように
心の隔てがほんの少しもないように

源氏の院は女三の宮のもとにお出かけになるのは気が進みませんけれど、帝や朱雀院がどうお思いになるかと、その手前もあり、女三の宮が御病気だと聞いてからも、もう何日も過ぎているのに、お側の紫の上の御病気に心痛して途方にくれていた間に、女三の宮のお見舞いはすっかり怠っていました。こうした紫の上の御容態の少しいい晴れ間にさえ、こちらに引き籠りつづけているのもと思い立って、六条の院にお出かけになりました。

女三の宮は良心の呵責《かしやく》から、源氏の院にお目にかかるのも恥ずかしく気のひける思いでいらっしゃるので、源氏の院が何かとお話しかけになるのにお返辞も申し上げられません。長い御無沙汰《ごぶさた》を、源氏の院は、表面はさりげなくしていらっしゃるものの、さすがに恨んでいらっしゃったのだろうとお心が咎めて、何かと御機嫌をお取りになっていらっしゃいます。年輩の女房をお呼びになって、女三の宮の御容態などをお尋ねになります。

「普通の御病気とは御様子が違うようでございます」

と、女房は御懐妊らしいと申し上げます。源氏の院は、

「おかしいね。ずいぶん年がたって、今頃そんな珍しいことがあるとは」

とだけおっしゃって、お心のうちでは、長年連れ添われた方々でさえ、そうしたことはなかったのだから、ひょっとしたら思い違いで、妊娠ではないのかもしれないとお思いになりましたので、取り立ててそれについては、あれこれとお話し合いはなさいません。ただ、女三の宮の御病気の御様子がいかにも痛々しいのを、いとしく、お可哀そうにお感じになります。ようよう思い立って六条の院にお越しになりましたので、すぐにはお帰りにもなれず、二、三日御滞在なさいます間も、紫の上の御容態はどうだろうかと、御心配でならず、お手紙ばかりを、つぎつぎとお書きになります。

「いつの間に、あんなにお書きになることがたまるのでしょうね。まったくこれではこちらの宮さまとの御夫婦仲が心配でなりませんわね」

と、女三の宮の過失を何も知らない女房たちは、話し合っています。

小侍従だけは、こうした状態につけても、不安で胸さわぎがするのでした。

柏木の衛門の督も、源氏の院がこうして六条の院にお越しになられたと聞くにつけ、自分の立場もわきまえず逆恨みして、嫉妬でやきもきして、大層な恨みの数々をお手紙に書きつづけて、小侍従に寄こしました。

東の対《たい》に源氏の院がちょっと行かれた隙に、ちょうどお側に人気《ひとけ》がなかったので、小侍従はしのび寄って、その手紙を女三の宮にこっそりお見せしました。女三の宮は、

「そんな煩《わずら》わしいものを見せるなんて、ほんとうにひどい人ね。ただでさえ気分がとても悪い

のに」

とおっしゃって、目もくれないで横におなりなので、

「でもまあ、このお手紙の端のほうに書いてあるところだけは、御覧になってあげて下さい。とてもお可哀そうに書いてございますよ」

と言って、手紙を広げたところへ、ほかの女房が来ましたので小侍従は処置に困りきって、あわてて御几帳を引き寄せてそれをかくして行ってしまいました。

女三の宮は手紙を御覧になると、いっそうどきどきして胸がつぶれるような思いでいらっしゃいます。そこへ源氏の院が入っていらっしゃいましたので、とっさに手紙を手際よく隠すことも出来なくて、あわててお茵《しとね》の下にさしこまれました。

その夜のうちに、二条の院へお帰りになろうとして、源氏の院は女三の宮にお暇乞《いとまご》いの御挨拶をなさいます。

「こちらは御病気も大したことはなさそうですし、まだあちらはほんとうにどうなるかわからない不安な容態でしたから、それを見捨てたように思われるのも、今更可哀そうなのです。わたしのことをいろいろ悪しざまに言う人があったとしても、決してお気になさらないように。そのうち、きっとわたしの本心はおわかりいただけることでしょう」

とお話しになります。

いつもは、なんとなく子供っぽい冗談などおっしゃって、無邪気にお打ちとけになりますのに、今日はひどくしんみり沈みこんで、まともにお目をお合わせしようともなさいませんの

で、源氏の院は、やはり自分と紫の上の仲を嫉妬して、すねていらっしゃるのだろうとお思いになります。

昼間の御座所で、しばらくおふたりで横になられて、何かとお話しなどしていらっしゃるうちに、日が暮れました。そのまま少しお寝みになっていらっしゃいましたが、蜩《ひぐらし》がかん高く鳴く声に目をお覚ましになられ、

「では、夜道が暗くならないうちに」

とおっしゃって、御召物をお着がえになります。女三の宮が、

「〈月待ちて帰れわがせこ〉と古歌にも言っているのに」

と、いかにも初々《ういうい》しいそぶりでおっしゃいますのが、いかにも可愛らしいのです。源氏の院は〈その間にも見む〉という歌の結句のように、女三の宮は別れにくい気持になっていらっしゃるのかと、いじらしくお感じになって、お立ち止まりになります。

夕露に袖ぬらせとやひぐらしの
　　鳴くを聞く聞く起きてゆくらむ

夕べの露のような涙に
袖を濡らして泣けという
おつもりなのでしょうか
蜩の切なく鳴くのを聞きながら
起きてお帰りになるのは

女三の宮があどけなく純なお心のままを歌にされたのも、可憐でいとしく思われましたの

で、源氏の院はその場にちょっと膝をついて、
「ああ困った、どうしたものか」
と、溜め息をおつきになります。

待つ里もいかが聞くらむかたがたに
心さわがすひぐらしの声

わたしの帰りを待っているところでも
どんな想いで聞いているやら
こちらでもあちらでも
人の心を掻き乱す
蜩の鳴き声なことよ

などと、考えて、どうしたものかと躊躇《ちゆうちよ》なさって、やはり女三の宮に情《つれ》なくするのもしのびなくて、その夜はお泊まりになりました。

それでも紫の上のことがずっと御心配で落ち着かず、さすがに物思いに心が沈まれるので、果物などを召し上がったぐらいで、お寝みになられました。

翌朝は、まだ朝の涼しいうちにお立ちになろうとして、早くからお起きになりました。

「昨夜、扇をどこかへなくしてしまって困っている。この檜扇《ひおうぎ》では風が生ぬるくて」

とおっしゃって、その扇をお置きになって、昨日おふたりでうたたねなさった昼の御座所のあたりを、立ち止まってお探しになりますと、お茵《しとね》の少し乱れた端から、浅緑の薄い紙に書いた手紙を巻いた端が覗いています。何心なくそれを引き出して御覧になると、それは男の筆跡

なのでした。

紙に薫《た》きしめた香の匂いなどたいそうなまめかしく、意味あり気な文章です。二枚の紙にこまごまと書かれたのをお読みになりますと、まぎれもなく柏木の衛門の督のお手紙だとおわかりになりました。

お鏡の蓋《ふた》を開けてお身じまいのお手伝いをする女房などは、普通のお手紙を読んでいらっしゃるのだろうと、その事情もわからないのですが、小侍従ははっと気がつき、昨日のあのお手紙と同じ紙の色だと見ましたので、大変なことになったと胸がどきどき高鳴る気がします。

源氏の院がお粥など召し上がっていらっしゃるほうには目もくれず、

「でも、いくら何でもあのお手紙ではないだろう。まさか、そんな迂闊《うかつ》なことをなさる筈はない。あれはきっとお隠しになられたにちがいない」

と強いて思おうとします。

女三の宮は何もお気がつかず、まだお寝みになっていらっしゃいます。源氏の院は、

「何という他愛のなさか、こんなものを無造作に散らかしておいて、わたし以外の者にもし見つけられでもしたら、どうなったことか」

とお考えになるにつけても、女三の宮のお人柄を見下げてしまわれて、

「だから、言わないことではない。全く思慮深さの欠けたお人柄を、かねがね気がかりで案じていたのだ」

とお思いになります。

源氏の院がお出ましになった後、女房たちも少しずつ退《さが》っていきましたので、小侍従は宮のお側に近づき、

「昨日のあの手紙はどうなさいました。今朝がた院が御覧になっていたお手紙の色が、あれとよく似ていましたけれど」

と申し上げました。女三の宮は、はっとなさり、大変なことになったと、ただもう涙ばかり流していらっしゃいます。小侍従はそれを見てお可哀そうには思うものの、ほんとうに仕様のないお方だと思います。

「いったい、どこにお置きなさいました。あの時、女房たちが参りましたので、わけあり気にお側にうろうろして、妙に勘ぐられてはいけないと、それくらいのちょっとした気配にさえ気が咎めて、退っていましたのに。源氏の院がいらっしゃったのは、あの後少し間がありましたから、その間に、お手紙はきっとお隠しになったものとばかり思っておりました」

と申し上げますと、

「いいえ、そうじゃないの、わたしが手紙を見ているところへ、入っていらっしゃったから、とっさに隠すことも出来ず、あわてて茵の下にさしこんでおいたものを、すっかり忘れてしまって」

とおっしゃいます。小侍従は呆《あき》れて言葉もありません。茵の側に寄って見たところで、今さらどこにあるでしょう。

「まあ、大変なこと、あのお方も源氏の院をとても怖がり、憚《はばか》っていらっしゃって、ほんの少

しでもこのことが源氏の院のお耳に入るようなことがあってはと、すっかり恐れ怯《おび》えていらっしゃいましたのに、はやもう、こんなことが起こってしまったではありませんか。大体宮さまがいつまでも子供っぽくたわいない御性分で、あのお方にも、うっかりお姿を見られてしまったのがことの起こりです。あれ以来ずっと、衛門の督は宮さまに恋い焦がれて、わたしが手引きをしないといって、恨み言を言いつづけましたけれど、まさかこうまで深い御仲になろうとは、思いもよりませんでした。どなたの御為にも困ったことになりました」

と遠慮もなくずけずけ申し上げます。

女三の宮は気のおけない初々しいところがおありなので、小侍従もつい気安く思い、無遠慮になっているのでしょう。

宮はお返事もなさらないで、ただもう泣きむせぶばかりでいらっしゃいます。ほんとうに御気分もお悪そうで、ほんのわずかのお食事も召し上がらないので、女房たちは、

「これほどお加減を悪くしていらっしゃるのに、源氏の院は見捨ててお置きになられて、今はもうすっかり御全快になられた紫の上のお世話ばかりを、何と御熱心になさいますこと」

と、恨みがましく思い、話しております。

源氏の院は、例の手紙がまだ腑《ふ》に落ちませんので、人のいないところで、繰り返し幾度も御覧になります。女三の宮にお仕えする女房たちの誰かが、あの柏木の中納言の筆跡に似た筆つきで書いたのかとまで、考えてごらんになりますが、言葉づかいが歴然としていて、本人にち

がいないと思われる節々もあります。

長の年月思いつづけていた恋がたまたま遂げられて、かえって不安が増し、苦しくてならないといったことを、ことばを尽くして書きつづけてある文章は、なかなか優れていて、感動的ですけれど、

「それにしても、恋文などはこうまではっきり露骨《ろこつ》に書いていいものか。せっかく、あれほどの立派な男が、よくもこんな手紙を不用意に書いたものだ。万一、落としたりして人目に触れることがあってはと要心して、昔、自分の若い頃などは、こんなふうにこまごまと書きたい時でも、文章を出来るだけ簡略にして、ぼんやりと書きまぎらしたものだった。そういう要心深い細心な気配りは、なかなか出来難《がた》いことだったのだなあ」

と、女三の宮とともに、柏木の衛門の督の浅慮《せんりよ》をも、軽蔑なさってしまわれたのでした。

「それにしても、これから女三の宮に、どういうお扱いをしたらいいものか。どうやら御懐妊だという御容態も、こういう不倫の恋の結果だったということか。何という情けないことだ。こうして自分がじかにこんなうとましい秘密を知りながら、これまで通り大切にお世話しなければならないのだろうか」

と、御自分の心ながらも、前同様お世話しようとは、とても思い直すことは出来ないとお考えになります。

「軽い浮気ということで、はじめからそれほど本気で打ちこんでいない女でも、ほかに好きな男が出来たらしいと思えば、不愉快で気持が離れてしまうのに、まして、この場合は、宮が格

別の身分のお方なのだから、相手の男も大それた料簡《りようけん》を起こしたものだ。帝のお后と過ちを犯す例も、昔はあったけれど、それはまた事情が違う。宮仕えということで、自分も相手も同じ帝に親しくお仕えしているうちに、自然、そうした何かのいきさつがあって、互いに情を通わすようになり、つい不始末を起こすようなこともきっと多く生れるというものだろう。女御や更衣といった御身分の方でも、あれやこれやと、こうした面でどうかと思われる人もおり、たしなみ深い心がまえの持ち主とは言えない人も中にはまじっていて、思いもよらない間違いを起こすこともあるが、その重大な不始末がはっきり人目につかない間は、そのまま宮仕えをつづけていく場合もあるので、そう急には表沙汰《おもてざた》にはならない不倫の情事もあるだろう。しかし正妻としてこれ以上並ぶ者もない丁重な扱いをしてさし上げ、内心ではずっと深く愛している紫の上よりも、粗末に出来ない大切なお方としてお世話しているこのわたしをさしおいて、こんなとんでもない不始末を引き起こすとは、世間に例もないことだろう」

と、爪弾《つまはじ》きしたいお気持です。

「お仕えするお方がたとえ帝であっても、ただ素直に表向きのお勤めをしているという気持だけでは、後宮《こうきゆう》の生活も何となくおもしろくないので、深い愛情を見せる男の切なる求愛の言葉になびき、お互いに深い情を交わし尽くしあって、そのまま見過せないような折節の男の恋文に、返事もするようになり、自然に心が通うようになったという間柄では、同じ密通という不届きな行いであっても、まだ同情の余地もあろうか。自分のことながらも、衛門の督風情《ふぜい》の男に、女三の宮がまさかお心をお移しになろうとは思いもよらなかったのに」

と、非常に不愉快に思っていらっしゃるのだけれど、顔色にそれと出すべきことでもないと、あれこれお悩みになるにつけても、

「亡き桐壺院《きりつぼいん》も、今の自分と同じように、お心の内では何もかもあの藤壺《ふじつぼ》の宮《みや》との密通のことを御承知でいらして、その上でそ知らぬふりをなさっていらっしゃったのではないだろうか。思えば、あの昔の一件こそは、何という恐ろしい、あるまじき過失だったことか」

と、身近な御自身の過去の例を思い出されるにつけ、昔から言うように「恋の山路《やまぢ》」は迷うものなので、それに迷う人を非難するなど、出来た義理かという、お気持もなさるのでした。

源氏の院はつとめてさりげなくしていらっしゃいますけれど、何か鬱々《うつうつ》とお悩みのお顔つきがありありと見えますので、紫の上は、自分の命がようやく取り留められたのを不憫《ふびん》にお思いになって六条の院から早々とお帰りになり、そういう御自分のせいで、女三の宮のことを、内心お可哀そうに思って悩んでいらっしゃるのだろうかとお察しになり、

「わたしはもう気分がすっかり快《よ》くなりましたけれど、あちらの宮さまが御病気だと伺いましたのに、こんなに早々とお帰りになったのでは、お気の毒なことですわね」

と申し上げます。源氏の院は、

「そうそう。いつもと違って御加減がお悪そうだったけれど、格別たいしたこともなさそうだったので、まあ一応安心して帰って来ました。帝からは度々御見舞いの御使者があって、今日もお手紙があったとか。朱雀院がとりわけ女三の宮を大切になさるよう帝にお頼み申し上げていらっしゃるので、帝もこれほどお心遣いなさるのだろう。少しでも女三の宮を疎略《そりやく》にお扱い

申したりすれば、帝や院がどうお思いなさるか、それが気にかかって」

と、嘆息なさいます。

「帝の御意向よりも、宮さま御自身が冷淡だとお恨みになることのほうが、お可哀そうでしょう。宮さまはお気になさらなくても、何かと悪《あ》しざまにつげ口する女房たちが、かならずいることでしょうから、わたしもとても辛うございます」

などおっしゃいます。

「なるほど、わたしが誰よりも愛しているあなたには、うるさい親戚がないかわり、あなた自身が何かにつけて気のつく人ですね。女三の宮のことを思いやっていられる。あれやこれやと、まわりの女房たちの思惑にまで気を廻して、女三の宮のことを思いやっていられるが、わたしはただ、国王の御機嫌を損じないかとばかり気にしているようでは、宮への愛情が浅いと言われても当然ですね」

と、ほほ笑んで言い紛らしておしまいになります。女三の宮のところにお越しになる件については、

「そのうちあなたと一緒に六条の院に帰ってから。まあここでゆっくりしていよう」

とだけおっしゃいます。紫の上は、

「わたしはこちらで一人のんびりしていましょう。お先にあちらへお帰りになって、宮さまの御機嫌もよくおなりになった頃に帰りましょう」

などと、話し合っていらっしゃるうちに、何日か過ぎてしまいました。

女三の宮は、こうして源氏の院のお越しにならない日々が過ぎていくのも、これまでは源氏

の院の冷淡なお心のせいだとばかり思っていらっしゃいましたが、今では、御自分の過ちのせいもあって、こんなことになったのだとお考えになります。朱雀院がこうしたことをお聞き及びになれば、何と思し召すことやらと、世間も狭くなったような思いでいらっしゃいます。

あの柏木の衛門の督も、ひどく切なそうに、思いのたけを絶えず書き送ってきますけれど、小侍従も面倒なことになってと恐れて心を痛めます。

「こんなことがありました」

と、源氏の院に手紙を読まれた一件を、衛門の督に報《しら》せましたので、衛門の督はあまりのことと驚いて、

「いったい、いつの間に、そんなことが起こったのだろう」

こういうことは長くつづいていれば、自然に気配だけでもほかに漏れて感づかれることもあるかもしれないと思っただけでも、たまらなく身のすくむ思いがします。そうでなくても、空に目があって何もかも見すかされているように恐ろしかったのに、ましてあれほど疑いようもない手紙の証拠を御覧になった上は、恥ずかしく畏れ多くて、居たたまれない思いがします。夏の日の朝夕も涼しくない季節なのに、身も冷え凍る気持がして、言いようもなく悲しく思われます。

「この長い年月、何かの公の用向きにも遊び事にもお側近く召され、親しくお伺いするのが習わしになっていて、誰よりもこまやかにお目をかけて下さった源氏の院のお気持が、いつも心からありがたく身に沁みていた。それなのに、あきれ果てた不届き者として、憎まれてしまっ

ては、どうしてこれからお顔を合わすことが出来ようか。そうは言っても、急に御無沙汰してしまってちらりともあちらへ参上しなくなってしまうのも、人が不審に思うだろうし、源氏の院のお心にも、やはりそうだったかと、お思いあたりになるだろう。それがたまらなく辛い」

など、不安にさいなまれているうちに、気分もひどく悪くなって、宮中へも参上しません。それほど重罪に当たるというのでもないとしても、これでもう自分の一生は破滅してしまった、という気がするので、やはりこんな結果になると考えないでもなかったのにと、一方では自分でこんなことをした自分の心が、ひどく恨めしくも思われます。

「そういえば、あのお方はもともとしっとりと奥ゆかしい御様子は、はじめからお見えにならなかった。第一、あの御簾の隙間から自分に見られておしまいになったのからして、あってはならないことなのだ。あの時一緒にいた夕霧の大将も軽々しい御態度と感じていられたようだったが」

などと、今になって思い合わされるのでした。強《し》いて女三の宮への恋の思いをさまそうと思って、無理にも欠点を探したいのでしょうか。

「どれほど高貴のお方といっても、あまり極端におっとりとして上品一方なのは、世間のことにもうとく、またお仕えする女房たちに用心もなさらないので、こうしてお気の毒な御自分のためにも、相手にとっても、一大事になることを引き起こしてしまわれるのだ」

と、やはり女三の宮がおいたわしくて、あきらめる気持にはなれません。

十二月になってしまいました。朱雀院の御賀は十日過ぎと決めて、いろいろの舞の稽古などで、六条の院ではお邸も揺れんばかりの大騒ぎをしています。二条の院の紫の上は、まだ六条の院にはお帰りにはなりませんけれど、この御賀の予行演習の試楽《しがく》があるのにお心が惹かれて落ち着いてもいられず、お移りになりました。明石の女御もお里の六条の院においでになります。今度御誕生になられた御子も、また男御子でした。次々たいそう可愛らしい御子がお生れになりますので、源氏の院は明けても暮れても、御子たちのお相手をなさり遊んでおあげになっては、長生きの甲斐があったと、喜んでいらっしゃいます。

試楽には鬚黒の右大臣の北の方、玉鬘の君も御出席になりました。夕霧の大将は、花散里《はなちるさと》の君《きみ》の御殿で、試楽に先立って内々で調楽《ちょうがく》のように明け暮れ練習をしていらっしゃいましたので、花散里の君は試楽は見物なさいません。

柏木の衛門の督を、こうした大切な御催しの時にも参加させないのは、いかにも会が引き立たず、もの足りなく思われるだろうし、人がおかしいと不審に思うにちがいないので、源氏の院から参上なさるようにとお召しがありました。衛門の督は病気が重いということを口実にしてお伺いしません。けれども実は、どこが悪くて苦しいという病気でもなさそうなのに、やはり何か悩んでいるからだろうかと、可哀そうにお思いになって、わざわざお手紙をおやりにな

ります。父の大臣も、

「どうして御辞退されたのか。源氏の院も、何かすねているようにお取りになるだろうに。大して重病でもないのだから、無理をしてでも参上したほうがいい」

とおすすめになっていたところに、こんなに重ねてのお手紙がまいりましたので、衛門の督は辛さを忍びながら参上したのでした。

六条の院についたのは、まだ上達部《かんだちめ》なども集まってこない時分でした。今まで通り、お側近い御簾の内へお入れになって、源氏の院はおろされた母屋《もや》の御簾の奥から御対面になります。

衛門の督を御覧になると、ひどく痩《や》せに痩せて青ざめています。いつも誇らしげに陽気で華やかに振舞うという点では、弟君たちに気圧《けお》されてはいるものの、たしなみ深そうに落ち着きかえっている態度は、際立っていて、今日はまたとりわけもの静かにひかえている姿は、いかにも皇女たちの夫として並べて見ても、少しも不都合ではないと思われます。ただ今度の密通の件については、ふたりのどちらも全く無分別だったのが、どうしても許せないのだ、などとお思いになって、衛門の督の顔を見つめられますが、言葉はさりげなくたいそうやさしく、

「何ということもなくて、たいそう長く会いませんでしたね。この幾月かは、いろいろな病人の看病で、心にゆとりがなかったのですが、朱雀院の御賀のためこちらにおいでの女三の宮が御法事をしてさし上げることになっていたのに、次々、支障が重なって起き、何も出来ないうちに、こうして年の瀬も押しせまってしまいました。思うように充分なことも出来ませんが、ほんの型通りの精進料理をさし上げようと思っています。御賀などと言えば、仰山《ぎょうさん》に聞こえま

すが、この家に生れた子供たちも多くなりましたので、朱雀院に御覧いただこうと思い、その子供たちに舞の稽古などさせはじめました。せめてそれだけでも無事にやり遂げたいと思うのですが、拍子をうまく合わせるように指導していただくには、あなたをおいて誰があろうかと、思案をめぐらせたあげく、ここ幾月も訪ねて下さらなかった恨みも捨ててしまってお呼びしたのですよ」

とおっしゃるお顔つきは、何のこだわりもなさそうに見えます。

衛門の督のほうは、身の置きどころもないほど恥ずかしい思いで、顔色も変わっているにちがいないと感じ、お返事もとっさには出てまいりません。

「幾月もの間、方々に御病人がいらっしゃり御心痛とのお噂を承って、わたくしも蔭ながらお案じ申し上げておりましたが、日頃の持病の脚気《かつけ》が、この春あたりから困惑するほどひどく悪化して、足もしっかり立たなくなってしまいました。月がたつにつれ、衰弱がますますひどく難渋《なんじゅう》しきっておりましたので、宮中への参上もかなわず、世間ともすっかり交渉を絶ったようにして、邸に引き籠ってばかりおりました。今年は朱雀院のちょうど五十歳におなりあそばす年なので、人よりはことに念を入れて、お年を数えてお祝い申し上げなければならぬと、父大臣も考え及んで話しておりましたが、

『すでに自分から官職を辞した身分で、人に先んじて御賀に出仕したとしても坐る席もない。官位は低くてもお前はわたしと同様に御賀に対しては深い志を抱いているだろう。その気持を御覧いただくがよい』

と、しきりにすすめられましたので、重い病体を無理におして参上したことでした。朱雀院は、今ではますます閑寂《かんじゃく》な御暮しぶりで、仏道に御専念なさいまして、仰山な御賀の儀式などをお受けになりますようなことは、お望みではないように拝察いたしました。御賀は万事簡素になさいまして、静かに女三の宮といろいろなお話をあそばされたいとの深い御希望を叶えてさし上げるほうが、何よりのことかと存じられます」

と申し上げますと、盛大だったと噂に聞いている落葉《おちば》の宮《みや》の御賀のことを、その夫として自分が行ったとは言わず、父の思い立ちのように言うところも、心遣いが行き届いていると源氏の院はお思いになります。

「こちらの女三の宮の御賀の支度は、ただこれだけで御覧の通りです。簡略すぎて、世間の人はこちらの志が浅いと思うでしょうが、そうはいってもあなたはさすがによく院の思し召しを心得ていて、そう言って下さるので、やはりわたしの考え通りでよかったと、すっかり安心出来ました。夕霧の大将は、宮中でのお役目のほうはようやく一人前になってきたようですが、こうした風流めいたことに関しては、もともと性に合わないのでしょうか。朱雀院は何事にも通じていらっしゃって、不得手なものといってはおありにならない中にも、音楽方面のことは特に御熱心で、御造詣《ぞうけい》がお深くていらっしゃるから、あなたのお話のように、すっかり俗世は思い捨てていらっしゃるようでも、雑念なくお心静かに音楽をお聞きあそばすとなれば、今のほうがかえってこちらはいっそう気遣いされるのです。どうか夕霧の大将と御一緒に面倒を見て、舞の子供たちの心構えやたしなみをしっかり教えてやって下さい。専門家の師匠というものは、ただ自分の専門の芸だけはともかく、さっぱり行き届かないものです」

など、いかにも親しそうにお頼みになるのは、嬉しいものの、身がすくむように気づまりに感じられて、柏木の衛門の督は言葉少なで、源氏の院の御前から一刻も早く立ち退きたいとばかり思います。いつものように細々とお話もせず、ようやくのことで御前をすべり出たのでした。

東北の町の花散里の御殿で、衛門の督は、夕霧の大将が用意していらっしゃる楽人《がくにん》や舞人《まいびと》の当日の衣裳のことなどについて、さらに新しい意匠《いしよう》をお加えになります。夕霧の大将が出来る限り見事に美しく用意していられた上に、衛門の督の細心な趣向が加わりますと、さらにいっそうよくなるのを見ましても、衛門の督は、音楽の道にかけては、全く造詣の深い方でいらっしゃるのでした。

今日はこうした試楽の日なので、女君たちも御見物なさいますのに、見栄えがするようにということで、御賀の当日には、赤い白橡《しらつるばみ》の袍《ほう》に、葡萄《えび》染《ぞめ》の下襲《したがさね》を着るはずですが、今日は、青色の袍に、蘇芳襲《すおうがさね》を着て、楽人三十人は白襲を着ました。

東南のほうの釣殿《つりどの》につづいている廊《ろう》を音楽の演奏場にして、池の南の築山《つきやま》の側から御前のほうへ出て来ながら、仙遊霞《せんゆうか》という雅楽を演奏します。折から雪が少し花びらのように散り落ちるのは、春がもう隣まで訪れているようで、梅の花がいかにも美しい風情で、ちらほらほころびかけています。

源氏の院は、廂の間の御簾の内にいらっしゃいますので、式部卿の宮、鬚黒の右大臣だけがお側にひかえていられて、それより下位の上達部たちは、簀子《すのこ》に居並んでいます。今日は気の張る御賀の当日ではありませんので、御馳走なども、そう大袈裟でなく、簡素なものをお出ししてあります。

鬚黒の右大臣の四郎君、夕霧の大将の三郎君、蛍 兵部卿《ほたるひょうぶきょう》の宮《みや》の御子の二人の宮たちが、万歳楽《まんざいらく》を舞われました。まだとてもお小さいので、ひどく可愛らしいのです。四人ともいずれ劣らぬ高貴のお家の御子息で、容姿も美しい上に、立派に着飾らされている姿は、そう思うせいなのか格別気品が具わっています。

また夕霧の大将の御子で、典 侍《ないしのすけ》がお生みになった二郎君、式部卿の宮の兵衛《ひょうえ》の督《かみ》といった人で、今は源中納言《げんちゅうなごん》という方のお子が皇麞《おうじょう》を、鬚黒の右大臣の三郎君が陵王《りょうおう》を、夕霧の大将の太郎君が落蹲《らくそん》を、または、太平楽《たいへいらく》や喜春楽《きしゅんらく》などという舞などの数々も、同じ御一族のお子たちや大人たちなどが舞ったのでした。

日暮になれば、御簾を上げさせられて、舞楽の感興《かんきょう》がますます高まる上に、お孫たちがほんとうに可愛らしい顔や姿で、舞う手ぶりも世にも珍しい技巧を尽くしています。お師匠たちが、それぞれ自分の技のすべてをお教えした上に、お子たちのすぐれた生来の才能が花開いてすばらしく舞われますので、どのお子をもみんな可愛いと源氏の院はお思いになります。

老人の上達部たちは、皆感動して落涙《らくるい》しています。式部卿の宮も、お孫のことをお思いになって、お鼻の頭が赤くなるほど、すすり泣き、感涙にむせんでいらっしゃいます。

主人《あるじ》の源氏の院は、

「年をとるにつれて、だらしなく酔い泣きするのが止められないものだ。衛門の督がこんなわたしに注目してにやにや笑っておられるのが全く恥ずかしい。しかし、あなたの若さだって今しばらくのことですよ。決して逆さまに流れてゆかないのが年月というもの。老いはどうしたって人の逃れられない運命なのです」

と言って衛門の督を見据えてじっと御覧になります。ほかの人々よりはずっと生真面目に固くなって沈みこんでいて、真実、気分もひどく悪いため、せっかくのすばらしい舞も、目にも入らない気分でいる人を摑《つか》まえて、源氏の院はわざと名指しして、酔ったふりをしながら、こんなふうにおっしゃったのです。冗談のようにも聞こえるのですけれど、衛門の督は、いよいよ胸がはりさけそうに動悸《どうき》が激しくなり、盃が廻ってきても頭が痛くてたまらないので、飲むふりだけして取りつくろっています。それを源氏の院は見咎められて、無理に盃を持たせながら、度々執拗《しつよう》におすすめになりますので、衛門の督は引っ込みがつかなくて困惑しきっている様子は、ありきたりの人とは格段に違っていて、さすがに優雅に見えます。

心が掻き乱され、苦痛に耐えきれなくなり、衛門の督は、まだ宴席も終らないうちに退出してしまいました。そのまま、ひどく苦しみ惑乱してくるので、

「いつものように恐ろしく悪酔いしたというのでもないのに、どうしてこんなに苦しいのか。あのことを苦にして、気が咎めていたので、のぼせてしまったのだろうか。自分ではそんなに怖気《おじけ》づくほどの気弱さだとは思っていなかったのに、何という不甲斐ないことだったか」

と、我ながら意気地ないと自覚するのでした。それは、一時の悪酔いのための苦しさではな

かったのです。衛門の督はそのまま重い病気になって寝ついてしまいました。

父大臣や母北の方が驚き騒いで、別に暮していたのでは、とても心配で心もとないと、御自分たちのお邸にお移しになりました。

北の方の落葉の宮が、どんなにお悲しみになられたことか、その御様子もほんとうにおいたわしいことでした。

何事もなく過して来たこれまでの歳月は、のんきにかまえて、情の移らない夫婦仲も先で何とかなるだろうと空頼みして、それほど落葉の宮を愛してもいらっしゃらなかったのに、さて、これが永のお別れの門出になるのかと思うと、身にしみて悲しく、自分に先立たれて北の方がお悲しみになるのは、畏れ多いことだと、たまらなく辛く思います。宮の母御息所《みやすどころ》も、たいそう激しくお嘆きになられて、

「世間の例から言っても、親は親として立てておいて、まず夫婦の仲というものは、どんな時もこんな時も、決してお離れにならないのが当たり前でしょうに。こんなふうにおふたり引きさかれて、すっかり御全快なさるまで長い間、あちらのお邸でお過しになるのは、心配でたまらないことでしょうから、もうしばらくこちらで、このまま御養生なさってみて下さい」

と、御病床の側に御几帳だけを隔てて御看病申し上げます。

「ごもっともなことです。数ならぬ分際《ぶんざい》で、普通なら及びもつかない高貴な姫宮との、御結婚を無理にお許しいただきました。そのお礼のしるしとしては、せめていつまでも長生きして、この不甲斐ないわたしの身も、少しは人並みに立身するところを御覧に入れられようかとばか

り、思っておりました。それなのに実に情けないことに、こんな重い病気にかかってしまったのです。わたしの深い愛情も全く御覧になっていただけないまま死んで往《い》くのかと思いますにつけても、もはや助からないと思いながらも、とてもあの世には旅立ちにくく思われます」

など、お互いにお泣きになって、すぐにも父大臣のお邸にお移りになれないでおりますので、また母北の方が御心配でたまらなくなり、

「どうして、誰より先に、この親たちにまっ先に会いたいとはお思いでないのでしょう。わたしは気分が少しでも悪くなり、心細い時は、たくさんの子たちの中でも、まず格別にあなたに会いたく、頼りにもしてきたのです。それなのにこのように顔も見せないのは、ほんとうに気がかりで、不安でなりません」

　と、恨み言をおっしゃいますのも、またごもっともなことでございます。

「わたしが長男として弟たちより先に生れたというせいか、親から特別に大切にされ可愛がってもらってきたのですが、いまだにわたしを可愛く思われて、しばらくでも顔を見せないと辛がられますので、病気が重くもうこれで臨終かと思われる折にお目にかかりませんのは、不孝の罪が深く、気も滅入《めい》ることでしょう。いよいよわたしが危篤《きとく》で望みもなくなったとお聞きになりましたなら、どうかこっそりお忍びでお出かけ下さって会って下さい。必ずまたお目にかからせていただきます。どうしたわけか愚鈍《ぐどん》な生れつきで、あなたに対しても何かにつけて充分とは言えぬお扱いをされたと御不満のことがおありだっただろうと、それが悔やまれてなりません。こうした短い寿命とも知らず、まだまだ行く末長いとばかり思っていましたとは」

と、泣く泣く父大臣のお邸にお移りになりました。

落葉の宮は一条のお邸にお残りになって、言いようもなく悲しく恋い焦がれていらっしゃいます。

父大臣のお邸では柏木の衛門の督を待ち受けていらっしゃって、あれやこれやと看病に大騒ぎなさいます。

そうはいっても、急にひどく危険な状態になるという御容態でもなく、ここ幾月、お食事などもほとんど召し上がらなかったのに、大臣邸に移られてからはいよいよちょっとした蜜柑《みかん》などにさえ、手を触れようともなさいません。ただもう、次第次第に何かに引き入れられるように衰弱していかれます。

柏木の衛門の督のような、当世有数の学識豊かな人物が、こんなふうに重態になられましたので、世間では惜しんで残念がりお見舞いに参上しない人もありません。

帝からも朱雀院からも、度々お見舞いの御使者がみえて、非常にお惜しみになって、お案じあそばしていらっしゃるにつけても、いよいよ御両親の悲しみは深まり、お心も迷い乱れるばかりなのでした。

源氏の院も、全く残念なことになったとお驚きになって、度々丁重にお見舞いのお手紙を御病人のみならず、父大臣にもさし上げます。

夕霧の大将は、どなたにもまして、とても睦まじいお間柄でしたので、親しく御病床までお見舞いになられては、身の置きどころもなく悲しみにくれて落ち着かないのでした。

朱雀院の御賀は、十二月二十五日と決まりました。当世きってのすばらしい上達部の柏木の衛門の督が重病で、その親兄弟や、大勢の人々、そうした高貴の御一族の方々が憂《うれ》いに閉ざされている時なので、何か盛り上がらない気もするのですけれど、これまで次々に何かと延引してきただけでも朱雀院に申しわけないことでしたので、今更中止にするわけにもいかないことですから、源氏の院はどうしてこの御賀をお取りやめになれましょうか。御賀をお務めなさる女三の宮の、重病の衛門の督へのお気持も思いやられて、源氏の院はおいたわしくお感じになっていらっしゃいます。

しきたり通り、五十の寺々での御誦経や、また朱雀院のおいであそばす西山《にしやま》の御寺《みてら》でも、摩《ま》訶毘盧遮那《かびるしやな》の御供養の御誦経があげられました。

柏木《かしわぎ》より

病床で新年を迎えた柏木は死を願う。女三の宮は柏木の子である男子を出産するが、父の朱雀院の手で出家する。柏木は見舞いに訪れた夕霧に、源氏にとりなしてくれるように頼み、妻の女二の宮を託して亡くなった。

あの柏木《かしわぎ》の衛門《えもん》の督《かみ》は、女三《おんなさん》の宮《みや》の御出産や御出家のことをお聞きになりますと、いよいよ今にも消え入るようにご容態がお悪くなられて、もう全く回復の望みもおぼつかなくなってしまわれました。

北の方の女二の宮のことをお可哀そうにお思いになり、今更こちらにお越しいただくのは、宮の御身分柄軽々しいと世間に思われるだろうし、母北の方も父大臣も、こうぴったり付き切りでいらっしゃるので、自然に何かの折にうっかりして女二の宮のお姿をお見かけするようなことでもあっては、具合の悪いことだとお考えになって、

「一条のお邸《やしき》にどんなにしてでも、もう一度行きたいのです」

とおっしゃるのですが、御両親は絶対お許しになりません。それで衛門の督は誰彼なしに、

自分の死後の女二の宮のことをお頼みになります。

女二の宮の母御息所《みやすどころ》は、この結婚にはじめからあまり気乗りでいらっしゃらなかったのに、衛門の督の父大臣がずいぶん奔走《ほんそう》して熱心に懇望《こんもう》されたので、朱雀院《すざくいん》もその気持の深さにお負けになって、しかたなくお許しになられたのでした。朱雀院は女三の宮のことで御心配なさいました時も、

「かえってこの女二の宮のほうは、将来も安心出来る実直《じっちょく》な夫を持たれてよかった」

と仰せられたとお聞きして、こんなことになって今更ながら衛門の督は畏《おそ》れ多いことと思い出します。

「こうして女二の宮を後にお残しして、いくのかと思いますと、いろいろ可哀そうでなりません。どなたもみなお気の毒なことですが、心のままにならないのが人の寿命ですから仕方がありません。添い遂《と》げられなかった夫婦の短い契りを、女二の宮もどんなにか恨めしくお嘆きになるかと思いますと、辛くてなりません。どうか母上は今後ともあの方をお心におかけ下さって、お世話をしてあげて下さい」

と、母君にもお願いなさいます。

「まあ、縁起でもない。あなたに先立たれて、一体、わたしがどれほど後に生き残れると思っているのですか。そんな先々のことまでおっしゃるなんて」

と、ただもうひた泣きにお泣きになるばかりなので、それ以上衛門の督は何もおっしゃることが出来ません。すぐ下の弟の左大弁《さだいべん》の君《きみ》に、ひととおりのことを細々《こまごま》と御遺言なさいます。

衛門の督は御性質が寛容《かんよう》な、よく出来たお方なので、弟君たちも、特に年下のほうのまだ幼い方々などは、まるで父親のように頼っていられました。それなのに衛門の督がこんな心細いことをおっしゃるので、悲しく思わない人はなく、お邸に仕える者たちもみな嘆き悲しんでいます。

帝も衛門の督を惜しみ、残念に思し召します。今はこのように臨終に近いとお聞きあそばして、急に権大納言《ごんだいなごん》に昇進させられました。その喜びに元気づいて、今一度、参内《さんだい》なさるようにもならないかと思し召しになり、仰せ出されたのでしたけれど、病人は一向に快復《かいふく》の兆《きざ》しがなく、苦しい中にも病床からお礼を言上なさいます。

父大臣もこうまで厚い帝の御寵遇《ちようぐう》を御覧になるにつけても、いよいよ悲しくあきらめきれず、悲嘆にくれ惑《まど》うばかりでした。

夕霧《ゆうぎり》の大将《たいしよう》は柏木の衛門の督の御病気を深く悲しまれ、始終、お見舞いしていらっしゃいます。今度の御昇進のお祝いにも真っ先に駆けつけられました。御病室のある対《たい》の屋《や》のあたりや、こちらの御門の前には、お祝いとお見舞いに駆けつけた人々の馬や車が立てこんでいて、大勢の供人たちが騒がしくて混雑を極めています。

今年に入ってからは、衛門の督はほとんど起き上がることもお出来にならないのですが、近衛《このえ》の大将という重々しい御身分のお方に対して、取り乱した無作法《ぶさほう》な姿のままお会いすることも出来ません。それでもお逢いしたいと思いながらこのまま死んでいくのかと思いますと、い

かにも残念でならず、

「やはり、どうぞこちらにお入り下さい。ひどく取り乱した病床の姿で、失礼の罪は、お許し下さるかと思いまして」

と言って、加持の僧などは、しばらく席を外させて、お寝《やす》みになっていらっしゃる枕元に、夕霧の大将をお通し申されました。

昔から、少しの隔てもなく仲良くお付き合いしてこられた親友の間柄なので、臨終の別れの悲しさ恋しさは、親兄弟のお心持ちにも劣りません。

今日は官位昇進のお祝いに来たのだから、お元気になっていられたらどんなに嬉しいだろうと思っていたのに、その甲斐もなくこの有り様なので、夕霧の大将はたいそう残念でがっかりなさいます。

「どうしてこんなに弱っておしまいになられたのでしょう。今日はこんなおめでたい日ですから、少しでもお加減もよくなっていらっしゃるかと思っておりましたのに」

とおっしゃって、几帳の裾《すそ》をお引き上げになります。

「全く口惜しく残念なことに、昔のわたしの面影はすっかりなくなってしまいました」

と、御病人は烏帽子《えぼし》だけを、髪を押しこむようにようやくかぶって、少し起き上がろうとなさいましたが、ひどく苦しそうなのです。着馴れて柔らかくなった白いお召物を、幾枚も重ねて、その上に夜具《やぐ》をひき掛けて横になっていらっしゃるのでした。

御病床の周りは清潔にかたづいていて、あたりに薫物《たきもの》の香りがかぐわしく漂い、奥ゆかしく住んでいらっしゃいます。病人なのでくつろいではいても、嗜《たしな》みを保っている様子が夕霧の大将のお目に映ります。重病人といえば、自然、髪や髭《ひげ》も乱れのび、何となくむさ苦しいところも見えてくるものなのに、この御病人は、痩せさらばえているのに、かえってますます色が白く、気品高い姿なのです。枕を立ててそれに寄りかかり、話される様子が、見るからに弱々しそうで、息も絶え絶えになり、どうにも痛々しくてなりません。夕霧の大将は、

「長い間、患《わずら》っていらっしゃるにしては、格別ひどくおやつれにもなっていらっしゃいませんね。お元気な時より、かえって一段と男ぶりが上がられたようですよ」

とおっしゃるものの、涙をおし拭って、

「わたしたちは遅れたり先立ったりという隔てもなくとお約束したではありませんか。それなのに、何という悲しいことになったのでしょう。この御病気が何の原因でどうしてこんなに重くなられたのかさえ、わたしは何も存じあげないのです。こんなに親しい仲なのに、ただもう、もどかしく腑《ふ》に落ちないことばかりで」

などとおっしゃいますと、柏木の衛門の督は、

「自分でも、どうしてこんなに重くなったのかさっぱりわからないのです。どこといって苦しいこともなかったので、まさか急にこんなふうに悪くなろうとは思ってもいないうちに、あまり日数もたたず、こんなに衰弱してしまって、今ではもう、生きている心地もないようになりました。惜しくもない身を、何とかして引き止めようとする願《がん》だの祈禱だのといった験力のおかげで、まだこの世に引き止められているのも、今となっては、かえって苦痛なものですか

ら、自分からいっそ早く死んでゆきたい気がします。そうはいっても、この世にいざ別れるとなると、心にかかることも、ずいぶん多いものです。親への孝養《こうよう》もろくにしないうちに先立つ不孝で、今更に両親を悲しませ、帝への忠勤《ちゆうきん》も全《まつと》う出来ていない有り様です。まして自分の生涯を振りかえってみても、それはまた思うようにはならず、大した出世も出来ずに終る憾《うら》みを残してしまいました。しかしそんな通り一遍の嘆きは措《お》くとして、まだほかに人に言えない深い煩悶を心にかかえているのです。こういう最期《いまわ》の際《きわ》になって、どうしてそれを人に漏らしてよいものかと迷いますけれど、やはりどうしても心に忍びきれないそのことを、あなた以外の誰に訴えられるでしょう。兄弟はあれこれと大勢いますが、いろいろと事情があって、それをほのめかすことさえ、具合が悪いのです。実は源氏の院との間にちょっとした行き違いがありまして、この幾月かずっと心中密《ひそ》かにお詫び申し上げていたのですが、わたしとしてはそれがほんとうに残念で、この世に生きていくのも心細くなって、それが原因で病《や》みついてしまったと思われます。そのうち源氏の院からお呼び出しがございまして、朱雀院の御賀《おんが》の試楽《しがく》の日に、六条の院に参上して、御機嫌をお伺いいたしました。その際に、やはりまだお許し下さってはいないらしい、鋭いお目つきでわたしを刺すように御覧になられましたので、ますますこの世に生きていくことにも遠慮が多く消極的になってしまい、何もかも味気なくなってしまいました。その時以来、心が惑乱《わくらん》しはじめて、あげくの果て、こんなふうにどうにも静まらなくなってしまったのです。源氏の院は、わたしのことなど人の数にも入れて下さらなかったのでしょうが、わたしのほうは幼い頃から、深くお頼りする気持がありましたのに、どうやら、何か中傷《ちゆうしよう》でもされたのかと思います。これだけが、死んでも、この世に怨みとして残るだろうと思いますので、それがきっとわたしの後生《ごしよう》の妨《さまた》げにもなるでしょう。そんなわけで、どうかこのことをお忘れにならず、何かのついでの折に、源氏の院によしなに釈明《しやくめい》しておいて下さい。わたしの死後にでも、このお咎めが許されましたなら、あなたの御恩と感謝申し上げましょう」

と話されるうちに、ますますお苦しそうな御様子がひどくなりましたので、夕霧の大将はたまらなく悲しくなりました。心のうちに、もしかしたらと、あれこれ思い当たることなどもあるにはありましたけれど、はっきりしたことは、推量しかねていらっしゃいます。

「どういうわけで何にそう心を咎めて疑心暗鬼《ぎしんあんき》になられたのでしょう。源氏の院は全くそんな御様子もなく、こうしたあなたの御病気の重いこともお聞きになり、驚きお嘆きになられて、この上もなく残念にお思いで、お口にもしていらっしゃるようでした。どうしてこんなに悩んでおいでのことがありながら、今までわたしに黙ってこられたのです。存じていれば当然お二人の間に立って釈明もしてさし上げましたものを。今となってはどうしようもありません」

と、過ぎ去った月日を取り戻したそうに、悲しまれます。

「ほんとうに、少しでも病気の軽かった間にあなたに御相談して、御意見もお聞きすべきでした。しかしまさかこんなに早く、今日明日の身になろうとは。無常の寿命というものを、我ながらのんきに考えていたのも、ぼんやりしたことでした。このことは、どうかお心ひとつにお収めになって、決してほかにはお漏らしにならないようお願いします。しかるべき機会に、御配慮をいただき、お取りなしをお願いしたくて申し上げておくのです。また、一条においでになる女二の宮を、何かにつけて見舞ってあげて下さい。お気の毒な御様子を、山の朱雀院などがお聞きになられて御心配なさるでしょうが、どうかよしなにおつくろい下さい」

などおっしゃいます。お話しなさりたいことはまだ一杯あったでしょうが、どうしようもなく気分が悪くなってきましたので、

「もうお帰り下さい」

と、手真似でうながされます。

加持僧たちがお側近く戻ってきて、母北の方や父大臣などもお集まりになり、女房たちも立ち騒ぎますので、夕霧の大将は泣く泣くお帰りになりました。

御妹君の弘徽殿《こきでん》の女御《にょうご》は言うまでもなく、やはり妹君の夕霧の大将の北の方雲居《くもい》の雁《かり》の君なども、非常にお嘆きになります。柏木の衛門の督は、どなたにもお心配りが行き届き、いかにも長兄《ちょうけい》らしく頼もしいお人柄でしたから、鬚黒《ひげくろ》の右大臣の北の方、玉鬘《たまかずら》の君も、このお方だけを親しい姉弟《きょうだい》と思っていらっしゃいました。御病気についても何かにつけて御心配なさり、御祈禱なども御自分で特別におさせになりましたが、薬や御祈禱では効き目のない恋の病なので、役にも立たなかったのでした。

女二の宮にも、とうとうお逢いすることが出来ないまま、柏木の衛門の督は、泡の消えるようにはかなくお亡くなりになってしまいました。

これまで長い歳月、衛門の督は心の底では女二の宮に対して深い愛情を抱いたわけでもなかったのでしたが、表向きは、実によく行き届いた申し分のないお扱いをして、大切にお世話をなさり、何となく態度もやさしく、風情のあるお心遣いで、終始礼儀正しく御対応になりました。

女二の宮としては、夫に不満を抱くこともこれといってありません。ただ、こんなに早逝《そうせい》する運命《さだめ》の人だから、不思議なくらい世間並みの夫婦仲のことに興味がなく淡白《たんぱく》だったのだろうと思い出されますと、たまらなく恋しくて、鬱《ふさ》ぎこんでいらっしゃいます。その御様子は、ほんとうにおいたわしいのでした。

母御息所も、こうなった女二の宮の御結婚を、ひどく人の笑い物にされるのではないかと、不面目にも口惜しくもお思いになります。ただもう、女二の宮の薄幸《はっこう》なお身の上が悲しくてたまらないのでした。

まして、父大臣や母北の方などは言いようもなく悲しく、自分たちこそ先に死にたかった、親が先立つという世間の道理に外れたこんなひどい逆縁が情けないと、亡きお方を恋い焦《こ》がれていらっしゃいますが、何の甲斐もありません。

尼になられた女三の宮は、大それた衛門の督のひたむきな恋を、ただもう厭《いと》わしいだけにお思いでしたので、生き永らえてほしいとのお気持もなかったのです。それでも亡くなったとお聞きになりますと、さすがに衛門の督を哀れにお感じになるのでした。

「衛門の督が若君の御事を、自分のお子だと思いこんでいたのも、なるほどこうなる筈の前世からの因縁によって、こうした思いもかけない情けない出来事も起こったのだろうか」

と、思い当たられますと、あれもこれも心細いことばかりで、泣き沈んでしまわれるのでした。

御法《みのり》

体調不良の続く紫の上は出家を願うが、源氏はそれを許さない。紫の上は法華経《ほけきよう》千部供養を行い、明石の君、花散里、明石の中宮の子供たちにもそれとなく別れを告げる。秋、源氏と明石の中宮に看取られて亡くなった。

紫《むらさき》の上《うえ》は、あの御大病の後は、めっきりお弱りになられて、どこがお悪いというのでもなく、ずっと御病気がちの日がつづいていらっしゃいました。

ひどく重体というのではありませんが、もうだいぶ御病気の年月も重なっていますので、いよいよか弱くなられるばかりで、回復のきざしが一向に見えてまいりません。

源氏の院はそれを限りなく御心配なさり、この上なくお悲しみでいらっしゃいます。たとえわずかの間でも紫の上より後に生き残られることは、どんなにひどく悲しいことだろうと思っていらっしゃいます。

紫の上御自身としては、この世に何の不足もなく、気がかりになるお子さえいらっしゃらないお身の上なので、これ以上無理に生き永らえたいとも思ってはいらっしゃいません。ただ、長い歳月、濃密《のうみつ》に愛しあってきた源氏の院との御縁がふっつりと絶えてしまえば、院がどんなにお嘆きになられることかと、それぱかりを人知れず、お胸のうちにしみじみと悲しく思われるのでした。後世《ごせ》のためにと、尊い仏事供養《ぶつじくよう》を多くなさりながらも、

「やはりどうしても、念願の出家《しゅつけ》を遂《と》げて、しばらくの間でも生きている命の限りは、み仏への勤行一途《ごんぎょういちず》に暮したい」

と、いつもお考えになり、それを源氏の院にお願いするのですが、院は一向にお許しになりません。

院御自身も、かねがね出家なさりたいお気持がおありなので、紫の上がこんなに熱心にお望みなら、それをしおに、自分も出家して同じ仏道修行の道に入ろうかともお考えになります。しかしいったん出家してしまえば、かりそめにもこの俗世を顧《かえり》みることはしたくないとお考えでした。来世では一つ蓮華《れんげ》の座に坐ろうと互いに誓いあわれて、それを頼みにしていらっしゃる御夫婦仲ですけれど、この世で修行をお勤めになる間は、たとえ同じ山に籠《こも》るにしても、お逢いすることの出来ないような別々の峰に、遠く離れて別れて住むべきものとばかり、固く御決心していらっしゃいました。

それでも紫の上がこんなふうに心細い御容態で、御回復の望みも薄く御病気が重くなってゆかれますので、そんなおいたわしい御様子を見ると、

「いよいよ自分が出家してこの世を離れようとする時には、紫の上を見捨てられなくて、かえって出離後《しゅつりご》の山中の静かな隠棲《いんせい》にも、心が濁《にご》るのではないだろうか」

と、とかくためらっていらっしゃいます。

その間にそれほど深い考えもないまま、簡単に出家してしまう人々には、すっかり立ち遅れておしまいになりそうです。また紫の上は、

「源氏の院のお許しがないまま、自分の一存で出家するのも、世間に対して見苦しいし、これまでの自分の気持にも反することだから」

と、この件のために、源氏の院を恨めしく思っていらっしゃるのでした。また御自身の前世《ぜんせ》の罪障《ざいしよう》が深いために、出家も出来ないのではないかと、気になさっていらっしゃいます。

紫の上は長年にわたって、御自身の密《ひそ》かな御発願《ほつがん》としてお書かせになりました法華経《ほけきよう》千部を、急いで供養《くよう》なさいます。御自分の私邸とお考えになっていらっしゃる二条の院で、その供養の法会《ほうえ》をなさるのでした。法会に参加する七人の役僧《やくそう》たちの法服《ほうふく》など、それぞれの身分に応じたものをお与えになります。

染《そ》めの色合いや、仕立て方をはじめとして、すべて華麗なことこの上もありません。法会のすべてにわたって、極《きわ》めて壮厳《そうごん》に御立派になさいました。

紫の上はこの法会をそう大袈裟《おおげさ》になさるようにはおっしゃらなかったものですから、源氏の院は、御準備の細かいことまではお教えにならなかったのでした。ところがいざ蓋《ふた》を開けてみると、女の人のお指図としては何もかも行き届いていて、仏道の儀式にまで、よく通じていらっしゃる紫の上の御教養の深さも窺《うかが》われ、ほんとうにどこまでよく出来たお方だろうと、源氏の院はすっかり感心なさいました。それで院のほうではただ一通りの部屋の設備や、そのほか

のちょっとしたことくらいをお手伝いしておあげになりました。
仏前に奉納《ほうのう》する楽人《がくにん》や舞人《まいびと》の件については、夕霧《ゆうぎり》の大将《たいしょう》が特に取りしきってお世話申し上げます。帝《みかど》、東宮《とうぐう》、秋好《あきこの》む中宮《ちゅうぐう》、明石《あかし》の中宮といった方々をはじめ、六条の院の女君たちも、それぞれに御誦経《みずきょう》のお布施《ふせ》やお供物《くもつ》などを御寄進《きしん》なさるだけでもあふれるばかりなのに、ましてその頃は、この御法会のお支度の御用を務《つと》めない方はありませんので、いろいろとたいそうものものしいことになりました。

紫の上はいつのまに、こんなふうにさまざまなお支度を御立派になさったのでしょうか。よほど前々からの御発願なのだろうと拝察《はいさつ》されます。

御法会の当日は、花散里《はなちるさと》の君《きみ》や、明石の君なども御参会なさいました。紫の上は寝殿の南と東の戸を開けて御自分のお席にしていらっしゃいます。そこは寝殿の西にある塗籠《ぬりごめ》なのでした。寝殿の北の廂《ひさし》の間《ま》に、襖《ふすま》だけを仕切りにして女君たちのお席を設《もう》けてあります。

三月の十日のことですから、ちょうど桜の花盛りで、空の様子などもうららかに何となく風《ふ》情《ぜい》が深く、み仏のおいでになるという極楽浄土の有り様も、きっとこんなふうなのだろうと想像されて、たいして深い信心のない者さえ、罪障が消滅しそうに思われます。

〈法華経をわが得しことは薪《たきぎ》こり菜摘み水汲み仕へてぞ得し〉

と法華経讃嘆《さんだん》の声明《しょうみょう》を唱《とな》えながら、役僧たちが薪を背負《せお》ったり、水桶《みずおけ》を持ったりして行道《ぎょうどう》する声や、大勢参集《さんしゅう》した人々のどよめきがあたりを揺るがすほどでした。その声もやがて途絶えて、しんと静寂《せいじゃく》になった時でさえ、紫の上はしみじみと寂寥《せきりょう》をお感じになるのでした。まして御病気がちのこの頃では、何につけても、ひしひしと心細さばかりが身にしみて感じられます。

明石の君に、三の宮をお使いにして申し上げます。

惜しからぬこの身ながらもかぎりとて
　薪尽《たきぎつ》きなむことの悲しさ

もはや惜しくもない
この身だけれど
ついにこれを最後と
薪が燃え尽きるように
死んで往《ゆ》くのが悲しくて

明石の君の御返歌は、命の心細さなどについてあまり書けば、気配りが足りないと、後の評判にもなりそうなので、何ということもなくぼんやりと、当たり障《さわ》りなく詠《よ》まれたのでしょう。

薪こる思ひは今日《けふ》をはじめにて
　この世に願ふ法《のり》ぞはるけき

千年も薪こり菜つみ水汲み
法華経奉仕をなさるのは
今日の御法会がそのはじめ
はるかな御寿命の涯《はて》までも
法の道を成就なさる遠い道のり

夜もすがら、尊い読経の声に合わせて絶えず鼓《つづみ》を打ち鳴らす音が興深く聞こえます。ほのぼのと夜の明けてゆく朝ぼらけの霞《かすみ》の間から見える花のいろいろが咲きほこり、やはり紫の上が春にもっともお心を惹《ひ》かれるようにと、匂い渡っています。

さまざまな鳥の囀《さえず》る声も、笛の音に劣らない感じがして、感興《かんきょう》の深さも面白さもここに極まったかと思われるような時に、舞楽《ぶがく》の陵王《りょうおう》の舞が急調子になり、終りに近い楽の音が、華やかに賑《にぎ》やかに聞こえてきますと、一座の見物の人々がいっせいに、舞人に禄《ろく》として脱いで与えられる衣裳の、とりどりの色合いなども、折が折なので、華やかな情景にふさわしく興趣深く見えます。

親王《みこ》たちや高官の方々の中にも、音楽の得意な人たちは、秘術を尽くして演奏なさいます。身分の上下もなく参列者のすべてが愉快そうに楽しんでいる様子を御覧になるにつけても、こうして生きているのももうそう長くはないと、御自分の命を感じていらっしゃる紫の上のお心の中には、あらゆることがすべてしみじみと心にしみるのでした。

昨日はいつになく起きておいでになったのがひびいたのか、紫の上は今日はたいそう御気分が悪くお寝《やす》みになっていらっしゃいます。これまで長年、こうした催しのある度にお集まりになって音楽を演奏なさった方々のお顔やお姿や、それぞれの才芸や、琴、笛の音色《ねいろ》などを、見聞きするのも、今日が最後になるのだろうとしかお思いになれませんので、いつもはさほど気にもかけていなかった人々の顔まで、ひとりびとりしんみりと見渡されるのでした。

まして、夏とか冬とかの季節毎《ごと》のお遊び事に、内心競争心をあおられながら、さすがに親しくしてこられた六条の院の女君たちに対しては、どうせ誰も生き残れるこの世ではないにしても、まず誰よりも先に自分ひとりが、行方も知れぬあの世に消えてしまうのかと考えつづけていらっしゃいますと、言いようもなく悲しくなられます。

法会が終って、女君たちがそれぞれお帰りになろうとされる時にも、紫の上は、これがこの世での最後の別れのように思われて、人知れず名残が惜しまれるのでした。

花散里の君に、

絶えぬべき御法《みのり》ながらぞ頼まるる
　世々にと結ぶ中の契りを

やがて命の絶えるわたしの
営《いとな》む最後の法会こそ
その功徳《くどく》によって結ばれる
あなたとの永久《とわ》の御縁の
その頼もしさよ

と歌をお届けになりますと、そのお返事は、

結びおく契りは絶えじおほかたの
　残りすくなき御法なりとも

あなたと結ばれた御縁の
絶えることがあるものですか
もはや余命少ないわたしは
どんな法会でも有り難いのに
こんな盛大な法会に結ばれて

とありました。
引きつづいてこの法会を機会に、不断経《ふだんぎよう》や法華《ほつけ》懺法《せんぼう》の読経《どきよう》など、いろいろ有り難い御祈禱《ごきとう》をおこたりなくおさせになります。こうした御祈禱は、さほどの効験《しるし》もあらわれないまま月日が経って行きますので、それを行うことが日常行事になってしまい、しかるべき方々の寺々で、引きつづきおさせになるのでした。

夏になりますと、紫の上は例年の暑さにさえもちこたえられず、気をお失いになるようなことも今までよりいっそう多いのでした。どこといってとくにお悪いという御容態でもなく、ただもうめっきり衰弱《すいじやく》なさった御様子で、見るに見かねるというほどのお苦しみはなさいません。

お側の女房たちも、一体どうおなりになることかとはらはらするにつけても、まず目の前がまっ暗になるようで、先立たれることがもったいなく悲しくてなりません。

こんな容態がつづいていましたので、明石の中宮も二条の院に御退出していらっしゃいました。東の対《たい》に御滞在になられますので、紫の上もそちらでお待ち申し上げます。中宮行啓《ぎようけい》の儀式などは、いつもの通りですが、紫の上は、中宮のますますのお栄えも、若君たちの華やかな前途も見届けずに、この世を去るのかなどとばかりお思いになりますので、何かにつけてもの悲しくてなりません。

到着した行啓供奉《ぐぶ》の役人たちが、姓名を名乗る声が聞こえてきますと、ああ、あの声はあの人、この声はこの人と、ついその声に耳をそばだててお聞きになります。実にたくさんの公《く》卿《ぎょう》たちもお供して来ていました。

　明石の中宮とはずいぶん久しぶりでお逢いになりましたので、めったにない機会だとお喜びになられまして、情をこめてお話しなさいます。そこへ源氏の院が入っていらっしゃいまして、

「今夜は巣を追われた鳥のようで、まったく体裁《ていさい》が悪いことですね。わたしはあちらへ行って寝《やす》むことにしましょう」

　とおっしゃって、御自分の居間のほうへ行ってしまわれました。紫の上が起きていらっしゃったのを非常に嬉《うれ》しくお思いになるのも、中宮にはほんとうにはかない、ささやかなお気休めなのでした。紫の上は、

「わたしとは別々のところに中宮にお泊まりいただきますので、病室にしている西の対のほうへ、中宮にお運びいただきますのも畏《おそ》れ多いことですし、だからと言って、わたしのほうからこちらの東の対へお伺いしますのも、もう難儀《なんぎ》になってしまいましたので」

　とおっしゃって、しばらくはそのまま東の対にいらっしゃいます。そこへ明石の君もお越しになって、情のこもったしんみりとしたお話をなさるのでした。

　紫の上はお心の内では御自分の死後のことについて、考えていらっしゃることもたくさんおありでしたが、賢《かしこ》ぶった調子でそうしたことを、お口に出そうとは一切なさいません。ただ人の世のはかなさなどを、世間の常のこととして、おっとりと言葉少なに、けれども決して軽々しくはない口調でお話しなさるのが、かえって言葉数多くはっきりお口に出されるよりも悲しく、心細そうな御様子がありありと窺われるのでした。若宮たちを御覧になっても、

「それぞれの宮たちの御将来を、心から拝見したいと願っていましたのは、こんなふうにはかない自分の命を予感して、惜《お》しむ心がどこかにあったためでしょうか」

とおっしゃって、涙ぐまれるお顔がそれはそれはお美しいのです。どうしてこんなに心細いことばかりお考えなのかとお思いになられて、明石の中宮もお泣きになるのでした。改まった遺言のような言い方などはなさらず、話のついでなどに、

「長年わたしに仕えてくれた親しい女房たちの中で、これという頼りどころのない、可哀そうな身の上の者がおります。そんな誰と誰のことを、わたしのいなくなった後にも、お心にとめて、どうかお目をかけてやって下さい」

などとだけ、おっしゃいます。中宮の季《き》の御読経《みどきよう》が始められるので、紫の上はいつもの御自分の西の対の御病室へお戻りになりました。

三の宮は、大勢の親王たちのなかでとりわけお可愛らしく、ちょこちょこ歩き廻っていらっしゃるのを、紫の上は御気分のよい時に御自分の前にお坐らせになって、女房たちの聞いていないような時に、

「わたしがいなくなりましたら、宮さまは思い出して下さるかしら」

とお尋ねになりますと、三の宮は、

「とても恋しいでしょう。だって宮中の帝よりも中宮さまよりも、ずっとお祖母《ばあ》さまが大好きなのですもの。いらっしゃらなくなれば、きっと機嫌が悪くなると思う」

と言いながら目をこすって涙をまぎらしていらっしゃる御様子が可愛らしいので、紫の上はほほ笑《え》みながらも、思わず涙があふれるのでした。

「宮さまが大人になられたら、二条の院にお住みになって、この西の対の前の紅梅と桜を、花の咲く季節には、忘れずに見てお楽しみなさいね。御法事のような折には仏さまにもこのお花をお供《そな》え下さいね」

とおっしゃいますと、三の宮はこくんとうなずいて、紫の上のお顔をじっと見つめていらっしゃいましたが、涙がこぼれ落ちそうなので、立ち去っておしまいになりました。

この三の宮と女一の宮は、とりわけ手塩にかけてお育てになられましたので、お二人の御成人を見届けないままに逝《い》ってしまうことを、紫の上は残り惜しくも悲しくもお思いになるのでした。

ようやく待っていた秋が訪れ、御病床のまわりもいくらか涼しくなってきましたので、紫の上の御気分も少しは爽《さわ》やかにおなりのようでしたけれど、やはり、どうかするとすぐまた、御容態は後もどりなさいます。それでも、まだ〈身にしむばかり〉と、古歌に詠まれたほどの、しみじみとした冷たい秋風でもないのですが、紫の上はとかく露に濡れたように、涙でお袖《そで》もしめりがちな日々をお過しになります。

明石の中宮が宮中にお帰りになろうとなさいますのを、紫の上は、

「もうしばらくは、いらしてわたしの様子を見ていて下さい」

と、お引き止めしたいお気持ですけれど、それも出すぎているようにも思われ、帝からのお

使いがひっきりなしに、御催促にまいりますので、気がねなさって、そうもお願いしかねていらっしゃいます。

紫の上は明石の中宮のいらっしゃる東の対へ、もう御自分からお出かけになれない御容態なので、中宮のほうから、こちらへお越しになりました。

そんな形でお迎えするのは失礼でもったいないことですけれど、かといって、お目にかからないのも、張り合いがないことと思われ、病室に特別の御座所を御支度なさいます。

紫の上は、すっかり痛々しく痩《や》せ細っていらっしゃいますけれど、かえってそうした今のお姿のほうが、高貴で優雅な限りもないお美しさに、ひとしおすばらしく感じられます。これまではあまりに優艶《ゆうえん》な魅力が匂いたち、華やかすぎたほどの女盛りの頃には、この世の花の美しさにもたとえられていらっしゃいましたが、今は何にたとえようもないほど嫋々《じょうじょう》と、可憐《かれん》なお姿です。仮のこの世のはかなさをすでにすっかり達観《たっかん》していらっしゃる御表情が、比較しようもないほどたまらなくおいたわしくて、中宮はただもう悲しくてならないのでした。

風が荒涼《こうりょう》と寂しく身にしみて吹きはじめた夕暮に、紫の上は中宮と御一緒に、前庭の草花を御覧になろうとして、脇息《きょうそく》に寄りかかっていらっしゃいました。源氏の院がたまたまそこへお越しになり、それを御覧になって、

「今日は、ほんとうによく起きていらっしゃいますね。中宮と御一緒だと御気分も最高に晴れ晴れなさるようですね」

とおっしゃいます。わずかこれほどの小康《しょうこう》にさえも、さも嬉しそうな源氏の院のお顔色を御

覧になるにつけても、紫の上は切なくて、いよいよ自分の死んでいく時には、どんなに院がお心を取り乱し、お嘆きになられるかと思うだけでも、たまらなく悲しいので、

おくと見る程ぞはかなきともすれば
風に乱るる萩《はぎ》の上露《うはつゆ》

起きていると見えても
わたしの命は束の間《つかま》のはかなさ
風に吹き乱れたちまち散る
萩の花の上に置く
露のようなそのはかなさ

とおっしゃいます。

ほんとうに風に萩の枝が吹き撓《たわ》められたり、もとに返ったりして、花の露が、今にもこぼれ落ちそうに見えます。御自分の命をそのはかない露にたとえられるとは、折も折から、源氏の院はたまらなく悲しくて、お庭前《にわさき》の風情を御覧になって、

ややもせば消えをあらそふ露の世に
後《おく》れ先だつほど経《へ》ずもがな

ともすれば
先を争い散っていく
はかない露の人の世に
あなたに残され生きるより
いっそ一緒に死にたいものを

と、おっしゃって、涙も拭いきれないほどお泣きになります。明石の中宮は、

秋風にしばしとまらぬ露の世を
　たれか草葉《くさば》のうへとのみ見む

秋風に少しもとどまれず
散り果てる露のはかなさ
誰が草葉の露のさだめと
そしらぬふりが出来ようか
人の命も同じはかなさ

と、お互いに詠《よ》み交わされます。その御器量もお姿も、どなたもまたとはないほどお美しくて、うっとりするほどです。

それにつけても、このまま、千年も暮すすべはないものかと、源氏の院はお考えになるのでした。それも思うにまかせぬことなので、紫の上のお命を引きとめるすべがないことがつくづく悲しくてなりません。紫の上は、

「もうどうか、お引き取り下さいまし、気分が悪くとても苦しくなってきました。こんなに弱ってしまってどうしようもないとはいえ、これではあまりに失礼でございますから」

とおっしゃって、御几帳《みきちよう》を引き寄せて横になられるお姿が、いつにもまして弱々しくはかなそうにお見えになりますので、

「どうなさいました」

と、中宮は紫の上のお手をおとりになって、泣く泣くお顔をさしのぞかれます。

紫の上は今にも消えてゆく露そのままのはかない御様子で、もういよいよ御臨終《りんじゅう》とお見受けされます。

たちまちお邸《やしき》では、御誦経を頼みにさし向けられる使者たちが、数知れず集められ大騒ぎになっています。

以前にも、紫の上はいったん息絶えられてから、また蘇生《そせい》されたことがありましたので、その時の御経験から、源氏の院は物の怪《もののけ》のしわざかもしれないとお疑いになって、夜を徹して加持祈禱《かじきとう》など、あらゆる手だてをお尽《つ》くしになりました。けれどもその甲斐《かい》もついになく、夜の明け果てる頃、とうとうお亡くなりになってしまわれました。

中宮も、宮中にお帰りにならない前に、こうして御臨終にお立ち会いになられたことを、この上もない深い御縁だったのだと、しみじみお思いになります。

どなたもどなたも、これが人の世の定めで、逃《のが》れられない当然の死別だとは、どうしてもお考えになれません。またとないことのようにただ悲しく、明け方のほのかな闇に見た夢ではないかと、取り乱していらっしゃるのも、無理もないことでした。悲しさに自分を失わない人はいませんでした。お仕えする女房たちも、悲しさのあまり、ただの一人も気の確かな者はおりません。

源氏の院は、まして御悲嘆《ひたん》をなだめ静めるすべもありませんので、夕霧の大将がお側近く参上なさっていましたのを、御几帳の側にお呼び寄せになられて、

「このように、もう今は最期の様子だけれど、これまで長い間ずっと望んでいた出家の本懐《ほんかい》

を、こういう時に遂げさせないまま死なせるのが、いかにも可哀そうでならない。御加持に奉仕している僧侶たちや、読経の役僧たちも、もう読経をやめて皆帰ったらしいが、それでもまだ少しは残っている者もいるだろう。もはやこの現世のためには何の役にも立たないと思うけれど、今はせめて、仏の御利益《ごりやく》をあの暗い冥土《めいど》の道の光としてでも、お頼み申さなければなるまいから、紫の上を落飾《らくしょく》させるようにと、僧たちに申しつけて下さい。それが出来るこれという僧では、誰が残っているのか」

などとおっしゃいます。その御表情は、つとめて気を張っていらっしゃるようですけれど、お顔色もいつもとはまるで違っていて、どうしてもこらえかねてお涙がとまらないのを、夕霧の大将も御覧になり、無理もないと悲しくお思いになります。大将は、

「物の怪などが、これも、人の心を掻き乱そうとして、よくこんなことになるようでございますから、この紫の上の御様子もあるいはそんなことかもしれません。そうだとすれば、いずれにしましても御出家なさることは、結構なことでございます。たとえ一日一夜でも戒《かい》をお受けになれば、その効験《しるし》は必ずあると聞いております。しかしほんとうにもうこときれておしまいになられてから、お髪《ぐし》だけをお下ろしになられても、今生《こんじょう》とは全く別な後生《ごしょう》のための御功徳《ごくどく》の光とも格別ならないでしょうに。むしろそのお姿によって残されたわたしたちの悲しさばかりが増すように思われます。さていかがなものでございましょう」

と申し上げて、死後のお籠《こも》りに奉仕しようとして退出せずに残っているあの人やこの人をお呼び寄せになって、必要なあれこれのことなどを、とりしきってお命じになるのでした。

「これまでの長い年月、紫の上に対して、どうのこうのという大それた考えは抱かなかったけれど、いつの世にか、あの一目垣間見《かいまみ》た野分《のわき》の日のお姿くらいは、せめてもう一度拝したいものだ。ほのかなお声さえお聞きしたこともなかったではないか」

など、紫の上のことが心から離れることもなく、大将はいつも思いつづけてきたのに、とうとうお声を聞かせていただけないようなことになってしまったけれど、せめてむなしいお亡骸《なきがら》にでも、今一度お目にかかりたいという望みの叶《かな》えられる機会は、この今を外《はず》しては、ほかにはないと思うと、人前も憚《はばか》らず隠しようもなく、涙があふれてきます。女房たちが残らず取り乱して泣き騒いでいるのを、

「静かになさい。しばらく」

と、制するふりをして、御几帳《みきちよう》の帷子《かたびら》を、何かおっしゃるのにかこつけて、引き上げて内を御覧になります。

源氏の院はほのぼのと明けそめる夜明けの光がまだうす暗いので、灯火を亡骸の側に近々とかかげて、紫の上のお顔を見守っていらっしゃいます。死顔があまりにも可愛らしく、この上なく美しく見えますので、名残惜しさのあまりに、夕霧の大将がこんなふうに度々覗《のぞ》いていらっしゃるのを見ていながらも、強《し》いて紫の上のお顔を隠そうというお気持も起こらないようです。

「この通り、まだ生きている時と何ひとつ変わっていないように見えるけれど、もう最期の相《そう》は、はっきり現れている」

とおっしゃって、お袖をお顔におしあてていらっしゃいます。夕霧の大将も涙に掻きくれて、目もお見えになりませんのを、無理に涙の目を見開いて拝見なさいます。なまじ死顔を御覧になったばかりにかえって見飽きず、悲しさは限りもなくて、たまらないほど心も惑乱《わくらん》してしまいそうです。

亡骸のお髪《ぐし》がただ無造作に投げ出されておありなのが、いかにもふさふさと豊かで美しく、ほんのわずかな乱れもなくて、この上なくつやつやときれいな風情でした。灯火がたいそう明るいので、お顔色は実に白くて、照り輝いているように見えます。何かと身繕《みづくろ》いしていらっしゃった御生前のお姿よりも、今はもうどう嘆いてみても、いたしかたもない御様子で、無心に横たわっていらっしゃるこのお姿のほうが、申し分もなくお美しいと言っても、今更めいて聞こえます。並一通りの美しさどころか、これほど比類もないお亡骸を拝見していると、いよいよ絶え入る紫の上の魂が、このままお亡骸に取り憑《つ》いて、いつまでも留まってほしいとまで思われるのも、無理な願いというものです。

長年お側にお仕えしてきた女房などで、気の確かな者はひとりもおりませんので、源氏の院が、御自分でも悲しさのあまり、分別《ふんべつ》も失い茫然《ぼうぜん》としたお気持を、無理におなだめになって、御葬送《そうそう》のことを、あれこれお指図なさいます。

これまでにも、こうした悲嘆《ひたん》にくれる思いは数多く御経験なさったお身の上ですけれど、ほんとうにこうまで御自身が立ち入ってお世話なさったことは、かつてありませんでしたので、過去にも未来にも、こんな悲しみはまたと例《ためし》のないようなお気持がなさいます。

お亡くなりになったその日のうちに、とにもかくにも御葬送が行われました。御葬儀には何事も決まりのあることとなので、いつまでもお亡骸を見ながらお過しになるというわけにもいかないのが、辛い人の世の掟《おきて》というものなのです。はるばると広い鳥辺野《とりべの》の野原いっぱいに、立錐《りっすい》の余地《よち》もないほど、おびただしく人や車が立て込んでいて、この上もなく厳粛《げんしゅく》な御葬儀でしたけれど、紫の上は、ついに言いようもなくはかない煙になって、あっけなく空に立ち昇っておしまいになりました。それはこの世の常の定めとはいえ、今更どうしようもなくあまりにもはりあいのない悲しいことなのでした。

源氏の院は足もともおぼつかなく、空を踏んでいるような思いがなさり、人に寄りかかっていらっしゃいますのを、拝見した人々は、あれほど厳《おごそ》かで御立派なお方なのにと、何の情けもわきまえない身分の低い者でさえも、お気の毒で泣かない者はありませんでした。まして御葬送に参列した女房たちは、夢の中をさまよい歩いているような心地がして、牛車《ぎっしゃ》からも転び落ちそうになりますので、供人《ともびと》は扱いかねて手を焼いています。

源氏の院は、昔、夕霧の大将の御母君、葵の上《あおいのうえ》がお亡くなりになった時の暁《あかつき》を思い出すにつけても、あの時はまだ少しは正気《しょうき》づいていたのか、月の面《おもて》をはっきりと見た記憶がおありなのに、今夜はただ悲しみに掻きくれて、目の前が真っ暗で、何もおわかりになりません。

紫の上は十四日にお亡くなりになり、御葬送は十五日の夜明けまでに行われたのでした。朝日はたいそうはなやかにさし昇って、野辺《のべ》の露も隠れる隈《くま》なく照らし出されますので、源氏の院はそれをお目にされるにつけても、はかない人の世のことをつくづくお考えになり、物思い

にふけっていらっしゃいます。考えれば考えるほどいよいよこの世が厭《いと》わしくてたまらなくなり、

「紫の上の後に生き残ったところで、自分だってどれほどの余命《よめい》があろうか。いっそこんな悲しさにまぎれて、昔から心がけていた出家の念願も遂げたいものだ」

とお思いになります。けれども妻に死なれてすぐ出家するなど、いかにも女々《めめ》しいお方だと、後々人に批判されることにもなるだろうとお考えになりますので、せめてここしばらくは辛抱してこのまま過そうとなさいます。それにつけても胸にこみあげてくる悲しさが、たまらなく耐えがたいのでした。

夕霧の大将も、紫の上の御忌みのためそのまま二条の院にお籠《こも》りになられて、ほんのわずかの間も、御自分のお邸に御退出なさいません。明け暮れ源氏の院のお側にお仕えして、あまりな御悲嘆にうち沈んでいらっしゃるおいたわしい御様子を、ごもっともなことと悲しく御覧になって、何かにつけ、お慰め申し上げていらっしゃいます。

風が野分めいて吹く夕暮に、夕霧の大将は昔の野分の日のことを思い出されて、紫の上のお姿をほのかに拝見したことがあったものをと、その面影を恋しくお思いになるにつけ、また御臨終の時のお顔を拝して夢のような気持がしたことなど、人知れずひそかに思いつづけていらっしゃいますと、耐えがたく悲しくなるのでした。人目には、そんなふうに悲しがっている様子を見られてはならないと、気遣って、

「南無阿弥陀仏《なむあみだぶつ》、南無阿弥陀仏」

と、数珠《じゆず》の珠《たま》を繰《く》りながら、念仏を数えているようにまぎらして、ようやく涙を隠していらっしゃるのでした。

いにしへの秋の夕《ゆふべ》のこひしきに
　いまはと見えし明けぐれの夢

はるかな昔
ほのかにお見かけした
あの秋の夕べの恋しさにつけ
いまわの際の明け方に
見た夢のようなあのお姿

その夢のようなお姿の名残さえ、今は悲しくてならないのでした。

夕霧の大将は、尊い高僧たちを幾人も御奉仕させて、四十九日の間の決まりの念仏行《ねんぶつぎよう》はもとより、法華経などの読経もおさせになります。そうしたあれもこれもが、たいそう身にしみて悲しいことばかりなのでした。

寝ても覚めても涙の乾く暇もなく、源氏の院はお目も涙でかすんだまま明かし暮していらっしゃいます。昔からの御自分のお身の上をずっと回想なさいますと、

「鏡に映ったこの顔をはじめとして、普通の人とは違って何もかも秀《すぐ》れていた自分だけれど、幼い時から母や祖母の死に目にあい、悲しい無常の人の世の定めを悟るようにと、仏がお教え

下さったのに、気づかぬふりをして強情に過してきた、そのあげく、ついに過去にも将来にも例がないだろうと思われるほどの、悲しい目にあったことだ。今はもう、この世に何の心残りもなくなってしまった。一筋に仏道の修行を志《こころざ》すのにも、何のさし障《さわ》りもないはずだ。しかし、こんなふうにとり静めようもなく悲しみに惑乱していては、念願の仏道にも、なかなか入れないのではないだろうか」

と、いっそう悔やみ悩まれるので、

「どうかこの辛い想いを、いくらかでもゆるめて、忘れさせて下さい」

と、阿弥陀仏に御祈願していらっしゃいます。

あちらこちらの方々からの御弔問《ちようもん》は、帝をはじめとして、普通の型通りの儀礼ではすまさず、ねんごろに度重《たびかさ》ねてあります。けれども、すでに出家の御決心をなさった源氏の院のお気持では、どんなことも、一向に目にも耳にも止まらないで、お気にかかっていることは何もないはずなのですけれど、人には呆《ほう》けたように思われたくない、この晩年になって、一途に悲しみに溺れこんで愚かしく、この世に背いて出家したのだろうと、世間に噂が流されてはみっともないと、それが語り草にならないようにとお思いになるので、思いのままに振舞えないという、お嘆きまで加わるのでした。

前大臣は、御弔問にも時機をお外しにならない、よく気のつくお人柄なので、このようにこの世に二人とはいらっしゃらなかった紫の上のようなお方が、はかなくお亡くなりになってしまわれたことを、残念にも悲しくもお思いになって、ねんごろに心から度々お見舞いを申し上げます。

昔、妹君の葵の上がお亡くなりになられたのも、ちょうど同じこの季節だった、とお思い出しになられると、たいそうもの悲しく、

「あの時、葵の上を哀惜《あいせき》なさった方々も、あれからなんとたくさんお亡くなりになってしまったことよ。人に後《おく》れて生き残り、人に先立って死んでゆくといったところで、はかないこの世にどれほどの差があろうか」

などと、しんみりとしたもの悲しい夕暮に、物思いに沈んでいらっしゃいます。折から空の景色も悲しみを誘うような風情なので、御子息の蔵人《くろうど》の少将《しょうしょう》をお使いにして、源氏の院にお手紙をさし上げます。しみじみと思いのこもった御弔問のお言葉をこまやかにお書きになってその端に、

いにしへの秋さへ今の心地して
　ぬれにし袖に露ぞおきそふ

遠い昔、あの人の逝った
秋の悲しみも今のようで
逝去《せいきょ》されたお方を悼《いた》む涙で
昔濡らした袖にまた
涙の露が加わることです

とお書きつけになりました。そのお返事に、源氏の院は、

露けさはむかし今ともおもほえず
おほかた秋の夜こそつらけれ

涙の露にしめる悲しみよ
その切なさは昔も今も
同じように思えるけれど
いったいに秋の夜は
ただたえたまらなく辛いものを

とお書きになりました。一途に悲しいお心そのままの御返事をすれば、待ちかねていらっしゃる前大臣が御覧になって、何と女々しい者よと、きっとお咎《とが》めになるにちがいない。そんな大臣の御気性なのだから、見苦しくないようにと、

「度々のお心のこもった御弔問を重ね重ね頂戴《ちょうだい》いたしまして」

と、お礼を申し上げられます。

昔、葵の上の御逝去の時、「限りあれば薄墨衣《うすずみごろも》」とお詠みになった源氏の院は、この度の紫の上の御逝去に当たっては、もう少し濃い色の喪服をお召しになっていらっしゃいます。

この世では幸運に恵まれた幸せな人でも、何かしら具合が悪く大方の世間の人々から嫉《そね》みを受けるとか、地位が高ければ、この上なくおごりたかぶって、周囲の人を困らせる人もあるものなのに、紫の上は不思議なほど、あまり関わりのない人々にまで評判がよくて、なにげなく、ちょっとしたことをなさっても、何によらず世間からほめられ、奥ゆかしくその折々につ

けて気が利いて行き届き、世にまたとなくすぐれたお人柄だったのでした。

それですから、それほど御縁のありそうもなかった世間の人たちまでが、その当時は、風の音、虫の声につけても、紫の上を惜しんで涙を落とさぬ者はいないのでした。まして紫の上にほんの少しでもお目にかかった人は、哀惜のあまりいつまでたっても、心の慰められる時もありません。

長年親しくお側にお仕えしてきた女房たちは、たとえしばらくの間でも紫の上に後れて生き残っている自分の命を、恨めしく嘆きながら、尼になってこの世を離れた山寺で暮すことなどを思い立つ者もいるのでした。

冷泉院《れいぜいいん》のお后《きさき》の秋好む中宮からも、お心のこもったしみじみとしたお便りを、いつもいただきます。尽きることのない悲しみをいろいろとお書きになられて、

枯れはつる野辺《のべ》を憂《う》しとや亡き人の
　　秋に心をとどめざりけむ

草木の枯れはてる
野辺の淋しさ厭《いと》われて
なつかしいあのお方は
秋にお心を寄せられず
春をお好みなさったか

「今になってはじめてその理由がわかりました」

とお手紙にあるのを、源氏の院は悲しさのあまり分別も忘れたお気持ながらも、下にもお置きにならず何度も何度も繰り返し御覧になります。相手のし甲斐があり、風情のある歌やお手紙で心のお慰めとなられるお方としては、この中宮お一人が残っていらっしゃるのだったと、少しは悲しみも紛れるようにお思いになっていらっしゃいます。涙がこぼれてくるのを袖で拭う暇《いとま》もなくて、なかなかお返事をお書きになれません。

のぼりにし雲居《くもゐ》ながらもかへり見よ
　われあきはてぬ常ならぬ世に

煙となってのぼられた
高い空の上からも
あなたよ振りかえって
見てほしい無常の世に
飽きはてたこのわたしを

お手紙を、包み紙におさめられても、しばらくはぼんやりと物思いにふけっていらっしゃいます。

しっかりしたお心もなくなり、我ながら、ことのほかに正体もなく呆《ほう》けてしまっていると、御自覚なさることが多いので、源氏の院はそれを紛らすために女房たちの部屋でお過しになります。

御仏前には、あまり大勢の女房をひかえさせぬようになさって、お心静かに勤行をなさいます。紫の上と千年《ちとせ》ももろともに、と願っていらっしゃったのに、定められた命の別れにあったのが、何とも無念なことなのでした。今では、極楽浄土で、紫の上と一つ蓮台《れんだい》の上に生れたいという願いが、ほかの俗事《ぞくじ》で邪魔されることもなく、後生《ごしょう》のため一途に出家を思い立たれるお気持には、ゆるぎもありません。けれどもまだ世間の噂に気がねしていらっしゃるのが、どうも情けないことでした。

七日毎の御法事のことなども、源氏の院はてきぱきとお取り決めになったり、お命じになったりすることもなかったので、夕霧の大将が、すべて引き受けてお世話申し上げるのでした。悲しみのあまり、もう今日こそは、今日こそはと、御出家のお覚悟をされる時も少なくなかったのですが、いつの間にかそのまま月日が過ぎ去ってしまったことも、夢のようなお気持でいらっしゃいます。

明石の中宮なども、紫の上をお忘れになる時もなく、いつも絶えず恋いなつかしんでいらっしゃいます。

幻《まぼろし》より

紫の上が没した翌年、源氏は人前には出ず、女三の宮、明石の君、花散里、親しい女房らとわずかに対話しながら一年を過ごす。紫の上との思い出の文を処分し、仏名《ぶつみょう》の日に人前に姿を見せた光源氏は、やはり光り輝いていた。

今年一年をこうしてこらえ通して来たのだから、もういよいよ出家をして俗世から逃れる時節が近づいてきたと、お心づもりをなさるにつけても、さまざまなことに深い感慨が尽きません。出家に必要なことなどを、だんだんお心のうちに考えつづけて、お仕えする人々にも、それぞれの身分に応じて形見の品をお与えになるなど、大袈裟にこれが最後というようにはなさいませんが、お側近くにお仕えする女房たちは、出家の御本懐をいよいよお遂げになられる御様子と拝しますので、年の暮れてゆくのも心細くて、悲しさは限りもありません。

後に残してはみっともないような、女からの恋文なども、破るのは惜しいとお思いになってか、これまで少しずつ残しておかれたものを、何かのついでにお見つけになって、女房たちに破り捨てさせたりなさいます。

あの須磨流浪《すまるろう》の頃に、あちらこちらの女君からさし上げられたお手紙もある中に、紫《むらさき》の上《うえ》の御筆跡のお手紙だけは、別にとり分けて、一つにまとめて結んでありました。それも御自身でなさったことなのに、はるか遠い昔のことであったとお思いになります。たった今書いたばかりのような墨の色などは、〈水茎《みづくき》の跡ぞ千年《ちとせ》の形見ともなる〉という古歌のように、ほんとうに千年の形見にも出来そうなものでした。それも出家をしてしまえば、見ることもなくなるにちがいないとお思いになります。今更残しておく甲斐もありませんので、気心の知れた女房たち二、三人ほどにお命じになり、御前で破らせておしまいになります。

ほんとうにそれほど深い仲でなくてさえ、亡くなった人の筆跡だと思うと胸がうずくものなのに、まして紫の上のお手紙にはいっそうお目も昏《くら》みそうになり、それが紫の上の文字とも見分けられないくらい降りそそぐ涙が、手紙の文字の上に流れます。

それを女房たちも、あまりに意気地《いくじ》がないと見るだろうとお察しになりますと、気恥ずかしくみっともないので、お手紙を押しやって、

死出の山越えにし人を慕ふとて
　跡を見つつもなほまどふかな

死出の山を越えて
あの世へ往《い》ってしまった人を
恋い慕い後を追おうとして
その人の残した足跡を見ながら
わたしはまだまごまごと心迷うばかりだ

とお詠みになります。

お側の女房たちも、まともに引きひろげて見ることはしないものの、紫の上の御筆跡らしいとうすうす推《お》しはかられますので、悲しみに心が搔き乱されるのも一通りではありません。この憂《う》き世《よ》でのさほど遠くはない須磨へのお別れの時のことを、この上なく悲しいとお思いになられたお心をそのままお書きになったお手紙なのでした。その文面を御覧になりますと、ほんとうにその当時にもましてこらえきれない深い悲しさを、慰めるすべもありません。限りなく辛く情けなく、これ以上取り乱しては女々《めめ》しくて、傍目《はため》にも見苦しくなりそうなので、お手紙をよくも御覧にならないで、紫の上がこまごまとお書きになっている横に、

かきつめて見るもかひなし藻塩草《もしほぐさ》
　おなじ雲居《くもゐ》の煙とをなれ

こんな文殻《ふみがら》を搔き集めてみたところで
あの方が亡くなった今は
何の甲斐もない藻塩草
あの方の亡骸が煙となって昇った
大空へ同じ煙となるがよい

とお書きつけになって、すべて焼かせておしまいになりました。

十二月十九日から三日間の御仏名会《ぶつみようえ》も、もう今年限りだと源氏の院はお思いになりますせいか、例年よりもひとしお振り鳴らされる錫杖《しやくじよう》に合わせて唱える読経《どきよう》の声々などを、しみじみ

感慨深くお聞きになります。源氏の院の御長寿を、導師《どうし》が請《こ》い願う祈願の声も、仏は何とお聞きになられることかと気恥ずかしく思われます。

雪がひどく降って、本格的に積もってしまいました。導師が退出しようとしますのを、源氏の院は御前にお呼びになって、お盃《さかずき》を賜ります。それも恒例の作法よりも格別になさって、特に、ねぎらいの祝儀の品々をお与えになりました。

長年、六条の院に参上して、朝廷にも御奉仕して、見馴れていらっしゃる御導師が、剃《そ》った頭が次第に白くなって坐っているのも、感慨深くお思いになります。

例の宮たちや、上達部などが大勢参上なさいました。梅の花が少しほころびはじめて情趣がありますので、音楽のお遊びなどがあってもいいのですが、やはり今年中は、楽の音をお聞きになりましてもむせび泣きをしそうなお気持がなさいますので、折にふさわしい詩歌などを朗《ろう》誦《しょう》させるだけなのでした。

そう言えば、導師にお盃を賜るついでに、

春までの命も知らず雪のうちに
　いろづく梅をけふかざしてむ

わたしの命ははたして
春まであるかどうか
だからこそ雪のある間に
色づいてきた梅の枝を
今日は挿頭《かざし》にしよう

とお詠みになりますと、導師は御返歌として、

千代の春みるべき花と祈りおきて
　わが身ぞ雪とともにふりぬる

幾千年かけて春に逢う
梅の花のようにと
君の御長寿を祈願しておき
降る雪とともにわたしは
頭も白く年老いていく

と、詠みました。ほかの人々もたくさん歌を詠みましたけれど、記しませんでした。

源氏の院はその日はじめて引き籠《こも》っていらっしゃったお部屋から、表のお部屋へお出ましになりました。お顔やお姿は、昔、光源氏とはやされた輝くお美しさの上に、また一段と御光がさし加わって、この世のものとも思えないほどお美しいので、この老僧は、言いようもなく感涙にむせぶのでした。

もう今年も暮れたとお思いになるにつけても心細く思っていらっしゃいますと、幼い三の宮が、

「鬼やらいをしたいのだけれど、どんなことをすれば、大きな音が出せるのかしら」

と、走りまわっていらっしゃいます。その可愛らしいお姿も、もう間もなく見ることが出来なくなってしまうのだと、何かにつけて耐えがたくお思いになって、お詠みになりました。

もの思ふと過ぐる月日も知らぬまに
　年もわが世も今日や尽きぬる

物思いにふけっていて
月日が経つのもつい
知らないでいた間に
今年も自分の生涯も
今日で終ってしまうのか

正月はじめにする行事のことを、例年よりは格別にしようと、お命じになります。親王たちや大臣への御引き出物や、それぞれの人々への御祝儀の数々も、またとないほど御立派に御用意なさっていらっしゃいますとか。

解説

高木和子

本書は瀬戸内寂聴氏の現代語訳『源氏物語』(全十巻)を、一冊で読めるように構成し直したものである。今回、『源氏物語』に初めて出会う読者にも、寂聴訳の読みやすさと息づかいを感じながら、光源氏の誕生から、さまざまな女性たちと出会い、数奇な運命を経てこの世を去るまでの物語をたどれるように、編集し直した。

とはいえ構成には苦心した。どの巻もどの場面も捨てがたい。光源氏の誕生の経緯を語る「桐壺《きりつぼ》」巻、藤壺《ふじつぼ》との密通や紫《むらさき》の上《うえ》との出会いを語る「若紫《わかむらさき》」巻は、もちろん欠かせない。生霊事件で有名な「葵《あおい》」巻も刺激的で、読者が求める一巻だろう。光源氏の人生後半の陰影を描く「若菜《わかな》」巻もぜひ読んでもらいたい。結局ページ数の制限のために、全五十四帖から、光源氏の物語の主軸となる名場面を中心に抜粋してつなげあわせることとなった。光源氏没後の物語である「宇治十帖」をはじめ、収録を断念せざるを得なかった場面は多いが、何とかこの一冊で「光源氏の物語」の骨格はたどれるだろう。

『源氏物語』は西暦一〇〇〇年頃から紫式部によって書かれた物語とされている。紫式部は九七〇年代、藤原為時《ためとき》の娘として生まれた。父は藤原氏の中でも主流の北家《ほっけ》の出でありながら、すでに中流となっており、地方の役人として赴任する受領《ずりよう》であった。漢文の学問にすぐれ、まだ東宮だった頃の花山天皇に漢学を教えたことでも知られる。だが花山天皇退位後は、長く職を失った。紫式部は父の教育のもと、女性ながらも格別の学問を身につけていたらしい。『紫式部日記』には、兄弟の惟規《のぶのり》よりも漢文の習得が早く、父の為時は、紫式部が男子でなかったことを嘆いたとある。

紫式部は当時としては晩婚だったとされている。父為時が職を失ったから結婚できなかったのか、若い頃の結婚が記録に残っていないだけなのか、定かでない。越前守として赴任する父に同行し、単身帰京して藤原宣孝《のぶたか》と結婚したとされる。宣孝との関係はいつ始まったのか、越前下向以前から関わりがあったのかも不明である。およそ二十歳近く年上だった宣孝との結婚生活は短く、娘の大弐三位《だいにのさんみ》をもうけて間もなく死別した。寡婦になってから『源氏物語』の制作は始められ、物語の評判が高くなったため、それを聞きつけた藤原道長に召し出されて、道長の娘の一条天皇の中宮彰子に仕えた、と一般に理解されている。

藤原道長の支援を受けつつ制作が進められた『源氏物語』は、制作当初から一世を風靡したらしく、当時の帝であった一条天皇にも、この作者は歴史書を読んでいると褒められたことが『紫式部日記』に見える。しかし高い評価を受けてかえって紫式部の立場は微妙になったようで、一の字すらも知らないふりをするといった、卑下と韜晦《とうかい》を余儀なくさせられた。漢文の学問は男性の教養で女性には不要だ、というのが一応の建前なのである。その一方で、紫式部は彰子に『白氏文集』などをこっそり教えたことが、『紫式部日記』には見える。中宮にとって必須の教養だった漢文の学問は、建前上は女性の学ぶべきことではないという。その複雑な状況は、紫式部に自負心を隠して謙遜することを日常的に強いたのだろう。

さてその『源氏物語』は、制作当初から人々に愛され、間もなく和歌の詠作のために学ばれるようになった。後の物語の制作の種とされ、また時には、長大な物語がダイジェスト版に仕立て直されて楽しまれた。ちょうどこの本のように、である。

紫式部の直筆の原稿はもちろん残らず、今後発見される見込みもない。現存する『源氏物語』の姿が、紫式部の手でどこまで整えられたのか、後代の人の手がどの程度入っているのかについても、はっきりしない点が少なくない。当時の書物は印刷物としては流通せず、筆で写し書いて伝わったからである。今日の『源氏物語』の原型が整ったのは鎌倉初期以降であろう。藤原定家周辺で書写されたいわゆる「青表《あおびょう》紙《し》本《ぼん》」の系統、源光行《みつゆき》・親行《ちかゆき》らによる「河内《かわち》本《ぼん》」の系統と二系統に分けて、それら以外を「別本」と理解するのが池田亀鑑以来の通説だが、この分類法には近年批判もある。こうして写本の時代には、権力者の庇護のもと、和歌の家の周辺で本文が伝わり、限られた享受者の中で注釈が古今伝授されたのである。

江戸時代になって版本《はんぽん》という印刷された形の書物が流通し始め、庶民も含めた幅広い階層の人が読むことができるようになった。その後一般に、北村季吟による『湖月抄』（一六七三年）という注釈付きの『源氏物語』の本文によって、昭和の初期まで読まれた。近代の作家による現代語訳も、当初はこの本文と注釈をもとに訳したという。

近現代の『源氏物語』の現代語訳は、一九一〇年代から三〇年代の三回にわたる与謝野晶子訳、三〇年代末から六〇年代のこれも三回にわたる谷崎潤一郎訳、七〇年代の円地文子訳などが著名である。未完ではあるが舟橋聖一訳や川端康成にも現代語訳が試みられた。七〇年代後半以降、九〇年代前半にかけては田辺聖子や橋本治らの、より翻案的創作的な色彩の強い訳文も発表された。作家による現代語訳は、いわば〈文豪〉の証として位置付けられたのである。同じ頃、大和和紀の漫画『あさきゆめみし』の連載によって、広く馴染みやすい形で紹介されたことも見過ごせない。もとより、これらの作家たちの現代語訳は、国文学の研究成果に基づく。戦前に本文を整定した池田亀鑑をはじめ、玉上琢彌、阿部秋生、秋山虔、鈴木日出男らによる注釈の成果が、作家による現代語訳の背後にあった。

　こうした流れを受けて、講談社創業九十周年記念事業として、瀬戸内寂聴訳『源氏物語』は、一九九六年十二月から一九九八年四月、全十巻で刊行された。石踊達哉の新作の絵画を備えた、豪華な箱入りの本であった。八嶌正治と小山清文に訳文の校閲を受け、四辻秀紀の参考図録、八嶌正治の系図・官位相当表、高木和子の語句解釈等の巻末語注や年立《としだて》（物語世界の年表）も付された。この「寂聴源氏」は累計三五〇万部のベストセラーとなり、全国に「源氏ブーム」を巻き起こし、そののち新装版、文庫版と形を変えて、今も読み継がれている。

　瀬戸内寂聴、俗名、瀬戸内晴美は一九二二年五月十五日、徳島市の神仏具店に生まれた。東京女子大学に学び、一九四三年に結婚、女児を出産するも離婚し、小説家として歩み始める。『夏の終り』で一九六三年女流文学賞を受賞。一九七三年に出家。一九九二年、『花に問え』で谷崎潤一郎賞を受賞した。著作は生涯で四〇〇冊にも上ると同時に、仏教者としても幅広く活躍し、愛された。二〇二一年十一月九日に九十九歳で惜しくも逝去した。

　寂聴氏の現代語訳は、敬語を削ぎ落とした伸びやかな文体ながら、読みやすさと同時に正確さ、詳細さも目指している。作中和歌の訳文を五行に記す形が特徴的で、物語が踏まえる古歌や漢籍や史実を、やや説明的に組み入れながら訳す点も際立っている。これは八〇年代の源氏研究において、物語に踏まえられた歌や漢詩を積極的に取り入れて解釈する〈引用論〉が盛んだった流れを汲んでおり、当時比較的新しかった小学館と新潮社の二種類の注釈の影響であろう。なかでも小学館の新編日本古典文学全集に到る二度の改版を通しての、事実上秋山虔単独による現代語訳の影響は否定すべくもない。

　とはいえ、この物語では出家した女性は男性と関係を持たないといった指摘や、物語終盤の浮舟《うきふね》出家の場面が具体的で詳細であるため、紫式部の出家後の執筆だと推測するなど、寂聴氏の実体験を踏まえた独自な理解もあるのが特徴である。

『源氏物語』はその制作当初から、時に政治に利用され、時代の要請に応じて姿を変えながら、したたかに生き延びてきた。権力の中枢にあらんとする男たちの欲望の時代のただなかにあって、ただ翻弄されるだけでなく、自立的な生き方を模索する女たちの物語、それこそが『源氏物語』の世界である。世の流れに応じて、「男の物語」としても「女の物語」としても読み替えうる物語、その双方の拮抗する姿こそが、『源氏物語』の真骨頂だった。

　ともすれば光源氏の好色が糾弾されかねない今日の状況下で、ことに悩める女性たちの側に軸足を置いた瀬戸内寂聴氏の姿勢は、伝統的な『源氏物語』の読み方の一つの型でもありながら、やはり先見性に満ちていたといえようか。

　本書の編集にあたっては、新装版の担当編集者、見田葉子氏のひとかたならぬご尽力があった。心から敬意を表したい。

　本書に接して関心をもってくださった読者の皆さんが、瀬戸内寂聴訳『源氏物語』全十巻を読んでくださり、さらには古文での通読に挑戦してくだされば、まことに幸甚である。

あらすじ

「源氏物語」全五十四帖は一般的に三部に分けられる。光源氏の栄華への軌跡を第一部、その憂愁の晩年を第二部、源氏没後の次世代の物語を第三部とし、第三部の最後の十帖は「宇治十帖」と呼ばれる。本書では第一部と第二部を収録する。

第一部（桐壺～藤裏葉）

出自の低い桐壺《きりつぼ》の更衣《こうい》は、桐壺帝に格別の寵愛を受け皇子《みこ》までもうけたが、第一皇子の母である右大臣の娘の弘徽殿《こきでん》の女御《にょうご》など、帝の寵愛を争う女御や更衣たちの妬みをかって、やがて病死した。遺された第二皇子は、たぐい稀な美質で人々を魅了するものの、桐壺帝は後見のない皇子の将来を憂慮し、「源」の姓を賜って臣下とした。「光る君」「光源氏」と呼ばれるゆえんである。

源氏は左大臣の娘である葵《あおい》の上《うえ》と政略的に結婚した。だが心馴染めず、亡き母によく似るという桐壺帝の寵妃藤壺《ふじつぼ》の宮《みや》に憧れ続け、ついに密通して子をなしてしまう。この密通の事実は隠されたまま、不義の子は桐壺帝の皇子として育てられる。のちにこの皇子が帝位につき、源氏が帝の実の父となることで、いったんは遠ざけられた天皇の位に、常識を超えた方法で近づくことになる。また、源氏は藤壺への恋の渇望から、空蟬《うつせみ》・夕顔《ゆうがお》・紫《むらさき》の上《うえ》・末摘花《すえつむはな》・六条《ろくじょう》の御息所《みやすどころ》・朧月夜《おぼろづきよ》・花散里《はなちるさと》などの女たちと恋の遍歴を重ねるが、これらの恋は源氏の運命に浮沈をもたらしていく。

葵祭に見物にでた源氏の年上の愛人、六条の御息所は、正妻葵の上一行との車争いに自尊心を傷つけられ、懐妊中の葵の上に生霊となってとりついた。葵の上は男児夕霧《ゆうぎり》を出産後、亡くなった。正妻を失った源氏は、かねて北山で発見し育んでいた、藤壺の姪にあたる少女と契りを交わす。以後はこの紫の上が理想的な伴侶となり、源氏の正妻格となる。

桐壺院の死後は、右大臣や弘徽殿の大后《おおきさき》方の勢力が強くなったため、朱雀朝《すざくちょう》の東宮《とうぐう》(皇太子)となっていた不義の子の将来を守ろうと、藤壺は出家、源氏は須磨《すま》・明石《あかし》に身を潜める不遇の一時期を過ごす。源氏はこの間に明石《あかし》の君《きみ》とかかわり、姫君をもうける。

二年余の後、源氏は都に戻り、藤壺との不義の子が冷泉帝《れいぜいてい》として即位した。帰京後の源氏は、若き日の友人であり葵の上の兄弟である頭《とう》の中将《ちゅうじょう》と、政治的に対立する。藤壺没後、出生の秘密を知った冷泉帝は、源氏を父として重んじるようになる。冷泉帝の後宮に先に入っていた頭の中将の子の弘徽殿の女御をさしおいて、源氏が後見する六条の御息所の遺児が中宮となった。秋好《あきこの》む中宮《ちゅうぐう》である。源氏は、紫の上と秋好む中宮をはじめとし、関わった女たちを四方四季の壮大な邸六条の院に集めた。

頭の中将の子で、夕顔の遺児である玉鬘《たまかずら》も、六条の院にひきとられる。源氏は、求婚者たちを集めると同時に自らも恋に落ちるが、玉鬘は鬚黒《ひげくろ》の大将と結婚してしまう。やがて明石の姫君は東宮に入内、冷泉帝によって源氏は准太上《じゅんだじょう》天皇《てんのう》という歴史上例をみない処遇を受け、帝にまさるとも劣らない栄華をきわめた。

第二部(若菜 上~幻)

老いて病がちになって出家を願う朱雀院は、愛娘女三《おんなさん》の宮《みや》の将来を懸念し、思案の末、源氏に託そうとする。源氏は、女三の宮が紫の上と同じく藤壺の宮の姪であることや東宮の姉妹であることに心動かされ、結婚を承諾する。しかし、予想外に女三の宮は未熟だった。源氏はかえって紫の上への愛情を深めるが、突然の高貴な正妻の出現に、紫の上は内心苦悩を深めつつも、それを隠して六条の院の調和につとめる。

いっぽう頭の中将の息子の柏木《かしわぎ》は、女三の宮が源氏に降嫁した後も執着し続ける。六条の院の蹴鞠《けまり》の日に女三の宮を垣間見て思いを募らせ、ついに情交に及ぶ。じつは六条の院には六条の御息所の死霊が跳梁しており、その仕業なのだった。

やがて女三の宮は懐妊した。源氏は柏木が宮にあてた手紙を見とがめ、密通に気づく。女三の宮の不義の子である薫《かおる》を、実子として抱くことを余儀なくされた源氏は、若き日のみずからの罪を思って深い憂愁に落ちる。

柏木は、六条の院での朱雀院五十の賀の試楽の日、源氏に言われた皮肉に恐れをなして重い病の床に伏し、死に急ぐように死ぬ。女三の宮は薫出産を機に父朱雀院の手で出家してしまう。

紫の上は、出家を願いつつも源氏に許されないまま亡くなった。源氏はその死を哀傷しながら出家の準備をするのだった。

源氏の若き日から兆した出家願望がついに物語の中では実現されないのは、現世の人間関係の中に苦悩する光源氏を描くところにこそ、この物語の主眼があったためと考えられる。

第三部（匂宮〜夢浮橋）

女三の宮と柏木との不義の子薫は、出生の秘密を感じ取り、現世の栄華に心が馴染まず仏道に傾倒している。薫は、世捨て人、故桐壺帝の八《はち》の宮《みや》を仏道の友と仰いで宇治に通ううちに、その娘である大君《おおいきみ》に惹かれ始める。

八の宮の死後、薫は大君に求婚するが、大君は妹中《なか》の君《きみ》との結婚を薫に勧める。薫は中の君を匂宮《におうのみや》に結びつけ、大君の決意を促すが、大君は薫の求愛を拒んだまま亡くなった。大君を追慕する薫に、中の君は、大君によく似た異母妹浮舟《うきふね》を紹介する。やがて薫・匂宮ともに浮舟と恋に落ち、板挟みとなった浮舟は入水を試みる。横川《よかわ》の僧都《そうず》に助けられ小野《おの》の里で尼になった浮舟が薫の迎えに応じないまま、物語は幕を閉じる。

主要人物紹介

桐壺《きりつぼ》の更衣《こうい》―光源氏（光る君）の母。桐壺帝に寵愛されて皇子（源氏）を産むが、帝に仕える女御《にょうご》や更衣たちに妬まれて病に伏し、三歳の皇子を残して亡くなる。

藤壺《ふじつぼ》の宮《みや》―桐壺帝の中宮《ちゅうぐう》。桐壺の更衣と瓜二つ。源氏と密通し、のちの冷泉帝《れいぜいてい》を産む。桐壺院没後は源氏の求愛を避け、冷泉朝を実現させるために出家。

弘徽殿《こきでん》の大后《おおきさき》―右大臣の長女。桐壺帝に入内《じゅだい》し、第一皇子（のちの朱雀帝《すざくてい》）をもうける。桐壺の更衣や源氏を敵視する。

葵《あおい》の上《うえ》―左大臣の娘。源氏の正妻。葵祭の車争いの後、六条《ろくじょう》の御息所《みやすどころ》の生霊にとりつかれ、夕霧を出産して死去。

夕顔《ゆうがお》―頭《とう》の中 将《ちゅうじょう》の愛人で、玉鬘《たまかずら》をもうけた。のちに源氏と恋に落ちるが、某の院での逢い引きのさなかに頓死。

紫《むらさき》の上《うえ》―兵部卿《ひょうぶきょう》（のち式部卿）の宮《みや》の娘。藤壺の姪。源氏が北山で発見して手元で育て、葵の上没後は源氏の正妻格となる。女三《おんなさん》の宮《みや》の降嫁後は、六条の院の調和に努める。

朧 月夜《おぼろづきよ》―右大臣の六の君。弘徽殿の大后の妹。入内の予定だったが、源氏と関係したため、朱雀帝の尚 侍《ないしのかみ》となる。その後も源氏と関係を続け、源氏の須磨行の直接の因となる。

六条の御息所―前東宮妃。東宮と死別した後、源氏の愛人となったが、生霊になって葵の上にとりついて死なせたため、伊勢に下向。帰京後、娘（秋好《あきこの》む中宮《ちゅうぐう》）を源氏に託して死去。源氏の造《つく》った六条の院は御息所の旧邸を含む。

秋好む中宮―六条の御息所と故前東宮の娘。朱雀朝で斎宮《さいぐう》となった後、源氏の後見で冷泉帝に入内し、中宮になる。

明石《あかし》の君《きみ》―明石の入道と尼君との娘。源氏との間に明石の姫君をもうける。姫君を紫の上の養女とし、自身は日陰の身に徹する。姫君がのちの東宮を出産したため、明石一族は繁栄する。

玉鬘―頭の中将との間に夕顔が産んだ娘。一時筑紫に下るが、夕顔の死を悔恨する源氏によって六条の院に引き取られ、貴公子たちに求婚される。源氏にも言い寄られるが鬚黒《ひげくろ》の大将と結婚。

頭の中将―左大臣の嫡男。葵の上の兄弟。源氏の友人で、恋の鞘当てをする。のちに政治的に対立し、互いの子女である雲居《くもい》の雁《かり》と夕霧《ゆうぎり》との仲に反対するが、玉鬘と父娘の対面を果たし、源氏とも融和する。

夕霧―源氏と葵の上の嫡男。野分の日に垣間見た紫の上を思慕する。幼馴染の雲居の雁と初心を貫いて結婚。

女三の宮―朱雀院の愛娘。将来を懸念した朱雀院の意向で源氏の正妻として降嫁するが、柏《かしわ》木《ぎ》と密通して不義の子である薫《かおる》を産んだのち出家する。

柏木―頭の中将と右大臣の四の君との嫡男。女三の宮と密通するが、源氏を恐れて病に伏し、死去。

主要人物系図　第一部（桐壺〜藤裏葉）

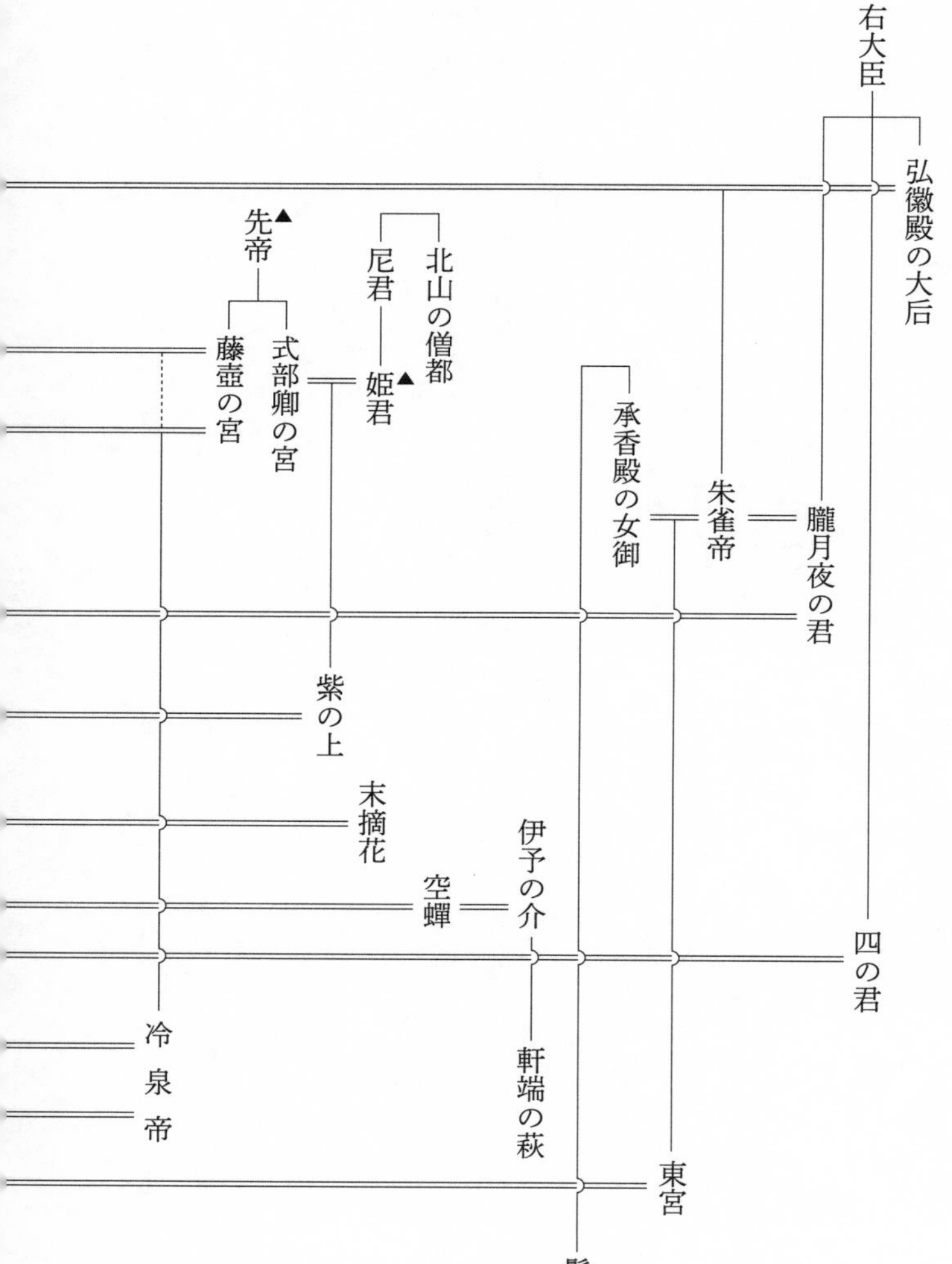

▲は故人をあらわす

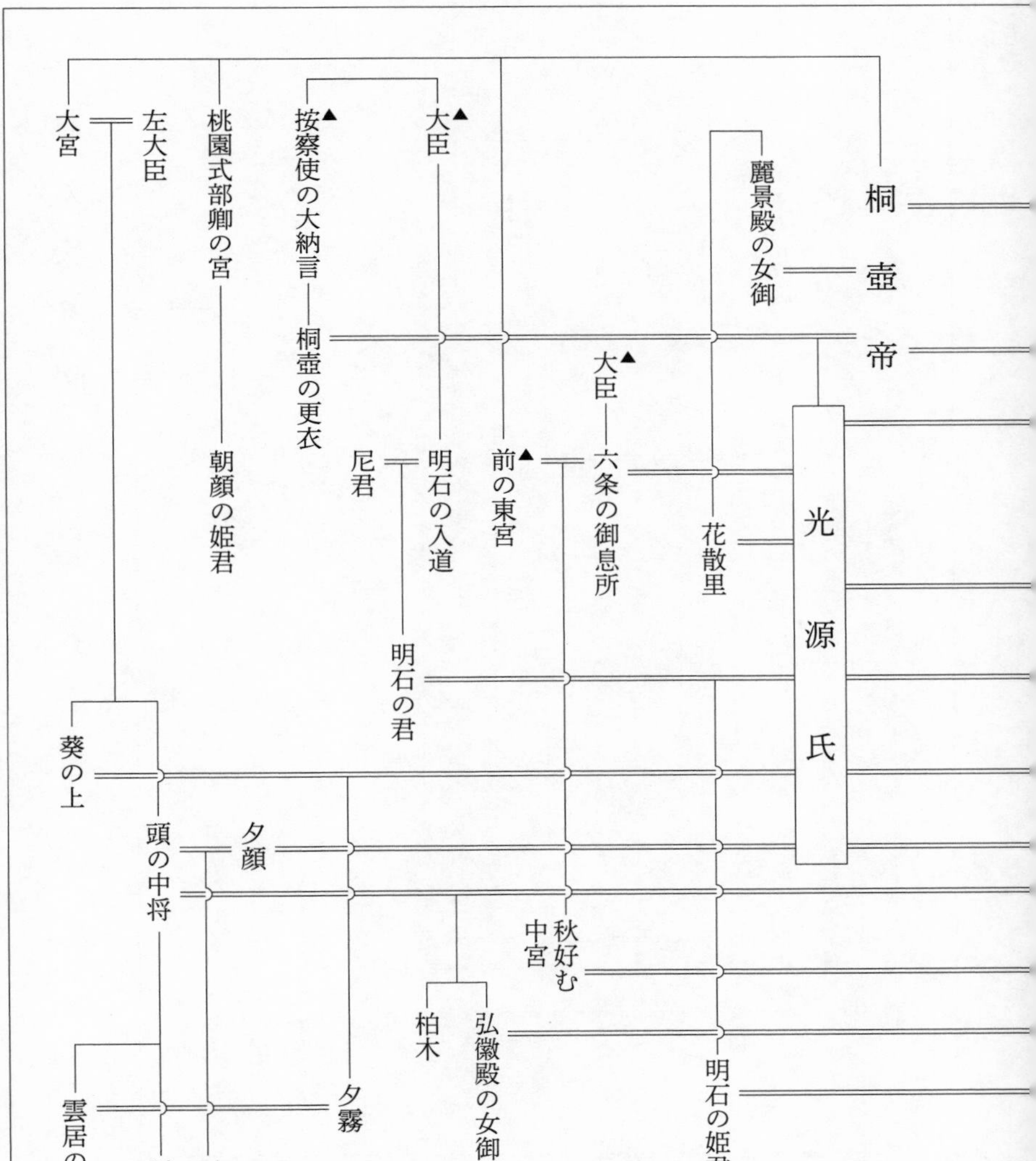

桐壺帝
麗景殿の女御
光源氏
花散里
大臣▲
六条の御息所
前の東宮▲
明石の入道
尼君
明石の君
大臣▲
按察使の大納言▲
桐壺の更衣
桃園式部卿の宮
朝顔の姫君
左大臣
大宮
葵の上
頭の中将
夕顔
秋好む中宮
明石の姫君
弘徽殿の女御
柏木
夕霧
雲居の雁
近江の君
玉鬘

主要人物系図　第二部（若菜上～幻）

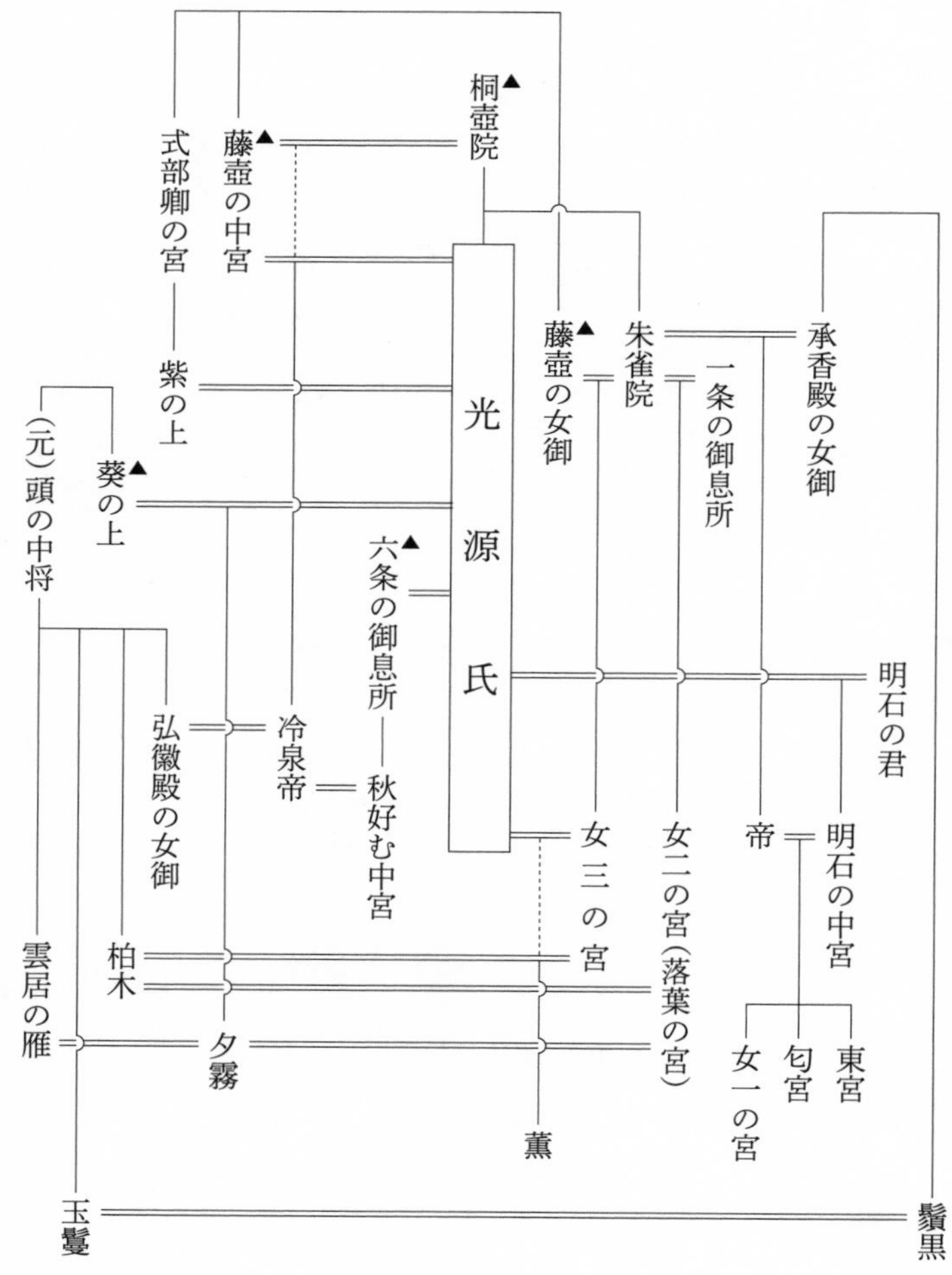

本書の出典一覧　瀬戸内寂聴訳『源氏物語』（講談社文庫版）より

「桐壺」巻一・10〜53頁
「夕顔」巻一・１５４〜１６３、１８１〜２０２頁
「若紫」巻一・２４０〜２６７、２８２〜２８９、２９５〜３０６、３０９〜３２５頁
「紅葉賀」巻二・70〜77、88〜１０１頁
「花宴」巻二・１２２〜１３３頁
「葵」巻二・１４４〜１６０、１６３〜１８６、２１２〜２２６頁
「賢木」巻二・２２８〜２３８、２４５〜２４８、２８７〜２９５、３０１〜３１３頁
「須磨」巻三・62〜69頁
「明石」巻三・94〜１０７、１１３〜１３８頁
「澪標」巻三・１６９〜１７５頁
「薄雲」巻四・10〜23、32〜48頁
「蛍」巻五・10〜20、28〜39頁
「藤裏葉」巻五・３１０〜３１９、３２６〜３３１頁
「若菜上」巻六・10〜12、57〜73、１４２〜１５８頁
「若菜下」巻六・１９８〜２８２、２９８〜３１０頁
「柏木」巻七・36〜46頁
「御法」巻七・２５２〜２８３頁
「幻」巻七・３２１〜３２７頁

瀬戸内寂聴（せとうち・じゃくちょう）

一九二二年、徳島県生まれ。東京女子大学卒。一九五七年「女子大生・曲愛玲」で新潮社同人雑誌賞、一九六一年『田村俊子』で田村俊子賞、一九六三年『夏の終り』で女流文学賞を受賞。一九七三年に平泉・中尊寺で得度、法名・寂聴となる（旧名・晴美）。一九九二年『花に問え』で谷崎潤一郎賞、一九九六年『白道』で芸術選奨文部大臣賞、二〇〇一年『場所』で野間文芸賞、二〇一一年『風景』で泉鏡花文学賞、二〇一八年、句集『ひとり』で星野立子賞を受賞。二〇〇六年、文化勲章受章。一九九八年『源氏物語』現代語訳（全十巻）を完訳。他の著書に『比叡』『かの子撩乱』『美は乱調にあり』『秘花』『わかれ』『死に支度』『いのち』『その日まで』『瀬戸内寂聴全集』（第一期全二十巻、第二期全五巻）など多数。二〇二一年十一月九日、九十九歳で逝去。

寂聴《じゃくちょう》 源氏物語《げんじものがたり》

二〇二三年十一月九日　第一刷発行

著者　瀬戸内《せとうち》寂聴《じゃくちょう》

発行者　髙橋明男

発行所　株式会社講談社
東京都文京区音羽二-一二-二一　郵便番号　一一二-八〇〇一
電話　出版　〇三-五三九五-三五〇四
　　　販売　〇三-五三九五-五八一七
　　　業務　〇三-五三九五-三六一五

印刷所　株式会社KPSプロダクツ

製本所　株式会社若林製本工場

ISBN978-4-06-533649-6

瀬戸内寂聴＝訳『源氏物語』

講談社文庫版（全十巻）

（巻構成および内容）

巻一　桐壺／帚木／空蟬／夕顔／若紫
巻二　末摘花／紅葉賀／花宴／葵／賢木／花散里
巻三　須磨／明石／澪標／蓬生／関屋／絵合／松風
巻四　薄雲／朝顔／乙女／玉鬘／初音／胡蝶
巻五　蛍／常夏／篝火／野分／行幸／藤袴／真木柱／梅枝／藤裏葉
巻六　若菜　上／若菜　下
巻七　柏木／横笛／鈴虫／夕霧／御法／幻／雲隠／匂宮／紅梅
巻八　竹河／橋姫／椎本／総角
巻九　早蕨／宿木／東屋
巻十　浮舟／蜻蛉／手習／夢浮橋